新 潮 文 庫

春　　　　雷

［海峡 少年篇］

伊集院 静 著

6918

目次

春雷

［海峡　少年篇］

第一章 夏の蜥蜴《とかげ》

地面が縦に揺れたかと思うと、耳を突ん裂くような発破《はっぱ》の音が立て続けに数度響き渡った。

佐多《さた》岬に連なる採石場から濛々《もうもう》と砂塵《さじん》が舞い上っている。砂塵は二月の海峡の風に吹き上げられ、華羽山《はなわやま》の尾根に昇って行く。尾根には壮年期をむかえた中国山地特有の貧弱な低木が、それでも新芽を伸ばそうと海風に晒《さら》されながら踏ん張っている。その新芽に砂塵は容赦なく降りかかり、山の沢を駆けて上って行く。砂塵を含んだ海風と、中国山地の奥から吹いて来た北西の風が、華羽山の中腹でぶつかり、幾つものつむじ風を起こした。つむじ風は雑木林を揺らし、竹林の葉を鳴らしながら、山を周《めぐ》って行く。

華羽山の裏手、雑木林と剥《む》き出した花崗岩《かこうがん》からなる急斜面の沢の一角に、そこだけがぽっかりと円形の平地になった羊歯《しだ》の群生する原っぱがあった。その原っぱに学生服の少年たちが、舞い上る塵《ちり》の中で鋭い目をして睨《にら》み合っている。右手の雑木林を背に十数人のグループ、左手の花崗岩の岩場には、下に十数人、中程に七、八人のグループが、相手の動きに目を光らせて身構えていた。そのふたつのグループを遠巻きにして、三十人余りが見守っている。見物の中には数人のセーラー服姿の女生徒もいる。その女生徒たちの真ん中に、がっしりとした身体《からだ》つきの少年がひとり、てっぺんの破れた学帽を阿弥陀《あみだ》に被《かぶ》り、への字にした口に煙草《たばこ》を銜《くわ》え、腕組みをして原っぱでむき合う少年たちを眺めていた。

また採石場の発破の音が轟《とどろ》いた。

それを合図に、雑木林を背にしていた少年たちが、声を上げて岩場の相手に突進して行った。先頭を走る少年は背丈こそちいさいが、草を蹴《け》って突き進む動きは俊敏だった。岩場の少年たちが二手に分れた。その動きを察していたように、先頭を走る少年は右へ分れた数人に襲いかかった。

頭ひとつ背丈が抜けた少年がいた。小柄な少年は、その相手を狙《ねら》っている。背の高い少年を護《まも》るように取り囲んでいた数人が、小柄な少年に殴りかかる。それでも小柄な少年は怯《ひる》まない。拳《こぶし》を避けながら目指す相手の胸倉を摑《つか》むと、その顎《あご》に一撃を食らわした。学帽が宙を飛ぶ。相手が逃げ腰になって岩場へ這《は》い上ろうとする。左へ分れた数人も逃げ腰になっている。

　すると岩場の中程で見物していた少年たちが、入れ替りに声を上げて原っぱに下りて来た。新しく喧嘩《けんか》に加わった連中は、原っぱの少年たちとは違う学帽を被り、チェーンや木刀を持っている者もいる。その中の一人が、先刻の小柄な少年の横面《よこつら》を木刀で殴りつけた。鈍い音がして、少年の動きが一瞬止まった。

　その時、原っぱ中に大声が響き渡った。

「何じゃよ、貴様等、華北《かほく》中学の喧嘩になしてしゃしゃり出るかよ」

　加勢の少年たちがいた岩場のさらに上にそそり立つ大岩に、ひときわ背の高い少年がひとり、仁王立ちになって大声を上げていた。

　助《すけ》っ人《と》に加わった連中が岩場を振りむいた。見上げる連中にむかってその少年はさらに大きな声で怒鳴った。

「佐津《さつ》中のぼんくらが華北の喧嘩に何の用じゃ。ここは華北中の山《シマ》ぞ。このまんま貴様等を黙って帰させるか」

　よく響く声だった。

「われが、わしらの相手になろう言うのんか。どこの誰じゃい、貴様」

　佐津中の生徒のひとりが怒鳴り返した。

「英《ひで》ちゃん」

殴り合っていた少年の中の一人が、岩場の上に立つ少年にむかって叫んだ。

「隆《たかし》よ、こげん阿呆《あほ》なことしとらんで、とっとと引き上げようぞ」

高木英雄は早川隆にむかって叫んだ。

隆は頷《うなず》くと腕を車輪のように振り回し、喧嘩の輪から抜け出そうとした。英雄の立つ岩場の左手を、先刻の小柄な少年が背の高い相手を追い駆けて走り抜けた。英雄は小柄な少年の顔を見た。その右頬には血が滲《にじ》んでいた。二人の目が合った。英雄が相手に何かを言おうとした時、

「英ちゃん、助けてくれ」

隆の叫び声がした。隆を佐津中の連中が取り囲んで殴りつけている。英雄はウォーッと声を発して原っぱに飛び降りた。飛び降りざまに、隆を羽交締《はがいじ》めにしていた相手を蹴り上げた。二人が英雄にむかって来た。

「隆、離れんなよ」

英雄は短かく叫ぶと、腰を落として双手《もろて》で一人の生徒の胸元を突き上げた。隆の悲鳴が背後でした。振りむくと、蹴り倒した相手がベルトを英雄にむかって振り上げていた。英雄は左手でベルトを摑もうとしたが、一瞬早く振り降ろされたベルトの先が、

風を切って英雄の頬に当たった。湯水をかけられたような感触がして頬が熱くなった。それでも英雄は相手の右腕を摑んでねじ上げると、顔を殴りつけた。

その時、雑木林の奥から見張り番をしていた下級生が飛び出してきて、先公じゃ、先公が来たぞ、と叫んだ。見ると華北中学校の裏手の方角から、数人の教師が怒鳴り声を上げながら登って来る。

「貴様等、そこで何をしておる、逃がさんぞ」

片手に竹刀《しない》を持った痩《や》せぎすの教師が雑木林からあらわれた。少年たちは一斉に四方に散った。雑木林を海側に逃げる者、竹藪《たけやぶ》の生い茂げる急勾配《こうばい》の沢を転がり降りる者、岩場を山の頂上にむかって駆け登る者……。

「待ってよ。待ってったら」

英雄は背後に少女の声を聞いて立ち止まった。振りむいたが誰もいなかった。また頂上にむかって登ろうとすると、

「待ってったら、ねぇ、置いて行かないで」

はっきりと少女の声がした。もう一度振りむくと、真下の岩場にセーラー服の女生徒がひとり、鞄《かばん》を小脇《こわき》にかかえて英雄を見上げていた。女生徒の頬は汗に濡《ぬ》れて光っ

ている。見たことのない相手だった。彼女はよろけそうになりながら岩の上に登って来た。襟元《えりもと》に白線の一本入った制服で、少女が佐津中の生徒だとわかった。

「佐津中の女がわざわざ喧嘩の見物に来たのか」

英雄は相手の頭の先から足元まで睨みつけた。この町の中学では禁止されている革靴を少女は履《は》いていた。

「だって面白そうだったんだもん」

話す言葉の響きがこのあたりの生徒とは違っていた。

下の松林の方角から数人のせわしない足音が聞こえて来て、こらっ、逃がさんぞ、と怒鳴り声が続いた。英雄は女生徒の肩を摑《つか》んでその場にしゃがませた。木蔭《こかげ》からネクタイをした教師が周囲をきょろきょろと窺《うかが》っているのが見えた。

「あいつ佐津中の補導の教師よ」

少女は憎々しげに囁《ささや》いた。

「黙ってろ」

声を殺して言うと、英雄は松林の中の教師を覗《のぞ》いた。人影が松林を去って行くのが見えた。

「君、華北中の生徒でしょう。内山功治《うちやまこうじ》の子分なの?」

英雄は松林から目を離さずに首を横に振った。

「じゃ今日の番長争いに加わってたんだ」

英雄はもう一度首を振った。

「あの山末《やますえ》っていう華北の子も案外だったわね。あんなちいさな奴《やつ》に逃げ腰になってさ。あのちいさい子って中国人なんでしょう」

少女が小馬鹿《こばか》にしたような口調で言った。

「そういう言い方はやめろ。あいつにはちゃんとした名前がある。宋《そう》だ。宋建将《けんしょう》っていう名前で、俺の友だちだ」

英雄は少女を睨みつけた。

「中国人っていう言い方が悪いわけなの」

少女も英雄を睨み返した。

「そうじゃない。言い方が馬鹿にしてるように聞こえたからだ」

「あらっ、私は中国人を馬鹿になんかしてないわ。東京にだって横浜の中華街にだってたくさん中国の友だちはいたもの」

英雄は、唇を突き出して頬を膨《ふく》らませている少女の顔をちらりと見て、ゆっくりと立ち上ると頂上にむかって岩場を登りはじめた。

「ちょっと、ちょっと、待ってよ。私、こんな山の中に初めて来たんだもの。どっちへ行っていいかわからないわ」

英雄は相手の声を無視してどんどん沢を登って行った。背後から靴音が追ってくる。英雄は振りむかずに岩伝《づた》いを歩いた。

痛い、ちいさな悲鳴がした。

振りむくと、少女が左足をおさえて岩の窪《くぼ》みにしゃがみ込んでいた。英雄は立ち止まって彼女を見下ろした。眉間《みけん》に皺《しわ》を寄せて唇を噛《か》んでいる。少女の顔に、木漏《こも》れ日が当たっていた。英雄は溜息《ためいき》をついて歩み寄ると、手を差し出した。握り返した手が温かかった。引き上げた英雄の手を、少女は立ち上ってからも離さなかった。

「そんな革靴を履いてるからだ」

「運動靴なんて田舎《いなか》っぽくて嫌よ」

英雄は手を振り払った。

「そんな邪険にしていいの。私、内山功治に呼ばれて来たのよ。あとで言いつけてやるから」

英雄は口元をゆるめた。

「功治が怖くはないの？」

少女は訝《いぶか》しげに英雄を見た。

「功治さんはガキの頃からの友だちだ」

「そうなの……」

少女は少しがっかりしたような顔をした。

英雄は、先刻原っぱで新しい番長を決める喧嘩を見物していた内山功治の顔を思い出した。内山功治は今春卒業する華北中の番長だった。英雄には、山末一郎の助っ人に来た佐津中の連中のことを放っておいた功治の気持ちがわからなかった。それに、功治の可愛《かわい》がっていた建将が、少人数で山末のグループにむかって行くのを、助けもせず黙って見ていた理由もわからない。英雄は番長争いなどに興味はなかった。早川隆が無理遣《や》り原っぱに連れて行かれたと、クラスの生徒から聞かされて、心配になり様子を見に来ただけだった。岩の上から喧嘩を眺めていたら、急に佐津中の連中が山末の助っ人に加わったので、思わず大声を出して飛び込んで行った。

「君って、少し変わってるね。他の生徒は皆、功治の名前を出すと怖がるのに、そうじゃないわ。それに、この町の子とどこか違う気がするな……。あらっ頬っぺが赤くなってるわよ。そうか、君、あの時岩の上から大声を出して飛び込んで行った人ね」

英雄は左頬に触れた。ヒリリッとした。さっき佐津中の奴《やつ》にベルトで殴られたのを思い出した。

「ねぇ、君は三年生？」

「二年だ」

「へぇ、身体が大きいから、三年生かと思った」

英雄はまた歩きはじめた。少女もついて来た。ほどなく二人は沢を登り切ると、平らな大岩の上に立った。風が吹き寄せてきた。英雄は眼下にひろがる町並を眺めた。泣き子坂のむこうに右田《うだ》岬が見えた。東から南へ、右田岬を真横に切って水平線が続いている。その水平線の彼方《かなた》から、春先にしては珍しく、積乱雲のような勢いのある雲が青空にむかって噴《ふ》き上っていた。

「ちっぽけな町ね」

少女が吐き捨てるように言った。英雄は相手の横顔を見た。髪が風に流されて白い項《うなじ》が光っていた。瞳《ひとみ》に空が映り込んでいる。その瞳がゆっくりと英雄を見て、

「君、何て名前なの？」

と訊《き》いた。

「タカギ」

「高い木って書くの？　下の名前は」

「ヒデオ」

「どんな字？」

質問好きな奴だと思った。

「ねぇ、どんな字なの」

「英語の英に、オス、メスの雄《オス》だ」

「英語の英に……オス、メスの……、馬鹿ね、〝ヒーローの英雄《えいゆう》〟って書いて〝ヒデオ〟と読むって言えばいいのよ」

英雄は今まで、自分の名前をそんなふうに説明したことがなかった。

「私はね、ホウジョウミチコ。ホウジョウは北に、条件の条。ミチコはプリンセス・ミッチーと同じ美智子よ。素敵でしょう。……あら、あそこで野球をしてるわ」

華北中学のグラウンドに、白いユニホーム姿の野球部員が散らばっているのが見えた。

「私、野球って大好き。よくパパと二人で、後楽園に東京ジャイアンツのゲームを観《み》に行ったわ。ねぇ、高木君は野球好き？」

「ああ……」

「そんなにいい身体してるんだから野球をすればいいのに。ヒーローになれるわよ。

それこそ英雄じゃない」

英雄は眉《まゆ》をひそめた。

「ねぇ、あれは何の煙り？」

美智子が北の山裾《やますそ》を指さした。松林の間から煙突の先が覗《のぞ》き、そこから濃灰色の煙りが舞い上っていた。

「火葬場の煙りだ」

「誰かが死んで焼かれてるってことね……」

美智子は目を細め、じっと煙りを見ていた。英雄も煙りを見つめた。煙りは濃灰色から白色に変わり、少しずつちいさくなって行った。

「家族は骨を拾ってるのかしら……」

英雄は、去年の暮れ、下関で行なわれた祖母の葬式のことを思い出した。生まれて初めて火葬場で人の骨を拾った。母の絹子に言われて目の前の白い骨を箸《はし》でつまむと、骨はぽろぽろとくずれ落ちた。喉仏《のどぼとけ》の骨を見つけた老婆《ろうば》が言った。

――綺麗《きれい》な喉仏じゃね。観音様の形をしとるよ。きっと成仏《じょうぶつ》できたんよ。

それを耳にして絹子が大粒の涙を流した。下関に遊びに行くと、かしわ餅《もち》やお萩《はぎ》を作って待っていてくれた祖母の笑顔や、英雄の頬や手を撫《な》でてくれた祖母の皺《しわ》だらけな手のぬくもりが思い出された。黒い鉄板の上のちいさな骨が同じ人間のものとは思えなかった。

「ねぇ、何を考えてるの」

急に黙りこんだ英雄に美智子が訊《き》いた。

「何も……」

「私ね、子供の頃から周《まわ》りの人が皆死んで行くの。お祖父《じい》ちゃんも、お兄ちゃんも、お姉ちゃんも……。つい昨日まで私に笑いかけていたのに、突然死んでしまうの。ママと私だけが残ったの。きっとママもそのうちに死んでしまうわ。そして私も死んでしまうのね」

美智子の声は沈んでいた。火葬場の煙突を眺める横顔が切なそうに映った。

「人は皆、いつか死んでしまうんじゃ」

英雄が言った。

「そうじゃないわ。人がいつか死ぬなんてことは判《わか》ってるわ。私が言いたいのは、明日のことや楽しそうなことを待って生きていた人が、急に幕を下ろされたように死んでしまうってこと」

「そんなことはない」

「どうして君にそんなことがわかるの。私は君と同じ二年生だけど、転校ばかりをくり返したし、それに病院に半年入院してたから君よりひとつ歳上《としうえ》なのよ。姉さんは私の隣りのベッドで死んだわ。私の好きだった人は皆、私の前から去って行ったわ」

美智子の口調が強くなっていた。

「そんなのはおまえひとりじゃないよ」

英雄はきっぱりと言った。

美智子が下唇を噛みしめて、英雄を睨《にら》みつけている。大きな瞳から涙がこぼれ出しそうだった。英雄も目を離さなかった。美智子は涙を振り払うように顎をしゃくると、英雄を見返した。負けん気の強い奴だと思い、英雄は笑い出した。美智子もかすかに笑った。

「あら、笑うとかたえくぼができるのね。キューピーちゃんみたいで可愛いじゃない」

英雄は相手の小生意気な口のきき方に腹を立てて、急に歩き出した。

「また怒ったの？　ちょ、ちょっと、そんなに急いで行かないで」

英雄は岩から山道へ飛び降りた。

「こんなとこ降りられないわ。手を貸して」

岩の上から美智子が笑って両手を差し出した。ためらいながら英雄は片手を差し出した。するといきなり美智子は、ヒャッホーと声を上げ、英雄にむかって飛び降りて来た。英雄はあわてて美智子を抱きとめた。しがみついてきた美智子の頬と英雄の頬がぶつかり、乾いた音を立てた。痛い、と美智子は叫んだまま、英雄の首に回した腕を解かずに頬をつけていた。長い髪が顔にまとわりついて、甘い匂《にお》いがした。

「痛いな、英雄君」

美智子は耳元で囁《ささや》き、チュッと音を立てて英雄の頬にキスをした。熱い感触がした。英雄があわてて顔を離そうとすると、耳に痛みが走った。痛《いた》っ、英雄は驚いて美智子の身体《からだ》を突き放した。齧《かじ》られた耳に手を当てている英雄に、

「キスはご褒美《ほうび》。痛いのは罰よ」

美智子は悪戯《いたずら》な目をして、フフフッと笑った。

英雄は華羽山の西の山道を下って、佐瀬《させ》川にかかる太鼓橋の袂《たもと》で北条美智子と別れた。歩き出した英雄を美智子は大声で二度も呼び止め、笑って手を振り、最後には投げキスを送って来た。英雄はあわてて周囲を見回し、急ぎ足で新町へむかった。

隆のことが心配だった。要領のいい隆のことだから上手《うま》く逃げおおせたろう。なら

今頃、隆はアルバイト先の新湊《しんみなと》劇場に行っているはずだ。

劇場の脇道から裏手に回ると、隆は半ズボンとランニング・シャツの上に大きな前掛けをして、映画の看板描きの手伝いをしていた。

「なんだ、遅かったな。先公に捕ったか」

隆が絵具の入った缶《かん》を用心深く運びながら片目をつぶった。

「ちょっとな」

「どうしたね、高木君。頰っぺが赤いよ」

大きな看板の上に四つん這《ば》いになって、木炭で下描きの線を引いていた安《やす》さんが、英雄の顔を見て言った。英雄はあわてて、先刻、美智子にキスをされた右頰を手で拭《ぬぐ》った。

「そっちじゃないよ。左っかただよ」

隆が言った。指でなぞると左の耳から口先にかけて斜めに頰が腫《は》れ上っているのがわかった。英雄は、原っぱで佐津中の生徒が振り下ろしたベルトの先が頰にかすめたのをまた思い出した。

「アクション・シーンでも演じとったの？」

安さんは看板にライフル銃を持ったガンマンを描いている。

「そりゃ、今日はちょっとしたもんだったよな」

隆が自慢気に言った。

「君たち不良はだめだよ。世間は映画みたいに恰好《かっこう》良くはいかないんだから」

「そんなことわかってるよな。映画なら美女が出て来るわ。俺たちの前には嫌な先公しか出て来んものな」

「それが現実ってことよ。リアリズムよね」

「何それ？　安さん、リアなんとかって……」

隆が首をかしげた。

「オイオイ、勉強してくれよ、学生さん」

「勉強はだめだ。さっぱりわからん」

隆が首を横に振って言うと、安さんは木炭を持つ手を止めて真顔で言った。

「俺、馬鹿は助手にする気なんかないからね」

安さんが唇を突き出して下描きの絵にむき直ると、隆は肩をすくめて赤い舌を出した。

英雄は安さんの手元を覗《のぞ》いた。ごつごつした指先に握られた木炭が、真っ白い看板の上を、そこにあらかじめ線が引いてあるかのように活《い》き活《い》きと伸びて行く。カウボーイハットを被《かぶ》り叫び声を上げている男優の顔と、銃を天に突き出した手が、腕が、肩が、見事なかたちになって描き出されて行く。英雄は安さんの描く絵が好きだった。こんなふうに絵を描いて暮らせたら楽しいだろうと思う。

「高木君、ベースボールはどうしたの？」

安さんが幌馬車《ほろばしゃ》を描きながら訊いた。

「英ちゃんはそのうちはじめるよ。華南《かなん》小学校のエースだったんじゃからな。けどあの監督がいる間はな……」

隆の言葉に英雄は黙っていた。

「ちょっと休憩するか。俺は表の喫茶店でブルーマウンテンでも飲んできましょう」

安さんは下描きの線を目を細めて見直し、煙草《たばこ》を銜《くわ》えて立ち上った。

「今夜、英ちゃんも観に来ていいかな」

隆が映画のただ見を安さんにねだった。

「夜の最後の上映ならね。けど終ってから掃除を手伝ってもらうよ」

「勿論《もちろん》じゃ。サンキュー」

下描きにさわらないようにな、と安さんは言いながら表へ出て行った。

「英ちゃん、さっきはありがとうよ」

隆がポケットの中から出した黒パンを半分に千切って英雄に渡した。

「隆、どうして裏山なんかに行ったんじゃ？」

英雄はパンをほおばりながら訊いた。

「俺だって行きたくはなかったよ。けど建将に味方する奴《やつ》がいないって聞いたからな。俺、建将は陰気だから本当は嫌いなんじゃけどよ。それに山末が佐津中の番長グループを呼んでるって話も聞いとったから、卑怯《ひきよう》じゃと思ってよ……」

「恰好《かっこ》いいな」

英雄が笑って言うと、

「そんな言い方すんなよ。俺だって痛いのは嫌だ。けど山末には一度、金を取られてるからな。あいつが新しい番長になったら、俺たち華南小出身の連中はこれから一年間、ずっとぺこぺこしなきゃならんもの」

と隆は顔を曇らせた。

「そんなことはさせん」

英雄はキッパリと言った。

「だったらどうして建将を助けてやらないんじゃ。英ちゃんと建将はちいさい頃から仲が良かったじゃないか」

英雄は何も言わなかった。耳の底で母の絹子の声が響いた。

――英さん、お願いだから不良みたいなことはやめてね。正雄も同じ学校へ上るんだから……、約束よ。

小学生の時は同級生と並んでも頭ひとつちいさかった英雄が、中学校に上り一年が過ぎた頃から急に背丈が伸び出し、今ではクラスでも一、二の大きな身体になっていた。その頃から母の絹子は弱い者をいじめることがないようにとか、不良の仲間に入るなとか言いはじめた。

英雄の家のある古町は以前遊廓《ゆうかく》だった一角が残っていて、繁華街のある界隈《かいわい》には、どこの港町でもよく見かける気性の荒い男たちがたくさんいた。そのせいか子供たちも喧嘩早《けんかつぱや》く、ませた連中が多かった。中学校の教師たちも古町、新町に家があるだけで、生徒たちを特別な目で見る傾向があった。

絹子は、遊び盛りの高木の若衆が住む東の棟の一室で寝起きしている英雄が、不良になることをひどく心配していた。

「ところで英ちゃん、俺、面白いこと聞いたんじゃ」

隆が意味ありげな目をして英雄ににじり寄って来た。

「高木の家の先にある風呂屋《ふろや》が新しくなったろうが」

「〝いこい湯〟のことか？」

「そうじゃ。あの風呂屋の隣りに空き家があろうがよ」

「ああ、前に海軍の大将が住んでたちゅう家か」

「あの空き家の屋根から女湯が丸見えだとよ。知っとったか」

隆が目の玉をくるりと動かして英雄を見た。

「嘘《うそ》じゃろう」

英雄は隆の目を見返した。

「嘘なもんか。安さんにその話をしとった男がいた。明日の夜、行ってみんかよ」

「二人でか」

「当り前じゃ。大勢じゃ見つかっちまう」

「やめとくわ。それにあそこは古い家だから屋根が抜けっちまう」

「何だ、怖いのか」

隆がからかうように言った。

「馬鹿《ばか》を言えって」

「じゃ行こうぜ」

英雄は返答せずに歩き出した。じゃ今夜、裏口でな、隆の声が背中で聞こえた。

新湊劇場から新開地《しんかいち》にむかって歩き出すと、英雄の前方からけたたましいクラクションを鳴り響かせて、トラックが走って来た。道で遊んでいた数人の子供があわてて道端に避けた。その中の男の子がひとり足を滑らせて転んだ。英雄は男の子に手を差し出した。彼は素早く起き上ると英雄の脇《わき》に身を寄せた。砂煙りを上げて、砂利を積んだトラックが目の前を猛スピードで通り過ぎた。転んだ子供が足元の小石を摑《つか》んで、走り去るトラックに投げつけた。

去年の秋口に、紡績工場から泣き子坂へ続く産業道路の工事がはじまって、新町の狭い通りをここ半年、トラックが頻繁に往《ゆ》き来するようになっていた。

砂煙りがおさまると、通りのむこうに前掛けをして岡持ちを持った女が自転車を止めているのが見えた。女は英雄の姿を見つけると丁寧《ていねい》にお辞儀をした。英雄も頭をぺこりと下げた。女はうつむいたまま、〝上海飯店《シャンハイハンテン》〟と看板の掛った店の中へ入って行った。宋建将の姉であった。建将の姉は双生児で、今はひとりだけが新町の店で働いている。

英雄は所々赤ペンキの剝《は》げた看板の文字と、建将の一家が住んでいる二階の窓を見上げた。あの二階の部屋に英雄は何度も上ったことがあった。旧正月の日に壁に貼《は》ってあった金色の文字の書かれた赤い札、色あざやかな燈籠《とうろう》で飾られた仏壇、仏前に供えられた蜜柑《みかん》、饅頭《まんじゅう》、飴《あめ》……。高木の家では見たことのないきらびやかな建将の家の正月の光景を英雄はよく憶《おぼ》えていた。あの家に泊りに行ったことが幾夜もあった。建将の姉二人と蒲団《ふとん》の中で台湾の粽《ちまき》や飴を食べた。

口の中に渋い味がひろがった。今しがたトラックが立てた砂埃《すなぼこり》が口に入ったのかもしれない。英雄は、そこに立ったままでいると建将の母親があらわれそうな気がして、新開地の方へ歩き出した。建将の母に逢《あ》いたくなかった。真《ま》っ直《す》ぐ家へ戻ろうかと思ったが、なんとなく港の方へ足がむいた。水天宮《すいてんぐう》の境内の裏手へ続く路地を歩いた。子供たちが前方から棒切れを手に走って来る。

英雄は、今日の午後、裏山で殴られながらも山末に立ちむかって行った建将のことを思った。岩の上からちらりと見やった建将の目が浮かんだ。子供たちが声を上げて過ぎた。つい昨日までこのあたりを建将と走り回っていたような気がする。

——建将が新入生を剣道場の裏に呼んで殴りつけたらしいぜ。俺、あいつ陰気だから嫌だよ。

去年の春、隆の言った言葉がよみがえった。

水天宮から入江沿いの道に出て、桟橋へ続く堤防の上を歩いた。海風が耳元を吹き

く。

にむかう船が焼玉エンジンの音を立て、煙りを船尾になびかせながら沖へ出航して行

抜けて行く。満潮へむかう潮の流れが波音を響かせて辰巳開地《たつみかいち》へ寄せている。夜の漁

英雄は旧桟橋の階段を下りると、ときおりひとりで過ごす大岩の上に登った。彼は鞄《かばん》を放り投げると、それを枕《まくら》にして横になった。頬に潮風が当たる。指で左頬をなぞった。傷は先刻より膨《ふく》らんでいる気がした。母の絹子の顔が浮かんだ。

――どうしたの、その傷。また喧嘩をしたんじゃないでしょうね。

この顔を見たら、絹子は眉間《みけん》に皺《しわ》を寄せて傷を受けた理由を尋《たず》ねるだろう。

何も返答をしない自分にむかって、

――暴力をふるう人間が一番愚かだと言っているのが、どうしてわからないの。

そう言って哀《かな》しそうな表情をするにちがいない。

「あの時もそうだったもんな……」

英雄は独り言のように呟《つぶや》いて、左耳のうしろを指先で触れた。かすかな痛みが走った。英雄の左耳のうしろには何針かの縫合手術の跡がある。その傷を負わせたのは建将だった。英雄と建将の争いを止めに入った高木の若衆の幸吉《こうきち》の腕にも、建将は血だらけの口で嚙《か》みついた。

「このガキ、狂犬みたいな真似《まね》をしやがって」

幸吉が建将を殴り倒した。それでも建将は地面を這《は》いながら石を拾い上げ、幸吉に投げつけた。石は源造《げんぞう》の部屋の戸に当たってガラスを割った。ガラスの割れる音を聞いて、英雄は逆上し建将に突進した。建将は新しい石を握って英雄の顔をめがけて殴りつけた。幸吉が二人を引き離し、

「高木の坊ちゃんに何をしやがる」

と建将の横っ面《つら》を拳固《げんこ》で打った。建将は首をがっくりと前に折って、洗い場の石の脇に倒れ込んだ。

「この野郎、どこのガキだ。……坊ちゃん、あっ、耳が大変だ。おい誰か」

騒ぎを聞きつけて東の棟の連中が飛び出して来た。江州《ごうしゅう》が英雄の耳を押さえて、医者だ、と若衆を怒鳴りつけた。英雄は頭が朦朧《もうろう》としていた。大変です。英雄さんが血だらけです、と叫ぶお手伝いの小夜《さよ》の声に続いて、絹子の声が聞こえた。どうしたの、何があったの？　まあ英雄の耳が……。絹子の手が頬をつつんだ。このくそっガキが英さんの耳を喰い千切ろうとしやがって。忌々《いまいま》し気な幸吉の声に絹子の声が重なった。幸吉、やめなさい、どうしたのその子は？　宋君じゃない。この子は大丈夫なの？　この子は英雄の友だちです……。

病院で目を覚ました時、絹子の心配そうな顔が覗《のぞ》いていた。顔に包帯を巻かれて口が開かなかったが、英雄は絹子にかすかに頷《うなず》いた。

「どうして喧嘩をしたの？　宋君とは一番仲良しだったじゃないの」

絹子に言われて英雄は建将のことが気になった。幸吉に殴られて洗い場の石の脇で動かずにいた建将の丸坊主《ぼうず》の頭を思い浮かべた。と同時に、口を血だらけにし、それでもなお英雄の顔を石で打とうとした建将の狂ったような顔も……。

——殺してやる。高木の奴は皆殺してやる。

建将は高木の家に突然入って来て、英雄を見つけるとそう叫んでむかって来た。どうして建将がいきなりそんなことを言い出したのか、英雄には訳がわからなかった。しかし建将の目にはあきらかに自分に対する憎しみが浮かんでいた。

絹子の嗚咽《おえつ》する声が聞こえた。

「他所《よそ》からやっとこの町へ来て頑張っている家の子供同士が、どうしてこんな哀しいことをしなきゃいけないの。英さんは宋君にひどいことをしたの？……」

建将の母親が、父の斉次郎《さいじろう》のところへ謝りに来たことは後になって聞いた。斉次郎はそれを許さず、建将の一家にこの町から出て行けと言った。それを絹子が執《と》り成《な》した。建将が英雄にむかって来た理由がおぼろにわかったのは、その事件からかなり日数が過ぎてからのことだった。

英雄は高木の若衆の時雄《ときお》からその理由《わけ》を遠回しに聞いた。

「ほれっ、あの家にはべっぴんの双児の娘がいるでしょうが。かたっぽうは耳が悪くて使いもんにならないらしいが、もうひとりの方はえらいいい女でしてね。ダンスホールの〝エデン〟に遊びに来ているうちに、踊り子になりたいって言い出したんですよ。まだ十七、八歳なのにずいぶん度胸のある女でね。その娘を新開地の土佐屋の主人が狙《ねら》ったんですよ。生娘《きむすめ》の上に妙に艶《いろ》っぽくて上等そうな身体《からだ》をしてましたからね。それを知っておやじさんが、へへへ……」

時雄は意味あり気に笑ってから、

「けどあの女、シャブを覚えちまったんだな。たしか最後は土佐屋がどこかへ連れてったって聞いたがな。いい女だったけどな、畜生《ちくしょう》」

と思い出したように舌舐《したな》めずりをした。

英雄は小学生の時に、建将の二人の姉と風呂に入ったり水浴びをしたことがあった。二人とも朗らかでやさしい姉妹だった。

英雄は時雄に聞いた話を江州に問い糺《ただ》した。

「英さん、そりゃ噂《うわさ》ですよ。この界隈《かいわい》にはそんな話はごまんとあります。おやじさんはそんなことをする方じゃありません。ただ、男と女の話というものは少し歪《ゆが》んで外へ出て来るもんです。男と女ってのは厄介《やっかい》なもんなんですよ」

江州の話し方にも何か別の含みがあるように英雄には聞こえた。ただ誰に訊《き》いても、建将の姉がどこへ行ったかはわからなかった。

——あの人は死んでしまったのだろうか？

英雄は、あどけなく笑っていた建将の姉の顔を思い出していた。

古町界隈《かいわい》では、まだ若い女を売り飛ばすとか、流れ者が争いごとの末に沖の海に沈められたとかいう噂を、平気でする大人がいた。

ただ英雄は、行方のわからなくなった建将の姉の生きている場所が、ひとつだけあるような気がした。そこは日中でも陽の当たらない湿った狭い場所だった。いちじくの葉蔭にじっと身を潜める守宮《やもり》のように建将の姉が隠れていて、その隣りに薔薇《ばら》の刺青《いれずみ》をした男が、彼女の肩に手をかけて息を殺している光景を思い浮かべた。そこはもう英雄の踏み込めない場所で、父の斉次郎や高木の家の番頭格の男たちが、決して英雄や絹子に覗かせない世界のように思えた。

——高木の家は建将に何か惨《むご》いことをしているのだ。

そう考える方が建将の怒りの理由を納得できる気がした。漠然とした罪の意識だけが建将に対して残った。

——あいつ陰気だからな。あいつの目を見てると蛇か蜥蜴《とかげ》を思い出すよ。

隆の言葉がまた耳の奥で聞こえた。

「初めっから陰気な奴じゃなかったんだよ。建将は……」

英雄は呟《つぶや》いた。建将はもともと隆の言うような性格ではなかった。華南小学校の少年野球チームでプレーをしていた時も、ピンチになると建将はサードのポジションから英雄のいるマウンドに寄って来て、

「英ちゃん、大丈夫だ。あんなバッターいちころだって」

と勇気づけてくれたし、他所の町の子供たちと喧嘩になった時も、二人していつも立ちむかって行った。旧正月の日、高木の家に遊びにきて爆竹で火傷《やけど》して、絹子に薬を塗ってもらい恥ずかしそうに笑っていた顔。建将の家へ泊りに行った夜、蠟燭《ろうそく》の灯りの下で見せてくれた宝物……。

「これが俺の父ちゃんだよ。抱かれてる赤ん坊が俺だよ。父ちゃんは戦争へ行った時の鉄砲の弾がずっと腹に入ってて、それが膿《う》んじまったんだ。小倉の病院で手術をしたんだけど、死んじゃったんだ……」

写真を見ながら建将が、淋《さび》しそうな目をして言った。

「建将に目が似てるね」

英雄の言葉に、

「そうだろう。父ちゃんは料理の腕前が良かったんだって。ひと儲《もう》けしたら台湾へ俺たちを連れて帰るんだって言ってた。だからいつか、俺が母ちゃんや姉ちゃんたちを連れて帰るんだ」

と目をかがやかせながら言っていた。

「建将ならできるよ」

英雄が言うと、建将は嬉《うれ》しそうに頷いて、その色褪《あ》せた一枚の写真を大事に箱の中に仕舞った。

やがて店の手伝いをしなくてはいけないと野球チームをやめて、大きな大人用の自転車に乗って出前をしていた建将を、英雄は時折見かけることがあった。雨の日も大人の合羽《かっぱ》を着て出前に出掛ける建将を見て、彼を自分よりはるかに立派だと思った。それがあの事件以来、古町や新町で建将の姿を見かけることがなくなった。学校で顔を合わせても建将の方から去って行った。……………

遠くで船の汽笛の音が聞こえた。続いて潮風を裂くようなサイレンの音が対岸から数度響き渡った。紡績工場で働く人たちに交替時間を告げるサイレン音だった。

英雄は目を開けた。視界を黒い影が横切った。かすかに鳥の鳴き声がした。燕《つばめ》の声に似ていた。こんな早い時期に燕が渡って来たのだろうか。高木の家の軒に燕はまだあらわれない。岩の上にあおむけに寝転んで、チイチイと鳴く声を聞いているうちに、英雄は昼間、山の中で逢った北条美智子が耳元で立てた乾いた音を思い出した。あれは美智子が自分の頬にキスをした音だったのだろうか。

――キスはご褒美《ほうび》。痛いのは罰よ。

鼻の奥で、頬をすり寄せた時に嗅《か》いだ美智子の甘い髪の匂《にお》いがよみがえった。別れ際《ぎわ》に美智子が、鼻に皺を寄せながら唇をすぼめて投げキスをした愛らしい仕種《しぐさ》が、対岸に点《とも》りはじめた工場の灯に浮かんで消えた。

――皆私の周りから去って行ったわ……、そうして私もいつか死んでしまうのよ。

火葬場の煙突の煙りをじっと見ながら呟《つぶや》いた美智子は、死の恐怖におびえていた。それはつい数年前まで、英雄が抱いていた恐怖と同じものに思えた。美智子の不安がわかる気がした。

――素敵でしょう。

自分の名前を説明し、明るく笑った美智子の顔がまたあらわれた。

素敵という言葉の響きが、都会で生まれた美智子には似合っていた。美智子の身体からは都会の匂いがする……。英雄は枕代りにしていた鞄《かばん》に頬ずりをした。熱い吐息が口元から頬を抜けて耳を温めた。美智子を抱きしめてみたいと思った。弾力のある胸の感触が残っている右手を、英雄は握りしめた。

夕闇《ゆうやみ》があたりを覆《おお》いはじめた。

砂埃《すなぼこ》りを巻き上げていた採石場の白い山肌に一粒の雨が落ちると、金属音に似た雷の音が轟《とどろ》き、瀬戸内海沿いにあるちいさな湾は春の雨に濡《ぬ》れはじめた。

二日ばかり続いた雨は、桃の節句を迎えた朝方に半日降り止《や》んだが、午後になると海峡から雨雲が押し寄せて、岸辺はまた雨につつまれた。

翌日も朝から雨が降り続いた。入江の水面は濃灰色の水煙りに覆われ、中洲《なかす》にかかる葵橋《あおいばし》も曙橋《あけぼのばし》も、首のない男の幽霊のように黒く翳《かす》んでいた。入江の両岸に繫留《けいりゅう》された漁船やベカ舟は、霧の中に沈んだように動かなかった。辰巳《たつみ》開地《かいち》の女たちはバラック建ての家の軒に洗濯物を吊《つる》し、鬱陶《うっとう》しい雨雲を眺めて日がな過ごしていた。そんな雨空にむかって、紡績工場の煙突から噴き出す煙りだけが濛々《もうもう》と立ち昇っている。

新桟橋には工場へ送り込む石炭を満載した運搬船が続々と連なって、荷降ろしの順番を待っていた。荷を運ぶ沖仲仕《おきなかし》たちは雨合羽で身をつつみ岸に並んでいる。雨に煙る桟橋にじっと立つ男たちの姿は、黒く光る合羽で濡れガラスの群れのように映った。

雨空にサイレンの音が響いた。

そのサイレンの音を聞きながら、高木の家の母屋《おもや》の縁側で、お手伝いの小夜が洗濯物にアイロンをかけている。居間では絹子が、節句に飾っていた雛《ひな》人形の面《おもて》をひとつずつ布で拭《ふ》いては木箱に仕舞っていた。

「よく降りますね」

小夜が手を休めて庭先を見つめた。

「つまらんの、キャッチボールもできんが」

縁側の端に腰掛けた正雄が、グローブにボールを投げ入れながら言った。

水音がした。雨垂れがこしらえる無数の撥《は》ね跡を掻《か》き消すように、池の真ん中に鯉《こい》が浮き上ってきて大きな波紋をひろげた。その輪に舞い落ちた柳の緑葉が揺れた。

「兄ちゃんのとこへ行って来ようかの」

正雄が英雄の部屋のある東の棟《むね》の方を見た。

「英雄さんは朝から出かけられましたよ」

小夜が答えた。

「大きゅうなるといいの。日曜日はどこにでも行けて」

正雄は不満そうに呟いた。

「正雄さんもすぐに大きくなりますよ」

小夜が英雄のシャツを両手でひろげ、アイロン台の上に載《の》せた。

「俺はチビだからの……」

正雄がちいさな声で言った。

「大丈夫です。英雄さんも正雄さんと同じ歳《とし》の頃はそうでしたから」

「ほんとうか、小夜」

正雄の声が急に大きくなった。絹子が二人の会話を笑って聞いている。

港の方角から船の汽笛の音がした。絹子が顔を上げた。糖蜜《とうみつ》船が入港したのだろう。

正雄も汽笛の音がする方角を見上げた。大柳の木のむこうに、どんよりとした雲がゆっくりと流れていた。

雨雲の流れる先に辰巳開地の中洲はあった。そこには岩の上にしがみついた蟹《かに》の群れに似た、ちいさくて崩れ落ちそうな家々が密集している。

その中洲の突端にある小屋の中で、ツネオは口元に小豆《あずき》の餡《あん》こをつけたまま、三個目のお萩《はぎ》をほおばっていた。

「いや、ほんまに美味《うま》いわ。いつもすまんのう、英ちゃん」

ツネオは英雄に礼を言いながら、妹の田津子《たづこ》にちらりと目をやった。

「おい田津子、汚すと先生に叱《しか》られるぞ。お萩を食べてから見ろ」

田津子は蜜柑《みかん》箱の前で、今春新入学で使う教科書に目をかがやかせて見入っていた。

部屋の隅には大小の空缶《あきかん》が積まれ、荒縄で縛った黒いゴムのついた電線が束ねてある。

「どうしたんだ、この電線？」

英雄が訊いた。

「旧桟橋《さんばし》に捨ててあったのよ」

「こんなもんが本当に捨ててあったのか？」

「そうよ。俺には捨ててあったように見えたがのう」

英雄はツネオの言葉に苦笑した。

「気をつけた方がいいぞ。この間も紡績工場の電線を盗もうとした男が、感電死してしもうたいう話じゃ」

ツネオは入江周辺の屑鉄《くずてつ》を集めて、それをスクラップ屋に売り捌《さば》いている。屑鉄の中でも〝アカ〟と呼ばれる赤銅《あかがね》が一番高値で売れた。その赤銅が電線に使われている。つい先日も、電信柱に登ってその電線を切断しようとした男が感電死した。

「そりゃ電気の通っとる線を切ったら死ぬに決まっとるわ。そうじゃない廃電線を見つけるのが大事なことよ」

ツネオはひとさし指をこめかみに当てて言った。

「とにかく気をつけた方がいいぞ。それと先生が春休みの間に一度、学校へ出て来いと言うことじゃ。何回も先生はここへ来たらしいが、いつもおまえがおらんと言うとった。俺にどこへ行っとるかと訊かれても、返答のしようがないからの」

ツネオは去年の暮れから、ほとんど学校へ出て来なかった。

「大丈夫じゃて。進級はさせてくれたんじゃから、四月になれば学校へも行くわ。もう少しでお母やんの身体も良くなるしな」

「それは先生も事情はわかっとると言うとった」

ツネオは、母親が病気になり市民病院に入院をしたので、妹の面倒を見なくてはいけなかった。

「女の先生はええな。ちょっとせんない素振《そぶ》りをすると、すぐにもらい泣きじゃ。三年になってもあの先生が担任ならええがの」

「俺とまた同じクラスじゃと」

「そうか、そりゃよかった。助かるわ。ところで英ちゃん、この間番長を決める喧嘩《けんか》を築港の材木置場でやったのを知っとるか」

「ああ聞いた」

一カ月前の華羽山での番長争いの喧嘩の再戦が、場所を変えて港の材木置場で行なわれたという噂を、英雄も聞いていた。

「また結着がつかんかったらしいの。建将はひとりで十人くらいとやりおうたってな。どうして英ちゃんは建将を助けてやらんかや」

「俺はそんなものどうでもいいんじゃ」

英雄が怒ったように言い切った。

「そんなもんかの。けど俺は、英ちゃんが番長になるんかとずっと思うとったがの。ああ、そうか。お母やんのことやな。英ちゃんのお母やんはそういうことを嫌うもんな。それに英ちゃんは高木の家の跡取りだから、怪我《けが》でもされたら大変じゃ」

「怪我なんかどうでもいいんじゃ」

強い口調に、ツネオは英雄の顔を見た。

「国賀《こくが》中学じゃ、番長争いで相手を小刀で刺した言うじゃないか。あそこは坊ちゃんばっかりが行くとことと思うとったが、やるもんじゃな」

ツネオは四つ目のお萩を食べ終ると残りを皿に移した。

「ちょっと待っとってや、英ちゃん」

ツネオは英雄の持って来た重箱を手にして外へ出た。重箱を洗いに入江に降りたのだろう。田津子は飽きずに教科書に見入っている。

「田津ちゃん、そんな暗い所で本を読んどると目を悪うするぞ。もっとこっちの窓の方で読め」

英雄が言っても田津子は首を横に振るだけだった。

濡れた重箱を持ってツネオが戻って来た。

「こいつ窓の方へは寄らんのじゃ。すぐに気分が悪うなるらしい。この頃、入江の水にえらい油が流れ出しとる。田津子はわしより鼻が効《き》くんですぐ吐いてしまうんじゃ。母ちゃんを診た医者も、ここじゃ胸の病気も治らん言うとったわ。けど他に行くとこもないしな……」

ツネオに言われて英雄は周囲の臭《にお》いを嗅《か》いでみた。たしかに以前より辰巳開地は泥と油の混ざった臭いがきつくなっていた。

「この間も役所のおっさんが来て、今年中にここを立ち退《の》くように言うとったが、ここを退くつもりの家はどこもないわ」

辰巳開地の立ち退きの話は英雄も耳にしていた。

「英ちゃん、民子《たみこ》が新町にお好み焼き屋をはじめたのを知っとるか。わしはもう二度もただで食べさせてもろうた」

遊廓がなくなって、そこで働いていた民子が新町で商売をはじめていた。

「ああ、知っとるが、まだ行っとらん」

「民ちゃんのお好み焼き美味《おい》しかった」

田津子が振りむくと、大声で言って笑顔を見せた。英雄も頷いて笑い返した。

「じゃ俺、帰るわ」

英雄が立ち上ると、

「英ちゃん、ちょっとええもんがあるんじゃがの」

ツネオが部屋の隅に置いてあった大小の空缶の中から、油紙の包みを取り出して来た。油紙を開くと、中から濃い茶色の柄《え》に銀色の星の飾りを埋め込んだものがあらわれた。

「ナイフか？」

「うん、この間、葵橋側に住んどった連中が夜逃げしおった。そこにあったボロの中に隠してあったんじゃ。血糊《ちのり》がついとったが、砥石《といし》で磨いたら、ほれ」

ツネオが柄の上に出た止め金を親指で押すと、パチンと乾いた音がして、刃渡り十センチほどの刃先が飛び出した。

「ほうっ、ジャックナイフかよ」

「ああ、どうじゃ、これいらんか。英ちゃんなら安うしとくわ」

「金はない」

「いつでもええ。わしはこれがあるからの」

ツネオはそう言って、水屋の背後から柄を白布で巻いた三十センチ程の長さの短刀を出して見せ、片目をつぶった。

「このあたりは最近流れ者が増えとるからの。この間も、婆《ばあ》さんひとりの小屋に押し込んだ奴《やつ》がおる」

その時、戸を叩《たた》く音がした。殴りつけるようなせわしない音だった。田津子が立ち上って壁際に後ずさった。

「誰じゃ、戸が毀《こわ》れるがよ」

ツネオが怒鳴り声を上げて戸を開けた。

ずぶ濡れになった女が針金の取手のついた缶をぶらさげて入って来た。

「な、何じゃ、節子《せつこ》か。びっくりさせやがって」

ツネオが目を剝《む》いて女を見た。

「節子、どうしたんじゃ。その恰好《かっこう》は？」

女は衣服も髪も雨にずぶ濡れになっていた。額や顎《あご》の先から零《こぼ》れた水滴が、土間に滴《したた》り落ちた。

「これ、これ……」

女はツネオに突き出した缶を揺らした。拾い集めて来た釘《くぎ》や鉄屑が入っているのか、カラカラと音を立てた。

「馬鹿《ばか》ったれが、こんな雨の中をよ」

ツネオは缶を受け取ると、土間の七輪《しちりん》の上に干してあった手拭いを女に投げつけた。女は少女がするように乱暴に頭を拭《ぬぐ》った。節子が卓袱台《ちゃぶだい》の上にあったお萩を見つけて指さした。ツネオの妹がお萩の載った皿を取って胸に抱き寄せた。

「田津子、節子にひとつやりゃええが。まだあるじゃないか」

ツネオが言っても、田津子は唇を噛《か》んだまま返事をしない。

「食べる。食べる……」

節子は大声を出したかと思うと濡れた上着の前ボタンを外してツネオにむかって乳

房を出して揉《も》み上げるようにした。

「な、何をしとるんじゃ、おまえ」

ツネオが英雄の顔を見て、あわてて女の乳房を隠した。それでも節子は大きな乳房を両手で鷲掴《わしづか》みにして、あれ食べる、あれ、とお萩を指さしながら上半身を捩《よじ》った。

「わかった。やるから静かにしろ」

ツネオは、ばつが悪そうな顔をして英雄を見た。

「じゃ、ツネオ、俺は帰る。またな」

英雄は重箱の入った風呂敷《ふろしき》を手に取ると傘を持って表へ出た。空は少し明るくなっていた。雨は上りそうだった。ぬかるんだ路地を歩きながら、胸を掻き毟《むし》っていた節子のことを思った。

節子は水天宮の裏手を流れる小川の脇《わき》の古い米搗《こめつ》き小屋に、老人と二人で住んでいた。

――あの米搗き小屋の節子は、サセコじゃ言うぜ。饅頭《まんじゅう》ひとつでやらせるらしいぜ。

いつか隆が言っていた。少し頭がゆるいらしく、素足でこの界隈《かいわい》を歩いている節子を英雄は何度も見かけた。古町や新町の若衆が冷やかすと、節子は嬉《うれ》しそうに笑ってスカートの裾《すそ》を手繰《たく》し上げたりした。節子はツネオのところへ鉄屑を持って行き、金に換えようとしていたのだろう。露《あらわ》に出した節子の乳房を、あわてて手拭いで隠していたツネオの顔がよみがえった。

いつの間にか雨は止《や》んでいた。英雄は傘を畳むと、葵橋の欄干に立って入江の水を眺めた。泥水の上に青白い油が流れている。雨で入江の水が混ぜかえされたのだろう、異臭が鼻を突いた。いつからこんなに入江が汚れてしまったのだろうか。年毎《としごと》に入江の水が汚れて行く。新しい桟橋や産業道路が伸びて行くのとは逆に、子供の頃の遊び場が、主を失ったベカ舟が、腐蝕《ふしよく》するように少しずつ消えて行くような気がする。

英雄は材木置場を抜けて家にむかった。見ると、水溜《みずたま》りの残る塀際《へいぎわ》でボールを投げている少年の姿が目に止まった。弟の正雄だった。正雄は跳ね返ったボールを取りそこねて追い駆けている。正雄は英雄の姿を見つけると、

「兄ちゃん」

と叫んで、笑いながら走って来た。

正雄は英雄のそばまで来ると、白い歯を見せて鼻先に皺《しわ》を寄せた。前歯が欠けている。

「どうだ、たくさん投げられるようになったか」

「うん、見てくれるか？」

英雄が頷くと、正雄は足を踏ん張り腕を振り上げてボールを壁にむかって投げた。大袈裟《おおげさ》な構えとは逆に、正雄のボールは壁の手前で力なく落ちた。

「ほおっ、よう投げられるようになったな」

「ほんとにか」

正雄が目をかがやかせた。

「ほんとうじゃ。兄ちゃんがおまえと同じ歳の頃は、半分も投げ切らんかったもの」

正雄は嬉しそうに頷いて、壁際に走りボールを拾い上げて来た。そうしてまた腕を振り上げた。

「もっと胸を張って投げなきゃいかんの」

「こうか」

「違うな、両手をこうしてひろげて……、もう少しこうだな」

正雄の腕を取ると、か細かった。正雄は同じ歳の子供と比べて身体《からだ》がちいさい。それを時々不満気に口にする時がある。正雄の投げたボールは見当外れの方へ飛んで行った。

「うまいことといかんの」

正雄は唇を尖《と》がらして言った。

「何回もやればうまくなるよ」

「何回って、百回か」

「うん、百回だな。百回投げたらうまいことなるわ」

正雄は水溜りの泥が跳ねるのも気にせずボールの方へ走って行った。泥水の中のボールを拾い上げる恰好が小犬に似ていた。グローブが少し大き過ぎる。以前、英雄が使っていたグローブだった。

「ほうっ、野球の練習ですか？」

高木の家から出て来た番頭の源造《げんぞう》が、英雄と正雄の姿を見て言った。

「おう、源爺《じい》ちゃん。今、兄ちゃんに投げ方を教えてもろうとるところじゃ」

正雄が大声で答えた。

「そりゃ良かったですの。正雄さんも英さんのような名選手になりますな」

源造が笑って頷いた。

「なりたいのう。これを百回投げれば兄ちゃんがなれると言うたぞ」

「そうでしょうって。なれますよ。頑張って下さい」

そう言って励ますと、源造は笑って英雄を見た。

「源造さん、どこかへ出かけるの？」

源造は大きな風呂敷包みを手にしていた。

「ええ、おやじさんのところへ届け物を」

「父さんはどこにいるの？」

「土佐屋で仕事の打ち合わせです」

「そう……」

英雄はここしばらく家で父の斉次郎の顔を見ていなかった。源造は英雄に会釈《えしやく》して古町の通りの方へ消えて行った。

正雄の手から離れたボールが英雄の足元に転がって来た。英雄はボールを拾うと壁にむかって投げた。ボールは乾いた音を立てて正雄の頭上に跳ね返って来た。指先にボールの感触が残った。

——高木君、君の家って恐ろしい家なんですね……。

去年の秋、グラウンドで投球練習をしていた英雄に、野球部の監督になったばかりの中尾《なかお》という新任教師の突然言った言葉がよみがえった。英雄はその時、中尾の言った言葉の意味がわからなかった。中尾の顔を見返した。

——君の家は警察から目をつけられている家なんだってね。

警察が時々家にやって来ることは知っているが、中尾は何を言いたいんだろうかと思った。

――私はね、この世の中で犯罪者が一番嫌いなんですよ。君の家には前科者が屯《たむ》ろしていて、犯罪者を匿《かくま》ったりしているそうじゃないですか。君もそれに加担してるんじゃないの。だとしたら君は野球する資格なんかないよ。

英雄は驚いて中尾を見た。中尾は何食わぬ顔をして英雄から離れて行った。

――犯罪者、野球をする資格はない……。

中尾の言葉が耳の奥に残った。

二年生の春になってから、野球部のレギュラーポジションをめぐる競争が激しくなった。野球の盛んな町だから、中学校の野球部と言っても百人を越える部員がいた。一年生の時からリリーフで公式戦のマウンドに立ったことがある英雄の実力は、チームの誰もが認めていた。なのに中尾が野球部の監督になってから、英雄はレギュラーメンバーから外されることが多くなった。

それはそれで上級生の投手もいるのだし、もともと技倆《ぎりょう》にはさして差がないことは英雄もわかっていた。ただ自分が極端に下手《へた》な選手とは思っていなかった。小学時代にはこの町の少年野球大会での優勝経験もあり、少なくとも同級生と比べても技倆に遜色《そんしょく》はないと自負心もあった。

他の中学校との対抗戦ならともかく、英雄はチーム内の紅白試合でさえ外されるようになった。

「どうして高木さんが投げないんだろうな」

華南小学校からやって来た後輩がベンチで囁《ささや》く声が耳に届いた。それでも英雄は黙々と練習した。全員での練習が終った後も、ひとりで毎日グラウンドを走っていた。

或《あ》る夕暮れ、ランニングをしていた英雄を、帰宅する中尾が呼び止めた。

「何をしてるんですか、君は」

英雄が中尾に練習後のランニングのことを説明すると、

「私が教えている野球以外のことを勝手にやるんだったら、野球部を退《や》めてもらわなくてはいけませんね」

と不愉快そうに言った。英雄は黙っていた。

「私はっきり言って、あなたが嫌いなんです。あなたたちの住んでいる界隈の人は皆下品でしょう。そこの親玉らしいじゃありませんか、あなたの家。退めて欲しいんですよね、早く野球部を」

英雄は顔を上げて、中尾の目を睨《にら》んだ。

「何ですか、その目は。私に楯《たて》を突く気ですか。その目はゴロツキの目だろう」

中尾は急に口調を変えて、いきなり英雄の顔を殴りつけた。英雄はその場に膝《ひざ》をついた。それでもすぐに顔を上げた。激しい怒りが湧《わ》いて、唇を噛んだ。

「帰れ、言うことが聞けないなら、明日からグラウンドに出て来るんじゃない」

中尾は人が変わったように顔を引きつらせて英雄を見下ろしていた。

翌日から英雄はグラウンドに出て行かなくなった。レギュラー争いに必死の他の部員たちは、誰も英雄に出て来いと言ってこなかった。

「よう来てくれて嬉《うれ》しいわ」

民子は不器用な手つきで鉄板の上の野菜に卵を落とした。

「おばさん、ちょっともやしの量が多いんと違うか」

隆が鉄ベラを手に、目の前に盛られた野菜を鼻をつけるようにして見ている。

「サービスよ。せっかく高木の坊ちゃんが友だち連れて来てくれたんだから」

民子は嬉しそうに特大のお好み焼きをこしらえている。

「おばさん、ついでに肉も、もう少し」

「そうね」

民子が肉のかたまりを投げ入れた。

「民子さん、そんなにしなくていいよ」

英雄が恐縮して言った。

「若い人は精をつけんとね」

「精をつけたら眠れんようになるがね、おばさん」

隆が笑って言った。

「ませた子ね。わかって言っとるの。それと、おばさんって言うの、やめてくれる。私はまだ若いんだから」

民子は先月、栈橋から帰る英雄の姿を見つけると店先まで引っ張って来て、必ず食べに寄ってよね、と念を押した。男がひとり〝民ちゃん〟と拙《つたな》いペンキ文字で書いた看板を軒に打ちつけていた。

「私のいい人……」

民子はその男のうしろ姿を見ながら、恥ずかしそうに英雄に囁《ささや》いた。

「あんた、高木さんの息子さんよ。お世話になったでしょう」

民子が言うと、男は金槌《かなづち》を持ったまま振りむき、何も言わずに英雄にお辞儀をした。

その男は今夜はいないらしい。ガラス戸が開き坊主《ぼうず》頭の男が覗《のぞ》いた。

「本田はいるか」

眉《まゆ》を剃《そ》り上げた遊び人ふうの男だった。

「いないよ」

民子が不機嫌な顔で言った。男はそんなことは気にもとめずに、

「戻って来たら明日、競輪場にいるって言っとけ」

と吐き棄《す》てるように言った。

「嫌よ。ねぇ、あの人は真面目《まじめ》になろうとしてるんだから誘いに来ないでよ。とっとと帰ってよ」

民子がガラス戸を激しく閉めた。英雄は、唇を噛みしめている民子の横顔をちらりと見た。

「あっ、ごめんね。焦《こ》げちゃうわね」

民子は急に愛想笑いをして鉄板の前に戻って来た。

「大丈夫だよ」

英雄が言った。

「そうそう、俺、お好み焼きを作るのはプロだから」

隆は焦げはじめたもやしをつまんで口の中に放り込むと、

「もうちょいってとこじゃ」

と頷いた。二人はたちまち特大のお好み焼きを平らげた。民子は二人の食べっ振りを嬉しそうに眺めていた。

「もうひとつ食べる？」

「もういかん、破裂するわ」

隆がふくれた腹を叩《たた》いた。

「坊ちゃんはもう何歳《いくつ》になったん？」

民子が訊《き》いた。

「十四歳だよ」

「そう、もうすっかり大人よね」

「あっちも大人らしいがの」

隆が笑って言った。英雄は鉄板台の下から隆の脛《すね》を蹴《け》った。

「あっ、痛《いた》ッ」

隆が顔を歪《ゆが》めて脛をさすっていると、ガラス戸が開いた。

「あらっ、江《ごう》さん。嬉しい」

民子が華《はな》やかな声を出した。江州が笑って立っていた。民子が鉄ベラを持ったまま江州に抱きついた。

「おいおい、やめろよ。本田はいるのか。おやっ、英さんも来てたんですか」

江州の背後に人影が見えた。散切《ざんぎ》り頭の若者が入って来た。内山功治だった。

「今晩は、功治さん」

英雄が声をかけると、功治は照れたように頷いて英雄に片手を上げた。隆が功治の顔を見て緊張したように座り直した。このあたりの中学生で内山功治のことを知らない者はいなかった。喧嘩《けんか》がめっぽう強く、チンピラにでもむかって行く度胸のよさは高校生も一目《いちもく》置いていた。英雄は彼を子供の頃からよく知っていた。

功治は英雄の家のある古町から川ひとつ隔てた新開地に住んでいた。華南小学校では同じ野球チームでプレーをしたこともあった。両親のいない功治は叔父の家に預けられていて、その叔父と高木の家で働く江州が仲が良かった。英雄は江州と功治の三人で遊びに出かけたこともあった。

その頃の功治はおとなしい少年だった。それでも新開地や古町の子供が他所《よそ》の町の子供にいじめられたりすると、功治は相手が歳上であってもむかって行った。子供の頃から腕っぷしが強かった。華北中に入学した時、功治が二年生ながら番長になっていることを知って英雄は驚いた。しかし、英雄は授業が終るとすぐにグラウンドに出て野球部の練習に参加していたから、中学になって彼と話をすることはほとんどなかった。

「本田は店を手伝っていないのか」

江州が言うと、

「出かけてる……」

民子は一瞬顔を曇らせたが、

「もうすぐ帰って来るんじゃない。今夜は早くに戻って来るって言ってたから」

とすぐに明るい顔に戻って言った。赤いワンピースが民子をはなやかに見せていた。

どこかで見た洋服だと英雄は思っていたが、それが高木の家で働いていたリンさんの納骨の帰りに、母の絹子が彼女にプレゼントしたものだと気づいた。

「今日はちょっとした祝い事があってな」

江州が嬉しそうに言った。

「あっそうなの、それは良かったね」

民子はビールとコップを持って来た。

「で、お祝いって何?」

「こいつの就職が決まったんだ」

江州が笑いながら功治の肩を叩いた。

「そう、良かったね」

功治が照れ臭そうにペコリと頭を下げた。

「おめでとうございます。功治さん」

英雄が言うと、功治は指で鼻を掻《か》いた。隆も、おめでとうございます、と大声で言った。功治が隆を睨んだ。

「あっ、俺アルバイトがあるから先に帰るわ」

隆はあわてて立ち上ると、民子に美味《うま》かったよと礼を言った。

「あら、急にどうしたの？」

民子が声をかけた時には、隆はもう外へ出ていた。

「中学生ならビールは駄目ね」

民子がビール罎《びん》を手に言った。

「大丈夫だろう。もう社会人だものな」

江州が功治を見た。

「飲めます」

功治が言うと、

「あら、その目はもう酒の味を知ってるわね。英雄坊ちゃんはジュース？」

「英さんも少しなら大丈夫でしょう」

江州が英雄を見た。

「うん、俺も飲んだことあるし……」

英雄が頷《うなず》いた。

「不良だね、皆」

民子が呆《あき》れ顔で三人を見てビールを注いだ。

「そうさ、不良がいいんだよ、若い時は」

江州が笑って言うと、皆笑い出し、乾盃《かんぱい》した。

「徳島興産と言やあ、この辺でも一、二を争う会社だからな」

一気にビールを飲み干した江州が、嬉しそうに言った。

「俺の行くところは、そこの子会社だから……」

功治が目をしばたたかせて言った。

「子会社だろうが、親会社だろうが、看板に変わりはねぇ」

徳島興産は瀬戸内海工業地帯に幾つかの工場を持ち、今は化学製品の部門で急成長している会社だった。

「徳島興産なの、それはすごいわ」

ビールの泡を口につけたまま民子が言った。

「さあどんどん食えよ。英さんも遠慮せんで下さいよ。それと今夜のことは、女将《おかみ》さんには内緒ですよ」

と江州はビールのコップを指し、その指を唇の前に立てた。

「うん、わかってるよ」

「今日はサービスしちゃおう」

民子が新しいビールの栓を勢い良く開けた。

「いいんだよ。お代はちゃんと取ってくれよ」

江州が空コップを民子に突き出した。

「だって徳島興産なら、これからうちも上得意になってもらわなくちゃ。その替り、初めての給料をもらった日は、必ずここへ来るのよ」

江州にビールを注ぎながら民子は功治を見た。

「なんだ、そう言うことか。おまえ商売人になったな」

江州が笑った。

食べ切れないほどの料理が出た。江州は上機嫌で、民子は彼の腕に身を預けて歌を歌い出した。功治は赤い顔をして二人を見ていた。英雄も頰がほてってきた。江州は何度も功治の頭を撫《な》で、満足そうに頷いていた。

ガラス戸が開いて男が入って来た。先月、この店の看板をこしらえていた男だった。

「よう本田、元気か」

江州が言った。

「どこをほっつき歩いてたのよ、店の金持って……。昼間おかしな男が金を取りに来たわよ。何してんのさ、競輪なの麻雀《マージャン》なの、何なのさ」

民子がヒステリックな声を上げた。

「大きな声を出すな」

男が民子を睨んだまま、低い声で言った。

「民子、そう怒るな。いいじゃないか。本田、ひさしぶりだな」

本田は深刻な顔をして背後をちらりと窺《うかが》った。外に人影が見えた。江州が目を細めて外を見た。

「よし、じゃ今夜はこれでお開きってとこだ。功治、入社式まではおとなしくしとけよ」

「わかってる」

功治が頷いた。英雄は功治と二人で店を出た。外にいた二人の男が暗がりから英雄たちを睨みつけていた。後から出て来た江州がその男たちに近寄って行った。

葵橋の袂《たもと》まで行くと、功治が立ち止まって英雄を振りむいた。

「俺はまさか徳島興産に入れるとは思わんかったよ。今度のことは木山がやってくれたんだ」

「木山って、あの補導教師の？」

木山は昔、軍隊にいたという、生徒を容赦なく殴りつけることで有名な補導の教師だった。

「あいつには何発殴られたかわからないが、あれで結構いい奴《やつ》なんじゃ。俺あいつをぶっ刺してやろうと思ったことが何度もあったんだけどなあ……。わからんもんじゃ」

英雄も一年生の時、ふざけて廊下を走り回っていて、木山に竹刀《しない》でさんざん殴られたことがあった。

功治は葵橋の上から辰巳開地、新開地、新町、古町と、ゆっくり見回してから低い声で言った。

「高木、おまえ華北の番長にならんかの」

英雄は黙っていた。

「番長になるのが嫌なのか」

「はい……」

「華北中《かほく》は半分以上が華北や華羽《はなわ》の町の生徒たちじゃ。華南《かなん》から来た連中はいつも馬《ば》鹿《か》にされる。このあたりのガキだって言うだけで男も女もいいようにされとった。俺が一年の時は、このあたりのガキだって笑われる奴もいた。俺はそれが許せなかったんだ。だから二年になった時、三年の番長を蹴落とした。卑怯《ひきよう》だと言われても待ち伏せて奴等をぶっ潰《つぶ》した。その華北中だって佐津《さつ》中や国賀《こくが》中の連中には馬鹿にされる。放って置いたら連中はどんどん俺たちの塀を越えてやって来る。だから俺はこっちから行ってやったんだ。英雄、おまえなら下の奴等はついて来るんじゃがの」

功治は英雄をちらりと見て言い、入江に目をやった。

「俺はそういうのはあんまり好きじゃないです」

英雄は功治の背中を見て言った。

「好きとか嫌いとかじゃなくて、誰かが上に立っとかなきゃ、このあたりのガキはいつもびくついて歩くことになる。考えてみろ。おまえの家だってそうじゃないか。おやじさんがいるから、江州さんや他の人たちがついて行ってるんだろう。弱い奴は俺のおやじやおふくろみたいに、子供を置いたまま首を括《くく》んなきゃいけないんだ。生まれた時から高木の家にいるおまえにはわからんのじゃ。ひとりで何もかもやってかなきゃなんない奴の気持ちが……」

功治が唾《つば》を入江に吐《は》いた。

「そんなことないですよ」

「いや、わかんねぇ。ならおまえに一度だって、その日喰うもんが何ひとつなかったことがあるかよ。ありゃしないだろう」

功治は暗い入江をじっと睨《にら》んでいた。

「…………」

英雄は何も答えられなかった。

「俺はある。人の家から喰い物を掻《か》っぱらったこともあるし、他所《よそ》の奴が持ってた物を掻っさらって喰ったこともある。でなきゃ俺はとっくにくたばっちまってたろう。俺は金持ちの家のガキを見てるだけで腹が立った。ぶん殴りたかった。おまえだって同じだった。江州さんは俺におまえのことを、高木の家を継ぐ大事な人だから助けてやれって言った。だがそれだけで、俺がおまえを殴んなかったんじゃない。このあたりにいるガキは皆一緒だ。生きて行く場所がここしかないから、ここにいるんだ。おまえには俺と同じ匂《にお》いがするから、仲間だから殴んなかったんだ。俺はおまえが俺の跡を継いでくれりゃいいと思ってるんだが……」

工場帰りの工員たちが数人、自転車で橋を渡ろうとしていた。

「ねぇ、ちょっと遊んで行きなよ」

橋の袂《たもと》の暗がりから女が三人あらわれて、自転車の男たちに声をかけた。

「なんだよ急に、おどかしやがって。オンリーか、おまえたちは」

男たちが女に言った。

「オンリーでも何でも、やることは同じじゃないの。安くしとくからさ」

女の笑い声がした。

「なんだ、ババアじゃないか」

「安くしとくからさ」

女のひとりが鼻にかかった声で男にすり寄った。

「さわんじゃねぇ、病気が伝染《うつ》るだろうが」

男たちはせせら笑いながら橋を渡って行った。

「ねぇ、あんたたち」

女たちが英雄と功治に声をかけてきた。女たちは英雄を見ると、

「なによ、ガキじゃないの」

舌打ちをして暗がりに消えて行った。

「高木、今の話考えといてくれ。嚇《おど》すような口のきき方をして悪かったな」

功治があらたまった口調で言った。

「そんなことないですよ」

「あっ、それとおまえに伝えといてくれって頼まれてたことがあった」

「何ですか？」

「この間、裏山で逢《あ》った佐津中の女。美智子って言うんだが、あいつがおまえに逢いたいってよ。これが連絡先だとよ」

功治はポケットから紙切れを出して英雄に渡した。

「あいつおまえに惚《ほ》れとんのか。……じゃあな」

そう言って功治は葵橋を辰巳開地の方へ歩いて行こうとした。

「功治さん、このあたりの子供のためにも番長がもし必要だとしたら、どうして建将じゃ、いや宋じゃだめなんですか」

英雄は功治の背中にむかって声をかけた。

「あいつでもかまわない」

「ならどうして華羽山で助けてやらなかったんですか」

「誰かの力を借りて手に入れたもんは、そいつより力がある奴が出てきたら失《な》くなっちまうんだ。自分の腕力で取るんだよ、番長ってもんは。あいつが自分の手で番長を取り切ったら、俺はそれでもかまわん」

功治のうしろ姿が闇《やみ》に消えると、急に波音が大きく聞こえて来た。英雄は古町にむかって歩き出した。途中、電信柱の灯が点《とも》っている場所で立ち止まると、功治に渡された紙切れを開いた。ピンクの紙に右上りの文字で店の名前と住所と電話番号が記してあった。北条美智子と書いた名前のそばに、ハートのマークがちいさく描いてある。紙切れを鼻につけると、石鹸《せっけん》に似た甘い香りがした。それは美智子を抱きとめた時にかいだ髪の匂いと同じように思えた。

「何してんのよ、坊や」

ふいに声がして顔を上げると、女がひとり英雄のすぐそばに笑って立っていた。

「遊ぼうか」

女はひとさし指で英雄の首すじを撫でた。酒臭かった。

「俺、金ないですから」

英雄は走り出した。走ると、ビールを飲んだせいか息切れがして、胸の動悸《どうき》が高鳴った。背筋に汗が流れた。

曙橋の袂にある角満食堂《かどまん》の脇《わき》で立ち止まり息を整えていると、新町の料亭がある路地から橋の方へむかって賑《にぎ》やかな男女の声が近づいて来た。

英雄は通りを渡って暗がりに入った。

「そんな斉次郎さん、無理ですよ」

女の声に身体《からだ》が固くなった。

「おやじさん、やめた方が……」

源造の声がした。

用水桶《おけ》の陰から路地を覗《のぞ》くと、六、七人の男女の輪の中で、父の斉次郎が着物姿の女を抱きかかえていた。酔っているのか、斉次郎の大きな身体が揺れている。

「よう、大将は横綱ですな」

着物の尻《しり》をからげた小柄な男が甲高《かんだか》い声を上げた。抱きかかえられた女は、斉次郎の首に手を回して笑っている。片肌を脱いだ斉次郎の腕が、料亭からのこぼれ灯に浮かんでいた。

「さあ土佐屋に行きましょうよ、高木の旦那《だんな》さん」

かたわらに立つ年嵩《としかさ》の女が言った。一行は英雄のいる方へむかって歩き出した。英雄はあわてて背後の細い石段を駆け降りると、階段の下にしゃがんで斉次郎たちの通り過ぎるのを待った。斉次郎は先刻の女を抱きかかえたまま行き過ぎた。足音が遠去かると、息を殺していた英雄は大きく吐息をついた。

岩を打つ水音に気づいて振りかえると、そこは入江の水が入り込んだ船着き場で、小舟が二艘繋《そうつな》いであった。英雄は膝《ひざ》をついて海水を片手で掬《すく》った。ほてった顔に水を当てると、ひんやりとして気持ちが良かった。

どん突きになった船着き場から三方に水路が岐《わか》れて、各料亭の裏口へ繋がっている。水路の水は、昼間、辰巳開地で見た水と比べると澄んで綺麗《きれい》に思えた。住む者によって水までが変わるのだろうか。

見上げると土佐屋のある方角から、三味線の音に混じって賑やかな男女の声が聞こえて来た。英雄の瞼《まぶた》に、今しがた見た斉次郎に抱かれていた女の白い肌が浮かんだ。

産業道路の工事は春の間も休みなく続き、一号埋立地では薬品会社の工場建設がはじまった。塩田跡地の草叢《くさむら》からは、雲雀《ひばり》が空にむかって真《ま》っ直《す》ぐに飛び立って行く。古い堤沿いの桜並木が海風に花びらを舞わせていた。

四月になって、華北中学校は新学期を迎えた。顔にあどけなさが残る新入生が、校内のあちこちでまだ声変りをしない黄色い声を上げて騒いでいる。少し大人の顔が覗きはじめた最上級生は、そんな下級生を子供でも眺めるように見ていた。

華北中では、この年から最上学年に進学クラスが設けられた。佐津中や国賀中では、前年から進学のための編成がはじまっている。クラスの編成は、二年生の三学期に進学か就職の希望が提出され、進学希望の生徒の中から個々の成績で二クラスの進学組への編入が決まった。

英雄は進学クラスが設定される報告を絹子に伝えなかった。これまで一緒に学校へ通って来た仲間を学校が一方的に仕分けすることに納得がいかなかったし、自分は実力相応の高校へ進学すればいいと考えていたからだ。

絹子は四月になって、俳句の会で一緒になった華北中の美術教師の佐伯恭三《さえききょうぞう》から、進学クラスに英雄が入ってないことを知らされた。

「どうしてそんな大切なことを母さんに報告してくれなかったの？」

絹子はその夜、句会から戻ると、英雄を母屋《おもや》に呼んで問い糺《ただ》した。

「忘れてた」

英雄は素っ気なく返事をした。絹子は呆《あき》れたように英雄の顔を見た。

「父さんが、あなたにはちゃんと勉強をして欲しいとおっしゃっているのは、承知しているはずでしょう」

数日後、

「私が学校へ行ってお願いしても、今からでは編入できないのかしら……」

と言って、絹子は担任教師に逢いに学校へ出掛けて行った。

「高木さん、進学クラスと言っても授業の内容が特別変わるわけじゃないんです。ただ、同じクラスに進学する生徒だけを集めておくと、何かと授業もし易《やす》いものですから、何と言いますか……、就職する生徒の多いクラスは、いったん就職が決まりますと勉学が疎《おろそ》かになる者もいまして、授業の空気が……」

担任教師の説明を聞いていて、絹子は英雄が進学クラスの編成のことを報告しなかった理由がおぼろにわかる気がした。それでも、英雄が大切なことを自分に報《しら》せもせず勝手に判断したことに腹が立った。

新学期が三週目に入った雨の朝、英雄は隆とツネオの三人で待ち合わせて登校した。佐多岬の方から自転車通学する女生徒が三人を追い越して行く。器用に傘を差してペダルを踏み、風にスカートを翻《ひるがえ》して坂道を下る彼女たちの姿は颯爽《さっそう》としていた。

「くんくん、女児《おなご》が通り過ぎると甘い匂いがするの……、たまらんな」

隆が、通り過ぎて行った女生徒の方へ顎《あご》を突き出し、犬のように鼻を鳴らした。

「阿呆《あほ》か、隆よ。朝からそげんしてたら、また授業中に鼻血が噴き出すぞ」

ツネオが、突き出した隆の尻を蹴り上げた。

「痛ェ。何をするんじゃ。おまえがズル休みをする時は、俺が担任に上手《うま》いこと言うんぞ。そないなことをしたら俺は協力せんぞ」

隆が唇を突き出して言った。

校門が見えて来た。たくさんの傘が揺れて、門の前に生徒が屯《たむ》ろしている。

「おい、あいつら何をしとるんだ？」

隆が首を伸ばして言った。校門前から生徒たちの列が続いていた。

「どうしたんだ？」

隆が前にいる下級生に訊《き》いた。

「わかりません。とにかく並ぶように言われたもんで……」

見ると補導の教師が四人、校門の前に立って生徒の鞄《かばん》の中を調べていた。左手の山側から登校してきた生徒の鞄はほとんど調べず校内へ通しているのに、右手の海側から来た生徒の鞄はひとりひとり執拗《しつよう》に調べている。

「何がよ。これは俺が家から持って来たもんじゃ」

大声がした。山末一郎だった。補導教師の中尾が山末の襟首《えりくび》をねじり上げて、手に握ったものを鼻先に突きつけている。

「離さんかよ。この野郎」

山末が低い声で中尾に言った。

「口ごたえをするんじゃない、山末」

怒鳴り声がして、木山が手にした竹刀《しない》を山末の肩に叩《たた》きつけた。

「君、これは工作室の棚の中にあったものでしょうが」

中尾が山末に詰め寄った。それは肥後守《ひごのかみ》の小刀だった。木山が小刀を覗き見た。

「中尾さん、これは工作室のもんとは違うようですな。けど山末、こげんもんを鞄に入れてはいかんいう規則をおまえは忘れたのか」

木山が山末の頭を小突いた。

「木山先生、これは盗まれたものです」

中尾はしつこく木山に言った。

「中尾さん、こりゃずいぶん使い古しとる小刀じゃがの。それにこの手の小刀は工作室ではもう使っとりません」

「そうですか……」

中尾が不満そうな顔をした。

「ちゃんと目を開けて見んかい」

山末が笑って言った。

「何、もう一度言ってみなさい」

中尾が山末に殴りかかろうとした。山末は中尾の腕を取った。

「馬鹿《ばか》ったれが」

背後から木山が山末の頭を竹刀で殴りつけた。山末がうずくまった。その山末の襟元を木山は摑《つか》んで、起き上らせると、

「早う行け、山末」

と耳元で言って尻を押した。

「木山さん、彼を許すんですか」

中尾が、よろよろと校庭に入っていく山末を見て大声で言った。

「中尾さん、見てごらんなさい。生徒がこんなに並んどりますよ」

木山の言葉に、中尾はしぶしぶ右手に並ぶ列を見た。英雄の一人前にいた女生徒に順番が来た。中尾は鞄をひったくるように取って乱暴に中身をかき回した。筆箱から鉛筆がこぼれ出し泥の上に落ちた。

鉛筆を拾う女生徒の指先が小刻みに震えていた。すぐ左の列では、山側から来た女

生徒が鞄も開けられずに校内に入って行く。英雄は女生徒の鞄の奥を揺らし続けている中尾の顔を睨みつけた。雨垂れの落ちる泥の上に手編みの珠算ケースが落ちた。ピンクの毛糸が泥に汚れた。英雄が前に出ようとした時、

「無茶すんなや」

と背後から低い声がした。

「誰ですか、今言ったのは」

中尾が列の後方を見た。皆黙っていた。中尾の目が英雄を見つけて、止まった。

「高木、貴様だな……」

中尾はつかつかと歩み寄り、英雄の胸倉を摑んだ。

「先公が暴力かよ」

後からまた声がした。皆が声のした方を振りむいた。中尾を睨《にら》みつけている生徒がいた。宋建将だった。

「宋、貴様か」

中尾は列を割って建将の方へ歩み寄った。

「俺、何も言うてませんよ」

建将は中尾から目を離さずに言った。

「今言ったのはこいつだろう」

建将のそばにいた生徒に中尾が聞いた。生徒たちは黙って中尾を見つめていた。

「おまえら南の連中は皆でぐるになって……」

中尾は宋の胸元を締め上げた。

「何も言ってないと、宋は言うとりますよ」

英雄が大声を上げた。

「何、高木」

中尾が英雄のところに戻って来た。

「僕は何も聞こえませんでした」

英雄が中尾に言った。

「こいつ」

中尾が手を振り上げた。その手を木山がうしろから摑んだ。

「中尾さん、ええ加減にせんと、もう授業がはじまる時間ですぞ。おまえらも早う中へ行け」

木山が生徒たちを促した。

「しかしこいつらの中に、今私を冒瀆《ぼうとく》した生徒が……」

皆ぞろぞろと校舎の方へ歩き出した。

「あの野郎、俺たちを目の敵にしやがって」

男子生徒のひとりが吐き捨てるように言った。

「差別をしとるわ、あきらかに」

新入生までが興奮した声で言った。

「なんで、うちらだけがこんな目にあうの……」

今しがた文房具を泥の上にぶちまけられた女生徒の悔しそうな声がした。建将が英雄の横を顔も見ないで早足に通り過ぎた。

休み時間にクラスの級長から、朝の補導は先週工作室から備品が盗まれたのが原因だと聞かされた。英雄は盗難があったことで、自分たち華南に住んでいる生徒たちが執拗に調べられたことに憤《いきどお》りを覚えた。

その数日後、中尾のロッカーが誰かの手で開けられて、中にあった衣服が切り裂かれる事件が起こった。犯人はわからなかった。番長グループが体育館に呼ばれて、長い間調べられたという噂《うわさ》が校内にひろがった。雨が続いていた。校内の雰囲気は険悪になっていた。

その週末、英雄は補導教師の木山に呼び出された。職員室へ行ったが木山の姿はなかった。用務員が、木山は裏の養鶏場だと英雄に告げた。養鶏場へ行くと、長靴を履《は》いた木山が身をかがめて鶏糞《けいふん》をスコップで掻《か》き出していた。

「先生、何でしょうか？」

英雄が金網越しに訊いた。

「おうっ、来たか。丁度良かった。そのリヤカーの糞を裏のキャベツ畑へ運んでくれ」

木山は英雄に、尻を突き出したままリヤカーを指さした。

「えっ」

英雄は鶏糞が積まれたリヤカーを見た。

「途中でこぼすなよ。臭いとうるさく言う先生がいるからな」

木山はしゃがみ込んだまま鶏小屋の隅の糞を集め続けている。

「東のキャベツ畑ですね」

「そうだ。行けば糞が山になってるから、そこへ放ってくれ」

英雄がリヤカーを引いて校内を横切ろうとすると、女生徒がハンカチを鼻に当てて逃げだした。校舎の二階の窓からひやかす男子生徒もいた。

「おーい、肥担《こえかつ》ぎか」

その声に英雄が窓を見上げると、下級生は英雄の顔を見てあわてて頭を引っ込めた。英雄は腹が立った。木山がわざとこんなことを自分にさせている気がした。糞を捨てて引き返すと、養鶏場の脇《わき》にはもうひと山糞が積んであった。

「それをもう一回運んで終りだ」

英雄は木山のうしろ姿を睨みつけて、スコップを手に取ると黙ってリヤカーに糞を積んだ。キャベツ畑でその糞を放り出しているうちに額から汗が出て来た。手の甲で汗を拭《ぬぐ》った。

「ほら、これを使え」

背後で声がして、いつの間にか来ていた木山が英雄に手拭いを投げて寄こした。汗の匂《にお》いがする手拭いだった。木山は畑のそばを流れる小川に入り、長靴を洗っていた。

「高木、おまえ野球部にはしばらく出とらんそうだな」

木山は小川で顔を洗いはじめた。

「中尾先生とうまく行かんのか？」

英雄は黙っていた。キャベツ畑の端からグラウンドの右翼フェンスの金網が見えた。今年野球部に入部した新入生の球拾い要員が、金網の外で声を出していた。

「中尾先生はまだ若いからな……」

木山は小川のそばの岩に腰を掛けた。ポケットから煙草《たばこ》を取り出すと、英雄の方へ差し出した。英雄が首を横に振ると、

「高木は本当に煙草は喫《の》まんのか？」

と英雄の顔を見上げた。

「俺は吸いません」

「本当か？……まあいい。わしにも高木はそんなふうには見えんものな。ところがだ……」

言葉を止めて木山は美味《うま》そうに一服吸った。

「ところが、おまえのことを華北中の影の番長じゃないかと疑っている者もおる」

英雄は驚いて木山を見た。

「誰とは言わんが、おまえが新町の映画館に出入りしたり、駅前の喫茶店やダンスホールにいるところを見た補導教師がいる。おまえたちも知ってのとおり、この春までは内山功治が華北中の番長だった。気性の荒いところもあったが、あいつのいいとこもわしは知っておる。あの養鶏小屋は二年前の冬に、わしと功治の二人で建てたんじゃ。何かひとつのことをさせたら人間の本性はわかる」

英雄は木山の話を聞きながら、功治を徳島興産に就職させたのが木山だと聞いたこ

とを思い出した。

「先月、佐津中の生徒が諍《いさか》いをして怪我人《けがにん》を出したのを、おまえも知っとるだろう。五人が停学になった。そのうち二人は鑑別所送りだ。その二人が鑑別所を出て更生できればいいが、なかなかそうはいかんのが世の中だ。一度貼《は》られた失格のレッテルは、よほど踏ん張らないと剝《は》がすことはできん。たいがいはチンピラになり、行く末は身体《からだ》を汚すことになる。わしはそんな生徒を何人も見て来た。高木、おまえは何歳《いくつ》になる？」

「十四歳です」

「数え歳《どし》なら十五だ。十五歳と言えばひと昔前ならちゃんとした大人だ。現におまえたちの身体は、人間一人を殺《あや》める力だって持っておるということじゃ。わしは、おまえたちを子供だと思ってはおらん。その替り、大人だとも思わん。宙ぶらりんの林檎《りんご》の実じゃ。ちょっと強い風が吹けば地面に落ちて腐ってしまうし、中身も酸《す》っぱくて食えたもんじゃない。しかし、今をしっかり辛抱すれば上等な林檎にもなる。ところで高木、おやじさんは元気か？」

　木山が唐突に斉次郎のことを訊《たず》ねた。

「だと思います。この頃あまり逢《あ》いませんが」

英雄は先月の夜、曙橋の袂《たもと》で見た父の姿を思い浮かべた。

「豪気な男じゃからの。わしもおまえのおやじと何度か酒を飲んだことがある。駅前のダンスホールも喫茶店もおまえの家がやっとることは知っとる。家の用事で店へ行かされることもあるだろう。けど、そこへ出入りする時は注意して行け。今日また佐瀬川の川辺りで佐津中の連中と宋が喧嘩《けんか》をしとる。あんなにムキになって宋が山末にむかって行く理由もわからんではないが、あいつは少し危ないところがある。おまえはあいつと小学校から一緒だったんだろう。少し話を聞いてやってみてくれんか」

英雄は木山の顔を見た。木山は英雄の目をちらりと見て視線を逸《そ》らした。

「宋はいい奴《やつ》です。俺の大事な友だちです。俺は中尾先生のやり方は間違っとると思います。俺には中尾先生が華南の連中を目の仇《かたき》にしてるようにしか見えません」

英雄は中尾に感じていることを、正直に木山に話した。

「中尾先生は新しい教育のやり方を学んだ人だからな。それにまだ若い。そのうちあの先生にもこの町のことがわかる」

英雄は、去年グラウンドで中尾から言われたことを木山に話そうかと思ったが、まだ木山を心底信用することができなかった。

「おまえ進学はせんのか？」

「いや高校へは行きます。父は大学まで行けと言ってます」

「ならどうして進学クラスに入らなんだ？」

「俺……、俺は皆と一緒にこの中学を出たいからです」

「そうか……」

　木山が初めて白い歯を見せた。

　月曜日の授業が終って、英雄は隆と駅前商店街に新湊劇場の映画のポスター貼《は》りに出かけた。ポスターをおいてくれる喫茶店、食堂、床屋、風呂屋《ふろや》、パチンコ店、雀荘《じやんそう》、マーケットといった人の集まる場所に、新しい封切映画のポスターを貼り、広告料として映画の招待切符を置いて行くアルバイトである。

「おい坊主《ぼうず》、今度の映画のポスターを見せてみろ」

　髭《ひげ》にシャボンをつけた床屋の客が鏡越しに言った。

「はい」

　隆はポスターをひろげて見せた。

「西部劇とイタリア映画か。おうっ、こりゃなかなかの女優だな。おやじ、こんないい女がいないもんかの」

客は胸元をあらわにした瞳《ひとみ》の大きな女優の顔を見つめて言った。

「どうでしょうかね……、お客さんの方が詳《くわ》しいでしょう」

床屋の主人が笑って応《こた》えた。

「新開地の赤線が失《な》くなって、この町もいい女が消えたものな」

英雄は床屋の壁にポスターを貼った。

床屋の主人がカミソリの刃先をなめし革でしごいている隙《すき》に、隆は客のそばに寄って耳元で何事かを囁《ささや》いた。

「おい、坊主。ここで商売すんじゃない」

床屋の主人が怒鳴った。隆は首をすぼめて後ずさった。

二人は床屋を出て、駅の方にむかって歩いた。

「ちぇっ儲《もう》けそこなったの」

隆が舌打ちをして言った。招待切符の何枚かをくすねて、隆はそれを半額で売りつけている。

「隆、あと何軒だ？」

英雄がポスターを持ち直しながら訊《き》いた。

「もう三軒じゃ。残りは風呂屋とパチンコ屋とレコード店だ」

風呂屋の番台に座っていた爺《じい》さんは隆に、切符の数が一枚足らんぞ、と怒鳴った。パチンコ屋の若い衆は、そこに置いてけとだけ言って、切符を数えようともしなかった。

「あんな店ばかりならな……」

隆がぼやいた。二人がレコード店に入ると、

「あらっ、高木君じゃない」

と店の奥から英雄の名前を呼ぶ声がした。

声のした方に目をやると、向日葵《ひまわり》の花のようなあざやかな黄色のワンピースを着た少女が英雄を見ていた。美智子だった。美智子は胸にレコードジャケットを抱いて笑いながら近寄って来た。

「へぇ、高木君はよくこの店に来るの？」

「いや、今日は……、ちょっとアルバイトで……」

「あらっ、何のアルバイト？」

テンポの早い美智子の会話に英雄が戸惑っていると、

「映画のポスター貼りじゃ」

隆が顔を突き出して、美智子の目の前にポスターをひろげた。

「へェ、ハイカラなことしてるんだ」

隆が店主にポスターを貼る位置をたしかめていると、美智子は英雄のそばににじり寄って来た。

「高木君、どうして連絡してくれなかったのよ。功治からメモを受け取ったでしょ」

大きな目をクルリと回して英雄の目を覗《のぞ》いた。

「俺、忙しかったし……」

「嘘《うそ》おっしゃい。君、野球をやってたんだって？　退《や》めたんでしょう。私は君のことは調査済みなんだからね。〝エデン〟は君んちのお店でしょ。君が居るかと思って、ホールまで遊びに行ったんだから」

美智子が英雄の顔に鼻先を近づけるようにした。甘い香りが匂って来た。英雄は思わず後ずさった。

「おい英雄。糊《のり》を取ってくれ」

隆が三脚の上に立って英雄に言った。

「わかった」

英雄があわてて糊の缶《かん》をかかえて三脚の下に行くと、美智子もついて来た。

「高木君、バイトが終ったら、うちの店に寄って。ご馳走《ちそう》してあげるから。三軒先の二階にある喫茶店〝ニューオリンズ〟。わかったわね」

「おい、本当にご馳走してくれんのか」

隆が美智子を見下ろして訊いた。

「君じゃないの」

美智子が腕組みをして言った。

「じゃ行かないよな、英雄」

隆に頷《うなず》く英雄を見て、

「じゃおまけも来ていいわ」

美智子は仕方ないという顔をして店を出て行った。

「あの女、俺のことをキャラメルのおまけみたいに言いやがって……」

口惜《くや》しそうに言いながら隆はレコード店を出た。アルファベットとカタカナの文字を組合わせた洒落《しゃれ》た〝ニューオリンズ〟の看板を見上げ、二、三度頷くと、ひとりで先に店の階段を上って行った。

「いらっしゃい。おまけ……だけじゃないわね。あの隅のテーブルに座って」

エプロン姿の美智子が隆と英雄を見てから奥を指さした。数組の男女が窓際《まどぎわ》のテーブルでお茶を飲みながら話をしている。店内には軽快なデキシーランド・ジャズの曲が流れていた。二人は美智子に案内されて、隅のテーブルに座った。

「何にする、って言いたいけど。ただの客は決まってるの。コーラでいいでしょう」

美智子が言った。

「コーラって、何じゃ？」

隆が英雄を突ついて訊いた。

「コーラを知らないの、君」

美智子が怪訝《けげん》な表情で隆を見た。

「アメリカのラムネみたいなもんだよ。でも風邪薬みたいな味だ」

英雄が言うと、

「風邪薬か。なら俺はいらん。ソーダー水をくれんかの」

「贅沢《ぜいたく》言わないで」

「高木君は何か希望あるの。そうだプリンはどう？」

「プリンって何じゃ」

隆がまた訊いた。

「プリンも知らないの、君」

「知らん」

「驚いた」

美智子が呆《あき》れたように目を丸くした。

「美智子、お客さんよ」

カウンターの中から、目鼻立ちのはっきりした女性が顔を出して言った。

「ママ、ほらこの間話した高木君。〝エデン〟の息子さんよ」

「いらっしゃい。いつも美智子がお世話になってるそうで……」

英雄に笑いかけた女性は、瞳の大きなところが美智子に似ていた。

美智子がテーブルに来て、英雄の隣りに膝《ひざ》をつけるように腰掛けた。

「あっ、おまえ、あの時華羽山《はなわやま》の裏山で……」

隆が素頓狂《すっとんきょう》な声を出すと、美智子はカウンターの方をちらりと見て、シィーッと唇の前に指を立てた。

「ふぅーん、そういうことか……」

隆が訳あり顔で二人を交互に見た。

「何よ、その目は。君って感じ悪いな」

美智子が隆を睨《にら》んだ。

「カンジって、何だよ」

「嫌だ。日本語がわかんないの」

「馬鹿《ばか》言ってろ」

隆はコーラを喉《のど》を鳴らして飲み干すと、プリンをひとくち口に入れ、こりゃ美味《うま》いわ、と目を見開いた。

英雄と隆は初めて耳にするジャズをしばらく聞いていた。やがて隆が壁の時計を見て立ち上った。

二人はカウンターの中の母親にご馳走の礼を言って店を出た。駅のバス乗り場にむかって歩いていると、美智子が追い駆けて来た。

「ねぇ、どこかへ遊びに行こうよ」

「俺はまだ仕事があるから無理じゃな」

隆が首を横に振って言った。

「君に言ってるんじゃないよ」

「おまえこそ、カンジ悪いな。なあ英雄」

二人の遣《や》り取《と》りを聞いて英雄は笑っていた。美智子が英雄の腕を取って歩き出した。

「なんだ、おまえらできてんな」

隆が二人を指さして笑った。

「違うよ。手を離せよ」

英雄は美智子の手を振りほどこうとした。

「何よ。手をつないだくらいで、意気地無《いくじ》しね。ねぇ〝エデン〟に連れてってよ。うちの店に〝エデン〟の踊り子さんたちよく来るのよ」

「連れてってやれよ、英雄」

隆が英雄の脇腹《わきばら》を突ついて笑った。

英雄が〝エデン〟の切符売場を覗いた。

「あら坊ちゃん、珍しいわね。どうぞ」

中から女の声がした。ドアが開き、切符切《も ぎ》りの女が出てきて美智子に笑い掛けた。中に入ると、美智子はホールを見回して、小走りに中央に駆け出した。

「へぇ、こうやって見てみると、ダンスホールの中って広いのね」

美智子はくるりと一回転して大声で言った。美智子の声が谺《こだま》した。

ホールの奥から、うしろむきにゆっくり歩いて来る男がいる。

「何してんの、あれ」

美智子が訊いた。

「滑り止めの蠟《ろう》を撒《ま》いてんのよ」

女の声に振りむくと、黒いパンツに赤いセーターを着た女が立っていた。〝エデン〟のマダムの杉本リエだった。

「おひさしぶりね、坊ちゃん」

リエが英雄に微笑《ほほえ》みかけた。

「こんにちは」

英雄は頭を下げた。

「あらっ、今日はデートなの？　可愛《かわい》いお嬢さんね」

リエが美智子を見て言った。

「ありがとう。あなたは東京の人ね」

美智子が口元に笑みを浮かべて訊いた。

「そうよ。お嬢さんもそうかしらね」

「そう、私は青山の生まれ」

「私は渋谷よ。隣り町ね」

二人は顔を見合わせて笑った。

「この町に東京の人がいたなんて……。ねぇ、ニール・セダカの曲ある？」

「勿論《もちろん》、あるわよ」

リエが指を鳴らした。乾いた音がホールに響いて、若い女がひとり奥から顔を出した。リエは女に曲名を告げた。やがてホールに音楽が流れ出した。頬に音が当たって来るようなボリュームだった。英雄は足元が音響で揺れているような気がした。美智子は身体《からだ》でリズムをとっている。我慢ができなくなったのか、彼女はホールの中央に出て踊りはじめた。

雷「元気な子ね。お父さんは今、二階にいるわ。呼んで来ましょうか」

リエが英雄に囁《ささや》くように言った。

「いいえ、勝手に来ると叱《しか》られるから」

英雄はあわてて断わった。

「お父さんに？」

「いや、絹……、母にです」

「そう。でもこれからちょくちょく来てよ。ダンスは好き？」

英雄は首をかしげた。

春「お父さんは好きよ」

「俺、音痴だから……」

「音痴とダンスは関係ないわよ」

「ねぇ、高木君、踊ろうよ」

美智子がホールの中央から手招いた。英雄は大袈裟《おおげさ》に手と首を横に振った。リエが中央にすすんで美智子と踊りはじめた。

美智子がターンをするたびに、スカートの裾《すそ》が高くひろがって、足の付け根まで見えそうになった。そんなことはおかまいなしに美智子は踊っている。マンボズボンを穿《は》いたリエが男のダンサーのように映った。リエが美智子から離れて、クルクルとターンをしはじめた。リエの周囲に旋風《つむじかぜ》が巻いているように見えた。二人がまた手をつないだ。リエに抱かれた美智子が大きく身体を反らせた。英雄は息を呑《の》んだ。髪が窓から差し込む光に当たり、銀の房が揺れるようにきらめいた。英雄は息を呑んだ。目の前の光景は古町にはない、まったく別世界のものだった。初めてダンスを美しいと思った。

曲が終ると二人は嬉《うれ》しそうに笑い出した。美智子が大人びて見えた。

英雄は急に斉次郎が二階にいることを思い出し、見つかる前に帰ろうと、入口にむかって歩き出した。美智子がそれを見て追い駆けて来た。英雄が外へ出て行くと、

「ねぇ、〝エデン〟っておしゃれよね」

息を切らしながら美智子がついて来た。

「そう言えば昨日また、華北中の不良連中が私の学校の裏に来ていたわ。この頃しょっちゅう来てるわ。一番の悪連中が鑑別所送りになって、雑魚《ざこ》がやりたい放題だものね。女の子も一緒になって夜中まで遊んでいるの。馬鹿みたいだわ」

「おまえは行かないのか？」

「おやっ、その目は心配をしてくれてるのかな？　だと嬉しいわ」

スキップした美智子の足元で、サンダルの花びらが揺れた。

「やっぱり高木君は、他の男の子とちょっと違うなって思ってたんだ」

美智子が嬉しそうに言った。

「………」

英雄は、サンダルの花模様を見ているうちに、夏の花火のようだと思った。

「私、君のこと、もっと好きになっちゃった。ねぇ、明日も逢《あ》おうよ」

美智子は急に道の真ん中に立ち止まって言った。

「好きな人のそばに、私、ずっといたいの」

英雄は、美智子の真剣な目差《まなざ》しに耐えられず、思わずうつむいた。

「高木君、いいえ、これからは英雄君って呼ぶわ、いいでしょう？　英雄君、この間山の中で、私が、私の周りの人は皆いなくなっちゃうって言ったら、君はそんなことはないって言ったね。本当にそう思う？」

英雄は目を上げて美智子を見返した。

「本当さ。俺はそう思うよ。ずっと嫌なことは続かないんだよ。そうリンさんが……、いや、俺はそう教えられた」

英雄ははっきりと言った。

「ママと同じことを言う人がいるのね。君は私より歳下《としした》だけど、そんなところが少し変わってるから好き。ねぇ、英雄君は私のこと好き？」

大きな目に見つめられて、英雄はまたうつむいた。

「嫌いなの？ どこが……」

「そうじゃないよ。よくわからないんだ。俺は……」

「なら、よかった。ねぇ、誰かを好きになったことはある？」

誰かをと訊《き》かれて、英雄は四年前の夏に原爆症で死んだ美津の顔を思い浮かべた。

どうしてふいに美津の顔があらわれたのかわからなかった。英雄は美智子のサンダルを見ているうちに、サンダルの模様があの夏の夜見た花火に似ていることに気がついた。

「どうしたの？ 怖い顔をしてるわ。もしかして、今好きな人がいるの？」

切羽詰まったような目で美智子が訊いた。

「いないよ。僕は女のことなんか考えたことないから」

英雄は不機嫌そうに答えた。

「よかった。フフッ、僕って言い方、英雄君に似合うわね。素敵よ」

英雄は美智子の口のきき方に腹が立った。

「あっ、怒った。かたえくぼだ」

英雄は美智子に背をむけると、何も言わずに駅の方へ足早に歩き出した。背後で美智子の謝る声と足音がした。英雄は振り切るように駆け出した。


長雨の続いた春が終って、中国山地は青く霞《かす》んでいた。塩田のひろがる西浜の海から積乱雲が盛り上った。町の家々では、高く揚げた鯉幟《こいのぼり》が薫風《くんぷう》にそよいでいた。

しかしそれも束《つか》の間《ま》で、空には雨雲が低く垂れ籠《こ》め、再び雨の日々がはじまった。春先から雨の続く年は水害が多いという年寄りたちの言葉どおりに、佐瀬川の上流では河川が氾濫《はんらん》し、ダム工事の現場で怪我人《けがにん》が出た。辰巳開地の地盤が緩んで数軒のバラック小屋が海に崩れ落ち、老人が一人死んだが、幸いツネオの小屋は被害を免れた。

道はぬかるんで、町の南の土地の低い一帯に住む生徒たちは、泥濘《ぬかるみ》に足を取られながら通学させられた。生徒たちの通学路を、工事のトラックが泥水をはねながら猛スピードで通り過ぎた。

雨の日の昼休み、生徒たちは廊下に屯《たむ》ろして過ごしていた。英雄は教室の窓辺に頬《ほお》杖《づえ》をついて、水溜《みずたま》りのグラウンドを見つめている。

「おい、英ちゃん。聞いたかよ」

隆が隣りの教室から、カレーパンを齧《かじ》りながらやって来た。

「何を？」

「建将のことじゃ」

怪訝《けげん》な表情で英雄は隆の顔を見た。

「建将がどうしたんだ？」

「昨日の放課後、中尾に捕って、体育館に連れ込まれてこてんぱんにやられたらしい」

「中尾にやられた？　どうして」

「野球部の新入部員を脅して金を巻き上げたんだとよ。それがばれて……」

英雄には、建将が歳下の生徒から金を脅し取るとは思えなかった。

「建将がそんなことをするものか」

「いや、それが華南小から来た新入部員が、華北の連中から先に金を取られてたらしいんじゃ。その話を建将が聞いて金を取り返しに行ったそうだ」

「それで建将は今どこにいるんだ？」

「今日は休んどるって」

中尾の陰険な目付きと建将のうなだれた顔が雨垂れに重なった。

英雄は、華南小から野球部に入部した後輩たちから、野球部での中尾のやり方を耳にしていた。

「高木先輩はどうして野球部に戻って来て下さらないんですか？」

後輩たちが訴えるような目をして英雄に言った。中尾は華南小から来た選手をひどく嫌っていた。

「おまえたちの親はいったい何をやってる連中なんだ。もっと頭を使えんのか」

それが口癖の中尾は、ノックの時に華南の選手がエラーをすると、

「パンパンか、おまえは」

と平気で怒鳴った。華北から来た後輩の選手たちが、

「パンパンって何じゃ」

と訊くと、華北の先輩たちは、

「股座《またぐら》からボールがどんどん抜けて行くことじゃと」

と嘲笑《あざわら》った。

「そりゃ傑作じゃ。あいつらは新開地じゃもんな」

中尾も一緒に笑っていたという。英雄はこのことを木山か他の教師に話そうと思った。しかし、木山をまだ信頼することができなかった。

翌日の午後、英雄は仮病を使って学校を早退すると、真《ま》っ直《す》ぐ新町にある建将の家にむかった。英雄は、父の斉次郎や〝エデン〟で働いている高木の人たちが、建将の姉をひどい目に遭《あ》わせたのなら、彼に謝ろうと思っていた。そして番長争いなどやめるように言おうと決めていた。

新町に入ると〝上海飯店〟の看板が見えた。英雄は店の裏手に回って大声を出した。

「宋君、宋君、建将……」

返事はなかった。裏の戸が開いて建将の姉があらわれた。英雄を見て姉は一瞬、驚いたような顔をした。

「どうも、英ちゃん。ひさしぶりね」

「建将、君、い、ま、す、か」

　英雄は耳の悪い姉に言葉が伝わるように、大きく口を開いて一言一言を丁寧に発音した。英雄の笑顔に、姉も笑って、応えた。

「建将は、まだ、学校から、戻って、ないわ」

建将は家には内緒で学校を休み、どこかへ行っているのだろう。その時、裏の戸がまた開いて、建将の母が前掛けを外しながら出て来た。

「あらっ、高木の坊ちゃん。どうなさったんですか。学校はもう終ったんですか……。建将が何か？」

母親は思いつめたような目で英雄を見た。

「いいえ、学校で逢《あ》った時にちょっと言い忘れたことがあって、それを言おうと思って来たんです。おばさん、建将君が帰って来たら、俺、家で待ってますから、遊びに来てくれるように言ってくれますか」

英雄はつとめて明るい声で言った。

「そうですか。学校では坊ちゃんとお話もしてるんですね。心配してたんです。あんなことがあって仲たがいをしたままかと思って……」

建将の母は安堵《あんど》したように頷いた。

「もう怪我の方は大丈夫なんですか。耳の方はなんともありませんか」

「ぜんぜん。大丈夫です、ほらっ」

英雄は右の耳たぶを大袈裟《おおげさ》に引っ張って、音がするほど叩《たた》いてみせた。

「じゃ、おばさん、建将君が戻って来たら、俺、家で待ってるって伝えて下さい」

英雄は、姉と母親にお辞儀をして走り去った。

建将は高木の家へやって来なかった。

翌日、英雄が登校すると、教室の雰囲気がいつもと違っていた。

隣りのクラスからやって来た隆に、英雄は訊《たず》ねた。

「隆、何かあったんか？　もう授業がはじまる時間じゃろう」

「わからん。しばらく自習じゃと。いっそのこと休みにしてくれればいいのによ」

「早川君、席に戻って下さい」

隣りから、副級長の女生徒が隆を呼びに来た。

「いいじゃないか。ちょっとくらい」

「先生に言いつけるわよ」

女生徒が冷たく言った。

「言いつけてみろ、このど近眼」

「失礼ね。華南の人って最低ね」

女生徒は英雄と隆を交互に見て言った。

「あんた何よ、今の言い方。華南がどうだって、今言ったの？」

見ると、古町の豆腐屋の娘の和枝《かずえ》が立ち上り、腕組をして相手を睨《にら》んでいた。女生徒は何も言わずに出て行った。

担任の教師はいつまで経《た》っても教室に姿を見せなかった。

ピン、ポン……と教室の正面の壁にかかったスピーカーが鳴った。グリーンの色褪《いろあ》せたスピーカーを生徒たちは見上げた。背後から隆が、今日は休校ですー、とふざけて言うと、皆が笑った。しかしスピーカーから流れてきた声は、よほど激怒しているのか、がなり声で音声が割れていた。補導の木山の声だった。

「今から名前を呼ぶものはすぐに職員室に来い。三年二組、山末一郎、三年三組、宋建将……」

呼び出された生徒の名前は皆、番長グループの一派だった。最後に、

「三年八組、高木英雄。以上の六名はすぐに職員室へ来い。すぐにだぞ」

教室の全員が英雄の顔を見た。英雄はなぜ自分が呼ばれたのかわからなかった。

「何かしたのか、英雄」

隆が心配そうに訊いた。

「いや何もしとらん」

「けど、おまえ以外は皆番長グループじゃぞ……」

「とにかく行ってみるよ」

英雄は首をかしげながら職員室へむかった。嫌な予感がした。英雄は便所へ寄って小便をした。

職員室に入ると、一斉に教師たちが英雄の方を見た。担任の教師の方を見ると顔を曇らせてうつむいていた。その奥にいる美術教師の佐伯も同じだった。

「高木、こっちに来て正座しろ」

木山が竹刀《しない》を持って立っていた。その前に五人の生徒が床に正座をさせられていた。山末がいた。何度か顔を見たことがある山末のグループの生徒が三人、そして宋建将がむこう端にいた。英雄は山末の隣りに正座した。山末の顔は腫《は》れていた。むこう隣りの生徒も同じだった。正座をすると、英雄はいきなり膝《ひざ》を蹴《け》られた。革靴の先が膝にめり込んで鈍痛が走った。

「ちゃんと膝を揃《そろ》えて座りなさい」

中尾だった。足音が近づいて来て、目の前の床に竹刀の先が見えた。

「高木、おまえなぜここに呼ばれたか、わかってるな」

木山の声だった。

「わかりません」

英雄が答えると、木山が激しく竹刀で床を叩いた。

「とぼけるな。先月の二十五日の放課後、貴様、佐瀬川の川っぺりに行ったろう。皆ばれとるんだ。どうなんだ？」

木山の野太い声が響いた。

「高木はいませんでした」

左の方から低い声がした。木山の足音が声のした方へ移った。

「宋、貴様に訊いてるんじゃない。へらず口を叩くな。誰にむかって口をきいとるか」

建将を殴る竹刀の音が続いた。

「高木はいませんでした」

また建将の声がした。

「うるさい。佐津中の先生と生徒が目撃しとるんだ。全員で六人いたとな。怪我をした女子生徒は、おまえと山末たちの名前を言っとるんだ」

ビンタの音がした。見ると、木山は建将の襟首を摑《つか》んで引き上げたまま横面《よこつら》を張り続けている。

「高木はいませんでした」

荒い息をしながら建将がなおも言った。中尾が建将のところへ行った。

「同じ町だからかばってるんでしょう」

中尾が建将を突き上げた。建将がもんどり打ってうしろに倒れた。その拍子に職員室の天井から吊《つる》してあった地図の大軸が音を立てて崩れ落ちた。棚に置いてあった花《か》瓶《びん》が床に落ちて割れ、水が床にひろがった。英雄は訳がわからないまま目の前に落ちて来た百合《ゆり》の花を見ていた。

——何があったというんだ？　建将はなぜ俺をかばってるんだ。

「やめて下さい。こんな暴力は許せません」

女教師が金切り声を上げた。

「甘いことを言わんで下さい。この事件はすでに市の教育委員会に行っとる事件ですぞ」

木山が大声で言った。教頭が木山のところに来て小声で何事かを囁《ささや》いた。

「よし、全員体育館へ連れて行け」

立て、と補導の教師たちが言った。長時間正座をしていたせいか、山末たちは立ち上ろうとして足元を取られ、床に転んだ。その背中を教師たちが蹴り上げた。山末が呻《うめ》き声を上げた。

全員、体育館に連れて行かれた。体育館に入る時、英雄は建将と目が合った。建将の唇から血がこぼれていた。彼は目くばせをして、一瞬首を振った。

――何も喋《しゃべ》るなという合図なのか。

英雄の目の前に木山がしゃがみ込んだ。竹刀の先で顎を浮かされた。木山の顔が鼻先まで近寄った。鶏小屋で見た木山とは別の顔だった。

「高木、皆喋ってみろ」

英雄は黙っていた。

「おまえ喋らんと鑑別所送りだぞ」

「もうこの連中は皆鑑別所送りですよ。この不良たちが華北からいなくなれば清々《せいせい》します」

中尾のヒステリックな声がした。

「高木、喋らんなら、わしが言ってやろう。五月二十五日の昼間、おまえら番長グループは佐津中の女生徒をふたり、佐瀬川の川っぺりにある小屋に連れ込んで輪姦《りんかん》をはじめた。その最中に佐津中の番長グループがやって来て喧嘩《けんか》になった。そこに佐津中の補導教師が来て、おまえたちは女生徒を連れて逃げた。その後、おまえたちはその女生徒を脅《おど》して口止めをした。いいか、女生徒のひとりは二週間前から入院をしとる。女生徒は以前から妊娠していた上、子宮の中にひどい傷を受けて現在重傷だ。その女生徒が死んだら、おまえら全員鑑別所送りだ。高木、証人の女生徒も先生もいるんだぞ。もうすぐ、その連中もここに来る。その前に皆喋ってしまえ。おまえはただついて行っただけなんだろう」

木山が英雄の目を睨んだ。

「知りません」

「貴様、まだ白《しら》を切るのか」

右の頬に衝撃が走り、そして左頬、右頬と容赦のないビンタが続いた。

「おれに恥をかかせる気か、中尾さんがおまえたちの行動を知って待ち伏せとったんだ。それでもまだ貴様等嘘《うそ》をつきとおすのか。軍隊の本当のしごきがどんなもんか教えてやる」

鈍い音がして、頭の中が揺れた。英雄は木山から殴られているうちにのぼせて来た。

歯をくいしばった。口の中が生温かくなった。英雄への制裁が終ると、ひとりひとりが同じ質問をくり返しされては殴られた。嗚咽《おえつ》が聞こえて来た。隣りに座っていた山末一郎だった。

「俺、やっとりません。俺は、やっとりません。ただ、宋に言われて見張っとっただけじゃから……鑑別所に行かさんで下さい」

「山末、出鱈目《でたらめ》を言うんじゃねぇ」

建将が声を出した。

「うるさい、黙っとれ」

建将を木山が蹴り上げた。

「山末、裏切るのか」

建将はそれでも怒鳴った。

「黙れと言うのが、わからんのか」

床が揺れて建将が倒れた。

山末が体育館の隅に連れて行かれ、木山と中尾ともうひとりの教師に囲まれていた。

「これで終りですね、君たちも。山末が皆喋りはじめました」

中尾が戻って来て、勝ち誇ったように言った。

その時、低い声がした。

「ろ・く・で・な・し」

英雄はその言葉がよく聞きとれなかった。声はもう一度続いた。英雄は声のする方を見た。建将が床の一点を見つめたまま今度ははっきりと聞こえる言葉で、

「ろくでなし」

と喉《のど》の奥から絞り出すように言った。

「何、何と言ったの、君」

中尾が甲高い声で言った。建将は中尾を見上げると、

「この、ろくでなしが」

そう言って唾《つば》を中尾の足元に吐いた。中尾の上履《うわば》きと板張りの床に、建将が吐き出した真っ赤な唾がひろがった。

「何だと」

中尾が建将の胸元を摑んで吊し上げた。

「ろくでなし」

建将は殴られながらもその言葉を言い続けた。

「君のような人間は日本にいる資格なんかないんだ。中国でもどこでも送り帰してや

る」

「ろくでなし、が」

建将は殴られても言葉を言い続けた。

「この中国人が……」

英雄は知らぬ間に立ち上っていた。建将をかかえ上げて揺れている影に突進した。

中尾が倒れた。すぐに建将が中尾に馬乗りになって、首を絞めながら叫んだ。

「おまえたちが、お父やんを殺したんだろうが」

英雄は呆然《ぼうぜん》としてそれを見ていた。

「何をする」

木山ともう一人の教師が飛んで来て、英雄と建将をおさえ込んだ。うしろから羽交《はがい》締《じ》めにされた建将を、中尾が気が狂ったように殴りはじめた。

「中尾さん、もういい。よさんか、中尾君、よせ」

木山が中尾を制止した。中尾は異様な形相をしていた。英雄は、この男は生きている価値などないと思った。

夕刻、絹子が華北中学に呼ばれた。

英雄の顔を見て絹子は驚いた。担任の教師の顔を見て、

「あなたたちは息子に何をしたんです」

と声を荒らげた。

「ですから暴行を受けた他校の女生徒がいまして……」

担任の教師は事件を説明し、英雄が説教をされている最中に教師に暴行したと言った。

「それは本当なの？　英さん」

絹子は顔の歪《ゆが》んだ英雄に訊《き》いた。英雄は何も言わなかった。

「この通りで、高木君は何も言わないんです。事情を調べた補導の先生も、彼は居合わせただけだったと他の生徒から聞いているんですが……。けれどそんな仲間と高木君が遊んでるとは私も知りませんでした。番長グループの中には、小学校からの友だちがいるということなんですけど……、高木君は上の学校へすすむんだから、友だちを選んでもらわないとね」

担任は残念そうに言った。

「それで息子はどうなるのでしょうか」

気持ちを抑えて絹子は訊いた。

「まあ、この通りひどく説教もされていますし、本人も反省をしていると思われます。しばらくは自宅謹慎ということにして下さい」

「停学ということでしょうか」

「いいえ、そうではありません。そうなると高校への内申書にも影響しますし……」

担任は回りくどい言い方をした。

「そうですか、ありがとうございます」

「二、三名の生徒が停学処分になるでしょうな。よく調べてみますと、他校の男子生徒も絡《から》んでいたようです。なにしろ相手の女生徒は重傷らしいんです。まったくひどいことをするもんです」

担任は立ち上ると、絹子に手招きして、職員室の隅で立ち話をはじめた。それから英雄のところに戻って来ると、

「高木君、連絡があるまで自宅で勉強だ。表に出るんじゃないよ」

と言い残して立ち去った。

「英さん、どうしたの？　本当にそんなことをしたの」

絹子が英雄の手を握った。英雄はその手を払いのけて先に職員室を出た。絹子があわてて追い駆けて来た。英雄は暗い廊下で振り返ると、

「宋君は、建将はどうしたかわからない？」

と絹子に訊いた。

「お姉さんが迎えにみえてたわ。宋君がやったって、本当なの？ あの子も同じ目に遇《あ》ったの」

絹子の言葉に英雄は走り出した。

「待って、一緒に帰りましょう」

廊下に英雄の足音と絹子の声が響いた。

眠れなかった。

腫れ上った顔を家の者に見られるのが嫌で、英雄は家に帰ってから部屋に引き籠《こも》って横になっていた。天井の闇《やみ》を見ていると、中尾に吊し上げられ顔を殴打されていた建将の姿が浮かんだ。ろくでなし、と喉の奥から絞り出すように呟《つぶや》いた建将の声が耳の底に響いた。佐瀬川の川辺で起こった事件の詳細はわからなかった。どうして自分が疑われたのか見当がつかなかった。

――高木はいませんでした。

建将は何度殴られてもそう言い続けた。あれは子供の時から英雄が知っている建将だった。

「俺は建将の本当の気持ちが何もわかってはいなかったんだ……」

英雄は闇にむかって呟いた。

そう思うと中尾が憎くて仕方なかった。あの男は生きて行く価値などないのだと思った。このままでは自分も建将も負け犬になってしまう気がした。英雄は拳《こぶし》を握りしめ力を込めた。宙にむかって殴りつけたが何の手応《てごた》えもなかった。どうしていいのかわからなかった。英雄は大きく溜息《ためいき》をついて寝返りを打った。切れた唇がひりひりと痛んだ。

戸を叩《たた》く音がした。時計を見ると夜の十時だった。

「誰？」

「源造です」

戸を開けると源造が立っていた。

「少しお邪魔してかまいませんか」

「………」

英雄は返事をしなかった。源造はもう一度英雄の顔を見て、

「お休みになりたいんなら明日にしましょう」

と低い声で言った。

「かまわないよ」

源造は上框《あがりがまち》に腰を掛けた。英雄は部屋の灯りを点《つ》けた。

「ほうっ、ずいぶんといい男っ振りになられましたね。小夜が大袈裟《おおげさ》に話すものですから、少し心配していました」

源造は英雄の顔を見て、ちいさく頷《うなず》いた。

「たいしたことはないよ、これくらい」

英雄の言葉に、源造が白い歯を見せて笑った。

「あれはいつのことでしたかね。堰川《せきかわ》町の米屋の伜《せがれ》と英さんが喧嘩をなさったのは……」

源造が懐《なつ》かしそうに言った。

「もうずっと前のことだよ。リンさんが生きていた頃だもの」

「そうですか、林《はやし》が、リンが生きてましたかね。あの時の英さんの頭の瘤《こぶ》は大きかったな……。リンは英さんにどんな喧嘩のやり方を教えたんだろうかって、江州なんかと話したのを覚えていますよ」

「ちゃんと教えてくれたよ。逃げるなって」

「そうですか……。子供の時の喧嘩は後を引きませんからいいですよね」

「そうだね。今逢《あ》うと相手もばつの悪そうな顔をするものね。でもそれは俺も同じだけど……」

「そりゃいい。喧嘩っていうのもいろいろありますからね。大人が絡んだり、違う場所で生きてる連中が絡む喧嘩は、始末をはっきりつけといた方が後々良いこともあるんです。この源造に、今日、学校であったことを話しておいてくれませんか。いや、何をしようとは思ってません。ただ英さんはこの高木の家の跡を継ぐ人です。その英さんに妙な義理掛けや恨みが残っては、私たちは困るんですよ」

源造は静かに言った。

「仕返しなら自分でするよ」

源造が英雄を見た。英雄も源造を見返した。

「勿論《もちろん》、それは英さんにおまかせします。おひとりでなさるんなら、それも男として大切なことだと源造は思います。ただ事情を訊かせておいてもらえると助かるんですが……」

英雄はそれっきり黙った。源造は英雄の様子を見て、わかりました、と頷いて部屋を出て行った。

翌夕、英雄は高木の家を出て新町の建将に逢いに出かけた。店は表の戸が閉って灯も消えていた。裏手に回って家の灯りを窺《うかが》ったが人の気配はしなかった。戸を叩くまでの勇気は起こらなかった。建将はいないような気もした。家に引き返そうと材木置場を歩いていると、江州に声をかけられた。

「大変だったんですってね」

英雄は材木置場に腰を下ろした。江州も黙って隣りに座った。

「源造さんが、英さんは大人になったと言ってました」

「そうじゃないんだ。源造さんに事情を話すと父さんに伝わってしまうからね」

英雄は材木の皮を剝《は》いで、投げ捨てた。

「なら、そう源造さんにおっしゃった方が良かったでしょうね」

「そう話せば源造さんは父さんに話をしないのかな？」

「それはわかりません。話に拠《よ》りますよ。おやじさんは高木の家の家長ですからね。源造さんも俺たちも、おやじさんに身体《からだ》を預けてます。ただもし、今おやじさんに何かがあったら、源造さんも俺も、英さんについて行かなくちゃいけません。そういう約束なんです。その英さんに何かがあれば、それはやっぱり俺たちの問題でもあるんです」

「俺、そういうのは好きじゃないな」

英雄がきっぱりと言った。

「そうですか。でも俺たちは皆、英さんのことを信用していますから」

英雄は江州を見た。江州が笑った。

「江州さん、この世の中に生きてる価値のない人間はいるの？」

江州が英雄の目をじっと見た。

「どうしようもない奴《やつ》はいます。それでも叩き殺したい奴を、俺はごまんと見てきました」

江州は何かを思い出すように宙を睨《にら》んで言った。

「そんな時はどうしたの？」

「手前が、自分がどんだけ可愛《かわい》いのかを考えてみるんです。可愛い自分を失《な》くしてまでも叩き殺す価値があるのかどうかを。馬鹿《ばか》らしいですからね。喧嘩をする価値もない野郎と渡り合うのは……」

「そういうもんなんだ」

「さあ本当のところは、俺にもよくわかりません。生きてると何度もそんな岐《わか》れ道の前に立つんですよ。そうしなくとも生きて行ける、徳のある人もいるらしいんですが……」

江州は照れ笑いをして頭を掻《か》いた。英雄は昨日学校で起こったことを江州に話した。事件はその時刻にもう起こっていた。

高木の家に、建将の母親が叫び声を上げて駆け込んで来たのは、夜の十二時を少し過ぎた時刻だった。泣き叫ぶ女の声を聞いて、英雄は表へ飛び出した。すぐに江州が英雄のところへ来た。

「どうしたの？」

「上海飯店の倅《せがれ》が、制裁を加えた教師を刺したらしいんです」

「えっ、建将が。それで建将は？……」

「逃げてるって話です。教師の下宿を襲ったようです。英さん、そいつが隠れそうな場所を知りませんか」

建将の母親は、母屋《おもや》の縁側で斉次郎の名前を呼んでいる。絹子がその母親をなだめていた。

「すぐに主人も戻って来ますから」

「あの子はそんなことをする子じゃありません。何かの間違いです。どうか高木さんに、あの子を助けて下さるようにお願いして下さい」

建将の母親は、母屋の台所前の地べたに座って両手を合わせ、絹子に取りすがっていた。

「わかってます。だから少しここで休んで下さい」

その時、表の方から足音がして、背広姿の男が二人入り込んで来た。

「待て、待て、この野郎」

その男たちの前に、東の棟の若い衆が立ちはだかって制止した。

「何を勝手に入り込んで来やがった。ここがどこだか知ってやってんのか」

若い衆が怒声を上げた。

「うるさい。子供が逃げ込んでるだろう。母親がここへ来たのを追い駆けて来たんだ」

男たちは刑事だった。

「旦那《だんな》、ここにはそんな奴はいません。母親はたしかにいるが、用事があって来ているだけだ」

江州が相手に説明しているところに、源造が戻って来た。間もなく玄関先で車のエンジン音がして、斉次郎があらわれた。斉次郎の姿を見つけて建将の母が駆け寄った。

「高木さん、息子を助けて下さい」

母親は斉次郎の腕にすがって泣きながら頼んだ。事情を聞いた斉次郎は、母親と刑事を交互に見て、

「で、刺した相手は誰なんだ」

と野太い声で訊いた。

「華北中の教師です」

江州が言った。

「教師？」

斉次郎は、江州のかたわらに立つ英雄の異様な姿に気づいた。

「どうしたんだ、その顔は」

斉次郎が英雄の腫《は》れた顔を見て訊いた。

「英さんは関係ないんです」

絹子があわてて口を挟んだ。

「関係なくはないよ」

英雄はきっぱりと言い切った。

斉次郎に呼ばれて英雄は母屋に入った。英雄は斉次郎に、昼間、学校であったことを話した。英雄の話を黙って聞いていた斉次郎が口を開いた。

「その教師が、おまえたちに、この国から出て行けと言ったんだな？」

英雄が大きく頷くと、斉次郎が立ち上った。

斉次郎は母屋から出ると、屯《たむ》ろしていた東の衆にむかって声を上げた。

「上海飯店の倅を探せ。このあたりをうろうろしてるはずだ。警察より先に探して来い」

オゥッーと声を上げて、若い衆が飛び出して行った。外ではまだ、警察の車のサイレンの音が響いていた。

英雄は、古町から新町を走り抜け、曙橋を一気に渡ると、日の出橋の袂《たもと》から入江の中洲へ下る石段を駆け降りた。そこは戦争中にメリヤスを作る軍需工場があったところで、戦争が終ってからはずっと廃工場になっていた。昔、英雄は建将と二人で、よくこの工場跡に来て遊んだ。夏の夜に二人で家を抜け出して、ここで星を見ながら寝たこともあった。建将が逃げて来る場所はこの廃工場のような予感がした。

いつの間にか雨が降り出していた。雨足は強くなかったが英雄の額が濡《ぬ》れていた。

汗とも雨垂れともつかない滴《しずく》を拭《ぬぐ》いながら、英雄は鉄条網をくぐり抜けた。廃工場に入ると、息を殺して周囲の気配を窺《うかが》った。葦《あし》や枯すすきを濡らす雨の音だけが聞こえた。

警察の車のサイレンの音が、遠くから少しずつ近づいて来る。英雄は葦の中に身を隠した。曙橋を車が渡って行った。サイレンの音が遠去かると、英雄はまた周囲の様子を窺った。辰巳開地の突端の方で、時折、海を照らす灯りが揺れている。東の衆が波打ち際《ぎわ》を探しているのかもしれない。

英雄は崩れかけたレンガ塀を登って一階の屋根に立った。屋根伝いに歩けばレンガの礫山《れきやま》があり、そのむこうに、戦時中に防空壕《ぼうくうごう》として使われていた幾つかの地下壕があった。雨で足元が滑りそうだった。用心深く英雄は屋根伝いを歩き、礫山に突き当たると、そこから飛び降りた。レンガが崩れ落ちた。英雄はあやうく転びそうになって、両手を地面についた。その途端、左方で物音がしたような気がした。英雄は四つん這《ば》いになって闇に目を慣らすように前方を見た。息を殺して少しずつ前進した。もうすぐ地下壕の入口があるはずだ。英雄は立ち上った。前方の草叢《くさむら》に人影が映った。

英雄はその場にじっと立ったまま、口笛を吹いた。

ピィーッ、ピッピ、ピィーッ、ピッピ。

それは英雄と建将だけが知っている合図だった。返事はなかった。もう一度吹いた。

ピイーッ、ピッピ、ピイーッ、ピッピ……。

生唾《なまつば》を飲んだ。その直後、左方からピィーッ、ピッピと口笛が返って来た。

ピィーッ、ピッピ、……ピィーッ、ピッピ。

また口笛が返って来た。どこか喘《あえ》いでいるような、途切れ途切れに聞こえる口笛の音に建将の顔が重なった。

「建将か……、そこにいるのか」

「…………」

返答は返って来なかった。

「建将、大丈夫か。俺だよ、英雄だ。怪我《けが》はしなかったか。逃げたいんなら逃がしてやるよ。だからもう心配するな」

英雄は口笛の音のした方にむかって言った。

「…………」

草に当たる雨音だけが聞こえていた。

「本当にどこも怪我はしてないんじゃな。腹は空《す》いてないのか。ほらっ、コッペパンだ。食べろよ」

英雄は母屋の台所から持って来たコッペパンをポケットから出し、音のした方へ差し出した。

「英ちゃん……」

喉《のど》の奥から絞り出すような声が返って来た。

「建将、大丈夫か」

「英ちゃん……」

震えるような声がまた聞こえた。

「何だ？ 建将」

「英ちゃん、よくここに俺が居るって……」

「きっとここだと思ったんだ。ここは俺たちだけの場所じゃからな」

サイレンの音が更に近づいて来た。

「俺、逃げる前に英ちゃんに、英ちゃんに言うとこうと思ったことがあって……」

「ひとりで逃げなくたっていいよ。俺が大丈夫なところまで、必ず逃がしてやるから」

「ごめんな。俺、あん時、姉ちゃんのことでカッとなって、英ちゃんのことを……」

建将の声が詰った。

「違うって、俺が建将に謝らなくちゃいけないんだ。きっと高木《うち》の連中が姉さんにひどいことをしたんだ。俺はわかってるんだ」

「そうじゃない。あいつらと英ちゃんは違うってことが、俺は後からわかった。本当にごめんよ。それだけが言いたかったんだ」

闇《やみ》の中で嗚咽《おえつ》が聞こえた。英雄も目頭が熱くなった。涙が溢《あふ》れ落ちて来た。

「英ちゃん、俺のおふくろに……」

「お母さんは俺の家で、おまえが戻って来るのを待っとるよ」

英雄の言葉を聞いて建将が沈黙した。うなだれている建将の影がぼんやりと英雄の目に映った。

「……俺は、俺は、人を殺したんだ」

「中尾は死んでなんかいないぞ。だから戻って来るなら皆が、いや俺がおまえを守ってやる」

「俺を守ってくれる奴なんかいるもんか」

「そんなことはない。父さんが警察より先に建将を見つけて来いって、若い衆に言うた。きっと皆で守ってくれる」

英雄は建将のちいさな影に近づいて行った。

「……俺、あいつに中国人って……、中国人は出て行けって言われたのが、悔しくて……」

建将がうつむいているのがわかった。

「俺だって悔しかった。あんな奴、生きてる価値なんかないんだ。あんな奴のためにおまえがいなくなるなんて、俺は嫌だ。逃げるんなら俺も一緒に逃げてやる」

また建将の嗚咽が聞こえた。

英雄は建将に歩み寄り肩を摑《つか》んだ。建将の身体は小刻みに震えていた。英雄が建将を抱き寄せようとすると、建将の手が英雄の胸倉を鷲摑《わしづか》みにした。息苦しかった。英雄は肩を握った手に力を込めた。

日の出橋の方から人の叫ぶ声が聞こえた。橋と廃工場の間にある竹藪《たけやぶ》で、人がかざす灯りが揺れ動いていた。見ると日の出橋の下から、海面に灯りを照らしながら、一艘《そう》の小舟が廃工場の方へ漕ぎ出されて来た。英雄は、竹藪に揺れている灯りと、漕ぎ出した舟の人影を窺った。廃工場の地下壕に潜んでいればすぐに見つかることはないだろうが、夜が明けたらどうなるかわからない。

「建将、辰巳開地へ行こう。あそこなら誰かが舟で逃がしてくれる。ツネオもいるし」

建将が頷《うなず》いた。英雄の手の中で建将の手が震えていた。英雄は建将の手を強く握り返した。

二人は舟が出て来た東の水路とは逆の水路沿いを、辰巳開地のある海の方へ歩き出した。曙橋の下を、泥水の中に膝《ひざ》までつかってくぐり抜け、遊廓の舟着き場の小径《こみち》を葵《あおい》橋まで走り通した。そこから海に入る階段を下り、昔、毛利《もうり》水軍《すいぐん》の舟倉があった堰《せき》の上を這いながら辰巳開地へ入った。海へ突き出した共同の洗い場から、バラック小屋が建ち並ぶ路地を歩き出した。ツネオの家へ行くつもりだった。その時、葵橋の方から男の声がした。

「メリヤス工場に足跡があったそうだ、そっちへ行け」

「わかりました」

足音に続いて、路地を横切る人影が見えた。

二人は右手の路地へ身を隠した。握り合った手が突然離れた。建将のちいさな悲鳴がした。あっ、と声を上げようとした英雄の口は背後から塞《ふさ》がれ、太い腕で身体を抱きかかえられた。英雄が足をばたつかせ相手を振りほどこうとすると、

「静かにしとれ。すぐそこに警察がおる」

闇の中から声がした。

そのまま二人は別々の方向へ連れて行かれた。

その生徒が担任教師に連れられて教室にあらわれた時、クラス全員が目を瞠《みは》って、教壇の上の少年をまじまじと見つめた。

異様に身体《からだ》の痩《や》せた少年だった。彫りの深い面立《おもだ》ちが褐色に日焼けして、眼光だけが鋭く光っている。しかしすぐに、彼はそこに立っていることが面倒臭そうに一度大きく息をつくと、自分を凝視している生徒たちをぐるりと見回して、新しいクラスメートたちにはまったく興味がないかのように、窓の外を眺めた。

「今度、私たちのクラスで一緒に勉強することになった藤木《ふじき》太郎君だ。藤木君は、これまで中米にあるドミニカという国へ家族と移民をしていたのですが、今回事情があって日本へ帰国した。歳《とし》は君たちよりふたつ上だ。皆仲良くするように。藤木君……」

担任教師が呼んでも、彼はグラウンドの方を見たまま返事をしなかった。

「藤木君、藤木太郎君」

そこで彼は、はじめて自分のことを呼ばれているのに気づいて、担任教師の顔をま

じまじと見た。教師は戸惑いながら、

「藤木君、クラスの皆に挨拶《あいさつ》をしなさい」

と生徒たちを指さして言った。

彼はこくりと頷《うなず》いてから、大声で訳のわからない言葉を発した。生徒たちは驚いて顔を見合わせた。

「藤木君、日本語で、日本語」

担任教師があわてて言った。藤木は首をかしげていた。教師は彼の耳元で、ニッ、ポン、ゴ、ともう一度大声で言った。すると藤木は頷いて、

「フジキタロウ、こんにちは、です」

とぶっきら棒に言った。おかしな日本語に皆が笑い出した。すると彼も白い歯を見せて笑った。

「席は高木君、君の隣りだ。高木君、うしろの空いてる机を運んでやれ」

英雄が立ち上って机をかかえると、藤木は駆け足で近づいてきて机を運ぶのを手伝った。机を置くと藤木は笑いながら、グラシアスと言って机の上を派手に叩《たた》いた。大きな音に驚いて、クラス中が英雄と藤木を振りむいた。

「高木君、教科書を見せてやれ」

英雄は自分の机を藤木の机につけて理科の教科書を見せた。藤木は教科書を覗《のぞ》き込むと、眉間《みけん》に皺《しわ》を寄せ首をかしげた。そうして両手を大袈裟《おおげさ》にひろげて首を横に振った。

授業の間、彼はずっと窓の外を見ていた。グラウンドでは体育の授業で生徒がソフトボールをしていた。ボールが外野へ飛んで行くと、藤木は中腰になってボールの行方を追った。

英雄は教科書の余白に鉛筆で、BASEBALLと書いた。すると藤木はそれを見て親指を突き立てて、

「イエイ、ベースボール」

と大声を出した。

黒板に化学式を書いていた担任と生徒たちが、一斉に英雄たちを見た。藤木は彼等に片手を挙げて、

「ベースボール」

と窓の外を笑って指さした。

教師は呆《あき》れ顔で藤木を見ると、

「藤木君、静かにしなさい」

と怒鳴った。

一時間目の授業が終って、英雄は担任教師に職員室へ呼ばれた。教師の机のそばに、色の黒い小柄な女性が子供を二人連れて座っていた。

「高木君、こちら藤木君のお母さんだ。お母さん、彼が藤木君と同じクラスにいる高木君です」

「どうも太郎の母です。ご面倒をかけますが、どうかよろしくお願いいたします」

藤木の母は英雄に深々と頭を下げた。

「はあっ、こちらこそ……、はじめまして」

「実はな、高木君。藤木君はな、ドミニカにいる時、日射病を患《わずら》ったことがあるんだ。それで時々だな……」

教師が口ごもっていると、藤木の母が、

「発作を起こします」

と大声で続けた。

「そ、そうなんだ。その発作があるらしいんだ。で、お母さん、どんな発作なんでしょうか？」

担任が母親に訊いた。

「はい。ドミニカはひどいところでして、私たちが日本でお役人から聞いとった話とはまるで違っとりまして、石ころばかりの土地で、水がほとんどなかったんです。その上、気候はもう毎日火傷《やけど》をするように熱いところでした。私がもう少し太郎のことを見てやることができればよかったんですが……、岩だらけの土地に這《は》いつくばって畑を作る毎日でした。気がついた時は太郎の身体がやられとりました。淋《さび》しかったんでしょう。太郎は何か嫌なことが起きると発作を起こします」

母親は眉根《まゆね》を寄せて説明した。

「嫌なことと言いますと？」

担任が母親に重ねて質問した。

「腹が減ったとか、小便に行きたいとか、あの子が我慢ができん時です」

「腹が減って、小便が……、でどうなるんでしょうか」

担任は目を見開いている。

「まず目がおかしゅうなります。充血するというか、目が座るというか……、何かを睨《にら》みつけるような目をします。そうして汗をかきはじめます。次に手足が震え出します。それから突然倒れます」

「倒れる？」

英雄も思わず母親を見た。

「はい、あおむけに倒れて口から泡を吹き出します。その時、舌を嚙《か》まんようにしてやらねばなりません」

「舌を嚙むのですか」

担任の額から汗が噴《ふ》き出していた。

「はい、嚙み切る人もいるそうですから」

「どうすればいいんですか」

英雄が真剣な顔で訊《き》いた。

「横っ面《つら》を叩いてもらって、舌が出とったら口のなかに押し込んでやって下さい。ただ本人も苦しがっとるもんで、必死に抵抗する時もありますから、相手の人の指を嚙もうとします。ただそうして下さる方が、自分を助けてくれるお人だということを太郎が知っておったら、決して嚙んだりはしません。本人は自分の病気を知っとりますから……、だからこの妹たちが太郎の口に指を入れても、決して嚙んだりはしません。どうかよろしくお願いいたします」

母親はまた深々と頭を下げた。担任が溜息《ためいき》をついた。

「藤木君は野球が好きなんですか」

英雄が話題を変えた。

「はい。あれがたったひとつ好きなものが野球です。ドミニカでも野球をしとりましたから」

「高木君、君は野球部にいたんだな。ちょうどいい、藤木君のことを頼むぞ」

藤木の母親は、英雄と一緒に職員室を出ると、英雄にむかって丁寧にお辞儀をした。妹たちは髪の毛の赤茶けた可愛《かわい》い目をした女の子だった。英雄には彼女たちが双生児に見えた。

「ママ」

女の子は母親をそう呼んで廊下を走って行った。母親は娘の方へ歩きながら、途中、英雄を振りむいて何度もお辞儀した。

二時間目の授業も、三時間目も、藤木の様子はどこも変わらなかった。日本の授業に慣れないせいか、藤木はグラウンドばかりを見ていた。

異変は昼食前の四時間目に起きた。

木山の授業だった。数学の方程式を木山は黒板に書いていた。

藤木が外を見なくなった。英雄は横目で藤木の顔を覗いた。机の上の一点を見つめたまま藤木の目の玉が動かない。指先を見ると、机の端を握りしめて机を引き寄せるようにしている。手の甲の血管が浮き上っていた。顔を見直すと、顳顬《こめかみ》の血管も青く浮き上り、額から大粒の汗が流れ出していた。

「おい、大丈夫か」

英雄は藤木の耳元で囁《ささや》いた。

歯ぎしりの音が聞こえた。机を持ったまま藤木が立ち上ろうとした。英雄は藤木の肩を押さえた。押えた英雄の手を藤木が歯を剝《む》いて噛もうとした。かかえ上げた机が床に当たってガタガタと音を立てた。木山が物音に気づいて、

「何をしとるんだ、そこは」

と藤木と英雄を指差した。

藤木が立ち上った。口から泡を吹いている。彼はそのまま机を離すと、うしろにあおむけに倒れた。キャーッと女生徒が悲鳴を上げた。木山が駆けて来た。

「ど、どうしたんだ？　これは」

木山は泡を吹いて床に倒れている藤木を見て言った。

「大丈夫です。発作を起こしただけです」

英雄は言って、

「藤木、藤木、しっかりしろ」

と藤木の頰を音が出るほど叩いた。藤木のズボンの股間《こかん》が濡《ぬ》れていた。英雄は藤木の名前を呼んで、もう一度頰を叩いた。藤木の泡の出た唇の間から舌が出て来た。英雄は舌を指先で押し込んだ。

「おい、誰か濡れたタオルを持って来てくれ」

英雄が大声で言った。英雄は濡れタオルで藤木の頰や首筋を冷やしてやった。藤木の苦しそうな表情が少しずつやわらいで行った。ほどなく藤木の発作がおさまると、木山が、

「高木、おまえやけに手慣れとるな」

と感心したように言った。藤木は床にあおむけになったまま気持ち良さそうに目を閉じている。小便の臭いが教室中にひろがっていた。木山が藤木の顔を覗き込んで呟《つぶや》いた。

「しかしこんな生徒を編入させて大丈夫なのかの、……いや、昔はたくさんこういう生徒はおったしな」

英雄の肩を叩いて大きく頷くと、木山は笑って藤木の頰を指で突いた。

「いつまで眠っとるか。こいつ」

ぼんやりと目を開けた藤木の顔が誰かに似ている気がした。やさしい目をしていた。

潮騒《しおさい》の音が聞こえた。
かすかに目を開けると、水平線のむこうに幾重にも盛り上る積乱雲が見えた。
——まだこんなに暑いのか……。
英雄は再び目を閉じた。
「ねぇ、飛び込んで見せてよ、太郎。ヘーイ、タロー、ジャンプ」
美智子の声がする。口笛が聞こえた。鳶《とび》の鳴き声のように見事な口笛を吹いている
のは藤木太郎だ。高校生でも飛び込むのを尻《しり》ごみする、十数メートルはある岬の突端
の岩から、太郎がまた飛び込むのだろう。
「ちょっと君、今、水の中でお尻にさわったでしょう。君、何考えてんの？　変態じ
ゃない」
英雄の横たわる岩の下の方から、美智子の怒った声がした。
「違うって、間違えて手が当たったんじゃて」
隆が必死に弁解している。
「ねぇ、英雄君、英雄君どこへ行ったの。隆君、君は英雄君の親友なんでしょう。だ

ったら英雄君をよく見張ってなくっちゃだめでしょう」

美智子の真っ赤な水着姿が脳裡《のうり》に浮かんだ。

「ヘーイ、タロー、ワンスモアー」

目を閉じていても、瞼《まぶた》の奥にまで初夏の太陽の光が突き抜けて来る。まぶしさに手をかざして、片目を開いた。するとちいさな影が英雄の横たわっている岩の端を動いた。ぼんやりとその影を目で追った。

一匹の蜥蜴《とかげ》が首を左右に振りながら、ゆっくりと英雄の方へ這ってくる。手を伸せば届く場所で、蜥蜴はじっと動かなくなった。油絵具のチューブから絞り出したようなあざやかな青色に、黄色と若苗色《わかなえいろ》の斑点《はんてん》が浮き上っていた。英雄は息を殺してその小動物を見た。蜥蜴も英雄の気配を察しているのか、身じろぎひとつしない。蜥蜴の目が少しずつ膨《ふく》らんで来た。英雄はこらえ切れなくなって大きく吐息をついた。すると、蜥蜴は一瞬のうちに失《う》せた。あとにはぬめりとした黄色の海草だけが、蜥蜴のしっぽのかたちに残っていた。身体半分を置き去りにしたような色彩が岩の上に煌《きら》めいていた。

その俊敏な動きに英雄は建将のうしろ姿を思い浮かべた。……………

あの夜、廃工場から入江の泥水につかって曙橋の下をくぐり抜け、辰巳開地に入った英雄は、バラック小屋の路地で辰巳開地の男に捕った。建将も同じだった。そのまま二人は別々の方向へ連れて行かれた。男に手を引かれて路地を走って行く建将のちいさな背中が闇《やみ》に消えて行った。

家へ連れ戻された英雄に、斉次郎は表へ出るなと言った。

翌朝、建将がどうなったのかを知ろうと源造を探したが、源造の姿は東の棟から失せていた。絹子も事情を知らないと言う。英雄は江州に事情を訊きに行った。

「大丈夫です。心配はいりません」

江州はさばさばした顔で言った。妙な安堵《あんど》が江州の表情から感じられた……。

七月に入って間もなく、夜、絹子が東の棟の英雄の部屋にやって来た。

「ちょっといいかしら」

絹子は上框《あがりがまち》に座ると、英雄にちいさな箱を差し出した。

「何？」

「宋さんのお母さんが英さんにって」

「建将の……」

英雄は箱を開けた。中からプロ野球のスター選手のメンコが出て来た。見覚えのある古いメンコだった。箱の底にプロ野球のチームのバッジがひとつ光っているのが見えた。バッジもメンコも、小学生の時、英雄が建将と交換したものだった。廃工場の隠れ家のレンガの下に、お互いの箱を埋めていたこともあった。

「何なの？」

絹子が英雄の手の中を覗き込んだ。

「何でもないよ。これっ、いつ届けに来たの？」

「つい今しがた」

「建将のお母さんだけ？」

「ええ、岡山の方へ引っ越して行かれるみたい。それと宋君は、岡山の教護院に入って元気にしているからって……」

絹子の言葉を聞いて、英雄は部屋を飛び出すと新町にむかって走った。しかし、建将の母親の姿はなかった。上海飯店まで行くと、取り外された看板が道端に置いてあった。裏に回ってみたが、人の気配はしなかった。

英雄は家に戻った。蒲団《ふとん》が敷いてあり、枕元《まくらもと》に先刻の箱が置いてあった。英雄は箱を開けた。メンコの中のスター選手の顔を見ているうちに、欲しがっていた英雄のメンコと交換できた時の建将の人なつっこい笑顔がよみがえって来た。一枚一枚のメンコを畳の上に並べると、そこにはひとつの野球チームが出来ていた。その中の一枚のメンコだけが、手垢《てあか》で汚れていた。建将と同じポジションを守る西鉄ライオンズの選手が描かれていた。

——建将はこのメンコをひとりで見ていたんだな……。

英雄は、あんなに好きだった野球をやることができなくて、建将はどんなに淋《さび》しかったろうかと思った。汚れたメンコの上にバッジを置いた。原っぱで、ヒットになりそうな打球を横っ飛びに捕った建将の姿が浮かんだ。建将、ナイスキャッチと声をかけると、草の中から建将は恥ずかしそうに泥だらけの顔を出した……。途端に、英雄の瞳《ひとみ》から涙がひとつ、畳に零《こぼ》れ落ちた。

「どうして俺は……」

英雄は、体育館で建将が中尾にむかって行った時、すぐに戦うことができなかった自分が情けなかった。友を見殺しにしたと思った。膝《ひざ》の上に握りしめた拳《こぶし》に、また涙が落ちた。

一学期の終業式が終って、英雄は木山に呼ばれた。養鶏場に居る木山に逢《あ》いに行くと、建将から連絡はなかったかと訊かれた。木山の言葉で、英雄は建将が教護院を脱走したのがわかった。

「建将はもうこの町には戻って来ませんよ」

英雄が言うと、木山は、

「どうしてだ？」

とスコップを持つ手を止めて英雄を見返した。

「建将にはもう帰る家がありません。それに……」

「それに何だ？」

「何でもありません」

英雄は言って、養鶏場から走り去った。

潮騒の音が耳の底でずっと鳴り響いていた。

潮騒の音に、足音が重なった。原っぱを走る時に聞こえる、草を蹴《け》る独特の音だった。足の速かった建将の足音のように思えた。

――建将は今どこを走っているのだろうか。

足音が遠去かって行く。その足音を搔《か》き消すように、夕まずめにむかうのか、底汐《そこしお》を巻き上げるような波音がした。目を開けると、先刻まで蜥蜴《とかげ》のいた岩の上に海草が光っているのが見えた。蜥蜴の尾のように見える海草が自分で、失せた本物の蜥蜴が建将のように思えた。

「英雄君、英雄君ったらァ。いったいどこにいるの……」

岩の下でまた美智子の声がした。日に焼けた背中が熱を持ち、身体《からだ》の芯《しん》がじりじりと燃えているようだった。今夜、自分は水着姿の美智子の夢を見る気がした。

「もう少し眠っていよう」

英雄はけだるそうに寝返りを打って目を閉じた。

第二章　蝶《ちょう》の五線譜

佐多《さた》岬が海に落ちる方角から積乱雲が八月の空に上昇して行く。雲と競うように、紡績工場の大煙突から濃灰色の煙りが三本、青空を縦に切って濛々《もうもう》と立ち昇っている。右端の煙突の下方に、取り毀《こわ》しのはじまった新開地の遊廓《ゆうかく》の崩れかけた屋根が見える。すでにさら地になった遊廓跡の一角から、辰巳開地《たつみかいち》のトタン屋根が、岩にしがみついた藤壺《ふじつぼ》の群れのように覗《のぞ》いている。そのむこうに水天宮《すいてんぐう》の石矢倉《いしやぐら》が、海風にはためく何本もの幟旗《のぼりばた》と重なって白く光っている。旗の下では鳶《とび》の衆が夏祭りの舞台をこしらえている。今宵《こよい》から三日の間、水天宮で夏の奉納祭が催される。

英雄は線路沿いの堤の中腹に座って、取り毀される遊廓と年毎《としごと》に大きくなって行く紡績工場を見ながら、藤木太郎が来るのを待っていた。

――石矢倉と幟旗は昔のままなのに、周《まわ》りの町並はどんどん変わって行ってしまう……。

紡績工場の裏門へ続く引き込み線が、英雄のいる堤を取りまくように、カーブを描いて背後の鉄橋へ続いている。線路沿いには、背丈ほどに伸びた夏草が一面にひろがって、英雄の足元まで萌黄色《もえぎいろ》の草の波をそよがせている。英雄は目の前の草を毟《むし》り取って、茎を口に銜《くわ》えた。苦い草の汁が口の中にひろがった。

揺らぐ草の中に宋建将《そうけんしょう》の姿が浮かんで来た。草の海を切るように疾走する建将の素早い動きと、羞《はじ》らうように自分を見ていた黒い瞳《ひとみ》が、草の穂の間から覗いていた。一日中、夏草の中で遊んでいた少年の日が、つい昨日のようでもあり、ひどく昔の出来事のようにも思える。

——建将は今どこにいるのだろうか。

少年の日の建将は浮かんで来ても、今、どこかの町に立つ建将の姿を思い浮かべることはできなかった。そのかわりに、闇《やみ》の中を雨に濡《ぬ》れながら中尾の下宿にむかう黒い影が脳裡《のうり》をよぎった。学生服の懐《ふところ》に凶器を隠し、教師を殺《あや》めにむかった建将は、もう少年ではなかったのだろうか。どうして自分は建将と一緒に戦えなかったのか。母の絹子が嘆くからか。高木の家の跡を継がなくてはいけないからか。そんなことで建将を見捨てたのか。英雄は自分が少年ではないことはわかるのだが、まだ大人になりきれていない自分にも気づいていた。

英雄は大きく溜息《ためいき》をつくと、足元に置いたバットを摑《つか》んで靴の先を叩いた。草叢《くさむら》に潜んでいた螽蟖《きりぎりす》が羽音を立てて引き込み線の方へ飛んだ。螽蟖の失《う》せた方角に目をやると、引き込み線が陽差しに輝いて銀色の軌跡を描いていた。

英雄は美しい線路の光沢を見ているうちに、小学生の時、担任の西尾先生に連れられて下関までスケッチに出かけ、高圧線の鉄塔を描いたことを思い出した。

——あの頃は、どうしてあんなに夢中で絵を描いていたんだろう？

そう思った途端、昨日の午後、学校の美術教室で見た睡蓮《すいれん》の絵の記憶がよみがえって来た……。

昨日の朝、夏期の補習授業に出かけようとする英雄を、母の絹子が呼び止めた。

「英さん、昨晩《ゆうべ》言ったこと覚えているわよね」

「何だっけ？」

「ほらっ、補習授業が終ったら佐伯《さえき》先生が美術教室で待ってらっしゃるって。母さん、先生と約束したんだから、必ず行って下さいよ」

絹子は心配そうな顔で言った。

「何の用事で行くの？」

「だから佐伯先生が英さんに話があるって、おっしゃってたから……」

絹子は眉根《まゆね》を曇らせた。

補習授業が終って、英雄は校内の南手にある美術教室にむかった。そこはグラウンドのある北側と違って、図書館、理科の実験室、音楽教室、茶道や華道の教室などがあり、ブラスバンド部員や合唱部員等の文化部の連中が屯《たむ》ろしている場所だった。六月の事件以来、英雄は自分がどこか冷たい目で見られているのを感じていた。英雄が歩いて行くと、笑いながら話していた連中が急に口をつぐんだ。英雄はかまわずに真《ま》っ直《す》ぐ前を見て歩いた。美術教室は一番奥にあった。華北《かほく》中学校では、明治期に建造した古い洋館建ての校舎を改修移転して、美術教室に使っていた。

扉を開けて教室に入ると、美術部員の男子生徒と女子生徒がふざけ合っていた。彼等は英雄に訝《いぶか》しそうな目をむけた。

「すみません。佐伯先生はいますか」

英雄が訊《たず》ねると、

「まだ職員室じゃないの。そっちへ行って下さい」

色白の男子生徒が、英雄に蔑《さげす》んだような目付きで見て言った。

「ここに呼ばれて来たんだ。先生の部屋は奥にあるのか」

英雄が語気を強めて言うと、女子生徒が戸惑った表情で奥の扉を指さした。

「すみません。土足は困ります。上履《うわば》きに履き替えて下さい」

女子生徒の声に、英雄は靴を脱ぎ捨てて歩き出した。

扉を開けると部屋の中には光があふれていた。八月の陽光が天窓から斜めに差し込み、部屋の壁に立てかけてある描きかけのカンバスや、机の上に積まれた美術書をやわらかくつつみ込んでいた。古い家具や板張りの床から漂ってくる独特の木の香りが、テレビン油と油絵具の匂《にお》いに混じって心地良く感じられた。校内の奥の、それも裏庭の中にぽつんと建てられた校舎だから、運動場の喧噪《けんそう》もここには届かない。

――こんな場所が学校の中にあったんだ……。

英雄は椅子《いす》に腰掛けて、壁にかかった一枚の絵を見つめた。

美しい樹木に囲まれた水面にさまざまな色彩の光が映り込み、水の面《おもて》を濃い紫や鮮やかな青に変えていた。そこに白とかすかに黄金色をふくんだ睡蓮が宝石のように浮かんでいる。英雄はその絵が、一筆一筆、こまやかな色使いで表現されているのに感心した。目を閉じると、丁寧に描き込まれた絵から、せせらぎの音や水鳥のさえずりが聞こえてくるような気がした。高木の家の母屋《おもや》の棚に絹子の大切にしている美術全集があった。その中にこれと似た絵を見た覚えがあった。

背後で扉の開く音がした。

「いや高木君、待たせたね」

美術教師の佐伯恭三が、分厚い本を数冊かかえて入ってきた。

「いいえ、今来たところです」

「その絵いいだろう。モネだよ。先月、東京の友人に譲ってもらった。もっとも複製だけどね」

佐伯は椅子に腰掛け、大きな目を見開いて英雄をじっと見つめてから、

「どうだ、元気にしてるか？　もうあんな迷惑をかけてはいかんぞ」

と六月の事件のことを言って笑った。

英雄はあえて答えなかった。

「お母さんもかわりはないか？　先月の個展の時にはわざわざ挨拶《あいさつ》に来てもらって、まだ御礼の手紙も書いていないんだ。君からもよろしく伝えて下さい。ところで君を今日呼んだのは、少し話があったんだ」

「何でしょうか」

「野球部に戻ったそうだね」

「ええ……」

「高校の受験勉強に専念するんじゃなかったのか」

「別に勉強をしとらんわけじゃありません」

「どうだろう、高木君。秋から美術部に入部しないか」

「………」

英雄は黙っていた。

先刻美術教室に入ってきた時の、美術部員たちの蔑んだような視線がよみがえった。あの美術部の連中とは一緒に過ごせないと、あらためて思った。

佐伯恭三が英雄の絵を気に入ってくれているのは知っていた。入学してほどなく、最初の美術の授業の時に、

「高木君だろう。いい絵だな。華南《かなん》小学校の西尾先生から君のことは聞いているよ」

と佐伯に言われた。そのせいもあってか英雄の美術の成績はいつも良かった。母の絹子はある時期、佐伯の絵画教室に通っていたことがあった。しかし、英雄は小学校の後半から野球に興味を引かれて、以前のように絵を描くことに熱中できなくなっていた。

「君なら今から勉強すれば、国立の美術大学へもきっと進めるよ」

佐伯はパイプをくゆらせて言った。

「俺は今、絵にはあんまり興味がありません」

「絵は興味で描くもんじゃないよ。ハートで、情熱で描くものだ」

佐伯が胸を指さして言った。

「せっかくですが……」

「少し考えてみて欲しいな。帰ってお母さんとも相談してみたらいい」

ボーン、と一時を告げる柱時計の音が背後でした。英雄はあわてて立ち上った。

「すみません。野球部の練習があるんで、もういいですか」

「そうか、じゃいい返事を待ってるよ」

英雄は会釈《えしやく》だけして部屋を出ると、美術部員たちには目も呉《く》れず、教室を飛び出した。

絵を描くことが嫌いになったわけではなかった。時折、絹子が隣町や広島、博多で催される美術展へ一緒に行かないかと誘う時がある。しかし母と二人でどこかへ出かけることは気恥ずかしかったし、絵を描きはじめるとまたあの頭痛が起こるのでは、と不安もあった。英雄は小学生の時、絵を描くことに夢中になり、それが原因で鬱《うつ》病《びよう》を患い、ひと夏療養所へ行かされたことがあった。

英雄はもう一度線路の方を見た。線路の光沢はいつの間にか失せていた。

後ろからの声に振りむくと、太郎が手を振りながら鉄橋の上を跳ねるようにやって来る。

「おーい、ヒデ」

「早くしろよ。またグラウンドを走らされるぞ」

英雄の声を採石場の発破《はっぱ》の音がかき消した。

線路の上を太郎は器用に駆けて来る。背筋を伸ばしたまま太腿《ふともも》を胸元に突き上げる奇妙な走り方だ。二日前に野球部で競われた百メートル走では、太郎が一番速かった。

——ドミニカはチーターみてえだな。

野球部員たちは目を丸くした。

太郎の野球の腕前は、守備はまるっきり下手なのだが、遠投と脚力では誰もかなうものがいなかった。その上、しゃにむに振り回すバットに当たったボールは、恐ろしく遠くへ飛んで行った。

六月の宋建将の事件の後で中尾はこの町を去った。中尾に替わる新任の教師が野球部の監督になった。英雄は新しく監督になった家城《いえき》という教師に呼び出され、野球部に戻って来ないかと言われた。しかし、事件のすぐ後だったから、英雄は建将のことを考えると自分だけが野球部に戻る気になれなかった。

やがて太郎が同じクラスに編入して来て、彼を早く日本の学校生活に馴染《なじ》ませようと教師たちが相談し、太郎を野球部に入れてはどうかという話が持ち上った。英雄は監督と担任教師から、太郎と一緒に野球部へ戻って来てくれと頼まれた。そのことを太郎に話すと、二人の弟妹を小学校と保育園に迎えに行ってやらなくてはならないので、無理だと言った。太郎の顔には野球がやりたくてしかたないという彼の思いが出ていた。弟や妹に手の掛からない夏休みの間だけ、太郎は野球部へ出ることになった。英雄は太郎と、二人の家の丁度中間にある紡績工場の引込み線の堤で待ち合わせ、毎日グラウンドに出かけた。

「ごめんな、ヒデ」

肩で息をしながら太郎が近寄ってきた。

赤ん坊の時から中米のドミニカで育った太郎の日本語は、イントネーションが少し変だった。

「いいよ。早く行こう。また監督に叱《しか》られるぞ」

「うん」

太郎は白い歯を見せると、声を上げて堤を下りはじめた。英雄はあわてて後を追い駆けた。

新開地を通る時、家の前で洗濯物を干していた若い女の尻《しり》を、太郎は素早く撫《な》でて走り抜けた。

「何すんだよ。この助平」

女は太郎の方を見て怒鳴りつけた。英雄は苦笑いをしながら太郎を追い駆けた。英雄の背後で女が悪態を吐《つ》いていた。

曙橋《あけぼのばし》を渡ろうとして太郎が急に立ち止まった。欄干《らんかん》から下を見て手を振っている。英雄が覗くと、ツネオが泥の中に腰までつかって鉄屑《てつくず》を拾っていた。ツネオは手を翳《かざ》して上を見た。

「英ちゃん、元気かよ」

ツネオはほとんど学校へ出て来なかった。彼の母親は退院して来てからもまだ寝たきりで、働きに出ることができなかった。そんな訳で、この四月に、ツネオの妹の田《た》津子《づこ》は広島の親戚《しんせき》の家に貰《もら》われて行った。

「ツネオ、どうだ儲《もう》かっとるか」

英雄の声に、ツネオは笑いながら腰に巻きつけた袋を叩《たた》いた。

「太郎、電線どうしたよ」

ツネオが下から声をかけた。太郎は右手の指でOKサインを作って頷《うなず》いた。太郎とツネオはいつの間にか顔見知りになり、二人して鉄屑拾いに出かけていた。

「英ちゃん、今夜、水天宮の祭りへ行くのか」

ツネオが訊《き》いた。

「行くとも。一緒に行こう。夕方、俺の家に来いよ」

ツネオは大きく頷いて、また泥の中に両手を突っ込み鉄屑を探しはじめた。

「太郎も祭りに行こうな。妹も弟も皆一緒に来いよ」

英雄が言うと、太郎は英雄の顔を見返して嬉《うれ》しそうに笑った。

その日、太郎は紅白試合に初めて出場した。レフトの守備についた太郎に、マウンドから英雄が声をかけると、

――ヒデ、ヒデ、ヒデ。

と甲高《かんだか》い声で太郎は叫んだ。

太郎は二回の打席に三振し、大トンネルをやらかして交替させられた。それでも太郎は楽しそうだった。英雄も五回を投げてベンチに戻った。太郎の隣りでベンチに座っていると、

「祭り、カーニバル、祭り、カーニバル、女、女」

と英雄に耳打ちした。太郎は外で遊んでいる時は発作を起こさなかった。転校して来た初日の授業中に、太郎は口から泡を吹いて倒れた。彼には極暑のドミニカで患《わずら》った日射病の後遺症があった。教壇にいた数学教師の木山も驚いたが、クラスメートたちも呆然《ぼうぜん》としていた。一学期が終了するまでに、太郎はさらに三度発作を起こした。最初は理科の実験室でだった。英雄はその時、洗い場にフラスコを洗いに行っていた。倒れた太郎を他の生徒が介抱しようとしてさわると、太郎はその生徒の腕に嚙《か》みついた。英雄は担任に呼ばれて、

「藤木《ふじき》のそばから離れないように」

と言われた。その日から、太郎の世話係は英雄の役目になってしまった。クラスメートは、太郎の発作を怖いものでも見るような目で眺めていた。発作の折、小便を洩《も》らすことにも原因があった。しかし、発作を一番気にしているのは太郎自身だった。発作がはじまった時の太郎は辛《つら》そうだった。英雄も太郎を見ていて、少しずつ彼の身体《からだ》の変調がわかるようになってきた。まず熱が出るらしい。

「太郎、熱が出そうになったらすぐに俺に言えよ」

英雄は、三度目の発作があった後で太郎に言った。

「でも、そうなると訳がわからなくなるから……」

太郎はか細い声で言った。英雄は発作がはじまり出した時、それを必死でこらえようとしている太郎が哀れに見えた。額から汗を吹き出しながら机を握りしめている姿が、全身で泣いているように映った。

発作は木山の数学の授業の時が多かった。太郎は一度、木山の授業の時に奇声を上げて、ビンタを受けていた。極端に緊張したり、嫌な思いをすると発作が起こると太郎の母親が話していたから、木山の授業中に発作が起こるのもわかる気がした。

三度目の時には英雄も太郎の病気の加減がわかって、太郎をかかえるようにして外へ連れ出した。二人が教室を出て行くと木山が、

「なんでわしの授業の時ばかり発作が起こるんじゃ。わしのようなやさしい先生の前での」

と溜息《ためいき》をついて、クラス中が笑い出した。

太郎は発作がおさまると、丁寧に英雄に礼を言った。

「なんでもないよ」

と英雄が言うと、太郎は目をしばたたかせてうつむいた。

女生徒たちは太郎が近くに来ると、皆逃げ出した。それは太郎の病気のせいではな

く、彼が執拗《しつよう》に彼女たちに話しかける上に、髪をさわったり、相手が気を許したような素振りを見せると、平気で尻を撫でたりするからだった。

「太郎は色情狂だ。勉強はからっきしなのに、コレのことはやたらと詳しいんじゃもの」

と隆は小指を立てて言った。

「おまえに似てるよ」

英雄が言うと、隆は頬を膨《ふく》らませて怒った。ただ美智子だけは、

「正直でいいんじゃない、太郎君は」

と平気だった。なぜか太郎は美智子の身体だけはさわろうとしなかった。

英雄は太郎の心根がやさしくて思いやりがあるのを知っていた。彼は弟や妹を連れて英雄の家に来た時も、絹子からもらった菓子はすべて弟妹たちに食べさせていた。

英雄は或《あ》る夜、江州《ごうしゅう》に、太郎の家族がどうしてドミニカから戻って来たのか尋ねたことがあった。

太郎は江州と顔見知りのようだった。弟も妹も江州にはなついていた。太郎の家族が住んでいる引揚者住宅にもうひと世帯、ドミニカから戻って来た家族がいて、江州はその家の父親と長男に港の荷役仕事を斡旋《あっせん》してやっていた。

「移民ですよ。あそこの家族は皆、日本を出て新しい国で生きようとしたんです。それが上手《うま》く行かなかったんです」

江州が眉間《みけん》に皺《しわ》を寄せて言った。

「何かむこうであったの？」

「ええ、太郎の隣りに住む一家の父親から聞きましたが、そりゃあひどい話です。あのふた家族とも元々は島根で百姓をしていたんです。それが戦争中に国のためだと言われ外地へ開拓団として行かされたんです。日本が戦争に負けて命からがら国に戻って来たら、住む家もないし、勿論《もちろん》、外地へ行く時に田畑は売って出ていますから、百姓もできずにその日一日喰うのさえ困っていたんです。そんな時に政府の役人が、南の海の楽天地で十八町歩もある広い土地が無償《ただ》で貰えるからドミニカへ移住しないか、ともちかけて来たんです。ごまんといた引揚者は、そりゃ誰だって飛びつきますよ。ところが、その話には条件があった。船賃と支度金を用意しなくちゃいけなかったんです。わずかな財産を売り払ったり、娘を遊廓に売った家族もいたそうです。百姓は土地が命ですからね。耕せる土地さえあれば生きて行けることを知っているんです」

そこまで話して江州は煙草《たばこ》を取り出し、火を点《つ》けた。マッチの灯りに照らされた江州の目は怒ったように鋭く光っていた。

「船が着いたのは夜だったそうです。案内人の後をぞろぞろついて行くと、丘のようなところへ出て、歩いていると足元に何かが当たるんですって。足に当たるのは何かって聞いたら、案内人は朝になればわかると答えたそうです。それで夜が明けて小屋を出てみたら、石っころだらけの土地がひろがっていたんです。わずかに土くれが見えているのを拾い上げると、真っ白で、塩が噴《ふ》き出した土地だった。米はおろか草も生えないような土地に放り出されたんです。その上、水がなかった。水がなきゃ畑どころか人間が生きて行けませんからね。何から何まで約束と違っていたんです」

江州は煙草の煙りを大きく吐き出した。

「役人が嘘《うそ》をついたってこと？」

「そうです。この国の上の連中は、役所も役人も弱い者には平気で嘘をつき、騙《だま》しやがるんです。それで人が飢えようがくたばろうが知ったこっちゃないんです。それでも皆、石を運び、土を掘り返して、手桶《ておけ》で水を汲《く》んで踏ん張ったそうですが、ともかくひどい熱さで、大人の男が日射病で倒れるほどでどうしようもなかったらしい。そのうちドミニカの大統領が暗殺されて現地人が襲って来た。動乱の中で太郎の父親は軍隊に殺された。それで仕方なく引き揚げて来た。帰れた家族はまだましで、日本に帰るに帰れないでいる連中がまだあの国にいるって話です。太郎の病気は毎日水を運ばされていて患《わずら》ったそうですよ」

英雄は陽が照りつける石だらけの丘を桶を担《かつ》いで歩く太郎の姿を思い浮かべた。発作が起きた時のような苦しそうな表情をした太郎少年が汗だくで歩いていた。

「この国の役人や上の連中がやることは、昔から何ひとつ変わっちゃいないんです。民主主義なんてのは嘘っぱちです。でも英さん、死んだ太郎の父親もドミニカに残った連中も、見きわめがつかなかったんですよ。弱い者はいつだってそうなんです」

「見きわめ？」

「そうです。船で言えば船長が進む方角を見きわめるでしょう。船長がくたばっちまえば船は沈んでしまいます。手前《てめえ》に見きわめる度量がなければ、それがある人を見つけてついて行くんです。英さんの親父《おやじ》さんはそれができる人です。だから俺たちはどこまでも親父さんについて行くんです」

江州が英雄を見て、かすかに口元をゆるめて頷いた。

英雄は江州に太郎の家の事情を聞いてから、グラウンドで笑っている太郎のユニホームの下には、自分が知らない過酷な陽差しを受けた背中が隠れているのだと思った。

夕刻、野球の練習を終えて家に戻ると、台所から絹子が顔を出して、

「英さん、昼間に北条さんって女の子が訪ねてきたわよ」

と言った。

——美智子が何をしに来たのだろう？

英雄が考えていると、お手伝いの小夜《さよ》が、萵苣《ちしゃ》の束を手にあらわれて、

「なんだか生意気そうな娘《こ》ですよ。私にむかって『英雄君は元気にしてる？』って英さんのことを君《くん》づけで言うんですよ」

と告げ口するように言った。

「そんなことないわよ。さっぱりしたいい子よ。水天宮のお祭りのことを訊いてたから、夕方また来ればって言っておいたわ」

絹子が萵苣を受け取りながら笑って言った。

「そう……、けど今夜はツネオたちと祭りへ行く約束をしたから」

「ですよね。お祭りに中学生がアベックじゃ、ませ過ぎてますよ」

小夜が小声で言った。

「そんなんじゃないよ、あの子は。ただの友だちだから」

英雄は小夜を睨《にら》んだ。

「ならいいじゃない。皆で行きなさい。正雄も連れてってね。お兄ちゃんと一緒に行

くって、朝から楽しみにしてるから」

英雄は絹子に頷《うなず》いた。

「それと今夜は、母屋《おもや》の方へお客さんが見えますからね。早目に帰って、ご挨拶《あいさつ》してね」

「誰が来るの？」

「お父さんのお客さん。東京から見えるんですって。それと英さん、佐伯先生には逢《あ》えたの？」

絹子がどこか嬉しそうに聞いた。英雄が逢ったと答えると、

「何かおっしゃってた？」

と英雄の顔を見た。

「展覧会のお礼を言ってた」

「他には……」

英雄が首を横に振ると、絹子は不満気な顔をして台所に戻って行った。

英雄はユニホームを脱ぎ、母屋の風呂《ふろ》で汗を流した。風呂から上って東の棟に戻ろうとすると、海側の門の方からけたたましいエンジン音が聞こえた。門を出てみると、時雄《ときお》と笠戸《かさと》が二輪車のエンジンを空ぶかししていた。

「これなら大丈夫だろう」

笠戸がオートバイに股《また》がり、右手で勢い良くアクセルを回していた。

「百キロ出るかよ」

時雄がうわずった声で言った。英雄は二人のそばに寄った。

「それはどうだかな、乗り手に腕がありゃあな」

「まかせろって」

時雄が二の腕を叩いた。

「そのオートバイ買ったの？」

「英さん、新町のモーター屋からせしめてやったんです。カミナリ族ですよ」

と時雄は言って、オートバイで走る恰好《かっこう》をした。

「時雄さん、今度乗っけてよ」

英雄が言うと、

「よしなさい。こいつと一緒に天国に行っちまいますよ」

と笠戸が笑った。

東の棟《むね》に戻ると、広間では高木の家で働く衆の子供たちが、浴衣を着せられて賑《にぎ》やかな声を上げていた。両手に着物をかかえた小夜が英雄を呼び止めた。

「英さん、奥さまがこの浴衣《ゆかた》を着て下さいって」

と真新しい白絣《しろがすり》の浴衣を差し出した。

「浴衣なんかいいよ。男同士で遊びに行くんだから、着ないって」

英雄が怒ったように言った。

「でも、奥さまが今夜の祭りのためにわざわざ仕立てに出してらっしゃったんですよ。私が叱《しか》られます」

その時、正雄が浴衣姿で母屋の方から駆けて来て、

「兄ちゃん、まだ祭りには行かんのか」

と大声で訊《き》いた。

「ツネオたちが来たら行くよ」

「射的《しゃてき》は出とるかの」

正雄は片目をつぶり鉄砲を撃つ仕種《しぐさ》をした。英雄は笑って頷いた。ほどなくしてツネオが太郎たちと海側の門からやって来た。

「何か喰えるかの、英ちゃん」

ツネオが腹に手を当てて言った。

「広間へ行けばいい。東の棟の衆の子供が今、皆食べてるよ」

太郎は下の妹の手を引いていた。弟と上の妹も太郎のそばで笑っている。

「いらっしゃい、ツネちゃん。お母さんのお加減はどうなの」

絹子が台所から顔を出した。

「今晩は、おばさん。母ちゃんは少し元気になっとるよ。わし腹減って」

ツネオが顔を歪《ゆが》めて腹を手でおさえた。絹子はツネオの顔を見て笑いながら言った。

「東の棟の広間の方にちらし寿司《ずし》があるわよ。ツネちゃん、それとお祭りのお弁当があるから、帰りに持って行ってね」

絹子は太郎たちを見つけると、妹たちに歩み寄って頭を撫《な》で、下の妹を抱き上げた。

その時、玄関先から声がした。正雄が玄関に走って行き、すぐに戻って来ると、

「兄ちゃん、女児《おなご》が来とる」

と英雄に大声で知らせた。それを見ていた絹子が、

「正雄、女児じゃないでしょ」

と叱ると、正雄はちいさな舌の先をぺろりと出した。

「今晩は、英雄君」

玄関の方から明るい声がして美智子が入って来た。美智子も浴衣を着ていた。いつもは肩まで垂らしている髪を綺麗《きれい》に結い上げている。赤い帯を締めた胸元が膨《ふく》らんで、

大人の女のように映った。美智子は絹子に、

「昼間は失礼しました」

と挨拶した。それがよけいに美智子を大人びて見せた。

「誰じゃ、こいつは。英ちゃん」

ツネオが美智子を指さした。

「北条美智子よ、よろしくね。佐津中の三年生よ」

美智子がすまして言った。

「こいつ本当に中学生か？」

ツネオが美智子をまじまじと見て、俺はツネオだ、と唇を突き出した。

「ツネオ君ね、よろしくね」

オッス、とツネオは美智子に手刀《てがたな》を切ってから英雄に近づくと、英ちゃんの彼女かや、と耳元で囁《ささや》いた。違うよ、と英雄が苦笑いをすると、

「何が違うの？」

と美智子が二人に顔を近づけて来た。

「なんでもないよ」

英雄はツネオの頭を軽く叩《たた》いた。ツネオは顔をしかめて小首をかしげた。

新湊《しんみなと》劇場のアルバイトを終えた隆が来ると、皆で水天宮にむかった。古町から新町へ、水天宮へむかう人の群れの中を、ツネオを先頭に隆、弟妹二人を連れた太郎に正雄と英雄で歩いた。いつの間にか美智子は英雄のすぐそばを歩いている。

道の両側に夜店が見えはじめた。飴細工《あめざいく》屋、仮面売り、金魚掬《すく》い、ヨーヨー掬い、風船売り、風鈴屋、玩具《おもちゃ》屋、刃物屋、古道具屋、端布《はぎれ》売り、そしてガラクタを売る店まで出ていた。水天宮は源平の戦いの折、壇ノ浦で入水《じゅすい》した安徳天皇を祀《まつ》ってあり、海の守護神としてこの瀬戸内海沿いに生きる人たちにとって大切な神社であった。戦前から夏の奉納祭は大変な賑わいだった。

兄ちゃん、あったぞ、と正雄が指さした方角には、射的屋が店を開いていた。お参りをして帰りにやろうな、と英雄が言うと、正雄はつまらなさそうに唇を突き出した。

水天宮の境内には仮設舞台が設けられて、新開地と新町の芸妓衆《げいぎ》が、お囃子《はやし》に合わせて舞いを披露していた。舞台の脇《わき》に祝儀《しゅうぎ》の酒樽《さかだる》が山のように積まれ、その周《まわ》りに水天宮に寄付、寄贈をした奉納者の名前と名目を記した札が貼《は》り出されていた。

高木斉次郎の名前が、網元や廻船問屋の名前と並んで最上部にあった。

「高木、女児を連れて、ええ顔じゃの」

背後で声がした。振りむくと、山末一郎が数人の生徒と立っていた。

「別に、祭りに来とるだけじゃ」

英雄は他の生徒を見回して言った。

「建将がおらんようになったから言うて、おまえにゃでかい面《つら》はさせんぞ」

山末が威嚇《いかく》するように英雄を見た。

「俺は別に因縁《いんねん》つけられることはしとらん」

「何がよ。佐津中の女を連れてか」

山末の背後にいたひとりが怒鳴り声を上げた。その時、太郎が英雄と山末の間に立ちはだかった。太郎は笑っていた。

「何じゃ、おまえは」

山末が太郎を睨むと、仲間の一人が山末に耳打ちした。山末が目をむいて太郎を見直した。

「そこで何をしとるか、おまえら」

大声がした。その声に山末たちがあわてて人混みの中に消えた。補導教師の木山だった。

「高木か……、今、山末たちがおったじゃろう。面倒をおこすなよ。春に言うて聞かせたとおりにおとなしゅうしとけよ」

木山は山末たちが逃げた方角を見ながら、英雄に言った。

「今晩は」

太郎が木山に笑って挨拶し、目をむくようにして覗《のぞ》き込んだ。

「……藤、藤木か。遅うまで遊ぶんじゃないぞ」

木山は難かしそうな顔をして引き揚げていった。

「どうして太郎が笑うと皆驚くの？」

美智子が訊いた。

隆が笑い声を上げた。太郎も笑い出した。それがおかしかったのか、太郎の弟妹たちも嬉《うれ》しそうに声を上げて笑った。

水天宮に参拝した後、英雄は正雄と射的をした。正雄の射ったコルクの玉はなかなか的に当たらなかった。正雄は口惜《くや》しそうに射的場の老婆《ろうば》を睨んでいた。

それから皆で屋台の食堂でかき氷を食べ、帰る時刻になったので家にむかって歩き出した。

「ねぇ、英雄君、少し二人で散歩しない」

美智子が近寄ってきて、英雄の耳元で囁《ささや》いた。

「今夜は家にお客さんが来ていて、挨拶しなきゃだめなんだ」

「なんだ、せっかく綺麗《きれい》にしてきたのに……」

美智子が不満そうに言った。

その時、けたたましいエンジン音がして、古町の方から一台のオートバイがやって来た。人の群れがふた手に分れた。運転手がヒャッホーと奇声を発しながら、鋭いブレーキ音を立て、英雄たちの目の前で半回転して止まった。時雄さんだ、と正雄が声を上げた。見ると、シャツもズボンも靴も真っ白という派手な恰好《かっこう》の時雄が、サングラスにくわえ煙草《たばこ》で斜に構えるようにして立っていた。時雄さん、と正雄がもう一度呼ぶと、時雄はサングラスを鼻の先に下ろして、誰かと思えば正坊ですか、と芝居がかった声で言った。決まってるぞ、と時雄にむかってツネオが指笛を吹いた。

「おう、ツネオか。英さんも一緒ですか。どうですか、ひとっ走りつき合いますか」

時雄がキザな言い方をした。すると美智子が、乗る、乗る、私を乗せて、と時雄の腕を摑《つか》んだ。

「なんだよ、お嬢さん。オートバイが好きなのかい？」

「好き、好き、大好き」

美智子はそう叫んで、浴衣のまま後部席へ横座りに座り、時雄の腰にしがみついた。

しっかり持ってろよ、時雄が大声で言った。ＯＫ、じゃ皆バイバーイ、美智子は皆に手を振り、英雄にむかって投げキスをした。時雄のオートバイは新町の産業道路の方へ爆音を残して去って行った。

「かわった女児じゃの、英ちゃん」

ツネオが呆気《あつけ》に取られた顔で言った。

「じゃ俺、家で用があるから」

英雄が言うと、ツネオがにじり寄って来た。

「用はすぐに終らんのか」

「どうしてだ」

英雄が訊くと、ツネオは耳元で、

「今夜、西瓜《すいか》を盗《と》りに行かんか」

と囁いて、にやりと笑った。

「泣き子坂の麓《ふもと》の畑のスイカがよう熟れとる。三日前に見て来たんじゃ。葵橋《あおいばし》で太郎と待っとるからよ」

英雄が太郎を見ると、太郎は笑って頷いた。

「おい、何の相談じゃ」

近寄って来た隆にツネオが耳打ちした。

その時、男衆が三人、暗がりから出て来て英雄たちの横を卑猥《ひわい》な笑い声を立てながら通り過ぎた。ありゃ、ちょっとおかしいんと違うか？　けど兄貴よう、ええもの拝ましてもろうたの、ヒヒヒッ。馬鹿《ばか》たれ、おまえこそ涎《よだれ》を出しとったろうが。おいおい、まだついて来るぞ。男たちが後を振りむきながらあわてて駆け出した。

暗がりから足音がして、女がひとりあらわれた。着物の胸元がはだけていた。節子だった。

首筋に塗った白粉《おしろい》が汗で斑《まだ》らになっている。

「節子、おまえ何をしとるんじゃ？」

ツネオが節子に近寄ってははだけた胸元を直した。祭り、祭り、と笑いながら節子はツネオに抱きついた。

「わかったから、こっちへ来い」

ツネオは節子の手を引いて、辰巳《たつみ》開地《かいち》の方へ足早に去って行った。

家に戻ると、玄関の灯が点《つ》いていた。客が来ているのだろう。英雄は台所から奥の様子をうかがった。

「東京の偉い絵描きさんらしいですよ」

ビールを盆に載《の》せながら小夜が言った。

「絵描き？」

「はい、〝エデン〟に飾る絵を描いてもらうんですって」

絹子が応接間から出て来て、ビールを受け取った。

「あ、ちょうど良かったわ。お客さんに挨拶《あいさつ》しなさい」

絹子の声は少しうわずっていた。英雄は絹子と応接間に行った。

ベレー帽の男がパイプを手に持って、ソファーの真ん中で足を組み座っていた。

「長男の英雄です、先生」

絹子が英雄を紹介した。

「ほおう、立派な身体《からだ》ね。それにハンサムボーイだわ」

と言って男は英雄を見上げた。妙な言葉遣いをする男だと英雄は思った。

「英雄、秋月《あきづき》先生だ」

斉次郎が突っ立っている英雄に言った。

「今晩は。高木英雄です」

英雄はぺこりと頭を下げた。

「まあ、ハスキーな声ね」

秋月という男はそう言って、ベレー帽を指先で撫《な》でた。英雄は家の中で帽子を被《かぶ》ったままの男を初めて見た。秋月の話し方は女のようだった。

「先生はわざわざ東京から、高木の家のために絵を描きに見えて下さったんじゃ」

斉次郎が秋月に笑いかけながら言った。

「高木さん、旅の途中でちょっと寄っただけですよ。ホッホホホ」

秋月は片手で口元をおさえ科《しな》をつくると、甲高い声で笑った。

「先生、英雄は絵が好きなんです」

絹子が身を乗り出して言った。

「あらっ、それは素敵だわ。そうなんですか」

秋月が英雄を見て頷《うなず》いた。

「ええ、小学生の頃はずいぶんと賞もいただいたのね、英さん」

絹子が英雄を見た。

「才能があるのね、高木さんの家系は」

秋月が斉次郎の顔を見て言った。

「いや、そんなことはありません。先生の作品と比べたら、月とスッポンで」

斉次郎が笑うと、秋月も身をくねらせて笑った。秋月の隣りに、若い男がひとり黙って座っていた。男はうつむいたまま顔を上げなかった。

「じゃ、ごゆっくり」

英雄は絹子と応接間を出た。背後でまた秋月の甲高い笑い声がした。

「皆は帰ったの？」

「いや、ツネオが葵橋で待っとるから、また出かける」

「そう、遅くならないようにね。英さん、今度、秋月先生が絵を描くところを見学させてもらったら」

「どこで絵を描いてるの」

「右田《うだ》岬の紫雲荘《しうんそう》っておっしゃってたわ。一緒に見学に行きましょう」

廊下を歩く絹子の足取りが軽やかに見えた。

英雄が葵橋の袂《たもと》に着くと、隆たちが待っていた。ツネオは手に麻袋を持っている。じゃ行くか。四人はまだ賑《にぎ》わっている水天宮の通りを横目で見ながら、泣き子坂にむかって走り出した。堤防沿いの道を太郎が先頭を切って走って行く。英雄と隆とツネオは抜きつ抜かれつ太郎のあとを追った。太郎、そっちじゃないぞ、ツネオが先を行く太郎に怒鳴った。

こっちだ、こっちだ、と言って、今度はツネオが稲の若穂が風にそよぐ畔道《あぜみち》を先に歩き出した。

「ほれ、あのこんもりした丘が全部西瓜畑じゃ。番をしとる奴《やつ》がおるかもしれんから、ここから先は大声を出すなよ」

ツネオが声を潜めて言った。

「けど、こんだけ月が明るかったら見つかってしまうんじゃないか」

隆が心配そうに周《まわ》りを見わたした。

「相手に見えるいうことは、こっちからも相手が見えるじゃろうが。先に見つけりゃいい」

他の三人が大きく頷いた。ツネオは学校の勉強はからっきしなのに、こういう時はなるほどと思うことを言う。

「今夜は西瓜の番人も祭りに行っとるかもしれんで……」

ツネオが身をかがめて歩き出した。ツネオに倣《なら》って英雄たちも身をかがめて畔道を歩いた。

「おい、ツネオ、あそこに誰か人影が見えるぞ」

隆が立ち止まって丘の上を指した。

「あれは見張りの案山子《かかし》じゃ。ほら見てみい、あんだけずっと両手を上げとられる者はおらんだろう」

三人は、なるほど、とまた頷いた。

「おまえ、今夜が初めてじゃないな」

英雄に言われて、ツネオが声を殺して笑った。

よし、中へ入るぞ。ツネオが言って、小川を飛び越え畑の中に入った。三人も続いた。おう、あるぞ、あるぞ。隆がしゃがみ込んで嬉しそうな声を上げると、それはかぼちゃだ、とツネオが素っ気なく言った。どうりでちいさいと思った。隆はかぼちゃを放り投げた。

「そこの石垣を登るぞ」

ツネオは丘の斜面を登って行く。ツネオの黒い背中のむこうに満月が浮かんでいる。英雄には、黒い影になったツネオが逞《たくま》しい犬のように見えた。

「よし着いたぞ。縄が張ってあるから気をつけろよ」

ツネオは畑の事情をよく知っていた。

月明りの下に広い西瓜畑が浮かんでいる。葉っぱの間から覗いている西瓜のひとつひとつが、人間の頭のように見えた。英雄は足元の西瓜を手で撫でた。大きな西瓜だった。これが全部西瓜か、たまらんのう。隆が唸《うな》るように言った。ツネオが西瓜を手で叩《たた》きはじめた。乾いた音がした。これがええな、よう詰まっとる、とツネオの影が頷いた。

すぐそばで、太郎が手にした西瓜を持ち上げて地面に叩きつけた。馬鹿、やめんか。ツネオの言葉に耳も貸さず、太郎は地面でふたつに割れた西瓜を拾って、顔を埋めるようにしてほおばり出した。美味《うま》いか？　隆が言うと、太郎が頷いた。隆も片方の西瓜を拾って食べはじめた。

「ここで喰うなって」

太郎も隆もツネオを無視して、西瓜を割ってはロに入れ、種を吐き出した。

英ちゃん、美味いぞ、と隆が西瓜を英雄に差し出した。英雄も西瓜をロに入れた。少し生ぬるかったが甘味がロ中にひろがった。おい、おまえたち、喰うなら、しゃがんで喰え、まったくやれんのう。ツネオもそばに来て食べはじめた。太郎がまた別の西瓜をかかえて地面に落とした。へしゃげたような鈍い音がした。太郎はその西瓜をもう一度かかえ上げて叩きつけた。もっと静かにやれ、とツネオが言った。しかし太郎はおかまいなしにその西瓜を手刀《てがたな》で割っていた。それもまたたく間に四人で平げた。喰った、喰ったと、隆が腹を叩いた。ツネオは麻袋に西瓜を入れはじめている。太郎は西瓜を叩いて選んでいた。

「俺も大きゅうて上等なのを、ひとつ探そう」

隆も西瓜を物色しはじめた。英雄も足元の大きな西瓜をひとつかかえた。

「よし引き揚げるぞ」

ツネオが麻袋を背負った。ツネオの足元がぐらついた。背中の麻袋がえらく膨《ふく》らんでいる。

「おまえそりゃ無理じゃ。欲をかかんでひとつ置いてけ」

隆の声に、ツネオは首を横に振った。太郎もふたつの西瓜を両脇《りょうわき》にかかえている。

ツネオがよろよろしながら歩き出した。全員、西瓜畑を出て丘の上へむかった。

ツネオ、道が逆だぞ。こっちの道の方が歩きよいんじゃ、と歯を食いしばってツネオが答えた。ツネオを先頭に太郎と隆が続いた。英雄は空の月を見上げた。手にかかえた西瓜のように丸い月だった。

「あの柿《かき》の木のむこうに道がある。そこから降りるぞ」

ツネオはうしろを振りむけないのか、背をかがめたまま言った。

その時、女の悲鳴のような声が周囲に響き渡った。ツネオが奇声を上げてうしろにひっくり返ったのだ。太郎も飛び上った。隆はもんどり打って倒れた。英雄も思わず立ち止まった。

「な、なんじゃ、今のは」

四人は声を殺して周囲を見回した。低い音が切れ切れに聞こえてきた。何か楽器の音色のようだった。

「だ、だれじゃ」

ツネオが音のする方にむかって怒鳴った。

「泥棒諸君、その西瓜をひとつ置いて行きたまえ」

張りのある男の声が返って来た。目を凝らすと、柿の木の下の岩の上に、男がひとり座ってこっちを見ていた。

「西瓜なんか持っとらんわい」

ツネオが男にむかって言った。

「君たちね、これをもっと大きな音で演奏するとね、西瓜畑の番人がすぐに駆けつけて来ることになってるんだよ」

男は言って、膝《ひざ》の上に載せた小箱のようなものを両手でひろげて、低い音色で短いメロディーを奏でた。

「それでもいいんだね」

音色が急に高くなった。

「わ、わかったよ」

ツネオは麻袋から西瓜をひとつ取り出すと、柿の木の下に行き、男の前に置いた。

「素直でよろしい。悪いが君、割ってくれないか」

太郎が男の前へ行き、手刀で西瓜を真っぷたつに割った。

「逞しいね。ヘラクレスのようだ。君、名前は何と言うの」

男は太郎を見上げた。

「太郎」

とぶっきら棒に太郎が告げると、

「そう、太郎君か。いい名前だ」

そう言って、男は太郎の割った西瓜を一切れ取ると、がぶりと噛《か》んだ。

「美味い。申し分のない美味さである」

英雄たちは男が西瓜を食べるのをじっと見ていた。男はふた切れ目を食べると、脇に置いた一升壜《びん》を摑《つか》んでラッパ飲みをした。喉《のど》がグビリと鳴った。飲み終えると、男はフウーッと吐息をこぼして口を拭《ぬぐ》った。

「ちょうど酒の肴《さかな》が切れとったんだ」

「おまえ西瓜番じゃないな」

ツネオが声を荒らげて言った。

「さよう、我輩《わがはい》は、てふてふである」

男は髭《ひげ》だらけの顔から白い歯を見せて笑った。

ツネオが英雄たちの方を振りむいて、人差し指の先を自分の頭につけクルクルと回した。男は急に立ち上り、月にむかって両手をひろげると、

「月夜のロビンフッドは弓をひきしぼり、満月に矢を放った」

と訳のわからないことを口走った。

「ああ、浪漫《ろうまん》である」

と言って、溜息《ためいき》をついた。

ツネオが麻袋をかかえると、太郎も西瓜《すいか》を拾い上げた。

「諸君、道を海の方へ下ると、本当の西瓜番がいるぞ。山の方へ行くのが賢明だ。急がば回れだ」

ツネオが海へ下る道を覗《のぞ》いた。英雄たちも見た。海側の畑の端にちいさな灯が揺れているのが見えた。ツネオは黙って、山側の道を下りはじめた。英雄はちらりと男の顔を見た。顔には熊《くま》のように毛が生えていた。

「諸君、好運を祈る」

男の声が背後でした。四人は黙って坂を下った。

「おい、あいつ大丈夫か」

隆が心配そうに言った。

「ほいとじゃ、あいつは」

ツネオがいまいましげに言った。ほいとはこの地方で乞食《こじき》や浮浪者のことを指す言葉だった。

「しかし、かなり頭がおかしいの。英ちゃん、てふてふって何じゃ？」

隆が柿の木を振りむいて訊《き》いた。

「知らんな」

英雄も背後を振りむいて、小首をかしげた。

祭りの最後の夜、美智子が高木の家にやって来た。

「英さん、あの子また来ましたよ。いないって帰しましょうか」

小夜が東の棟に来て言った。

「おばさん、今晩は」

美智子が絹子に挨拶《あいさつ》しているらしい。声のする母屋《おもや》の方を見て、小夜が顔を顰《しか》めた。

「図々《ずうずう》しい子ね。もう奥さまと慣れ慣れしく話してる。中学生が口紅なんかして不良じゃないですか……」

小夜は美智子が嫌いなようだった。

「そんなことはないよ。駅前通りにある喫茶店の子だよ」

「いいえ、私にはわかるんです。ああいう子は何をするかわかりませんから、注意した方がいいですよ」

絹子が小夜を呼んだ。はーい、と小夜は返事して母屋の方へ走った。英雄も母屋へむかった。

英雄を見て、美智子が胸元で手を振りながら笑った。

美智子は赤と白の水玉模様のワンピースを着ていた。胸元がVの字にあいて、白い肌が半分見えていた。髪をうしろで束ね、洋服と同じ柄のリボンをしている。

「英さん、今夜、美智子さんと約束してたんでしょう。それなら先に言ってくれれば夕食をご馳走《ちそう》したのに」

絹子が英雄に言った。約束なんか……、と英雄が言いかけると、美智子が英雄を振りむいて片目をつぶった。

「さあ、英雄君、早く行きましょう。皆待ってるわよ」

美智子が明るい声で促した。

美智子に背中を押されるようにして、英雄は家を出た。美智子は嬉《うれ》しそうに歌を口ずさみながら英雄の前を歩き出した。英雄は美智子のうしろ姿を見ながら、この界隈《かいわい》の女の子と美智子はどこが違っているのだろうかと考えた。どこが違うのかわからなかったが、それでも都会で育つと何かが違う気がした。

「今日は皆はいないの？」

「隆は今夜、映画館のアルバイトで、ツネオと太郎は屑拾《くずひろ》いだ」

「屑拾いって？」

「今夜は干潮で、入江にいろんなものが揚ってるんだよ。それを拾い集めるんだ」

「拾ってどうするの」

「屑屋に売って、金にするのさ」

「へぇ、逞《たくま》しいのね」

水天宮へむかう大通りに出ると、人通りが多くなった。

「英雄君はお金持ちのぼんぼんだから、彼等の逞しさがわからないのよ」

英雄は立ち止まって美智子を睨《にら》みつけると、

「俺はぼんぼんじゃない」

と強い口調で言い返した。

「あら、怒ったの」

美智子が英雄の顔を覗き込んだ。別に、と英雄は素っ気なく答えた。

「そう、でも頬っぺが膨らんでるわよ」

英雄は歩調を早めた。曙橋を横目で見て歩いて行くと、

「よう英ちゃん、元気かい」

縁台の端に座って涼んでいた角満《かどまん》食堂の主人が声をかけてきた。隣りでは客同士が将棋を指している。店の奥からはラジオの野球放送が聞こえる。

「角満さん、ライオンズはどう」

「今日はこてんぱんにやられっちまった。今年は駄目だな。南海のもんだろう」

その時、角満の女房が銭湯へでも行くのか、風呂桶《ふろおけ》片手にあらわれた。

「風呂から上ったらすぐに帰って来いよ。うろうろするんじゃないぞ」

主人が大声で女房に言った。女房は無表情に頷《うなず》くと急ぎ足で古町の方へむかった。

そのうしろ姿を角満の主人と将棋を指していた客が見ている。客の視線に気づいて、
主人が睨みつけた。客はあわてて将棋盤に目を落した。英雄は角満の主人に会釈《えしやく》し水

天宮にむかった。若い奥さんね、と美智子が言った。

「角満の前の奥さんは、二年前に病気で亡《な》くなったんだ」

「後添《のちぞい》ってことね」

「何だよ、それ」

「子供にはわからなくていいのよ」

英雄は美智子の言い方に腹が立って、先にすたすたと歩き出した。ちょっと、待ってよ。美智子があわてて追い駆けて来た。

露店の立ち並ぶ通りに入ると、人混みのなかで英雄の腕を摑む者がいた。驚いて相手の顔を見ると、民子だった。片手に一升壜《びん》をかかえていた。

「なんだよ、びっくりするじゃないか」

「見つけちゃった。隅におけないわね。可愛《かわい》い子じゃない。お店に江州さんが来てるの。おいでよ」

民子は囁《ささや》くように言って、

「今晩は。私、民子。ねぇ、うちのお店に来ない。美味《おい》しいお好み焼きをご馳走するから」

と美智子を誘った。

「本当に？　嬉しい」

美智子は手を叩いて喜んだ。

戸を開けると、江州が店の隅でひとり酒を飲んでいた。祭りの手伝いでもしていたのか、紺の半纏《はんてん》を背中にかけて、袖《そで》をたくし上げた二の腕からは刺青《いれずみ》がのぞいている。この夏の初めに、民子と暮らしていた本田という男が、新開地のやくざと殺傷事件を起こしていた。民子が東の棟に来て泣き叫んでいたのを英雄は知っている。民子は大丈夫だろうかと気になっていた。江州がそばについているなら安心だと英雄は思った。

「二人を表通りで捕えちゃった。はいお酒、お待ちどおさま」

江州は、英雄と美智子に笑いながら会釈した。

「友だちの美智子さん。うちの江州さんだ」

江州が美智子に片手を上げて挨拶した。

「さあ二人とも座って、腕によりをかけてご馳走をこしらえるから」

民子がエプロンをかけながら言った。二人が江州の横に座ると、

「まあ英さん、一杯いきましょう」

江州が赤い顔をして英雄に銚子《ちょうし》を差し出した。

「あっ、不良だ、お酒を飲むんだ」

二人を見て美智子が言った。

「お嬢さんもやりますか」

江州が美智子に銚子と盃《さかずき》をむけた。

「やります」

美智子が江州から盃を受け取った。

「ほうっ、威勢がいいお嬢さんだ」

美智子は盃に注がれた酒を一気に飲み干した。

「これはいける口だね」

民子が鉄板の上に載せたもやしやネギが、音を立てて跳ね返った。

「ねぇ。今夜八時から境内でのど自慢大会があるのよ。私、歌ってみようかな……」

民子がもじもじしながら言った。

「民ちゃんはいい声をしてるからな。出てみろよ。一等賞だぜ。なあ、英さん」

江州が英雄を見て言った。

「民子さんの声はいいもの」

英雄も頷いた。

「いやだ、英さんまで煽《おだ》てないでよ」

民子が満更でもなさそうな顔で言った。

「よし出場だ。今夜は店仕舞いだ。あとの売り上げは俺が持ってやろう」

江州が立ち上って、大声で言った。

「わっ、面白そう。私も民子さんの歌を聞いてみたいわ」

美智子が赤い顔をして手を叩《たた》いた。


水天宮の境内に入ると、すでにのど自慢大会ははじまっていた。見物人がぎっしりと舞台を囲んでいる。審査員の打ち鳴らす鐘の音に、どっと笑いが起こったり、拍手が湧《わ》き上ったりしていた。民謡を歌う人、流行歌を歌う人、童謡、詩吟、労働歌……、三味線を自分でひいて小唄《こうた》を歌う芸者衆までいた。英雄たちは民子の出場の受付を済ませて立見の席についた。

「もうそろそろじゃない」

美智子が首を伸ばして舞台の方を見た。

「この次あたりだろうな」

江州が言った。

舞台の上では、民謡を歌い終えた女が額の汗を拭《ふ》きながら下手《しもて》の袖に消えて行くところだった。

「さて次は二十三番の方です。どうぞ」

司会の男が舞台の上手《かみて》に手を差し出した。上手からその男があらわれた時、観客がどよめいた。男は夏というのに黒いマントをはおって、つば広の帽子をかぶり、おまけに顔は髭だらけで、どこに鼻や口があるのかわからなかった。山から熊でも下りて来たのか。前の方の観客が大声を出し、皆が一斉に笑った。

「はい、二十三番さんお名前は」

司会者が尋ねた。

「てふ、てふ」

男は甲高い声で言った。

「何とおっしゃいましたか？」

司会者がきょとんとした顔で相手を見返した。

「てふ、てふ」

「てふさんですか。どちらからおみえになりました？」

男は指を空に突き上げた。司会者はその指先を見上げた。それでまた観客が笑い出した。

英雄は男をどこかで見た気がした。

「面白い人ね」

美智子が英雄の二の腕を摑んで言った。

司会者が曲目を尋ねると、男は、「ラ・クンパルシータ」と、よく通る声で答えた。

やおら男はうしろにあった椅子《いす》をかかえて来ると、そこに片足を乗せ、マントの中から木箱のようなものを取り出して膝《ひざ》の上に置いた。男が木箱を横に伸ばすと、境内に美しい音色が響き渡った。女がむせび泣いているような哀《かな》しい音色だった。その音色を聞いた途端、英雄は舞台の上にいるのが二日前の夜、西瓜畑で逢《あ》った男だということに気がついた。

上手《うま》いわ、美智子が呟《つぶや》いた。こりゃ相当なもんだ、江州が頷いた。

「あれ、何という楽器なの」

英雄は江州に訊いた。

「バンドネオンですよ。タンゴにはあれが一番合うんです」

男が静かに歌いはじめた。マイクから少し離れているのに、男の声は後の席で聞いている英雄たちにもはっきりと聞こえた。

いい声ね、と美智子が溜息を洩《も》らした。玄人裸足《くろうとはだし》だな、これは、と江州も感心した。英雄は男の歌を聞いていて、少しずつ自分の身体《からだ》が芯《しん》のところで震動するような気がした。

「なんだか哀しくなる歌ね」

美智子の囁《ささや》きが耳元で聞こえた。観客も同じように男の歌に聞き入っていた。歌がやみ、またバンドネオンの演奏がはじまった。小刻みに音を切りながら、尾を引くようにせつない音が境内に流れた。

曲が終った時、観客はしばらくの間、誰も声を上げなかった。男が帽子のつばに指をかけ、片手を胸に当てて一礼すると、大きな拍手が境内に鳴り響いた。美智子は両手を頭の上に挙げて飛び跳ねながら手を叩いている。英雄も夢中で手を叩いた。男が舞台から去っても、しばらくはどよめきが収まらなかった。

男から二人おいて、民子が「青いカナリヤ」を歌った。

民子じゃねぇか。民ちゃん、お好み焼きひとつ、と誰かが大声で言って、観客がどっと沸《わ》いた。民子は少しあがってしまっているのか、初めは少し声がうわずっていたが、途中からは声に張りが出てきた。さすがにのど自慢に出ると言っていただけの歌唱力だった。

上手い。美智子が江州を見て言った。本当だ、と江州が嬉しそうに民子を見つめていた。

境内の石矢倉の下で、三人が待っていると、民子は三等の賞品をかかえて引き揚げて来た。

「よかったわ、民子さん」

美智子が民子の手を取って言うと、

「なんだかあがっちゃって」

民子は恥ずかしそうな顔をした。

「でもないさ、たいしたものだ」

江州が言うと、民子はまた頬を赤くした。

「一等賞の人、どこかに行っちゃったのよ」

民子が小首をかしげて言った。

「あのタンゴの男か……、ありゃ一枚上手《うわて》だったもんな」

江州が言った。英雄の耳の奥には男の奏《かな》でたバンドネオンの音色が残っていた。

バスは泣き子坂の麓《ふもと》の停留所で客を二人乗せると、喘《あえ》ぐようなエンジン音をさせて坂道を登って行く。雑木林の葉叢《はむら》を抜けた木洩れ陽が、英雄の隣りに座る絹子の着物の白に、薄緑色の光となって揺らいでいた。油の沁《し》みたバスの床板に絹子の足袋《たび》と草履《ぞうり》が仄白《ほのじろ》く浮かんでいる。英雄は泣き子坂に来るのはひさしぶりだと思いながら、やがて車窓に映り出す瀬戸内の海を待っていた。

「野球の練習は休みなの？」

絹子が訊《き》いた。

「うん、グラウンドが工事中なんだ」

英雄は、ジャリ道に揺れるバスの振動に足を踏ん張りながら答えた。

「どんな絵を描いてるのかな」

英雄は窓を見つめたまま訊いた。

「母さんも知らないけど楽しみね」

絹子の声がいつもよりはずんで聞こえた。

「昨日の夕方、あの先生、曙橋を歩いていたよ」

「そう……」

大勢の女たちに囲まれて、ほろ酔い加減であの絵描きは歩いていた。英雄はそのことには触れなかった。

「この頃は絵を描かないのね。嫌いになったの？」

「じゃないけど……、野球が面白いし」

「そう、たまには描いてみるといいのに」

「どうして？」

英雄は絹子を見た。

「母さん、英さんの絵が好きだから」

絹子はハンカチを口に当てて言った。英雄は泣き子坂の頂きから車窓にひろがった瀬戸内海を見渡した。バスはすぐにうねうねと曲がる坂道を下りはじめた。坂下に青田が見えて来た。

「ヨングはどうしてるかな」

英雄は五年前の冬、この泣き子坂を歯を食いしばりながら走っていたヨングのことを思い出した。

ヨングは高木の家に出入りしていたサキ婆《ばあ》さんの孫で、英雄を弟のように可愛がってくれた少年だった。市内のマラソン大会へ出場したヨングは、斉次郎の買ってくれた靴が足に合わず、それでも血だらけになって完走した。まだ背の低かった小学生の英雄が岬口の子供から苛《いじ》められている時、ヨングは助けてくれた。風の通り道があることや、鳥や魚の捕り方を教えてくれた。そのヨングは四年前、サキ婆さんと海峡を渡って祖国に帰って行った。

「誰が、どうしてるって？」

「ヨングだよ。ほらサキ婆さんの孫の良来《よしき》さんだよ」

「あの足の速かった子ね。どうしてるのかしらね」

「どんなところなんだろうな、ヨングが帰って行った国は……」

ヨングが泣きながら走っていた青田の中の道が見えた。そのむこうに瀬戸内海が光っている。

「いいところなんでしょう。きっと」

「そうかな……」

英雄が首をかしげた。

絹子が英雄を見た。

「どうして？」

「だって東の棟の人たちが、あの国は大変だろうって言ってたよ。いつか辰巳開地の人が東の棟に来て、あの国へ帰った方がいいかどうか相談しているうちに、言い争いになっていたもの」

「そうだったかしら……」

「だって親子でもめてた家族もいたよ」

「皆いろんな考えがあるから……」

絹子が複雑な表情をして答えた時、車掌が紫雲荘前にバスが停まることを告げた。

バスを降りると、二人は浜の松林の中を歩き出した。松林のむこうから波の音が聞こえて来た。前方に、夏の陽差しに瓦《かわら》を光らせている紫雲荘の屋根と長い白壁の塀が見えた。

「ずいぶん立派な建物なのね」

絹子が建物を見上げて言った。紫雲荘は、毛利藩主がこの浜に塩田の視察に出かけた折の休息所として建てられた別邸だった。今は敷地の半分が宿として使われている。

「高木でございますが、秋月先生はいらっしゃいますか」

絹子は広い玄関先で仲居に案内を乞《こ》うた。

二人は仲居に連れられて長い廊下を歩き、離れの家屋へむかった。英雄は廊下の左手のガラス越しに、一組の男女が浜を走っているのをちらりと見た。日傘を差した女を半ズボンの男が飛び跳ねるようにして追い駆けている。

仲居が案内した部屋は三十畳ほどの板張りの広間になっており、一番奥に立てかけた大きなカンバスの前で、男がひとり絵を描いていた。

「すみません、お仕事中……」

仲居が声をかけると、絹子がそれを制して、

「あっ、いいんです。お仕事の邪魔にならないようにしますから……」

と言った。絹子たちの声に男が振り返った。その男は秋月ではなかった。あの日、秋月のかたわらでうつむいて座っていた青年だった。

絹子が会釈《えしやく》すると、青年は会釈を返してカンバスにむかった。絹子と英雄は顔を見合わせた。すると背後からどたどたと廊下を急ぎ足で歩く足音が聞こえて来た。

「いや、高木さん、お待たせしました」

秋月が半ズボンに素足で広間に入って来た。秋月は奥にむかって大きな咳払《せきばら》いをした。するとカンバスの前の青年が秋月に一礼し、英雄たちにむきなおって正座した。

「どうぞどうぞ。もう三日もあれば完成するでしょう」

秋月は絹子たちを手招きしてカンバスの方へ連れて行った。大きな絵だった。畳六枚分を縦に並べた程の横長の作品で、大勢の群衆の中で一組の男女が舞踏をしている絵だった。黒い衣服の男が赤い衣裳《いしよう》を絡《まと》った女を抱きかかえるようにしていた。女は

地面に頭がつくほど上半身を反り返し、片方の足先を空に突き上げている。大きな屋敷の庭園の中で、群衆と白と赤の鮮やかな薔薇垣《ばらがき》が主役の男女を囲んでいた。踊る男女のすぐ後方に、楽士たちが楽器を奏でている。その中に、水天宮で髭《ひげ》の男が演奏していたのと同じバンドネオンを手にした楽士の姿もあった。

「アルゼンチン・タンゴの饗宴《きょうえん》ですな。ブエノスアイレスのラプラタ河畔《かはん》にある貴族の館でくりひろげられていた、情熱の宴《うたげ》とでも申しますか」

秋月は声を張り上げて言った。

「お気に召されたかしら」

秋月は絹子をじっと見つめた。

「ええ、素晴らしい作品でございます」

絹子が溜息《ためいき》まじりに言った。

英雄は、秋月の背後で正座し床に目を落している青年を見ていた。秋月は、失礼、と絹子に言ってカンバスの前に立つと、筆を一本抜き取り、片目をつぶって筆で背後の丘の形をなぞった。

「少し空が重いわね。燃えるような雲が欲しいな。山田、血のような赤よ」

秋月が甲高い声を上げた。山田と呼ばれた青年が、赤い油絵具をチューブからパレットに出し、秋月に差し出した。ようし、と秋月は言うと、赤い絵具を筆にたっぷりつけて丘の上にひろがる白い雲に重ねた。

「うん、この赤よ。この赤を探してたのよ」

秋月は満足そうに頷《うなず》いていた。しかし英雄には秋月が筆を加えたところだけが見当違いの色遣いに見えた。

どうです、奥さん。秋月はカンバスを見たまま絹子に訊いた。

はい。絹子は秋月のうしろ姿にお辞儀をしていた。

その時、入口の方から女の声がした。

「先生、海へ行かないの」

振りむくと、派手な着物を着た若い女が立っていた。

秋月は山田に目くばせをした。山田があわてて立ち上り、女を外へ連れ出した。何よ、先生が行こうって言ったのよ、私のことが大事だって言ったじゃない……、女の声がしばらく聞こえていた。

「高木君は絵が好きだそうね」

秋月はカンバスの前の椅子に腰掛け、パイプをくわえて英雄に訊いた。英雄は黙っていた。

「この頃はあまり描きませんが、私もこの子にはできれば何かものを作るような仕事をしてもらえたらと……」

絹子が言うと、

「芸術家ですね、奥さん」

秋月が大きく頷いた。

「いいえ、芸術家と言うほどでなくても、皆さんに喜んでいただける仕事をしてくれればと……」

「それは素晴らしい。芸術はそれを理解する人間がいて、初めて花ひらくものですからね、大いに勉強をなさることです。高木君、いいお母さんを持って君はしあわせよ」

英雄は秋月の顔と彼が先刻カンバスに描いた赤い雲を交互に見ていた。

二人は秋月に礼を言って仕事場を出ると、紫雲荘のレストランでお茶を飲んだ。絹子は、レストランの窓越しに、右田岬から沖へ続く海を眺めていた。何か考えごとをしているような目だった。コーヒーカップの受け皿に置いた白い指先が、時折リズムを取るように動いている。

「英さん、さっきの話だけど……」

絹子がちいさな声で言った。

「何？」

英雄は絹子を見た。

「秋月先生に話したあなたの将来のこと、お父さんには内緒にしておいてね。母さんがなんとなく思ったことだから……」

「うん」

「でも母さん、英さんが本当にしたいことなら、何をしてもいいと思ってるの」

と顔を上げて英雄を見つめた。

「けど、僕は高木の家を継がなくちゃいけないんだろう」

「あなたがそうしたいのなら、それもいいと思うわ」

絹子はちいさく頷いた。

「源造さんや江州さんたちはそう思っているよ」

「英さんの人生は英さんが決めればいいの。母さんはそれが一番いいと思う」

そう言って、絹子はまばたきをして微笑《ほほえ》んだ。英雄は小首をかしげて、海の方を見た。紫雲荘の桟橋から船が一艘《いっそう》海にむかって出て行った。舳先《へさき》に日傘を差した女が立っている。すぐそばで胡坐《あぐら》をかいているのは秋月のように見えた。桟橋の方から荷物をかかえて男がひとり歩いて来た。山田と呼ばれていた青年だった。うつむいたまま彼は松林の方へ消えて行った。

高木の家の真ん中に聳《そび》える柳の大木は、青々とした葉を八月の海風に揺らしていた。早朝から蜩《ひぐらし》の声が響いている。英雄は東の棟にある部屋の前に立ち、柳を見上げた。たわむ青葉の上に青空がひろがっている。広場の中央にある洗い場の花崗岩《かこうがん》が、陽差しを受け鋭い光を放っていた。暑くなりそうな一日だった。

英雄は母屋《おもや》にむかって歩いていた。葡萄《ぶどう》棚越しに見ると、母屋の縁側に新聞紙をひろげ、正雄が小刀を手に何かをこしらえている。

「正雄、宿題か」

「うん、兄ちゃん。糖蜜《とうみつ》船をこしらえるんじゃ」

正雄はかまぼこの板を削って舟形を作っていた。

「おっ、いいじゃないか。ようできとる」

英雄が言うと、正雄は照れ臭そうな顔をした。

「兄ちゃん糖蜜船の煙突は何色じゃったかの」

「赤と青だ」

「そうじゃった、赤と青だ。兄ちゃん、よく憶《おぼ》えとるの」

正雄は赤の絵具を手にして英雄を見上げた。

「兄ちゃんも小学生の時に糖蜜船を作ったからの」

英雄は正雄を見て頷いた。

「兄ちゃんの糖蜜船とどっちがええかの？」

「正雄の方が良さそうじゃな」

「本当か？」

正雄は嬉《うれ》しそうに英雄を見上げた。

英ちゃん、英ちゃん。東の棟の方から声がした。隆が二人を覗《のぞ》いていた。

「正雄、出来上ったら見せてくれ」

英雄は立ち上って、東の棟へむかった。

隆は、半ズボンの腰から魚籠《びく》をぶらさげている。タオルを首に巻いて、釣竿《つりざお》の入った袋を片手に持ち、地下足袋を履《は》いていた。

「何だ、その恰好《かっこう》は」

「安さんの釣り道具を借りて来た」

隆は新湊劇場の看板描きの安さんに頼み込んで、道具一式を借りて来ていた。

「本当に魚なんかおるのか、祝島《いわいじま》によ」

英雄が隆の姿を見直しながら訊いた。

「安さんはおると言うてた。英ちゃんはその恰好で行くのか」

「俺はこれだけだが、ほらっ」

英雄はズボンを下げ、下に穿《は》いている海水パンツを見せて笑った。

旧桟橋まで行くと、脇《わき》の石段に太郎が腰を下ろして待っていた。

「早くせんと船が出るぞ」

ツネオが桟橋から麻袋を古い伝馬船《てんません》に積みながら言った。

「この船か、沈みそうな船じゃな」

隆が伝馬船の舳先《へさき》を蹴《け》って言った。

「文句を言うな。半日、三百円で借りて来たんだぞ」

太郎が声を上げて舳先に飛び移った。英雄が飛び乗り、隆が続いた。船がぐらりと揺れた。

「案外と頑丈《がんじょう》じゃの」

隆が舳先で飛び跳ねて船板を踏んだ。

「当たり前じゃ、昔はこれで沖まで出とったんじゃ」

ツネオが縄を解いて船尾を押そうとすると、

「諸君、どこへ行く」

と野太い声がした。声のした方を見上げると、桟橋の上にあのバンドネオンの男がマントを着て立っていた。ツネオは知らん顔をして、行くぞ、と英雄たちに言うと船に飛び移った。

「我輩も乗せてくれ」

男は声を上げて石段を下り、ツネオの後から飛び乗った。はずみで船は桟橋を離れた。

「なんだおまえは、降りろ」

ツネオが目をむいて男を怒鳴った。

「そう邪険にするもんでもない。西瓜《すいか》泥棒諸君」

「あっ、おまえ、あの夜の……」

ツネオが男を指さして英雄たちを見た。

「さよう。あの西瓜は美味《うま》かったぞ。さあ漕《こ》ぎ出そう」

男が沖合いを指さした。

「いやだ。乗せるものか、降りろ」

ツネオが大声で言った。

「つれないことを言うな。ひとり増えてもさしたることはない」

「なら船賃を出せ」

ツネオが唇を突き出した。

「船賃か、金はない。金なんぞは人間の垢《あか》だ」

「赤でも黒でもいい。金がないなら降りろ」

ツネオは譲らない。男は船べりから顔を覗かせて水面を見ると、

「もう遅い」

と首を横に振った。

「何が遅いんじゃ」

「すでにこの深さでは我輩の背は立たない。ここで飛び降りたら我輩は死ぬ」

男はひとり合点したように言って大きく頷いた。

「そんなこと知ったことか。早く降りろ」

「いいじゃないか、ツネオ」

英雄が笑ってとりなした。

「そのかわり、櫓《ろ》を漕いでもらおうぜ」

隆がツネオを見て言った。ツネオがにたっと笑った。

「そうじゃ、こいつに櫓を漕がせよう。櫓を漕げ」

男は船尾に立って、櫓を手にした。途端に船はぐるぐると同じところを回りはじめた。男は、ロシアの舟唄《ふなうた》じゃ、と訳のわからない歌を大声で口ずさみながら、櫓を滅《め》茶《ちゃ》苦《く》茶《ちゃ》に回している。船がぎしぎしと軋《きし》む音を立てた。

「おい、やめろ」

ツネオがあわてて立ち上り、男の手から櫓を奪って漕ぎ出した。船はゆっくりと前進しはじめた。

「おう、上手いものだの、船頭」

舳先に座った男が嬉しそうに言った。ツネオは舌打ちをして、船頭と違うわい、と言い捨てて櫓を漕いだ。

舳先に座った太郎が指笛を吹くと、鷗《かもめ》が数羽、頭上に寄って来た。

「おお、君は鳥使いか。一羽獲ってしまえ。鳥鍋《とりなべ》にしよう。鳥鍋は美味《うま》いぞ」

隆が目を丸くして男を見た。男がまた歌いはじめた。ツネオの櫓を漕ぐリズムに男の歌は調子が合っていた。

「で、諸君、今日は何処《いずこ》へ行く？」

「祝島だよ」

隆が答えた。

「島か。島には可愛《かわい》い娘はいるのか」

男の口髭《くちひげ》の間から白い歯が覗いた。

「人はいない島だよ」

隆が呆《あき》れた顔で男を見た。

「無人島か。いいじゃないか。我輩は無人島を愛す。無人島も我輩を待っておる」

男はひとりで頷いていた。

「隆、放っとけ」

ツネオが吐き捨てるように言った。

「おじさん、バンドネオンを弾いてくれよ」

英雄が言った。

「おう、君は音楽を愛すか」

男はマントをひるがえして、首から紐《ひも》で吊《つる》した小箱のような楽器を出した。

「船賃分だけ弾いてやろう」

男はそう言って、バンドネオンを演奏しはじめた。海の上で聞くバンドネオンは、祭りの夜に耳にしたせつない音色ではなかった。明るいメロディーを短く切りながらはずむように男は奏《かな》でていた。

「うん、悪うはないな」

ツネオは櫓を漕ぎながら身体《からだ》をリズムに合わせて揺らしていた。

船は佐多岬沿いを左に回り込んで、燈台の下の浅瀬を迂回《うかい》し、そこから沖合いにぽつんと浮かぶ祝島に近づいて行った。男はマントの下から酒壜《さかびん》を出し、美味《おい》しそうに飲んでいたが、やがて船床にごろりと横になると、高鼾《たかいびき》をかいて眠り込んだ。

「変な奴《やつ》だの」

隆が男を見て言った。

「頭がおかしいんじゃろ。昨日も辰巳《たつみ》開地《かいち》の先の岩に、一日中座っておったもの」

ツネオが祝島の方と波の様子を見ながら言った。

「どこの者かの」

隆が男の寝顔を見て言った。

「ほいとじゃろ」

ツネオが言った。

「何じゃ、ほいとか」

隆はツネオを振りむいた。

「ああ、この間、中洲《なかす》の廃工場からうろうろ出て来とったもの。西瓜畑の男がこいつとは思わんかった」

英雄は男の寝顔を見た。髭だらけの顔の中で、閉じた目からのぞいた睫毛《まつげ》が女のように可愛らしかった。

船が祝島の浜に着いた。ツネオが飛び降りて、磯の岩に縄を縛りつけた。太郎が錨《いかり》を海に投げ入れると、男は欠伸《あくび》をしながら目を覚ました。

「着いたか。おう、なかなか洒落《しゃれ》たところじゃないか」

男は船べりから顔を出し、手で海水を掬《すく》って顔を洗うと、

「満足、満足」

と言いながら船を飛び下りた。

ツネオと太郎は、スコップと鶴嘴《つるはし》と麻袋を船から降ろした。

「宝探しか、船頭」

男がツネオに声をかけた。

「俺は船頭じゃない。ツネオだ」

ツネオが怒ったように言った。

「ツネオ君か。そのツネオ君、これから宝探しか」

「そうだ、宝探しじゃ。おまえはここで船の番をしてろ」

「ワッハハハ、わかった、キャプテン。まかせておけ」

男は笑いながらすたすたと木蔭へ歩いて行くと、そこに座りこんだ。

「手がいるようになったら呼ぶからよ」

英雄たちにそう言うと、ツネオと太郎は鶴嘴とスコップを担《かつ》いで松林の中へ消えた。

隆は浜で釣竿を繋《つな》ぎはじめている。英雄は銛《もり》を片手に磯の浅瀬に行って石をはぐりながら、隆の釣りの餌《えさ》を探した。沙蚕《ごかい》の這《は》った跡があった。英雄は岩の下の泥を掘り出した。指先に沙蚕の足先がざらりと触れた。用心深くつまんだ。沙蚕が指にからみついた。

「隆、このあたりに沙蚕がたくさんおるぞ」

英雄が隆に声をかけると、隆が魚籠《びく》を片手にやって来た。

「おう、大きな沙蚕じゃな。よし、あとは俺がやるから、英ちゃんは潜っていいぞ」

英雄は砂浜に戻ると服を脱いで、海水パンツになった。服を木蔭に置こうとしたら、

「君、名前は何と言う?」

男が尋ねた。

「英雄です。高木英雄」

「そうか、君は好青年であるな」

「ありがとう。おじさん、いい、てふてふって何ですか」

男はにやりと笑った。

「てふてふか。蝶《ちょう》だよ。空を飛ぶ、蝶々のことだ」

男は両手をひろげて羽根のように振った。

「ああ、蝶々のことか。でもどうして、おじさんは蝶なんですか」

「ワッハハハ、旅する者は皆てふてふなのだよ。一匹の蝶が韃靼《だったん》海峡を渡って行くのだよ。わかるか」

男は沖合いの空を指さして言った。

「いいえわかりません」

「わからぬことばかりが人生であるからな。不可解であるから面白いのだよ。我輩はいったい誰なのだ？　君は誰なのだ？　それを探して、旅人はさまよっているのだ」

自分の言葉に酔いしれている男を見て英雄は小首をかしげ、焼ける砂の上を走り出すと、海へ飛び込んで行った。

海の中に潜ると、そこは音のない世界がひろがっていた。外海の大きな潮の流れが岩の塊《かたま》りのような祝島を削り取るように流れ込む。水の澄んだ海底は海草が揺れ、その中を小魚たちが泳いでいた。英雄は小一時間で岩蔭に潜んでいた蛸《たこ》を一匹と、栄螺《さざえ》を十数個獲った。隆は鮎並《あぶらめ》を五匹と草河豚《くさふぐ》を一匹釣り上げた。

「大漁じゃの」

魚籠の中の貝と蛸と魚を見て、隆が言った。

その時、島の裏手からツネオの声がした。英ちゃーん、隆ッ、英ちゃーん、隆ッ、と大声で名前を呼んでいる。二人は林の中に駆け出し島の裏手に出た。ツネオと太郎が砂に大きな穴を掘り、そこを覗《のぞ》き込んでいた。

「どうした?」

英雄たちが駆け寄ると、

「あったぞ。イッヒヒヒッ」

ツネオが笑いながら足元の穴を指さした。コンクリートの塊りが砂の上に突き出ていて、その脇にツネオと太郎が掘った一メートルほどの深さの穴がある。穴の底の黒い泥の中から竹の子の先のような三角形の筒が顔を出していた。

「何じゃ、これ」

隆が穴を覗いてからツネオを見た。

「爆弾じゃ」

ツネオが胸をそらした。

「爆弾？　これ本当に爆弾か」

隆があとずさった。

「高うに売れるぞ、なあ太郎」

太郎は嬉《うれ》しそうに頷《うなず》くと、バクダン、ボーンと大声を上げて、穴の中に飛び込んだ。底の泥を手ではらい、もう一本の横になった爆弾を見せて、英雄たちに笑いかけた。

「爆発せんのか」

英雄がツネオに訊《き》いた。

「わからん」

ツネオが首を横に振った。

「さっき鶴嘴の先がえらい勢いで当たったけど、なんともなかった」

太郎が爆弾をスコップの先で叩《たた》いた。乾いた金属音がした。三人はあわてて穴から飛びのいた。それを見て太郎が笑い出した。

「よくわかったの、ここに爆弾があるのが」

　隆が感心したようにツネオを見た。

「辰巳開地のステテコ爺《じじ》いに聞いた」

　ステテコ爺いとは、辰巳開地の入口に門番のように一日中座り込んでいる老人で、夏でも冬でも一年中ステテコ姿でいた。

「あのやかましい爺さんか」

　英雄はステテコ爺いの姿を思い出して言った。

「そうじゃ。戦争中にアメリカが攻めて来る言うんで祝島に砲台を作ったらしい。作っとる最中に戦争が終ったから、爆弾もようけあるじゃろうって。見つけたらわしの物かと言うたら、当たり前じゃと言うとった」

「ツネオ、おまえたいした者《もん》じゃの」

　隆がツネオの肩を叩いた。ツネオは真っ黒になった鼻先を手でぬぐった。嬉しそうに笑うと欠けた前歯がのぞいた。

　爆弾の掘り出し作業は後にして、飯を食べることにした。浜に戻ってみると、男は岩の上に腰を下ろして沖合いを見ていた。

「何が面白いのかの、海ばかり見て」

　隆が焚火《たきび》の穴を掘りながら言った。英雄が穴の回りに石を組み、太郎は林へ行き薪《まき》を拾ってきた。焚火の薪が音を立てて燃えはじめた。ツネオは麻袋から芋を出して海水で洗い、それを枝に刺した。英雄と隆は鮎並を枝に刺し、栄螺を火のそばの石の上に並べた。隆が蛸を裂いていると、男が近寄って来た。

「おっ美味《うま》そうな蛸じゃ。我輩が調理をしてやろう」

男は蛸を石の上に載《の》せると、ポケットからナイフを出して切りはじめた。男は器用だった。

「上手《うま》いもんじゃの」

ツネオは爆弾が見つかったせいか機嫌が良かった。枝に刺した鮎並が焼けてきた。芋の香ばしい匂《にお》いも漂った。男は残り少なくなった酒を、蛸を食べながら飲んでいた。芋も鮎並も栄螺も美味かった。

食事が終って男を島の裏手に連れて行き爆弾を見せると、男は目の玉をどんぐりのように丸くして、ツネオたちを見返し、穴に降りて爆弾を調べた。

「これなら爆発はしないな。運んでも大丈夫だ」

と自信ありげに言った。ツネオが男の言葉に満足そうに頷いた。

帰りは満ち潮に乗って船は勢い良く港にむかって進んだ。太郎と英雄が交替で櫓を漕いだ。ツネオは爆弾のそばに座って腕組みをしていた。

「諸君、大漁だな」

男が長い髪と髭《ひげ》を海風にそよがせて言った。

「さっきのやつを弾いてくれんかの」

ツネオが男にバンドネオンの演奏を頼んだ。

「ほうっ、船長も我輩の芸術が気に入ったか」

「うるさい。船賃替りだ」

男はまた大声で笑ってバンドネオンを弾きはじめた。ところが途中、佐多岬を回ったところで波が荒くなり、船は大きく揺れだした。男は急に船べりに顔をつけて喉《のど》を鳴らして嘔吐《おうと》した。情けない奴じゃ、とツネオは言いながら、男の背中をさすってやっていた。

外国航路の貨物船を沖合いに見ながら、船は少しずつ港に近づいて行った。

祝島から戻って二日後の夕刻、ツネオがうかぬ顔をして高木の家にやって来た。

「どうしたよ。おまえはもう大金持ちだろう」

英雄が爆弾のことを言った。

「あの爆弾を取られてしもうた。畜生」

ツネオは口惜《くや》しそうに言った。

「誰に取られたんじゃ?」

「新開地の堂六《どうろく》じゃ」

「あいつにか……」

英雄は堂六の丸坊主《まるぼうず》の頭と、岩のような顔と身体を思い出した。

堂六は新開地の隅にひとりで住んでいる荒くれ者で、些細《ささい》なことに言いがかりをつけては人を脅し小銭を巻き上げていた。新開地に遊廓があった頃は、遊廓から逃げ出した女たちを探す追っ手の中に入ったり、酔っ払いが騒ぎ出すとつまみ出すようなことをして暮らしていた。去年、売春防止法が実施されてからは頼りの遊廓も失《な》くなって、曙橋や葵橋の袂《たもと》で通る人に因縁をつけては銭を奪い取っていた。

春先から二度、警察に捕ったのだが、釈放されて出て来るとまた同じようなことをくり返していた。近頃は大人でなく、年寄り子供を狙《ねら》ったりするから、堂六の姿を見かけると子供たちは皆逃げ出した。

英雄も一度この春先、夕暮れの葵橋の袂《たもと》で堂六に呼び止められた。

待たんかい。野太い声に英雄が振り返ると、堂六が薪のようなものを持って立っていた。どこへ行くんじゃ。堂六が英雄を睨《にら》みつけた。辰巳開地だけど……。英雄は相手を見た。何しに行くんじゃ？　堂六が英雄に鼻先をつけるようにした。友だちに逢《あ》いに行くけど……。英雄はなぜこの男に突然質問されるのかわからなかった。

「おまえどこの者じゃ」

「古町の高木の家……」

「高木か……、チィッ、行け」

堂六は舌打ちして、顎《あご》をしゃくった。大きな目の玉が薄闇《うすやみ》の中で不気味に光っていたのを英雄はよく憶《おぼ》えている。

昨日の朝、ツネオと太郎は船底に隠しておいた爆弾を運び出そうと入江に行った時、堂六に見つかり爆弾を奪われたという。

「なぜ取られたんだ。黙って見てたのか？　太郎はどうした」

「堂六にむかって行って、一発で倒されてしもうた」

「それで爆弾はどうした」

「もう売られてしもうた。畜生、あの野郎」

ツネオが石を拾い上げて投げつけた。その時、風呂《ふろ》上りの時雄が帰って来た。

「ようツネ、何を不景気な顔をしてるんだ」

ツネオは時雄に、爆弾を堂六に巻き上げられた一件を話した。

「そりゃ、頭に来るわな。けどよ、ツネ。それはおまえが間が抜けとるからよ。おまえも爆弾をせしめて来たんだろうが、だったら堂六も同じことをしたんじゃ。堂六の方がおまえより上手ってことだ。あきらめるんだな」

時雄は素っ気なかった。

「チェッ、堂六が怖いんだろう」

ツネオが言い返した。

「何だと、俺に怖いもんなんかあるか。生意気言うな。口惜《くや》しかったら自分の腕で堂六から取り返せ」

時雄が怒鳴った。ツネオがべそをかいた。

「時雄、何を子供ともめてるんだ」

江州が手拭《てぬぐ》いを肩にかけてあらわれた。ツネオは泣きながら、江州に訳を話した。江州は笑ってツネオの話を聞いていた。

「ツネオ、そりゃ時雄の言う通りだ。取られたものはおまえの手で取り返すしかないな。それが嫌だったら、この次はもっと頭を使うことだ」

英雄は、江州まで時雄と同じことを言うとは思わなかった。

「江州さん、でもあの爆弾はツネオが見つけて、皆で運んだもんなんだ」

英雄はむきになって言った。

「英さん、たしかにそうかもしれませんが、元々は持ち主のないもんでしょう。そうしたら子供だろうが大人だろうが、手に入れたものは手前《てめえ》の手で守るしかないでしょう。その爆弾がこの高木の家にいったんおさまったものなら話は違います。ツネオ、どうしても納得が行かないんなら堂六とやり合うことだな」

江州は言って表の方へ歩き出した。

ツネオは足元の石を蹴《け》り上げると、海側の門から外へ駆けて行った。

「待てよ、待てったらツネオ」

英雄はツネオを追い駆けた。ツネオは新町の方へどんどん走って行った。産業道路まで追い駆けて、英雄はツネオを見失った。道の真ん中でツネオの姿を探したがどちらへ行ったか見当がつかなかった。

すると、右手からクラクションの音がした。英雄はあわてて道端に避けた。白いオープンカーが猛スピードで目の前を通り過ぎた。サングラスをかけた女が運転をしていた。このあたりでオープンカーを持っている家はなかったし、車を運転する女もいなかった。他所者《よそもの》だと思ったが、どこかで見た女のような気もした。車は曙橋の手前を右折した。クラクションの音がまた二度、三度鳴り響いた。

新町の方角から、スピーカーから流れる音楽と女の声が聞こえて来た。新湊《しんみなと》劇場の夜の部がはじまることを報《しら》せる放送だった。英雄は隆に逢いに行こうと思った。海側の門から通りへ出ると、自転車に乗った黒い影が風を切るようにして目の前を横切った。競輪選手が練習を終えて戻って来たところだった。革のヘルメットと腰にくくりつけた弁当箱が見えた。頭の上をひらひらと舞うものがあった。見上げると、宵の空に蝙蝠《こうもり》が飛んでいた。ひんやりとした風が首元を吹き抜けた。秋が近づいているのだろう。

英雄は以前、誰かと蝙蝠を追い駆けたことを思い出した。それが誰なのか思い出せなかった。蝙蝠を見ているうちに、夕空に放り投げた野球帽が浮かんだ。野球帽はそのまま真吾《しんご》の顔と重なった。

——そうだ、真吾と二人で蝙蝠を追い駆けて、鉄橋の方まで行ったことがあったな。

真吾は英雄の幼な友だちだった。いつも二人で遊んでいた。真吾は今頃どうしているのだろうか。真吾がこの町を去ってからもう四年になる。真吾は大阪へ行った、と後で東の若い衆から聞かされた。大阪は賑《にぎ》やかなところだと時雄が言っていた。

——通天閣《つうてんかく》はええで。綺麗《きれい》なネオンで一杯や。

真吾は大阪でどんなふうに暮らしているのだろうか。もう自分のことなど忘れてしまったのだろうか。

英雄はとぼとぼと曙橋を渡っていた。新開地に入ると、そのまま廃工場のある中洲の方へ降りて行った。わずかに残ったレンガ塀が夕闇に冷たい影を落していた。

英雄は瓦礫《がれき》に腰を掛けて、点《とも》りはじめた対岸の灯を見つめた。パチンコ屋の二階の窓に人影が映っていた。

——真吾も、建将もこの町から出て行った……。

英雄は胸の中で呟《つぶや》いた。

——人と人はいつか別れてしまうものなのだろうか。

「どうした、好青年」

背後で声がした。振りむくと、てふてふが立っていた。

「青年はもの思いに耽《ふけ》っておるのか」

「ただの散歩です」

「そうか、散策であるな。我輩と少しつき合わんか。ついて来たまえ」

男は先に立って歩きはじめると、中洲から辰巳開地へ入った。

「老人、壮健か」

男は辰巳開地の入口に座っているステテコ爺《じじ》いに声をかけた。

「何を言いやがる、この酔っ払いが」

ステテコ爺いが笑った。

「ワッハハハ、元気でよろしい」

「やあ、高木さんの坊ちゃん」

ステテコ爺いが英雄に声をかけた。

「今晩は」

「知り合いかね、その風来坊《ふうらいぼう》と」

英雄が頷《うなず》くと、爺さんが小首をかしげた。

男は辰巳開地の突端まで行き、海へ落ちそうなほど傾いている洗濯場の床に座った。

英雄もかたわらに腰を下ろした。

沖へむかって潮がゆっくりと流れ、佐多岬の上に一番星がかがやいていた。

「夏が終るな……」

男は星を見上げて言った。

「秋が来る。秋が終れば冬がやって来る。冬が来て、やがて春が……、完璧《かんぺき》であるな、自然というのは。そう思わんかね」

「はあ……」

「花も虫も鳥も、あの星の周《めぐ》りも、人間以外のものはどうしてこう完璧なのだろうね。君、どう思うかね」

「よくわかりません」

「わからない。まったくその通りだ。わからないんだな、これが。君は哲学と言うものを知っているかね」

「聞いたことはあります」

「ソクラテス、プラトン、アリストテレス、パスカル、デカルト、カント、ショウペンハウエル、ヘーゲル、ニーチェ……、二千年も前から哲学者は人間とは何であるかを考え続けとるんだよ。そうして結論はひとつしかないんだ。それを知っとるかね」

男は夜空を見上げ、星を数えるように哲学者たちの名前を挙げると、英雄の顔を覗《のぞ》き込んだ。

「いいえ」

英雄は首を横に振った。

「結論はだな、人間とはつまり、よくわからん、ということだ。つまり我輩は我輩のことがよくわからんのだよ。しかし、わかっていることはひとつだけある。それは何だと思う」

「さあ……」

英雄は首をかしげた。

「考えてみたまえ」

英雄は何と答えていいのかわからなかった。

ぽちゃり、と水音がした。魚影が波紋とともに目の前を横切った。

「それは、死だ。人間は必ず死んでしまう、ということだよ。そのことだけがたしかにわかっているんだ。わからんことだらけで、わかっていることが死というのが人間なんだ」

男はひとりで頷いていた。

「どんなふうに生きても人間は必ず死んでしまうわけだ。善人として生きても、悪人として生きても、いずれ死ぬんだな。家族があろうがなかろうが、友がいようがいまいが、死ぬ時はひとりであるんだな。我輩は知っておるのだ。死は孤独であり、死は我輩だけのものであることをな。淋《さび》しいもんだの。君は淋しいと思ったことはあるか」

「あります」

「正直でよろしい。淋しいが故《ゆえ》に、人間は生きている間に恋をするのだよ。ロマンチックじゃないか。君は恋をしたことはあるかね」

男は嬉《うれ》しそうに笑った。

「はあ……」

英雄が首をひねると、男は目を見開いて、

「それはいかんな。どんどん恋をしなくちゃいけない。生きているなんてのはほんの一瞬だからね。ほら、あの岬の上の星を見たまえ。光りかがやいているだろう。今見ている光は何億年も前に、あの星から旅発《たびだ》った光だ。光は何億年も旅を続けて、我輩と君の目の中で生涯を閉じたわけだ。ロマンチックじゃないか……」

その時、男のお腹が大きな音を立てた。

「腹が空《す》いてるんですか」

「ソクラテスは瘦《や》せとったんだよ……」

男はばつが悪そうな顔で英雄を見た。

「よくわかりませんが、近くに僕の知っているお好み焼き屋がありますけど行きませんか」

「お好み焼きか、いい言葉の響きであるね。つき合いましょう」

二人は葵橋を渡って〝民ちゃん〟の店へ行った。

「あら、英さん、いらっしゃい。お連れさん？」

民子が笑いながら男を見た。

「ええと……、友だちの……」

「てふてふである」

男が大声で言った。

「てふてふ？　変な名前ね。あっ、のど自慢に出てタンゴを歌った人でしょう」

民子がニンジンを男に突き出した。

「ほう、乙女、憶《おぼ》えていてくれたか」

「憶えてるわよ。あんた一等賞だったのにどうして帰っちゃったの。あの大会の賞品はお米が一俵もあったのに」

「本当か」

男は目を丸くして民子を見た。

「本当よ」

「今どこにその賞品はあるのか」

「二等の人がくり上りで持って帰ったわよ。馬鹿《ばか》だね」

民子が呆《あき》れた顔をした。

「そうか……、まったく馬鹿であるな。しかし我輩は金の為《ため》には歌わんのだ」

男は威張ったように胸を反らした。

「何をごたく言ってるの。それでお馬鹿さんは何を飲むの」

「お馬鹿さんはお酒を飲みたい」

男が甘えるように言った。

男はおそろしくよく食べた。

「何も食べてなかったの、あんた」

民子が呆れ顔で見ていた。たらふく平げると、男は、満足、満足と腹を叩《たた》いた。

「ねえ、この間の歌を歌ってよ」

民子がカウンターの隅に置いたバンドネオンを指さした。

「歌うには、今少し酒が足らんな」

「いいわよ。どうせ一文無しでしょう」

「お目が高いな、乙女」

「何言ってんの。顔を見りゃ、金があるかないかはわかるのよ」

民子が一升壜《びん》を男の前に置いた。

「そうか、我輩は金がないように見えるか」

男は一升壜を片手で掴《つか》んで酒をコップに注いだ。

「あるもないも、あんたの顔は空っけつの顔だよ」

「愉快、愉快、ワッハハハ」

男は大声で笑うと、バンドネオンを膝《ひざ》の上に置いて歌いはじめた。

右手のボタンを押すと高い音が出て、左手の指が動くと深くてボリュームのある低音が流れた。男は巧みに音を切りながら低音から高音に、高音から低音へと抑揚をつけ、歌い終るとまた低い音で間奏をはじめた。

「あんたバンドマンなの」

民子が感心したように訊《き》いた。

「我輩は詩人である」

「死人？」

民子が素頓狂《すっとんきょう》な声を上げた。

「詩人だ。吟遊詩人と呼びたまえ。しかし死人のような詩人とも言えるな」

男がひとり合点したように頷いた。

「あんたみたいな男が女を泣かすんだよ」

「我輩は女のために涙することはあっても、女を泣かせることはない」

「この嘘《うそ》つき。もう一杯飲む、てふてふちゃん？……と呼んでいい？」

民子が嬉《うれ》しそうに男のコップに酒を注いで、自分もコップを出して飲みはじめた。

英雄は男と民子のやりとりを笑って見ていた。ツネオにしても民子にしても、男を端《はな》っから馬鹿にした口のきき方をするのだけど、最後は親切にしてしまっている。英雄は仕事もせず酒ばかりを飲んでいる大人を見るのは初めてだった。

「あんたどこから来たの」

民子が赤い顔をして訊いた。

「風の吹いてくる方からだ」

「キザなこと言って、ただの風来坊なんでしょう。本当の名前はなんて言うのさ」

「名前か……忘れた。名前などどうでもいいんだ。一篇の詩をこの世に残せればそれで我輩はいいのだ」

男は天井を仰いで言った。

「それで、その詩はできたの」

「それを探して旅をしとるのだ」

「案外と女を追い駆けてんじゃないの」

民子が男を見てクスッと笑った。

「うーむ鋭いな。一篇の名作より、ひとりの女に出逢《であ》うことの方がしあわせであるかもしれん。女は偉大だ。男を抱擁し、子供を産み、育て上げる。すべての泉だ」

「ほらやっぱり女好きだ」

民子が大声で笑い出した。

「女をこよなく愛する男は、しあわせなのだ」

男は一升壜を一本空にして、次の壜も半分近く飲んでいた。酒を注いでいた民子がカウンターに頰杖《ほおづえ》ついて、こくりこくりと眠りはじめた。男は美味《うま》そうに酒を飲み続けていた。

「乙女は夢の中へ旅発ったか」

男は酔いどれて眠った民子を抱きかかえ座敷に上げて寝かせると、毛布を民子の身体《からだ》にかけた。

「さらばじゃ、迷える仔羊《こひつじ》よ」

男はマントの下にくすねた酒壜を隠し、英雄にウィンクして店を出て行った。英雄も民子が眠っているのをたしかめて店を出た。歌声に振りむくと男が桟橋の方へふらふらと身体を揺らしながら歩いて行く姿が見えた。

——それは死だ。わからんことだらけで死だけがわかっているのが人間だ。

先刻、男が言った言葉が英雄の耳の奥に響いた。


翌晩、そして翌々晩も、英雄は夕食を済ませると海を見に出かけた。

昨夜は廃工場跡の草叢《くさむら》に寝転がって過ごした。てふてふがあらわれるかと思ったが、彼は姿を見せなかった。星を見つめていると、てふてふの言葉がよみがえって来た。

——あの岬の上の星を見たまえ。光りかがやいているだろう。今見ている光は何億年も前に、あの星から旅発った光だ。光は何億年も旅を続けて、我輩と君の目の中で生涯を閉じたわけだ。

英雄は学校の授業で星の光のことは教わっていたが、そんなふうに星の光が旅をするという言い方を聞いたのは初めてだった。てふてふを見ていると、斉次郎とも高木の家の衆たちとも違う、何か別の世界を生きている人間に思えて来る。見ていてひどく情けない大人にも思えるのだが、英雄が知っている大人たちにはない、やわらかでのびのびしたものを持っている。あれは何なのだろうか……。

英雄は昨夜考えたことを思い出しながら、曙橋、葵橋を左に見て堤の道を旧桟橋にむかった。

沖合いに漁をする船の灯りが見える。岬の空には、紡績工場から立ち昇る煙りが星の輝きを掻《か》き消すようにひろがっている。右手の新桟橋の方にはまだ灯りが点《とも》っている。こんな時刻にも港を出入りする船があるのだろう。背後に聞こえていた新開地の三味線の音が遠去かり、潮騒《しおさい》の音が耳に響いた。

自動車のクラクションが鳴った。見ると、旧桟橋に車が一台、ライトを点して停っている。少し甲高くて風変わりなあのクラクションの音色を、昨夜も聞いた気がした。ライトが消えた。消えたライトの中に人影が浮かんでいたように思えた。誰かが桟橋にいるようだった。

堤の下から草のざわめく音が聞こえて来た。潮の変わる時刻なのだろうか。草の音を聞いているうちに、英雄は今夜は原っぱで寝転がろうと思って、堤の小径《みち》を降りて行った。夏草の匂《にお》いが鼻を突いた。夏の間しっかり伸びた草が肩先に触れる。草の茂った場所を抜けると、少年たちが野球をする平地へ出た。星明りにちいさな木箱が見えた。野球のベンチ替りにでもしたのだろう。

英雄は木箱に腰を下ろした。入江の水面が黒い雲母《うんも》のように光っていた。中洲の方を見ると辰巳開地にちらちらと家の灯りが瞬《またた》いていた。草の匂いに潮の香りが混って、英雄は懐《なつ》かしい匂いを嗅《か》いでいる気持ちがした。

――わからんことだらけで、ただひとつわかっていることがある。それは、死だ。死だけがわかっているのが人間だ。

てふてふの言葉がまたよみがえった。

英雄はこれまで自分が見て来た死んだ人たちを思い返してみた。東の棟の衆に抱きかかえられ白い裳束《しようぞく》を着せられていたリンさんの顔、古町の原っぱにあおむけになって口を開いていた行き倒れの男、中洲の竹藪《たけやぶ》から足をのぞかせていた真吾の父、去年、下関で見た絹子の母の顔……。祖母の顔が失《う》せると、火葬場の熱を持った鉄板の上にこなごなに散った白い骨があらわれた。

――お兄ちゃんも、お姉ちゃんも……、つい昨日まで私に笑いかけていた人たちが、突然死んでしまうの。

火葬場の煙突の煙りを眺めていた美智子の哀《かな》しそうな声が耳の底によみがえった。そして、英雄をじっと見つめる美智子の顔が浮かんだ。大きな瞳《ひとみ》に涙がたまっている。その瞳が揺れて、美津《みつ》の笑顔に変わった。線香花火を病院の窓から見下ろしていた美津の顔だった。英雄は目をしばたたかせて美津の顔を見直した。すると急に美津の顔は失せ、目の前の入江に無数の精霊流《しようりようなが》しの灯がひろがった。読経《どきよう》を唱和する声が響く。

引き潮に乗って遠去かる灯に、英雄は思わず誘い込まれる錯覚をおぼえて、大きく頭を振った。

――どうしたんだ？

英雄は胸の中で呟《つぶや》いて、頬を軽く叩いた。美しい音色が聞こえた。英雄は驚いて、音のする方を見た。旧桟橋の方からその音色は聞こえて来た。

「てふてふだ」

英雄は立ち上って、桟橋にむかって歩き出した。傾いた桟橋の突端に人影が見えた。三角帽子のように映る影は、マントを着たてふてふに違いなかった。石垣の堰《せき》沿いを桟橋へ続く階段にむかおうとして、英雄は立ち止まった。バンドネオンの演奏が止《や》むと、拍手と女の声がした。

「素敵よ。『ラ・クンパルシータ』、私、大好きな曲だもの。ねぇ、少し話をしましょう」

どこかで聞いたことのある声だった。

「昨日は眠れなかったわ。あなたのバンドネオンの音が身体にずっと残っていて」

「我輩も、リエさんのダンスを踊る姿と、その美しい瞳が一日中、目の前で揺れていました」

「まあ、上手《うま》いこと言うのね」

「我輩はお世辞は言いません。杉本リエさん、我輩はあなたに恋をしてしまいました」

てふてふと話をしている女性は〃エデン〃の杉本リエだった。二人が寄り添っているむこうにはオープンカーが停車していた。数日前に、産業道路でオープンカーを運転していたサングラスの女は、杉本リエだったのだ。

「ねぇ、明日も逢える？」

「勿論《もちろん》、リエさんが来なければ、我輩の方から飛んで行きましょう」

「本当に？　嬉しい……」

物音がして、二人の影がひとつになった。

英雄は足音を立てないようにして、原っぱの方へ引き返した。

いい、てふてふが廃工場の塒《ねぐら》を引き払って、辰巳開地の突端のバラックを建て直しはじめたという噂《うわさ》が、英雄たちの耳に入って来た。

英雄は隆を誘って見物に行くことにした。

「あいつ釘《くぎ》なんか打てんのかな」

隆が笑った。葵橋を渡って辰巳開地に入ると、入口の路地の用水桶《おけ》に腰掛けたステテコ爺《じじ》いが英雄たちを見た。

「なんだ、おまえたちもあの男のところへ行くのか」

と爺《じい》さんが訊《き》いた。英雄が頷《うなず》くと、爺さんは腕を組み直して小首をかしげた。

トタン屋根の上に坊主頭《ぼうず》が見えた。尖《とが》った頭の形でツネオだとわかった。英雄と隆は顔を見合わせて、走り出した。

狭い路地を駆け抜け海に突き出したバラック小屋に着くと、中から板切れをかかえた太郎が出てきた。

「なんだ太郎、おまえもいたのか」

隆が驚いたように太郎を見た。太郎は笑いながら床下に降りて行った。小屋の中を覗《のぞ》くと民子が部屋の中を箒《ほうき》で掃いていた。

「なんだ、英ちゃんも来たの」

見ると、男は部屋の隅で林檎《りんご》箱を机代りにして何やら書きものをしていた。

「思ったより住み心地が良さそうじゃな」

隆がまだ青空が見える天井を見上げて言った。

「隆よ、下から板を一枚放り投げてくれんかの」

天井からツネオが顔を出して言った。

「板はないぞ。さっき太郎が床下に持って行ったぞ」

英雄たちが話している間も男は顔も上げずに黙々と筆を走らせている。

こんにちはと英雄が声をかけると、聞こえません、と男は振りむきもせずに答えた。

「情熱のタンゴを作曲中なんだと、てふてふ先生は」

民子が舌をぺろりと出して言った。

「英ちゃん、表戸をこしらえてくれんかの」

ツネオが屋根の上から声をかけた。

「もう板がないんだろう」

英雄が言うと、

「隣りの小屋は誰も住んどらんから、表戸だけ外して持って来ればええ」

英雄は外へ出て隣りの家を見た。

「ならいっそのこと隣りに住めばええのと違うかの」

隆が窓から首を出して言った。しかし隆は隣りの小屋を見てすぐに頷いた。隣りの家にはすでに屋根はなく床下も骨組みだけになっていた。それから三時間、皆は小屋造りに励んだ。作業を終えると、英雄たちは小屋の中に車座になって民子の持参したラムネを飲みはじめた。

「ねぇ、あんたのためにお酒を持って来たんだから、一杯くらいはつき合ったら」

民子が声をかけても、男は相変わらず振りむきもしない。

「急に仕事をはじめちゃって、どういう風の吹き回しかしら……」

民子はつまらなさそうな顔で男のうしろ姿を見た。

「民子さん、てふてふに惚《ほ》れたんじゃないの」

ツネオがにやにやして言った。

「馬鹿《ばか》を言うんじゃないよ。私はもう男は懲《こ》り懲《ご》りなの。ここへは飲み代の取り立てで来たんだから」

民子が頬を膨《ふく》らませた。

「本当だ。皆こんなところにいたんだ」

声のする方を見ると、美智子が笑って立っていた。美智子は民子の顔を見てウィンクをした。

「よくここだとわかったな」

隆が美智子を見上げて言った。

「英雄君の家へ行ったら、辰巳開地だってお母さんが教えてくれたの。それで辰巳開地に入ったら変なおじさんがおまえもそうかって、ここを教えてくれたの。ねぇ、皆ここで何をしてるの？」

美智子は部屋を見回した。壁にむかってぶつぶつと声を出しながら何かを書いている男を見て、

「誰、あの人」

美智子が男を指さした。

「てふてふじゃ」

と隆が教えた。

「てふてふ？」

美智子は男に近寄ると肩越しに覗き見て、

「あらっ、作曲してるの、おじさん」

と驚いたように言った。

「さよう。おっ、お嬢さん、可愛《かわい》いね。名前は何と言う」

男が美智子を見上げて訊いた。美智子は気取ったように顎《あご》を少し上げて、名前を名乗った。

「君は都会の匂いがするな」

男は美智子のスカートに鼻を近づけた。

「あなたはお風呂《ふろ》に入ってないわね」

美智子が鼻をつまんで首を横に振った。男は鼻をひくつかせながら自分の身体の臭いをかいだ。

「汚れた作曲家なんてイカさないわ。あっ、あなたお祭りののど自慢大会に出ていた髭男《ひげおとこ》じゃない」

美智子が言うと、男はニヤリと笑って、また壁にむき直り仕事をはじめた。

「ここはこの人の家なの？ でも大風でも吹いたらいっぺんに飛ばされてしまいそうね」

美智子が小屋の中を見回して言った。

「じゃ本当にてふてふになるわね」

民子が笑うと、皆も笑い出した。

翌日の午後、絹子が秋月の絵が完成したというので、英雄は正雄と小夜の三人で〝エデン〟に見物に行った。

〝エデン〟の表には〈秋月先生新作発表会〉と書かれた立て看板が出ていた。中に入ると、ホールの中央にテーブルが並べられて、斉次郎を中心に秋月、絹子、マダムの杉本リエ、踊り子たち、源造と江州ほか高木の衆が宴会をしていた。

秋月の絵が両側の壁にかけてあった。その絵にスポットライトが当たっている。絹子は斉次郎の隣りに座っている秋月に挨拶《あいさつ》して、絵の前に立った。大きな絵ですね、とかたわらで小夜が感心したように見上げていた。犬がいるよ、と正雄が右端に描かれた耳にリボン飾りをつけた人形のような犬を指さした。

絹子が近寄って来て、溜息《ためいき》をつき、

「英さんもこんな絵が描けるようになるといいわね」

と英雄に言った。

「俺、あんまり好きじゃないな、この絵」

英雄が呟くと、

「どうして？　素晴らしいじゃない」

と絹子は英雄を窘《たしな》めた。

「そうかな……。この絵はなんか冷たいよ」

英雄には、もう一枚の絵もつまらない作品に思えた。

斉次郎は上機嫌で絵を見物に来た客と談笑していた。英雄がテーブルの端で正雄たちと料理を食べていると、男がふらりとホールに入って来た。てふてふだった。彼はホールの中を見回していた。

「てふてふさん、来てくれたの」

リエが大声で彼を呼んだ。皆が奇妙な風態《ふうてい》の男を見た。リエは嬉しそうに男に抱きついていた。

「宴会ですか」

男がテーブルの方を見て訊《き》いた。

「そうなの、今日は〝エデン〟に飾る絵の完成パーティーなの」

「そうですか。我輩もやっと曲が完成したので持って来ました」

「できたの？　嬉しいわ。ここの経営者の高木さんを紹介するわ」

リエが男の手を引いて奥へ連れて行った。

「我輩は曲を持って来ただけだから……」

「知っておいて損はないわ。この町の実力者なんだから。ねぇ、高木さん。こちらタンゴの作曲をお願いした、作曲家のてふてふさんです」

「それはそれはよう来て下さった。高木斉次郎です」

斉次郎はリエの手が男の腕にかかっているのをちらりと見た。

「こちら、絵を描いて下さった秋月先生」

リエが男に秋月を紹介した。秋月は男を見て、パイプを手に顎をしゃくって胸を反らせた。

「てふてふさんは旅をしている芸術家なんです」

リエが皆に紹介した。

「いやいや、我輩は芸術家ではない。芸術は好かんから」

男が後ずさった。

「そんなに恥ずかしがらずに。どう先生の絵、素晴らしいでしょう」

リエが男を絵の前に連れて行った。男は絵をしばらく見上げていたが、急に笑い出して、

「こりゃ絵具の無駄使いじゃ」

と大声で言った。男の声はホールの中に反響して全員に聞こえた。

「おい、今何と言いやがった」

時雄が立ち上って、男の胸倉を摑《つか》んだ。

「手前、先生の絵にケチをつけに来やがったのか、今何と言った」

「絵具の無駄使いと申した」

男がまた大声で言った。

時雄が男を殴りつけた。男がもんどり打って倒れた。

「何すんのよ、あんた、私の大事な人に」

リエが男に駆け寄って、時雄を睨《にら》みつけた。

「因縁をつけたのは、こいつの方じゃねえか」

時雄がリエを怒鳴りつけた。

江州が間に入って、時雄を座らせた。

「先生、土佐屋の方へ宴会の準備がしてありますから」

源造が言って、斉次郎と秋月が立ち上った。秋月は苦虫《にがむし》をかみつぶしたような顔で男を見て、ホールを出て行った。

「ひどいことを言う人ですね」

小夜が小声で絹子に言った。

「野蛮な人たちね」

リエは男の唇の血をハンカチで拭《ふ》きながら言った。英雄は立ち上って男のそばに行った。

「おう、好青年、君も来てたか」

男が笑って言った。

「あの、この絵のどこが絵具の無駄遣いなんでしょうか」

背後で声がした。見ると、秋月の弟子の山田がそばに来ていた。

「どこがね……」

男は立ち上ってもう一度絵を眺め、

「生きておらん。この絵は死んでおるな。描いた者の魂が死んでおる。これはただでかいだけのクズです」

男は頷きながら言った。

「あんた悪いが出て行ってくれないか」

江州が男の前に立ちはだかって言った。男は江州の顔を見てにやりと笑うと、失敬、と言ってホールを出て行った。リエがあわててあとを追い駆けた。

「英さん、今の人知ってるの」

絹子が聞いた。

「うん、辰巳開地に住みはじめた人だよ」

「そうなの、何をしてる人？」

「何もしないで、一日中海を見てるよ」

「私、知ってます、今の男。酔いどれて歩いてるところを古町で見ました。ほいとですよ」

小夜が軽蔑《けいべつ》したように言った。

「ほいとじゃないよ、小夜。少し変わってるけどいい人だよ」

英雄はきっぱりと否定して、絹子を見た。

「あいつの言う通りだ。この絵は二束三文《にそくさんもん》だ」

絵の前にいた山田が吐き捨てるように言った。皆が山田の方を見た。山田の両肩が震えていた。

その日の夕暮れ、美智子が隆と高木の家へやって来た。三人で新湊劇場へ映画を見に行くことになっていた。三人が映画の話をしていると、

「英ちゃん、英ちゃん、大変じゃ」

ツネオが大声を上げながら海側の門から入って来た。

「どうしたんだ、ツネオ」

隆が訊いた。

「ていふていふが堂六と決闘する」

ツネオが息を切らして言った。

「てふてふが堂六と決闘だと」

隆が目を丸くしてツネオを見た。

「うん、さっき曙橋のところで堂六がてふてふを呼び止めて因縁をつけたんじゃ。そうしたら、てふてふが決闘だと言い出して……」

「それで二人は今どこにいるんじゃ？」

英雄がツネオに訊いた。

「今二人で入江の下へ降りて行った」

「どうしたい、ツネ」

時雄が中庭から顔を出して訊いた。

「喧《け》、喧嘩《けんか》だ」

「面白え、どこでだ」

時雄が嬉《うれ》しそうに言った。

「曙橋の下じゃ」

ツネオが言うと、時雄が走り出した。英雄たちもすぐに後に続いた。

「堂六が相手じゃてふてふは殺されっちまうよ」

走りながらツネオが叫んだ。

曙橋の上にはもう大勢の人だかりがして、皆欄干《らんかん》から入江を見下ろしていた。

どけどけ、時雄が大声を上げて人の群れをかき分け欄干にへばりついた。

「あっ、あの野郎、さっき〝エデン〟の絵に因縁をつけた野郎だ。堂六、その野郎をぶっ殺してしまいな」

堂六は上半身裸になって、刺青《いれずみ》の入った岩のような身体《からだ》をいからせ、周囲を睨んでいる。てふてふも同じように上着を脱いで堂六を睨んでいるが、こちらは身体が貧弱過ぎて、何ともこころもとない。

あれじゃ勝負にならんじゃろう。本当だ、螽蟖《きりぎりす》と熊《くま》の喧嘩だわ。これは一発で倒されて仕舞いじゃな、見物人のあちこちから声が聞こえた。

「てふてふ逃げろ」

ツネオが叫んだ。

すると、てふてふはツネオを見上げて手を振りながら、

「我輩が天にかわってこの悪人を成敗《せいばい》いたす」

と大声で叫んだ。

いいぞ、頑張れよ、やせ蛙《がえる》、つぶされるな。いいから早くはじめろ。見物人のヤジ

に皆が一斉に笑い声を上げた。

堂六はにたにたと笑っている。てふてふが腰を落とした。堂六も身構えた。二人は円を描くように泥の入江を回りながら間合いを計っていた。堂六が腹の底から絞り上げるような声を出し、てふてふに突進した。二人の身体がぶつかった瞬間、てふてふは人形が宙に舞うように吹っ飛んで、泥の中に埋もれた。堂六はすぐに駆け寄って、泥の中からてふてふを掴み出すと、後頭部を殴りつけた。てふてふはそのまま動かなくなった。堂六はその背中を踏みつけ唾《つば》を吐いた。

「なんだよ。喧嘩にもなりゃしないじゃねぇか」

橋の上の見物人がぞろぞろと欄干から離れはじめた。

「おっ、起き上ったぞ」

隆の声に、皆がまた欄干に戻って顔を覗《のぞ》かせた。引き揚げようとしていた堂六が振り返った。てふてふはよろめきながら立ち上ると、

「まだまだ」

と低い声で唸《うな》った。

堂六はニヤリと笑って口元を曲げ、声を上げて突進して行った。身体がぶつかると思った寸前に、てふてふが堂六をかわした。堂六は勢い余って水際《みずぎわ》まで飛び出し、泥

の中につんのめって倒れた。

「いいよ、あんちゃん、堂六なんかぶっつぶして」

女の声がした。やって、やっちまって、負けちゃだめよ。てふてふに女たちの声援が飛んだ。辰巳開地《たつみかいち》の女たちだった。

「堂六、他所者《よそもん》に負けんな」

時雄が怒鳴り返した。

堂六は泥の中から起き上ると、泥だらけの顔をひきつらせて唸《うな》り声を上げ、再びむかって行った。てふてふが逃げ出した。堂六は腕を風車のように回して、てふてふを追い駆ける。堂六が追いつき、殴りつけようとすると、てふてふは巧みにそれをかわした。二度、三度、上手《うま》くかわしていたが、足元がよろけた時、堂六の拳固《げんこ》がてふてふの頭を直撃した。鈍い音がした。てふてふは脳震盪《のうしんとう》でも起こしたようにふらふらと横に歩いてから、あおむけに倒れた。倒れたてふてふに堂六は馬乗りになって殴りつけ、両手で胸倉を摑み、上半身を引き起こした。気絶しているのか、てふてふの身体は雑巾《ぞうきん》のように折れ曲ったままだった。てふてふを摑んだまま堂六は立ち上り、両手をてふてふの背中に回し、ぎりぎりと締め上げた。堂六が唸り声を上げてぐったりした身体を締め上げながら揺らすと、てふてふの頭と足先が木偶《でく》人形のように上下に動いた。

「やめろ、やめろ」

ツネオが叫んだ。

その時、橋の下からひとりの少年があらわれて、堂六の背中に突進して行った。太郎だった。太郎は堂六の腰にしがみついた。堂六は、てふてふを泥の中に放り投げると、うしろ手に太郎を鷲摑《わしづか》みにし殴りつけた。太郎は一撃でその場に倒れた。てふてふも太郎も泥に顔を埋めていた。

「いいぞ、堂六、やっちまえ」

時雄が言った。てふてふも太郎も泥に埋もれたまま動かなかった。英雄たちは橋の下に駆け降りた。堂六が白い歯を見せ、両手を突き上げて勝ち誇ったように唸り声を上げた。堂六は肩をいからせ入江の階段を上りはじめた。英雄とツネオが、この野郎、と叫んで堂六に突進しようとすると、背後から上着を摑まれた。振りむくと江州が立っていた。

「おい、堂六。まだ喧嘩のかたはついちゃいないぜ」

江州が英雄たちを摑んだまま堂六に言った。堂六は怪訝《けげん》そうな顔をして、うしろを振り返った。てふてふが立ち上って身構えていた。堂六は目を丸くして階段を下り、てふてふにむかって行った。堂六が追い駆け、てふてふが逃げる。堂六が追いついて殴りつけると、てふてふがかわす。同じことが何度も続いたが、てふてふのパンチが初めて堂六の顔に当たった。しかし、岩のような堂六の顔はびくともしなかった。そしてまた殴りつけられる度に、てふてふは泥の中に倒れ込んだ。それでもまたてふてふは起き上った。

てふてふが倒れたのは、これで何度目だろうか。同じことをてふてふはくり返している。てふてふの唇は裏返ったようにふくれ上り、左目はつぶれて顔半分は石榴《ざくろ》の実のように歪《ゆが》んでいた。英雄はてふてふを茫然《ぼうぜん》と見ていた。

「止めなきゃ死んでしまうわ」

美智子が江州に言った。

「黙って見てるんだ」

江州が低い声で言った。

堂六は、てふてふを殴りつけながら肩で息をしている。その堂六の膝《ひざ》を両手で摑まえて、てふてふがまた起き上ろうとした。堂六が片方の足でてふてふを蹴《け》り上げた。てふてふはそれでもしがみついて堂六の膝を離さない。

「離せ、この野郎、離せってんだ」

堂六がてふてふをまた殴りつけた。がくっと、てふてふの肩が落ちた。ずるずるとてふてふの身体が下る。なのに両手は堂六の足にしがみついたままだ。堂六がいら立ったような声を上げて、片方の足でてふてふの頭を踏み続けた。てふてふの片手が離れた。堂六はもう片方の手を離そうと足を上げた。その時、てふてふが声を上げて起き上りざまに堂六の足を持ち上げた。堂六の身体がゆっくりとあおむけに倒れた。ゴツン、と大きな鈍い音が響いた。

「あそこの泥の中には岩が隠れとるんじゃ」

毎日、この入江で屑拾《くずひろ》いをしているツネオが叫んだ。

堂六は口を開けたまま目をむいて動かない。てふてふは四つん這《ば》いになって堂六の腹の上に乗ると、堂六の顔を二度、三度と殴った。それでも堂六は動かなかった。てふてふが堂六の顔をゆすぶった。堂六の顔は力なく横をむいて舌を出している。てふてふはそれを見てゆっくりと立ち上ると、握った拳《こぶし》を空に突き上げた。

「やった」

美智子とツネオが叫び声を上げた。橋の上から拍手が起こった。てふてふは見物人を見上げると、歪んだ顔からかすかに白い歯を見せ、もう一度手を上げようとして、へなへなとその場にしゃがみ込んだ。そのてふてふに、四つん這いになって太郎が近寄って行った。英雄たちも入江に駆け下りた。

入江の水際を燕《つばめ》たちが低空飛行をはじめた。今年は七月の梅雨《つゆ》明けに、瀬戸内沿いの町は最初の台風に見舞われた。まだ八月が終らない内に三度の台風が襲った。いずれも小型の台風だったが、年寄りたちはそれを見て、例年より秋が早いと言っていた。

英雄はツネオと紡績工場の裏手で太郎が来るのを待っていた。

「太郎の病気はここのとこ出んの」

ツネオが言った。

「そうだな、治ったんじゃないのかな」

英雄も八月に入ってから太郎の発作がないので安心していた。

「だとええの。俺あいつに聞いたんだが、ドミニカいうとこはひどいところじゃったそうじゃ。水が一滴もなくての、半日歩いて、皆が飲む水を桶《おけ》に汲《く》みに行くのが太郎の役目じゃったそうじゃ。暑うて汗だらけになっても、その水が飲めんかった言うとった」

ツネオが足元の草を引き抜いて言った。

「俺も江州さんから聞いたよ。ひどいところじゃったって……」

英雄は、弟や妹たちを可愛《かわい》がる太郎の姿を思い浮かべた。

「太郎の父ちゃんは、日本の役人にだまされた言いながら死んだ言うとった。あの国へ行った日本人は、ようけ死んだらしいの」

「なぜ、そんなとこに行ったんだろうな、太郎の家族は……」

「戦争に負けたからじゃって、うちのお母やんは言うとった」

太郎が鉄橋を渡って来るのが見えた。

「早うせんか、太郎のノロマよ」

ツネオが立ち上って叫んだ。太郎は英雄たちに気づいて手を振った。

三人は辰巳開地にむかった。辰巳開地にあるステテコ爺《じじ》いの石鹼《せっけん》工場に、開地の人たちが集合していた。特設の舞台がつくられ、そこにピアノが置いてあった。ステテコ爺いが舞台の上に立って大声で話をはじめた。

「……ほんまなら木戸銭を取りたいが、芸術は大衆のものじゃから、わしの腹の太いところで……」

「もういいから、早くはじめてよ」

民子が言った。そうじゃ、あんたは早う引っ込んで、と見物人が言うと、ステテコ爺いは頭を掻《か》きながら舞台を下りた。舞台の上にヴァイオリンとコントラバスを手にした男があらわれた。ピアノの前に男が座った。〝エデン〟のバンドマンたちだった。最後にバンドネオンを手にしたてふてふが中央の小椅子《いす》に腰掛けた。

「素敵よ」

一番前に座ったリエが声を上げた。

てふてふは少し照れたような顔をして、

「諸君、これから演奏しますのは我輩がこの胸にたぎる想《おも》いを五線譜に乗せて作曲したもので、曲名は〝炎の蝶《ちょう》〟です。この曲を我輩は杉本リエ嬢に贈るものである」

と緊張した声で言った。

ピアノの音色が響いた。ヴァイオリンの音色が重なり、序奏がはじまった。てふてふはバンドネオンに手をかけ、目を閉じて序奏を聞いていた。やがて、てふてふの両手がゆっくりとバンドネオンをひろげた。美しい音色が工場の中に流れ出した。少し小首をかしげたてふてふは、バンドネオンの音色をたしかめるように身体を折り曲げている。指先が蝶の羽のように動く。音色を切りながら音階が上って行く。昇りつめた音の中でてふてふが張りのある声で歌いはじめた。

『麗《うるわ》しき、君の瞳《ひとみ》に、映るは情熱の薔薇《ばら》。我は蝶に、身をかえて、君の花びらに、しのび寄る今宵《こよい》』

てふてふの視線は目の前のリエを見つめている。リエの背中は固くなって微動だにしない。開地の男たちも女たちも、うっとりと聞き惚《ほ》れている。

「恋の歌ね。素敵……」

英雄のかたわらで美智子が言った。

英雄は頷《うなず》いた。美智子の手がいつの間にか英雄の肩に乗っている。英雄は美智子の手をそのままにさせておいた。周《まわ》りの女たちの顔を見ると、若い女も年老いた女も、目がうるんでいるように見えた。てふてふの歌には何か女心をそそるものがあるのだろう。

歌が二番に入ると、ますますてふてふの声に張りが出た。時折、リエを見るてふてふの目がかがやいている。

一曲目が終っても、皆しばらく沈黙していた。ステテコ爺いが拍手をすると、皆夢から醒《さ》めたように手を叩《たた》いた。

すぐにまた演奏がはじまった。激しい感情を歌う曲もあれば、月影で囁《ささや》き合っているような切ない歌もあった。十曲近い演奏が終ると、見物人は皆立ち上って拍手を続けた。

演奏の後、ステージの上で宴会になった。

「どこでバンドネオンを修業されましたか」

〝エデン〟のピアノ弾きがてふてふに訊《き》いた。

「我輩《わがはい》は自己流です」

てふてふが目をしばたたかせて答えた。

「それにしても見事ですな」

ピアノ弾きが感に耐えたように言った。

「音楽は情熱ですものね」

リエが嬉しそうにてふてふを見つめて言った。

「いや良かったの。これであんたも辰巳開地の立派な住人じゃ」

ステテコ爺いが酒壜《さかびん》を片手に言った。

「我輩は永い旅の果てにこの地を見つけたのです」

てふてふは注がれたコップの酒を一気に飲み干した。

「むずかしいことはわからんが、とにかく良かったの。ついでにその女を嫁にするといい」

ステテコ爺いは、てふてふの隣りに座っているリエの方を顎《あご》でしゃくるようにして言った。

「求婚の歌をさっそく今夜から作りましょう」

てふてふが言うと、リエが羞《はず》かしそうにうつむいた。

「よし、さらなる名曲を我輩は完成いたす」

てふてふはまた酒を干した。

その夜、英雄たちはてふてふの小屋に集った。てふてふは上機嫌だった。

「諸君、人間にとって何が一番大切か、わかるかね」

てふてふが立ち上って言った。

「そりゃ金が一番に決まっとる」

ツネオが言った。

「その答えは淋《さび》しいな、ツネオ君。我輩は悲しい」

てふてふがツネオの手を取った。

「淋しかろうが、悲しかろうが、金があればそれでいい」

ツネオがてふてふの手を払いのけた。

「人生はお金ではないんだよ」

「じゃ何だよ」

ツネオが唇を突き出した。

「愛だよ」

てふてふは胸の前で両手を合わせた。

「愛って何じゃ」

「人間が人間にできる無償の行為。それが愛だよ」

てふてふがまたツネオの手を握った。

「そんなこと言うとるから、おまえはいつも腹が減っとるんだよ。馬鹿《ばか》じゃなかろうか」

ツネオの言葉にてふてふが笑い出した。太郎がバンドネオンを手にしている。太郎はてふてふにバンドネオンを教わっていた。

「そこの好青年よ、愛をこよなく友としろよ」

てふてふは英雄を指さした。

「英雄君は、私をこよなく愛してるのよね」

美智子が英雄の腕に手を回した。

「そんなことないよ」

英雄がぶっきら棒に言った。

「どうして？　私は英雄君をこよなく愛してるわよ」

美智子がむきになって言った。

「おまえ、強引なのは嫌われるよ」

隆が美智子に囁いた。そうしててふてふを見て、

「女は男に抱かれると嬉《うれ》しいんじゃろか」

と真顔で訊いた。

「勿論《もちろん》である。君は抱いてみてどうであった？」

「俺、まだ女を抱いとらん。けど時々、女なら誰でもいいから抱きとうなるな」

「正直でよろしい。我輩もそう思うことがよくあった」

「わあっ、助平だ」

美智子が頬を赤くして言った。

「助平結構、助平こそが人類の宝である」

太郎が笑い出した。隆が太郎を指さして、助平、助平と笑いながら言った。太郎も隆を指さして、また大笑いした。

美智子が立ち上った。

「君たち女性がいるのに助平の話ばかりして。助平の話は男同士でしてよ。私は帰る。英雄君、バス停まで送って」

英雄は美智子と小屋を出た。海からの風が強くなっていた。

「もう秋だね」

英雄は沖合いを見て呟《つぶや》いた。

「今夜は海が荒れるみたいだな」

「あの人、ずっと旅をしてたって言ってたけど、きっと淋しかったんでしょうね。あの人の作った歌って、どの曲も哀《かな》しそうに聞こえるもの」

美智子も海を見ながら言った。

「そうかな……」

「うん、聞いてると泣き出しそうになる。〝エデン〟のマダムは、そこがたまらないんじゃないかしら。でも私、あの人好きになれないな……」

美智子はきっぱりと言い、バス停にむかって歩き出した。

「どうして？」

英雄は美智子を見た。美智子は怒ったように唇を噛《か》んで歩いていた。

「ママや私を捨てた人に似てるから」

「お父さんのことか」

「パパなんかじゃない。ママにさんざん尽《つ》くさせといて、或《あ》る日、突然出て行くような人」

　バス停に着くと、美智子は腕組みをして、バスの来る方角を見ていた。

「でも、てふてふは辰巳開地に住むって言ってたよ。やっと落着ける場所が見つかったって」

「私、そんなふうにはならないと思う」

　エンジン音がして、バスがあらわれた。二人の前にバスが停車し、ドアが開いた。

「じゃあな」

　英雄が言った瞬間、美智子が飛びついて来て頬にキスをした。

「あっ、馬鹿。何すん……」

　驚いている車掌を尻目《しりめ》に美智子はバスに乗り込んだ。走り出したバスの窓から、美智子は英雄に手を振っていた。

　英雄が小屋に引き返して行くと、隆たちが歩いて来た。

「帰るのか」

「作曲をはじめるんだとよ」

　ツネオがつまらなさそうに言った。

「もうすぐ学校だな……」

隆が面倒臭そうに溜息《ためいき》をついた。

「大変だのう」

ツネオは他人事のように言う。

「おまえには先生は来いって言わないのか」

隆がツネオに訊いた。

「家に来ても、寝たきりのお母やんがいるだけだからの」

ツネオが平気な顔で言った。

「そんなに金をためてどうするんじゃ、ツネオ」

隆がツネオの顔を覗《のぞ》いた。

「わしはアメリカに行くのよ」

ツネオが沖合いを指さして言った。

「アメリカにか」

隆が驚いたようにツネオを見た。

「そうよ。アメリカのてふてふになるんじゃ」

ツネオが両手を羽のようにひろげた。

強風に流れる雲が、月を横切って行く。

四人は曙橋の上に立って沖合いを見た。

「わし、なんだか、てふてふが好きじゃの」

ツネオが目を細めて言った。

「俺も、てふてふを見とると、なんか安心するの」

隆も頷いた。

「何の役にもたたん奴《やつ》なのにな……」

ツネオが笑った。

「ずっと居てくれるといいな」

太郎が言った。皆頷いた。四人の頬を秋の海風が撫《な》でて行く。紡績工場の勤務の交代を告げるサイレンが響いた。


九月になったばかりの昼休み、授業がはじまる前に校内放送が流れた。

——葉野島《はのじま》から通う生徒はすぐに下校するようにして下さい。

その日は夜明け前から強い風が吹き続けていた。

「大きな台風らしいの」

隣りのクラスから来た隆が、英雄の机の上に尻を乗せ、窓の外を勢い良く流れる雲を見ながら言った。昨日のラジオ放送が、大型台風が沖縄を通過して大きな被害を出したと告げていた。

「島の連中はええの、台風が来ると休めるものな。おい、英ちゃん、太郎はよく眠るの」

太郎は机にうつぶせて眠っていた。

授業がはじまると雨が落ちてきた。午後からは一時間目の授業だけで休校になった。雨足が強くなっていた。傘を持ってこなかったわ、と心配そうに言う女子生徒の声がした。

英雄と隆は、保育園へ妹を迎えに行く太郎と別れて、古町にむかって走った。道を歩いている人が突風に傘を飛ばされ、あわてて追い駆けていた。あちこちで木々の鳴る音がして、稲田の穂は荒海の波のように揺れていた。

「こっちにまともにむかっとるのかの、台風は」

隆は風にむかって前のめりになって歩いていた。

「そうみたいだ。けど本当に大きそうだな」

英雄は空を見た。雨雲が東から西へ動いている。古町の通りへ出ると、屋根の上に大人たちが登って瓦《かわら》をなおしていた。

家に帰ると、柳の木が枝をたわませて悲鳴のような音をたてている。

「英さん、部屋の雨戸をしっかり閉じといてね」

絹子が言った。

「台風はかなり近づいてるの？」

「さっき鹿児島を通過したらしいわ。こっちにむかってるって」

絹子が食器棚を片づけながら言った。

「風速五十メートルですよ。去年の十月の台風より大きいんです」

小夜が身を竦《すく》めて言った。

去年の十月に瀬戸内海を襲った台風は、進路が少し外れていたにもかかわらず、右田《うだ》岬の堤防を決壊させて町の西半分に大きな災害をもたらした。二十人近い死者が出て、水田は潰滅《かいめつ》状態になった。高木の家も床下まで浸水した。池の鯉《こい》や鮒《ふな》が流され、庭の花壇も泥だらけになった。驚いたのは、新桟橋の周りの材木置場の材木が町に流れ出して、何軒かの家屋をなぎ倒したことだった。台風の通過後、道のあちこちに大きな材木が転がっていたのを英雄はよく覚えている。

いつもより暮れるのが早かった。東の棟に大勢の人が集まりはじめた。英雄も表に出てみた。

「高木の船は、豊後《ぶんご》水道から別府湾に入ったそうじゃ」

「それでうちの人は船から揚ったんでしょうか」

船員の家族が心配そうに訊いていた。

「大丈夫だ。皆無事だと連絡が入った」

幸吉が船員の家族たちに伝えた。

見ると、広間の蒲団を女たちが運び出していた。去年の台風を知っていたから、皆あわただしく立ち働いている。

「そんなに大きい台風なの？」

英雄は幸吉に訊《き》いた。

「今夜は大潮《おおしお》なんで、ひょっとして高潮が来ると、また堤が決壊して一階は水が入るかも知れませんので」

幸吉が深刻な顔をして言った。遠くで消防車の鐘の音がしていた。若い衆が母屋《おもや》の雨戸を閉じて、その上に板をはすかいに打ちつけていた。台所では小夜と東の棟の女衆たちが握り飯をこしらえていた。

「英さん、今夜は母屋の方へ来て寝て下さいね」

絹子が行李《こうり》をかかえて走りながら言った。

「どうして？」

「あなたの部屋には新田町の人が何人か来てるから……」

源造と江州が雨合羽《あまがっぱ》を着て戻って来た。

「駅店の方はどうです？」

絹子が二人に訊いた。

「一応片づけました。あそこは土地も高いですし、まず大丈夫でしょう。それよりこの海側の建物を今のうちに固めておかないといけません。去年もあそこから材木が入り込みましたから」

源造が言った。玄関の方で車のエンジン音がして、時雄が若衆と帰って来た。

「時雄、おやじさんの迎えは誰が行った？」

源造が時雄に大声で訊いた。

「土佐屋へは笠戸が行きました」

時雄も大声で応《こた》えた。

「江州さん、台風の進路はどうなの？」

絹子が心配そうに江州を見た。

「はい。ラジオでは進路は真《ま》っ直《す》ぐ北北東にむかっていると言ってます。入江の中はもう船であふれてます」

「じゃあ、こっちにむかってるのね……」

不安気な絹子の顔を見て、江州が黙って頷《うなず》いた。

ほどなく斉次郎が若衆と帰って来た。

「海側の材木は片づけたか」

「はい」

源造が返事をした。斉次郎は母屋の屋根を見上げてから、幸吉を呼んで、

「おい、柳の上の枝は伐《き》ってしまえ」

と指図した。

夜八時を過ぎる頃から、風音は怒声のように響きはじめた。

居間では斉次郎と源造が、ラジオにかじりついて台風情報を聞いている。

「奥さま、電話が不通になったそうです」

小夜が不安そうな顔をして茶の間に告げに来た。英雄は、正雄の眠っている寝室に移った。やがて斉次郎が寝室に入って来た。

「あなた、大丈夫でしょうか」

姉たちのいる隣りの寝室から絹子が訊いてきた。

「心配せんでいい。夜中の十二時くらいが山だろうから、それまで寝ていろ。英雄、東の棟に行って江州を呼んで来い」

英雄は裏の戸の脇《わき》に吊《つる》した合羽を着て外に出た。一歩踏み出す度に身体《からだ》が風に持って行かれそうだった。雨が音を立てて頬に当たった。葡萄《ぶどう》棚の支柱が浮き上っている。見上げると大柳までが枝を切られて、こころもとなく聳《そび》えているように見えた。江州は雨合羽を着たまま広間の前に立っていた。

「江州さん、父さんが呼んでる」

「はい、わかりました」

東の棟のトタン屋根がバタバタと音を立てて鳴っていた。

「大丈夫かな？　東の棟も母屋も」

英雄は屋根を見上げて言った。

「心配いりません。ここはまだ土地が高いところにありますから」

江州が腕組みしながら頷いた。

「低いところは駄目なの」

「堤防が切れたらおしまいです」

英雄が江州と母屋に戻ると、斉次郎の声が聞こえた。

「今のうちに東の一階の連中を二階に上げとけ」

「わかりました」

十一時を過ぎた頃に電気が消えた。

かあちゃん、闇《やみ》の中から正雄の声がした。大丈夫よ、停電しただけですから。絹子の声が応えた。小夜が蠟燭《ろうそく》に火を点《つ》けて部屋に入って来た。蠟燭の灯りの中で、皆が心細そうに顔を見合わせた。

表から人の叫ぶ声がした。何を言っているのか風音にまぎれて聞こえない。サイレンの音が鳴り響いている。

「土佐屋の連中が、家に入れて欲しいと連絡して来ました」

表の方から江州が戻って来て、斉次郎に報告した。

「わかった。広間へ連れて行け」

「佐多岬の堤防が切れたそうです」

笠戸の声が続いた。

英雄は立ち上り、寝室を出て居間へ行った。

「何だ？　むこうにいろ」

斉次郎が英雄を見上げた。斉次郎は半纏《はんてん》に着換え地下足袋《じかたび》を履《は》いていた。居間にいる東の衆も皆同じ恰好《かっこう》をしていた。

「新開地が危ないの？」

英雄は大声で訊いた。

「新開地は中洲で土地が低いですからね」

源造が顔を曇らせた。

「なら、辰巳開地は」

「あそこの連中はとっくに引き揚げてるはずです」

笠戸が頷いた。

「本当に」

英雄は合羽を着込むと外に飛び出した。激しい雨が広場や庭に叩《たた》きつけるように降っていた。カーバイトの灯りに人影が横切るのが見えた。時雄だった。

「時雄、さん。辰巳、開地の、人は、避難、して、るの」

時雄にかけた声が千切れるように掻《か》き消されて行く。

「今、皆、こっちの方へ、避難してます。ツネなら、お袋さんと、もうすぐここへ、来ますよ」

英雄は表に駆け出した。英雄の名前を呼ぶ時雄の声が背後でした。

英雄は暴風雨の中を走った。道には落ちて来た瓦の破片が転がっていた。骨組みだけになった時計屋の看板が音を立てていた。電信柱が揺れていた。曙橋まで走って行くと、橋の袂《たもと》に消防車が二台停車し、その周囲に人だかりができている。人の輪を押しのけて前へ出ると、数本のロープが張られ、荷物を手にした中洲の男女がロープを摑《つか》んで橋を渡って来るのが、消防車のライトの中に浮かんで見えた。その中にツネオがいた。ツネオは大きな荷物を背中にくくりつけ、母親をかかえるようにしてこちらに駆けて来る。

「ツネオ！」

「おう、英ちゃん」

ツネオの顔は青ざめていた。ツネオのそばを赤児《あかご》を背負った女がずぶ濡《ぬ》れになったまま通り過ぎた。

「てふてふは逃げたのか」

英雄の言葉にツネオは目を見開いて、背後を振りむいた。自警団に付き添われて、数人の男女がよろけながら橋を渡って来るのが見えた。

「昼間、あいつには言っとったから大丈夫じゃろ。台風が来たらこの小屋は真っ先にふっ飛ぶから気をつけろって」

ツネオは母親を顔見知りの女に預けて、橋の袂に屯《たむ》ろしている辰巳開地の連中の顔をたしかめはじめた。英雄も地面にへたり込んでいる者の中にてふてふを探した。

「てふてふ、てふてふはいるか！」

ツネオと英雄の声は風音に千切れて行く。

「ツネオ、いたか？」

英雄がツネオを見ると、ツネオは首を横に振った。二人は顔を見合わせると、英雄が先にロープを握った。二人が曙橋を渡ろうとすると、

「いかん、もうそっちへ行っちゃいかん」

と自警団の男が怒鳴った。

「すぐに戻って来るわい」

ツネオの声が背後で聞こえた。英雄の背中を摑む者があった。振りむくと幸吉がいた。

「英さん、そっちへはもう行けません」

幸吉の唸《うな》るような声が耳元でした。馬鹿野郎《ばかやろう》、面倒をかけるんじゃねぇ、かたわらで時雄がツネオを抱いて怒鳴っている。英雄は幸吉の太い腕をふり解こうと踠《もが》いた。

「離してくれ、幸吉。離せ、離すんだ」

英雄は叫んだが幸吉は腕に力を込めて、英雄を橋の袂に引き戻した。

「幸吉、まだ残ってる人がいるんじゃ、俺の大事な……」

英雄が立ち塞《ふさ》がる幸吉を避けて突っ切ろうとした。すると急に肩を摑まれ、英雄は平手打ちをされた。源造だった。源造が鬼のような形相《ぎょうそう》をして英雄を睨《にら》みつけていた。

材木が中洲の方へ流れはじめたぞ。男の叫び声がした。サイレンの音が鳴り響いた。

「源造、むこうに、俺の友だちが……」

そう言って橋の方へ行こうとした英雄の腕を源造が摑んで、また横っ面《つら》を殴りつけた。鈍い音がして、英雄の視界が揺れた。と同時に英雄の鳩尾《みぞおち》に源造の拳《こぶし》がめり込むように入った。英雄は、ウッと声を上げて、その場に崩れ落ちた。英雄が四つん這《ば》いになり顔を歪《ゆが》めていると、その視界に曙橋が見えた。橋の中央に白い影が映った。男がひとり大きな荷物を背負ってよろけながら橋を渡って来るのが見えた。爺《じい》さん、早く渡って来い、荷物を捨てるんだ。自警団の男が叫んだ。消防士がロープ伝いに老人に歩み寄った。その時、地響きがして、地面が大きく揺れた。材木が流れて来るぞ。叫び声が聞こえた。見ると佐多岬の方から空を覆《おお》うような黒い波頭が押し寄せて来た。耳を裂くような波音が響き渡った。

消防士に抱きかかえられたステテコ爺いが、転がるように橋の袂にやって来た。

てふてふはどうしたんじゃ。ツネオがステテコ爺いの肩を揺らして叫んだ。爺いは放心したように焦点の合わない目をしたまま、がくがくと歯を鳴らしていた。波音がさらに高鳴って、獣の唸り声のような音が轟《とどろ》いた。と同時に曙橋の上を真っ黒な波が覆い、凄《すさ》まじい音を立てて材木が流れて行った。

台風が過ぎて五日後、辰巳開地のあちこちから、白い煙りが昇り、金槌《かなづち》を叩く音や鋸《のこぎり》を曳《ひ》く音が聞こえていた。

それがどないしたんじゃ。わしらに野垂れ死にせえ言うんかい。そうか、あんたら畜生か、うちらはどうなってもええのか。市の役人と辰巳開地の連中の怒鳴り合う声がした。

辰巳開地の突端に英雄と美智子、ツネオ、太郎の四人が立っていた。

「てふてふはどこへ行ったんじゃろうか」

ツネオが沖合いを見て言った。

水が引いた後、発見された犠牲者の中に、てふてふの遺体はなかった。沖へ流されたと言う人もあったが、英雄たちはてふてふが死んだとは信じられなかった。

「てふてふのことだから、きっとどこかで今頃、バンドネオンでも弾いてるんじゃないかしら……」

美智子の言葉に、英雄と太郎は大きく頷いた。

四人の足元を一羽の燕《つばめ》が水面ぎりぎりに横切って、佐多岬の方へ飛んで行った。

「てふてふが言うとったけど、あのちいさい蝶々《ちようちよう》が本当に何百キロも旅をするもんなんじゃろうかの……」

ツネオが燕の消えた方角を見て言った。英雄も、てふてふが言っていた海峡を渡る蝶の話を思い出した。

――そうですか。君の家の人は海峡を越えて来たのですか。蝶の群れですな。大昔から、人も蝶も海を乗り越えて生き続けているんです。素晴らしいじゃありませんか。

太郎が口笛を吹き出した。それはてふてふが太郎に教えたタンゴの曲だった。口笛の音色が、山からの風に乗って入江の泥水の上を流れて行く。沖へむかう舟の焼玉エンジンの音が、口笛と重なって太鼓の音のように聞こえる。

四人の背後から数羽の燕が沖へむかって飛んで行った。英雄は燕が南へ帰る季節になったのだと思った。燕の飛翔《ひしよう》を見ていると、耳の奥からまた、てふてふの声がよみがえった。

――それは、死だ。わからんことだらけで、わかっていることが死だ。

てふてふの声が金槌の音に搔《か》き消された。

――本当にそれだけがわかっていることなのだろうか。それじゃ悲し過ぎる。

英雄は胸の中で呟《つぶや》いた。

「おーい、ツネオ、焚出《たきだ》しの用意ができたぞ」

遠くから、ステテコ爺いの声がした。

「おうっ、太郎、腹が空《す》いたのう。食べに行こうぞ」

ツネオが腹に手を当てて太郎に言った。

「英ちゃんも行かんか」

英雄は首を横に振った。

「太郎、飯を喰うたら入江に行くぞ。金目の物がようけ揚っとるぞ」

ツネオが嬉《うれ》しそうな声を上げた。

「ねぇ、英雄君、てふてふは海を渡ってどこかへまた旅に出たのよね」

美智子が静かに言った。

「俺もそう思う。てふてふはまた海を渡って行ったんだ。きっとそうだよ……」

英雄は美智子の横顔を見た。沖合いを見つめる美智子の目がうるんでいるように見えた。

英雄は美智子に笑いかけようとした。すると左瞼《ひだりまぶた》の下がちくちくと痛んだ。英雄は目の下の痣《あざ》を指先でそっと触れた。

第三章　冬のロザリオ

鰯雲《いわしぐも》が午後の空にひろがりはじめていた。

華北《かほく》中学のグラウンドに、乾いた打球音と選手たちの掛け声が響いていた。選手たちの練習を野球好きの大人たちが金網越しに見物している。

その少年がグラウンドにあらわれた時、五十人余りの華北中学の野球部員は、トス・バッティングのボールを追っていた目を一瞬止めて彼を見た。やけに背が高く見える少年だった。このあたりでは見かけないライトグレーのユニホームに黒のジャンパーの背をふくらませ、野球部長と肩を並べるようにしてベンチに座る監督のところへむかって行った。少年は監督に挨拶《あいさつ》すると、ジャンパーを脱いでブルペンの金網にひっかけ、ゆっくりと外野のグラウンドをランニングしはじめた。英雄はブルペンの金網で揺れている黒いジャンパーを見て、彼が自分と同じポジションの投手なのだと知った。

　バント練習に選手が散ると、少年はブルペンの脇《わき》に戻って準備運動をはじめた。やわらかな身体《からだ》をしていた。レギュラーのバント練習がひと区切りついて、監督の家城《いえき》がメガホンで選手たちに集合を告げた。選手がベンチ前に集まった。家城の横に先刻の少年が立っている。

「紹介しよう。昨日、東京から転校してきた筧浩一郎《かけいこういちろう》君だ。筧君は東京の中学でも野球部に所属していた。東京都の中学野球大会で今春準優勝したチームのエースだったそうだ。今日から華北《うち》の野球部員になる。皆よろしく頼むぞ」

　監督は嬉《うれ》しそうに笑って言った。

「筧、挨拶しろ」

「はい。初めまして筧浩一郎です。よろしくお願いします」

　よく通る声で彼が挨拶し帽子を脱いだ時、クスッと選手の誰かが笑った。見ると、少年のこめかみから後頭部にかけて大きな三日月の形の傷があった。笑い声に気づいたのか、少年は不快そうな表情をした。

「高木、おまえは同じポジションだから筧の面倒をみてやれ」

　監督が英雄に言った。

　はい、英雄は返事して、少年に会釈《えしやく》した。切れ長の目と長い睫毛《まつげ》が女のようだった。

さあ、フリー・バッティング行くぞ、主将の掛け声に部員がグラウンドに散った。

「高木、筧とキャッチボールをしておけ。筧にレギュラー・バッティングで投げさせるからな」

英雄は筧とブルペンへ行った。筧はスパイクを履《は》き替えた。

「新しいスパイクを履いたんだけど少し窮屈で豆ができそうなんだ。昨日の夜、スパイクの内革に石鹸《せっけん》を塗ったんだけどな……」

彼は真新しい白のスパイク入れからよく磨かれたスパイクを取り出した。脇に置いたグローブも油で光っている。丁寧に道具の手入れをしている。

「さあ、もたもたしてると監督にどやされるぞ。か……」

英雄は声をかけてから、相手の名前がすぐに出てこなくて口ごもった。

「筧だよ。呼び捨てでいいよ」

スパイクの紐《ひも》を結び終え、筧がグローブに右手を入れた。サウスポーだった。筧は数メートル離れると、グローブの中でポンと乾いた音をさせて構えた。英雄が投げたボールを軽く捕球し、左腕を大きく背後に回して山なりのスローボールを返してきた。二人は少しずつ離れていった。筧の投げるボールは放物線を描きながらも、正確に英雄の胸元に返って来た。コントロールが良かった。やわらかいボールだが、綺麗《きれい》な縦回転をしていた。

「思い切って投げていいよ」

英雄が言うと、筧は白い歯を見せて頷《うなず》いた。しかし、ボールは少しスピードが増しただけで、彼は自分の投球ペースをくずさなかった。

危ない、ファウル、行きました。背後からの短い声に英雄が振りむくと、ライナー性の打球が空を切って筧の方に飛んで来た。筧、行ったぞ、と英雄が声をかけた時、彼は横っ飛びにそのボールを逆シングルで捕球し、素早く外野手に返球した。

ナイスキャッチ。ボールを受けた下級生が声をかけた。機敏なプレーだった。英雄は筧がどんな野球をするのか早く見てみたい気がした。

英雄は筧を挑発するように力を込めてボールを投げた。ナイスボール。筧が英雄のボールを心地良い音を立てて受けた。さあ来い、と英雄は少し背をかがめて構えた。筧の長い右足がゆっくりと上った。英雄にむかって突き出した右腕のグローブが消えたかと思うと、左腕がスローモーションのように大きく回転して空を切った。英雄が投球フォームに見とれた瞬間にボールは目前に迫り、音を立ててグローブにおさまった。速い。グローブの中の手がかすかにしびれた。英雄は自分の顔が熱くなるのがわかった。

英雄は夕暮れの道を新町の方にむかって歩いていた。今しがた別れた野球部の後輩たちの言葉が、耳の奥によみがえった。

——やっぱり東京のエースは違いますね。レギュラーの振ったバットにかすりもせん。

——あんな音を立てて来るボールを見たことないぞ。秋の大会はわしらの優勝に決まりじゃのう。

——ほんとうじゃ。高木先輩と筧さんで完封試合じゃて……。

筧がマウンドから投げたボールは、英雄とキャッチボールをした時のボールとまるで違っていた。やわらかい身体を鞭《むち》のようにしならせて投げ込まれたボールは唸《うな》るような音を立てて、打者のバットに空を切らせた。筧の球速に慣れない捕手が何度も後逸した。マウンドを降りた筧の肩を、監督の家城が頼もしそうに叩《たた》いていた。その後でマウンドに立った英雄は、何本もヒットを打たれた。

——高木、あんなに力んで投げちゃ駄目だ。筧の投げ方を見ろ。もっと肩の力を抜かないか。

家城の言葉が耳の底に響いた。

おーい、英ちゃん。名前を呼ばれて顔を上げると、隆が新湊《しんみなと》劇場の前に立っていた。

「どうしたんじゃ、幽霊が歩いとるみたいじゃぞ。大丈夫か？　女児《おなご》のことでも考えとったのと違うか」

隆が近寄って来て、英雄の腕に手を回した。

「英ちゃん、実は面白い話があるんじゃがの……」

隆はニヤリとして、左手の小指を立てた。

「ほれっ、上海飯店《シャンハイハンテン》が酒場になったじゃろう。あそこにやらせる女がおるそうじゃ」

英雄は呆《あき》れ顔で隆を見返した。

「ほんまじゃて、安さんが酒屋の配達の小僧と話をしとった。三百円もやりゃいいんじゃとよ。ええ女らしいぞ」

隆は立てた小指を鼻先に当てて、ヒヒッと笑った。

「おまえは、そればっかりじゃな」

英雄が隆の腕を解くと、

「ふん、恰好《かっこう》つけてよ。わしらいつまでも童貞じゃ、ガキ扱いしかされんぞ。太郎はドミニカで女児を五人も知っとるそうじゃ。それにこの間もツネオに笑われたぞ。まだ女も知らんのかって。あいつ、あの節子とやっとるんじゃろう」

隆がツネオと仲の良い節子のことを言った。

「そんなんじゃないよ。あいつらは」

「そうかのう……。けど、英ちゃんは童貞のままでええのか。女児に興味はないのか」

隆が英雄の顔を覗《のぞ》き込んだ。

「そ、そりゃ、童貞でええとは思うとらん。けど……」

英雄があわてて言うと、

「けど、何かよ？　けど相手がおらんのじゃろう。美智子はどうよ。あいつは処女かな？　東京の女じゃから処女じゃないな。もう、キスぐらいしたんと違うか」

隆が英雄の脇を指先で突いた。英雄は身体を捩《よじ》って、馬鹿《ばか》を言うな、と隆の頭を叩いた。

英雄が家にむかって走り出すと、隆が背後から、

「おい、英ちゃん、明日の夜の最後の上映観《み》に来いよ、美智子も来るからよ」

と大声で言った。英雄は、おうっと声を上げて、産業道路を古町の方に曲った。

海側の門から家に入ると、東の棟《むね》の炊事場に、この夏、四国の松山から高木の家へやって来た金魚婆《きんぎょばあ》さんが、大きな甕《かめ》に頭を入れ尻《しり》を突き出しているのが見えた。金魚

婆のそばに、坊主《ぼうず》頭の少年が半ズボンを穿《は》いて立っていた。見かけない少年だった。

母屋《おもや》の方から、兄ちゃん、兄ちゃん、と声がして、弟の正雄が飛びついて来た。

「兄ちゃん、これ」

正雄が、ポケットから出した掌《て》を広げて英雄に見せた。

「おう、爆弾じゃの。ビー玉に勝ったのか」

正雄のちいさな手に、〝爆弾〟と呼ばれる二センチ強の大きさのビー玉がふたつ握られていた。

「違うぞ。東の棟に来た子がくれた」

「どの子がくれたかよ」

「ほれ、あいつじゃ、サンジャ言うんじゃ」

正雄が指さした方角から、半ズボンの少年が英雄たちの方をじっと見ていた。

「すまんのう、ええもんくれて」

英雄が少年に近寄って声をかけると、彼は首を横に振ってから照れたように笑った。

ほらほらそこをどけ、邪魔《じゃま》だろうが、と大声がして、時雄と笠戸《かさと》が海側の門から荷車を引いて広場へ入ってきた。そのあとから蒲団《ふとん》を担《かつ》いだ幸吉と柳行李《やなぎごうり》を手にした女が数人ついてくる。最後に入って来た女のスカートを両手で握りしめて、今にも泣き出しそうな少女がひとり、よちよち歩きでついて来る。

「こら、三和土《たたき》の荷物は奥へやっとけと言っただろうが、言う通りにせんと放っぽり投げるぞ。どこの荷物じゃ、これは」

先刻の少年があわてて東の棟の一室の戸を開けた。白麻を着た老人があらわれて、時雄に頭を下げている。

「爺《じい》さん、わしらが戻って来るまでにちゃんとせいと言うたろうが」

時雄が声を荒らげた。爺さんは時雄にぺこぺこと頭を下げているが、老人の口から出た言葉は時雄に通じていない。

時雄が老人の肩を押した。老人がよろよろと後ずさった。すると少年が時雄と老人の間に割って入り、すぐに運ぶから、と大声を出した。

「やめんか、この礼儀知らずが」

しわがれた女の声が響いた。金魚婆が時雄を睨《にら》みつけて立っていた。

「俺は広間の三和土の荷を奥へ運んどけって、この爺《じじ》いに何度も念を押したんだ。それをこいつが……」

時雄が老人を指さして怒鳴った。

「こいつとは何じゃ、おまえにも親があるだろうが。皆旅をしてきて疲れとるんじゃ、年寄りの身体も考えろ」

金魚婆が時雄を叱《しか》りつけた。

「チェッ、うるさい婆じゃ」

時雄は舌打ちをして、荷車を広間の前につけた。

「婆はうるさいものじゃ」

時雄は老人を睨《にら》むと、苦虫《にがむし》を嚙《か》みつぶしたような顔をして海側の門へ戻って行った。

老人が少年の頭を撫《な》でていた。

「とにかく荷は、皆して奥へ持って行ってくれ。まだこれから三家族が入って来るんじゃ」

笠戸が老人に言った。

「えらいたくさん人が来るの、兄ちゃん」

正雄が英雄を見上げて言った。

「ほんとじゃ」

これまでも春先になると、高木の家にいろんな人が入って来ることは多かったが、この秋の賑《にぎ》わいはいつもとどこか違っていた。夏が終る頃から夜毎《よごと》、広間の灯りが点《とも》り、しばらく逗留《とうりゅう》する家族や、一晩二晩泊って行く客たちの話し声が深夜まで聞こえていた。

「英さん、すみません。どいて下さい」

お手伝いの小夜《さよ》が、湯気の立っている釜《かま》を割烹着《かっぽうぎ》の両端で摑《つか》んで通り過ぎようとした。蒸《ふか》し芋《いも》の甘い匂《にお》いがした。英雄が釜から覗いた芋をひとつ掠《かす》めた。

「あっ、いけません。これは……」

英雄は手にした芋をぽきっとふたつに折り、正雄に投げた。それを捕《と》ろうと正雄が両手を上げると、宙の芋がさっと消えた。

「あれっ」

正雄が空を見上げると、ツネオが芋を片手に笑って立っていた。

「ツネオちゃん、わしの芋じゃ」

正雄の差し出した手に、ツネオが摑んだ芋を渡した。

「来とったんか」

「うん、英ちゃんとこで仕事が出る言うんで、鉄屑《てつくず》屋のおやじが見てこいって」

ツネオは広間からあふれ出している荷物を見て、

「こりゃまたえらい荷じゃのう」

と目を丸くした。その荷の周《まわ》りに、いつの間にかやって来た見知らぬ女や子供たちが群がっていた。

「こいつら何者じゃ」

ツネオが英雄を見た。英雄は笑ったまま首を横に振った。ツネオは女たちに声をかけると、軍手をはめて彼等の荷を品定めするようにさわり出した。

「人の荷にさわるな」

女のひとりが大声で怒鳴った。ツネオは笑いながら頭を下げ、舌を出して英雄たちのいる場所へ戻った。

「蒲団の間にいろんなものを詰め込んどるわ。夜逃げでもしてきたんかの」

ツネオは荷物を探るように見ながら言った。

夕餉《ゆうげ》の席に、ひさしぶりに斉次郎《さいじろう》の姿があった。

「お父やん、東にようけ人がおるの、なんでじゃ」

正雄が斉次郎に訊《き》いた。

「もうすぐ、大勢の人が国に帰るからの」

斉次郎が人のざわめきのする東の棟をちらりと見て言った。

「どうも遅うなりまして……」

縁側の方から源造《げんぞう》があらわれた。源造は珍しく背広姿にネクタイをしめている。片手にかかえた革鞄《かわかばん》から書類のようなものがこぼれそうだった。

「おう、ご苦労じゃったな」

斉次郎が縁側へ出た。

「登録課がえらい混みようでして、戦争騒ぎですわ。それとこれからすぐに下松《くだまつ》の金《かね》本《もと》さんが見えますわ」

「そうか、下松は何家族じゃ」

「それが五日前に聞いとった話だと、三家族で十四名いうことでしたが、今日になって五家族で二十三名に変更になって、てんやわんやでした。書類に判子《はんこ》を押す段になって、帰らないと言い出す者も出まして、ひと騒動ですわ……」

源造は眉根《まゆね》に皺《しわ》を寄せて溜息《ためいき》をついた。

玄関の呼鈴が鳴って、小夜が駆け出して行った。

「旦那《だんな》さん、金本さんがおみえです」

玄関先から小夜の甲高《かんだか》い声がした。

「そうか、居間へ入ってもらえ」

斉次郎は立ち上ると、居間へ移った。絹子が小走りに玄関へむかおうとした。

廊下を歩いてくる足音で客が大男なのがわかった。

「おう、奥さん、ひさしぶりですの」

開け放った襖《ふすま》越しに英雄が覗《のぞ》くと、居間にあらわれた男は、短髪のごつごつ頭に大きな顔、太い首、盛り上った両肩と、身体《からだ》全体が真四角の岩のようだった。大きな肩のせいで斉次郎より偉丈夫《いじょうふ》に見えた。

「高木さん、世話になります」

男が丁寧に頭を下げた。

「挨拶《あいさつ》はいい。まあ一杯やろう」

斉次郎がビールを差し出した。

「源造さん、今日はいろいろ面倒をかけましたの」

金本と呼ばれた男の言葉に、源造がまた溜息をついた。

「よほど骨が折れたと見えるの、源造がさっきから何度も溜息をついとる」

斉次郎が笑って源造を見た。

「いや、みっともないところを見せてしもうて」

金本は頭を搔《か》きながら居間に腰を下ろした。その拍子に彼の手にした布袋から書類が英雄たちのいる部屋までこぼれ出した。

「ええい、面倒じゃな。いっそ頭の数だけ船一隻《せき》にまとめて出してくれればええものを」

そう言って金本は、忌々《いまいま》しそうに居間から茶の間へ入って来た。散らかった書類を英雄と正雄が拾い上げた。目を上げた英雄と金本の目が合った。

「息子の英雄と、正雄です」

丁度、茶の間に戻って来た絹子が、英雄と正雄の肩を叩いて言った。

「おう、えらい大きゅうなりましたの……。こりゃいい。男が二人だと安心ですの、高木さんの家は」

金本が英雄と正雄を見て大きく頷《うなず》いた。今晩は、と英雄が頭を下げて挨拶すると、

「今晩は、しばらく世話になります金本です。坊ちゃんがまだこんなくらいの赤ん坊の時に、わしは坊ちゃんを抱いたことがあります。たしかわしのとこの娘の由紀子と同じ歳《とし》でしたな、中学の三年ですかの」

と訊いた。

はい、と英雄が頷くと、

「おやじさんに似て、大きいですの」

金本は英雄を足元から見上げた。

「勉強しないで、毎日野球ばかりしてます」

絹子が言った。

「ほう、プロ野球選手にでもなりますかの」

英雄が笑うと、

「金本さん、この子は跡取りじゃから、そんなもんにはさせられません」

と斉次郎が笑った。英雄は頬を膨《ふく》らませて斉次郎を見た。

その時、玄関の戸を激しく叩《たた》く音がした。

「誰かしら、呼鈴も鳴らさずに」

絹子が怪訝《けげん》な顔で玄関の方を見た。

金本、金本はおるか、野太い男の声がした。金本が立ち上って、玄関にむかった。

あっ、いけません、勝手に上ってもらっては、小夜の慌《あわ》てた声がした。

薄汚れた作業着姿の老人があらわれた。

「金本、おまえ、なして勝手なことをした」

金本を睨みつけた老人の額から汗がこぼれ落ちた。

「村井のおやじさん」

金本が眉《まゆ》を曇らせて老人を見た。

「うるさい、おまえに気安く名前を呼ばれる覚えはない」

老人はひどい剣幕で言うと、両手を突き出して、

「わしの息子と娘の書類を返せ。おまえに何の権利があって、わしの家族を北へ連れて行くんじゃ」

と口から泡を飛ばして金本に詰め寄った。

「村井さん、落ち着いて話したらどうじゃ」

斉次郎が老人を宥《なだ》めるように言った。

「高木さん、口出しはせんといてくれ。これはうちの話じゃ」

老人は斉次郎の顔も見ないで言った。

「それはそうでしょうが、まあ座って話したらどうです」

「じゃあ高木さん、あんたはどうしてこの町の者が北へ戻るのを反対したんじゃ」

老人が斉次郎を見据えて言った。

「戻る者もおります」

斉次郎が真顔になり、低い声で言った。

「いや、あんたがえらく反対した話をわしは耳にした。あの国がどんなふうか、あんた知っとるんじゃろうが」

「わしは知りません。北も南も元は一緒でしょう。生まれ故郷が金本さんは北にある、それだけですから……故郷へ帰りたい者はしょうがないですがの」

斉次郎の口調が強くなった。

「まあ村井さん、座ってもろうて話し合いましょうか」

源造が座蒲団をすすめた。

「さあ、お風呂《ふろ》に入りなさい」

絹子が英雄たちに囁《ささや》いた。

「兄ちゃん、一緒に入ろうぞ」

正雄が椅子《いす》から飛び降りた。英雄は、村井老人の荒々しい話し声を背中で聞きながら風呂場にむかった。


「おい、英雄。すげえピッチャーが転校して来たんだと？」

昼休みに早川隆《はやかわたかし》が隣りの席にやって来た。

「ああ、いい球を投げるよ。筧《かけい》っていう奴《やつ》だ。東京の中学でエースだったらしい」

英雄はカレーパンを食べながら言った。

「エースの座が危ないんじゃないか」

英雄は隆の目を睨んだ。

「その顔つきじゃ、相当な奴だな」

「ねえ、高木君、その男子生徒、今朝正門の前で見たわ」

前の席の女生徒が牛乳壜《びん》を片手に振りむいた。

「ほう、もう女生徒の憧《あこが》れの的になったのか」

隆が鼻で笑うように言うと、

「違うの、正門の前に黒い車が横づけになって、中から華北の男子生徒が降りてきたんだもの。運転手が頭を下げて見送ってたから皆驚いたの。でも恰好《かっこう》良かったわ……」

女生徒がうっとりしたような目で言った。

「野球部に入部したんでしょう。高木君、その人何ていう名前なの」

別の女生徒が近づいてきて訊《き》いた。

「うるせえな、唾《つば》が顔にかかるだろうが」

隆が不愉快そうに言った。

他のクラスに行って訊いてみよう。そうだね、行こう。うん。笑い声を上げて立ち去る女生徒たちを無視して、英雄は立ち上った。

「どこへ行くんじゃ、英雄」

隆があわててついて来た。

「腹が減っとるから、売店にパンを買いに行くんじゃ」

英雄は廊下を早足で歩いた。

「三個も食べてか？」

隆が目を丸くして英雄を見た。

「昨日もグラウンドで腹が空《す》いたからな」

「太郎、英雄が売店にいくとよ」

隆が教室の隅で女生徒と話している太郎に声をかけた。太郎は二人の顔を見ると、白い歯を見せて駆け寄ってきた。

「太郎は見たのか、その、か、筧って奴をよ」

「俺、もう野球部に行ってないから」

「そうか……。おい、太郎、パンを奢《おご》ってくれよな」

隆が太郎の肩に腕を回して言った。

「だめじゃ。金はない」

太郎が首を横にふった。

「嘘《うそ》つけ。ツネオたちと紡績工場の廃材を盗んどるじゃろうが」

隆が声をひそめて言った。

「そ、そんなことしとらん」

太郎がむきになって否定した。

「隆、おかしなこと言うな。太郎が警察につかまっちまうぞ」

昼休みがほどなく終ることを告げるチャイムが鳴った。英雄は売店への近道を急いだ。職員室の前を通ると、扉が開いて教師と男子生徒がひとり出て来た。知らぬふりをして早足で通り過ぎようとすると、高木、と名前を呼ばれた。振りむくと野球部の監督の家城と筧が立っていた。

「高木、ちょうどよかった。おまえ、明日の朝から筧と一緒に学校へ来てくれ」

「はあ？……」

「道がわかるまでの間だけだ。こいつ今朝、車で学校に来たんじゃ。今こってり補導に絞られたばっかりだ」

筧は家城のそばでうつむいていた。

「さあ、筧。早く教室へ戻って昼飯を食べろ」

「は、はい」

筧はか細い声で返事した。一階の廊下を筧と歩いていると、中庭を隔てたむかいの校舎の窓から、女生徒たちがこちらを窺《うかが》っていた。

「補導の先公から殴られたのか」

「いや……、けど、ひどく怒鳴られたよ。東京じゃ叱《しか》られなかったのにな」

筧が小首をかしげた。

「何が？」

「学校まで車で送ってもらっても……」

廊下の突き当たりに屯《たむ》ろしていた数人の女生徒が、じっと筧を見ている。

「ここは東京じゃないから、当たり前じゃ」

英雄はぶっきら棒に言った。筧が英雄を見返した。英雄は、売店が閉まるから、と言って廊下を先に走り出した。

ねぇ、あの人でしょ、今度の転校生。何ていう名前？　同級生の女生徒たちが英雄に声をかけた。うるさい、と英雄は怒鳴り声をあげて廊下を曲がった。

午後の授業がはじまって、英雄は急に眠くなった。昨夜遅くまで、東の広間で続いていた騒ぎに気を取られていたせいだった。教科書を机の前に立てて、顔を埋めるようにしているうちに眠り込んでしまった。

頭のてっぺんで大きな音がして英雄は顔を上げた。テキストを手にした国語の教師が、真っ赤な顔をして目の前に立っていた。

「授業中に寝言を言いやがって、何だ、その態度は。廊下で立っていろ」

他の生徒のクスクスと笑う声がした。英雄は叩かれた頭を擦《さす》りながら廊下に出た。

廊下に立って窓越しに青空を見上げた。今しがた見ていた夢がよみがえった。

嫌な夢だった。野球部のグラウンドで英雄ひとりが除《の》け者になっていた。下級生までが英雄に野球の用具を持たせて、練習がはじまっているのにグラウンドにも入れてもらえない。

「俺にもピッチング練習をさせてくれ」

英雄が叫んでも皆知らんぷりをしている。監督は筧と仲良く話をしていた。英雄は監督のところへ行って、

「投げさせてください」

と頼んだ。

「高木、おまえはもう用なしなんだ。グラウンドの外で草抜きでもしていろ」

監督の声に皆が笑っていた。それでも英雄は、自分はひとりで毎朝練習をしていたと監督に説明した。

「おい皆見てくれよ。毎朝練習した俺のドロップを」

英雄は自信満々に皆の前でドロップを投げた。しかし、ボールはホームベースの前でバウンドして、そのままバックネットに力なく転がって行った。

それを見て、皆が英雄を指さし腹を抱えて笑い出した。

――どうしてあんな夢を見たんだろうか。

英雄は遣《や》り切れない気分だった。

――筧なんかに負けるものか。

青空に浮かんだ雲に、筧のピッチングフォームが重なった。英雄は唇を嚙《か》んで雲の中にあらわれた筧を睨《にら》みつけた。筧は笑っていた。漠然とした不安がひろがった。

授業が終って、英雄は担任教師から職員室へ呼ばれた。国語の授業で居眠りをしていた件を、教師は呆《あき》れ顔で言った。

「高木、君は進学するんだろう。居眠りしてたことを内申書に書いたら一発で不合格だよ。わかってるのかな。それでなくても君は……」

その時、背後で罵声《ばせい》が聞こえた。

馬鹿《ばか》者。勉強もろくすっぽできん者が色気づきやがって。補導教師の木山の声だった。こんなエロ写真を学校へ持って来ていいと思うとるのか。だから誰から貰《もろ》うたと訊《き》いとるだろう。言わなきゃ、停学だぞ、貴様等……。机を叩く激しい音がした。担任教師が眉《まゆ》をひそめて背後を見た。

「高木、もう行け」

英雄はぺこりと頭を下げ、背後をちらりと見た。新町の下級生だった。

教室に戻って、野球のユニホームの入ったバッグを手にグラウンドにむかおうとすると、

「助けてくれ、英ちゃん、助けてくれ」

と隆が教室に飛び込んで来た。隆の後から数人の生徒がどかどかと入って来た。すぐに山末《やますえ》一郎があらわれた。

「隆、もう逃げられんぞ」

隆が英雄の背後に回って、二の腕を摑《つか》んだ。

「高木、やっぱりおまえもグルかよ」

山末が言った時、背の高い生徒がひとり教室に入って来た。番長グループが生徒を振り返った。

「木崎さん、こいつらグルですぜ」

下級生のひとりが言った。

「誰じゃ、あいつは？」

英雄は小声で隆に訊いた。

「この秋、広島から転校して来た木崎いう奴で、山末も一目置いとるらしい」

木崎が近寄って来た。冷たい目をしていた。

「木崎、こいつが高木じゃ」

山末が英雄の方に顎《あご》をしゃくった。木崎は英雄に鼻面《はなづら》がくっつくほど近づいて、わしゃ、喧嘩《けんか》がしとうてうずうずしちょるけえの、と小声で言った。そして、英雄の背後に隠れるようにしていた隆の腕を鷲摑《わしづか》んで引きずり出そうとした。その腕を英雄が払いのけた。木崎が身構えた。

「何の理由で隆をやろうとするんだ？」

英雄が山末に言った。

「こいつは校内でエロ写真を売っとるんじゃ。勝手なことはさせん。エロ写真と金を出せと言うとるんよ」

「変な言いがかりをつけるな。隆はそんなことはせん」

「なら、隆の鞄《かばん》の中を見せてみい」

木崎が隆から鞄を取ろうとした。隆は鞄を抱きしめた。

「隆、そりゃ、本当かよ」

「…………」

隆は返答をしない。

「隆、どうなんじゃ。おまえ、そんなことしとるのか」

英雄が問い詰めた。英雄の上着を摑んでいた隆の指先が小刻みに震え出した。

「こ、これはエロ写真じゃない。映画の宣伝用の写真じゃ」

「嘘つけ、外人の女児《おなご》がキスをしとる写真じゃ。早う出さんと二人ともいわしてしまうぞ」

山末が笑った。下級生たちが二人を取り囲んだ。

「隆、写真を渡してやれ」

英雄は相手から目を離さずに言った。

「け、けど、英ちゃん」

「いいから渡せ」

隆が鞄から写真を出して机の上に投げた。下級生がその写真を取って、山末に渡した。おうっ、これよ。素直に最初から出せば良かったんじゃ。山末が写真を見ながら口元をゆるめた。

「隆、行くぞ」

英雄が教室を出ようとすると、

「待て、金も出せ」

と山末が言った。その時、廊下に人影が見えた。美術教師の佐伯だった。佐伯はドアの前で立ち止まって、英雄たちを見た。

「何をしてるの？　高木君」

と怪訝《けげん》そうな顔で教室の中へ入って来た。

「何でもありません」

英雄が言うと、山末たちは舌打ちをして教室を出て行った。佐伯も首をかしげて教室を出て行った。

「隆、なぜそんなことをしたんじゃ」

英雄は隆を睨んだ。

「あの写真は俺が大事に持っとったもんじゃから……」

隆がうつむいて言った。

「嘘をつけ。下級生に売っとったろう。さっき、写真を取り上げられた連中が職員室で木山にえらい剣幕で絞られとったぞ。おまえ、すぐにばれるぞ」

「本、本当か？　どうしようか、英ちゃん」

隆が半べそで英雄の手を握った。

「自業自得《じごうじとく》じゃ。俺は練習へ行くぞ」

英雄はうろたえている隆を置いて教室を出た。待ってくれ、英ちゃん、隆が追い駆けて来て、英雄の手に写真を渡した。

「何じゃ、これ？」

「奥に仕舞っとった一枚じゃ。英ちゃんにやるから見捨てんでくれ」

「こんなものいらん」

英雄が隆の手を払いのけると、写真はふわりと宙を舞って二階の窓から外へ飛び出した。あっ、二人は顔を見合わせ、あわてて階段を駆け降りた。写真は中庭の女子バレー部が練習しているコートにひらひらと落ちて行く。英雄と隆は一階に降りると、そのまま叫び声を上げてコートに滑り込み、写真を両手で押さえた。耳を裂くようなホイッスルの音がして、目を見開いて二人を見つめる女子バレー部員の輪の中に、バレー部の監督が血相を変えて走って来た。英雄は咄嗟《とっさ》に写真を自分の鞄に入れて、すみませんでした、と大声を上げ隆の腕を摑んで逃げ去った。

家に戻って、部屋で着替えをしていると、小夜が呼びに来た。

「奥さまが呼んでらっしゃいます」

「何の用じゃ？」

「よくわかりませんが、お使いに行って欲しいみたいです」

英雄は鞄を部屋の隅に放った。すると隆の写真が畳にこぼれ落ちた。英雄はあわてて写真を足で踏んだ。

「何ですか？　それ」

小夜が英雄の足元を見た。

「何でもないよ。絹さんにすぐ行くって言ってくれ」

小夜が母屋《おもや》へ帰って行くのをたしかめると、英雄は足の下の写真を拾い上げた。それは下着姿の外人の女優が男優に抱き上げられ、キスをしようとしている写真だった。彫りの深い顔、大きな瞳《ひとみ》、豊かな胸……、女優の肉体を見ているうちに英雄は身体《からだ》が熱くなった。

女の身体がどんな構造をしているのかはわかっていたし、男と女の性行為もぼんやりとは想像がついていた。新湊劇場で映画を観《み》ていてラブシーンになると、身体がむず痒《がゆ》くなった。しかし、隣りの席でラブシーンの度に股間《こかん》を両手で押さえる隆ほど、女を抱きたいという気持ちは起こらなかった。

——英ちゃん、わしらいつまでも童貞じゃ、ガキ扱いしかされんぞ。

隆の声が耳の奥で響いた。

——あいつが、隆の考えが少しおかしいんじゃ、あの馬鹿。

英雄は、写真を机の抽き出《ひだ》しに仕舞った。

英さん、英さーんと、母屋の方から絹子の声がした。

英雄が母屋にむかって行くと、正雄とサンジャが炊事場でバケツの中を覗《のぞ》き込んでいた。

「何をしとるんじゃ？」

英雄もバケツを覗き込んだ。バケツの底に大きな鋏《はさみ》を持った蟹《かに》がいた。

「サンジャと俺が今日、入江で捕ったんじゃ」

正雄が嬉《うれ》しそうに胸を張った。

「たいした蟹じゃの」

「サンジャは、ここまで入江の中に入れるんじゃぞ」

正雄が胸のあたりを指さして言った。

「そうか。サンジャもたいしたもんじゃ。けど入江では深いところへ入ってはいかんぞ。あそこは急に深うなるからの。サンジャも気をつけんとな」

英雄が言うと、サンジャはぺこりと頭を下げた。正雄も同じように頷《うなず》いた。

炊事場に大きな金盥《かなだらい》をかかえて来た女が英雄に会釈《えしゃく》した。サンジャがその女に駆け寄って行き、スカートを握りしめた。

「どうしてこんな時に若い人が誰もいないんでしょうね」

絹子が珍しく怒ったような口調で英雄に近寄って来て、重い風呂敷《ふろしき》包みを渡すと、新開地に使いに行って欲しいと言った。

「これをどこに届けるの？」

「土佐屋さんよ。お父さん急いでらっしゃるみたいだからすぐにね。玄関先で渡してくればいいのよ。落とさないようにしてね。何だか高価なものらしいから……」

絹子はそう言いながらも、東の棟から誰か若衆が来ないかと見ていた。

「わかったよ。すぐに行って来るよ」

英雄は下駄《げた》履《ば》きで母屋の玄関を出て、古町の通りを曙橋《あけぼのばし》にむかって歩き出した。

新開地に入ると、急に通りの雰囲気が変わった。各店の軒に立つ男衆や女衆が、客たちと楽しそうに話をしている。三味線の音色もかすかに聞こえてきた。時折、女の笑い声がした。

英雄は土佐屋の前に立った。男衆に、高木から斉次郎へ届け物を持って来たと告げた。

「あら、坊ちゃん、わざわざすみませんね。どうぞお上り下さい」

玄関先へ出て来た女将《おかみ》が英雄を見て、まぶしそうな目をした。

「いえ、これを届ければいいと母から言われましたので。じゃ俺は帰ります」

風呂敷包みを渡して引き揚げようとする英雄に、

「ちょっと待って下さい」

と言って女将は奥に消えた。手持ち無沙汰《ぶさた》で玄関に立っていると、玄関前を通り過ぎる女たちが笑って英雄に会釈をする。英雄も会釈を返すと、何がおかしいのか女たちはまた笑い声を立てた。

「どうぞ、お父さまが上って来るようにおっしゃってます」

女将が戻って来て言った。

「はあ……」

英雄が躊躇《ためら》っていると、女将は玄関下に降りて来て英雄の手を引いた。

「さあ、遠慮しないで」

背中を押されるようにして英雄は二階の座敷に通された。

五十畳はありそうな開け放った大座敷の奥に、斉次郎が両脇《りょうわき》に女衆をはべらし床柱を背にして座っていた。右手に土佐屋の主人が、これもまた女衆に挟まれて、斉次郎の話を聞いていた。左手には三味線、鼓《つづみ》を手にした芸妓たちが並んでいる。

英雄は斉次郎に頭を下げてから、土佐屋の主人に挨拶《あいさつ》した。

「なんじゃ、坊《ぼん》は急に大きゅうになったきい」

土佐屋が英雄を見上げ、土佐弁丸出しで言った。

「おう、ここんとこ背がよう伸びとるな」

普段そんなことを口にしない斉次郎が、英雄の背丈のことにふれた。

「もう立派な一人前の男じゃきいの。やることも早うに済ましたほうがいいぜよ。それとも高木さんの息子さんじゃき、もう男になっちゅうが？」

と言って土佐屋が笑うと、周《まわ》りの女衆たちも笑い出した。

「おい、土佐屋、おかしなことを言うな。荷物は持って来たか、英雄」

斉次郎が改まって英雄を見た。

「ええ、下でお預りしました」

女将が大きく頷いて言った。

「息子はんは男前にならはりますえ」

斉次郎の右隣りにいた女が斉次郎の手を握って、ゆったりした口調で言った。

斉次郎が英雄の顔を見返した。

「坊ちゃん、お何歳《いくつ》になったんですか」

女将が訊いた。

「十四歳です」

「なら数えで十五歳じゃき。元服《げんぷく》の歳《とし》じゃ。そりゃもう大人じゃき」

土佐屋は大声で言って、隣りに座った二人の女の帯を叩《たた》いて笑った。

わずかに開いた襖《ふすま》の間から、隣室に敷いたままの乱れた蒲団《ふとん》が見えた。英雄はあわてて視線を逸《そ》らした。斉次郎の右隣りに座っている藍色《あいいろ》の着物の女と視線が合った。女がかすかに会釈をした。色の白い女だった。その女はここにいる他の女たちとどこか様子が違っていた。

「英雄、飯でも食べて行け」

斉次郎が言うと、

「それじゃ、板前に腕をふるわせましょう」

女将が嬉しそうに言った。

「そうじゃ、ゆっくりして行ってもらおう。なにしろ高木さんところの大事な跡取りさんじゃきい」

英雄はどうしたらいいかわからず父の顔を見た。斉次郎が頷いた。

「どうぞ、どうぞ」

女将が手招きした。英雄は立ち上って歩き出し、父の方を振り返った。左隣りに座っていた女が父にしなだれかかるのが見えた。藍色の着物の女が笑って英雄を見上げていた。

階下の六畳ほどの部屋に通されて、英雄は食事が来るのを待った。丸窓を背にして部屋の隅にある屏風《びょうぶ》を見ていた。紅色の屏風には切り絵のように墨絵が貼《は》りつけてある。部屋には甘い匂《にお》いが漂っていた。

父はいつもこんなところで遊んでいるのだろうか。鼻を突く匂いに、春先、曙橋の袂《たもと》で見た斉次郎と女たちの姿が浮かんだ。斉次郎は女を抱えて揺れるように歩いていた。

「どうも坊ちゃん、お待たせしました」

女将が膳《ぜん》を運んで来た。

「お酒、少し召し上りますか」

女将が膳の上に置いた盃《さかずき》を返した。

「いや、いいです」

英雄はあわてて首を横に振った。

「そうですか」

女将は盃を伏せて、出て行った。入れ替るように障子戸《しょうじど》が開いた。先刻の藍色の着物の女だった。

「まあ、おひとりで召し上ったはるんどすか」

女は英雄の左隣りに座って、先刻のゆったりとした口調で言った。

「私《うち》にお相手させとくれやす」

女はやさしく笑った。

「はあっ……」

女の膝頭《ひざがしら》が触れた。英雄はあわてて座り直した。

「跡取りはんどすてね」

「は、はい」

英雄は女の顔を見た。大きな目をした女だった。先刻より顔が赤く見えた。女は英雄の視線に気づいて、

「面《かお》が赤うおす？　たんといただきましたよって……」

女は着物の袖《そで》の端を両手でつまんで顔をあおいだ。

「お名前、なんとおっしゃるんどすか？」

「英雄です」

「高木英雄……、ええお名どすね」

英雄はなんとなく頷いて、うつむいたまま目の前の碗《わん》を見つめた。碗の中に白い影が映り込んだかと思うと、耳元に熱い息がかかり、女の顔が近づいて来て英雄の首に手をかけて頬ずりをした。避ける間もなく唇がふさがれた。英雄は顔に力を入れたが、鼻から流れこむ白粉《おしろい》の匂いに思わずむせた。女はじっと動かずにそのままでいた。障子の開く音がしたが、女は離れない。誰かが立っている気配がして、障子が閉じられた。女はゆっくりと顔を離すと、

「おおきに」

と言って、静かに立ち上った。障子に手をかけたまま英雄をじっと見つめて、

「私《うち》ももう帰りますさかい、家まで送って貰《もろ》うてもかましまへんか？」

と言った。英雄は頷いた。

「ほな曙橋の上で待ってますよって……」

英雄は食事をかき込むように食べ終えると、橋まで駆けて行った。女は欄干《らんかん》の上か

ら水面《みなも》を見ていた。英雄の姿を認めると女は先に歩き出した。

「家はどこなんですか」

英雄は女に訊《き》いた。

「新町の角っこ」

ならすぐそばではないか。料亭のある一角を通り過ぎると女は左に折れた。英雄はただ女のうしろをついて歩くだけだった。

「このお家どす。ちょっと上って行かはらしまへん」

ちいさな二階建ての家の前で女は言った。

「いいえ、俺、もう家に戻ります」

英雄は女にお辞儀した。

「ほんのちょっとだけどす。お頼もうします」

女は両手を胸の前で合わせて祈るように英雄を見た。英雄はどうしたらいいのかわからなかった。女が歩み寄って来て手を差し出した。

玄関を上ると右手に掘炬燵《ほりごたつ》のある小部屋があり、そこに英雄は通された。女は奥に消えた。水屋の上の置き時計の針が八時をさしていた。隆と約束していた新湊劇場の最後の上映がもうすぐはじまる時刻だ。女はなかなかあらわれなかった。

「僕、やっぱり帰ります」

奥にむかって声を出すと、女は黒い洋服に着替えて出てきた。髪を肩までおろし、化粧も落していた。先刻まではまるで別の女に見えた。

「お茶だけでも飲んでいっとおくれやす」

声の調子も違って聞こえた。

「はい。でも……」

英雄が返答にあぐねている内に、女は奥へ行きコーヒーを運んで来た。コーヒーは苦手だったが黙って飲んだ。

「ごちそうさまでした」

立ち上ろうとすると、女は英雄の手を握って、

「私《うち》はひとりでここに居ますよって、いつでも遊びに来とおくれやす」

とじっと目を見て言った。

英雄が頷いて立ち上ると、女は一緒に立って玄関先へ出て、目の前に立ちはだかるようにしてふいに目を閉じた。女は唇をすぼめるようにして顎《あご》を突き出していた。映画でこんな場面を見た。キスをしてくれと女は意思表示をしているのだ。動悸《どうき》が激しくなった。耳が熱くなっているのがわかる。英雄は荒い息をしながら唾《つば》を飲み込むと、

ぎこちなく女の唇に触れた。そうして、さよなら、と口早に言って玄関を飛び出し、古町の方角にむかって駆け出した。

家に戻ると、

「何をしてたの」

絹子が怒ったような顔で、英雄の顔をまじまじと見た。

「土佐屋に行ってから、新湊劇場へ隆に逢《あ》いに行ってたんだ。隆の手伝いをしに行って来るから」

と言って、英雄は再び家を出た。

クスッと、美智子が笑った。

「どうしてこんなところで見るの？」

美智子は、映写室の切り窓に頭を入れて映画を見ている英雄と隆の間に割り込んで来て、身体《からだ》を寄せるようにした。

「ここが好きなんじゃ、俺は」

隆がスクリーンを見ながら言った。

「こんなカビ臭いところが好きなの」

美智子が言うと、隆は鼻を鳴らすような仕種《しぐさ》をして、

「ええ匂いじゃないか、なあ、英ちゃん」

と英雄を見た。

「どこがいい匂いなのよ」

「このフイルムの焼けるような匂いがたまらんのじゃ。これがシネマの匂いよ」

美智子は切り窓を離れて、映写室の中を見回した。映写技師の安さんは、椅子《いす》に腰掛けたまま壁に背を凭《もた》れてうたた寝していた。足元にはウィスキーの壜《びん》が転がっている。何か楽しい夢でも見ているのか、安さんは口元をゆるめてかすかに笑った。

「可愛《かわ》い」

美智子が安さんを見て言った。

「可愛いと思うなら、美智子、おまえ、安さんの恋人になってやれ」

隆が振りむいて美智子を嗾《けしか》けた。

「いやだ。いつも半ズボンと下駄《げた》履きの男なんか」

「男は見かけじゃないんだろう」

隆が聞いた風な口をきいた。

「そうだけど、この人はあんまりだもの」

「フランス語が喋《しゃべ》れんだぞ、安さんは」

美智子が安さんを見た。

「えっ、本当に？」

「そうじゃ、ジャン・ギャバンが映画で喋るフランス語だけは」

馬鹿《ばか》みたい、と美智子が笑い出した。

その途端、安さんが目を開けた。

「今晩は、お邪魔してます」

美智子が挨拶しても、安さんはぼんやりと美智子を見ていた。

ドモンジョ……、と寝ぼけまなこで言った。

三人が笑い出した。

映画のクライマックスシーンになると、美智子が英雄のそばにやって来た。

「何だか、ロマンチックね。こんな映画の見方って……」

美智子はまたクスッと笑って、頬を寄せて来た。美智子の甘酸《あまず》っぱい匂いがした。

その匂いは先刻の女とは違っていた。美智子の匂いにはどこか清楚《せいそ》なものがあった。

あの女の匂いは嗅《か》いでいるだけで息苦しくなるようなところがあった。大人の女と若い女の違いかもしれないと思った。

スクリーンでは波止場で若い女が初老の男とキスをしていた。階下の観客から溜息《ためいき》が漏れるのが聞こえた。

――私《うち》はひとりでここに居ますよって、いつでも遊びに来とおくれやす。

先刻の女の声が耳によみがえった。目を閉じて唇をすぼめた女の顔がスクリーンに浮かんだ。

「ねぇ、英雄君、英雄君」

かたわらから聞こえる声に目覚めると、

「英雄君、大丈夫？　映画はもう終ってるのよ」

と美智子が怪訝《けげん》そうな顔をして英雄を見ていた。

観客が引き揚げると、三人は階下へ降りて行った。一階の隅の席で映画を観《み》ていたツネオが、幕が閉じたステージをぼんやりと見ている。

「どうした？　ツネオ」

隆が声をかけた。ツネオは返事もしないで、口を半開きにしてじっと宙を見上げていた。

「ツネオ君、大丈夫？」

美智子がツネオの目の前で手を振ると、ツネオは夢から醒めたように美智子の顔を見て、口元に薄笑いを浮かべた。

掃除を終えると、三人は安さんに礼を言って外へ出た。

「おう冷えるな」

隆が肩をすぼめて言った。

「もう秋だもの。台風の多い年の冬は寒くなるって、お店に来るタクシーの運転手さんが言ってたわ。ねぇ、ちょっとツネオ君、あなたランニング・シャツ一枚で寒くないの」

美智子が声をかけても、ツネオはぼんやりと空を見上げたまま返事をしない。

「ツネオ、ツネオ、おまえ大丈夫か」

隆がツネオの目の前で手を振った。

ツネオは口を開けたままゆっくりと隆の顔を見て、

「隆、さっきの映画に出とった金髪の女じゃが、おまえあの女を知っとるか」

と訊いた。

「何を言うとる。おまえ映画女優にイカれてしもうたのか」

「わし、あの女を嫁にもらいたいの。だめじゃろうか英ちゃん」

英雄が笑った。隆がツネオの耳を引っ張った。

「あれっ、こいつ本当にイカれたぞ。ほら、ツネオ、しっかりせんか」

隆がツネオの尻《しり》を蹴《け》った。ツネオはよろよろとどぶ板の方にかたむいた。美智子が腹をかかえて笑い出した。

美智子をバス停に送って隆と別れると、英雄とツネオは古町の方へ歩き出した。

「あっ、流れ星じゃ」

ツネオが曙橋の方角を指さした。採石場の上方に流れ星が長く尾を引いて消えて行った。

ツネオがぶつぶつ口の中で何ごとかを呟《つぶや》いた。

「何をしとるんだ、ツネオ」

英雄がツネオの顔を覗《のぞ》き込んだ。

「何でもない。ただのまじないじゃ、人に言うと効き目がなくなる……」

ツネオは星空を見上げている。秋の星座がゆっくりと巡っていた。

「わしよ、英ちゃん」

ツネオが急に真面目《まじめ》な声で言った。

「何じゃ」

「わしによ、ええ嫁さんが来るじゃろうか」

英雄はツネオを見返した。

「どうしたんじゃ、急に」

ツネオはまだ空を見上げている。

「この頃よ、わし時々思うことがあるんじゃ。おかやんは身体の塩梅《あんばい》が悪うなってから昔の話ばかりをするんじゃ。死んだ婆《ばあ》さまの話をひとしきりしてよ、その後が決まって出て行ったおとやんの話じゃ。おかやんが言うにはよ、この世の中で一番大事なのは家族なんじゃと。そのためにはええ嫁をもらわにゃいかんのじゃと。自分がだめな女じゃったから、おとやんは他所《よそ》に女をこしらえて出て行った言うて……。田津子《たづこ》が貰《もら》われて行ったのも、自分が悪かったからじゃと泣くんじゃ。やっぱりええ嫁をもらわにゃいかんのかの……」

ツネオが大きな溜息をついた。

「そんなことを考えてんのか、おまえ」

英雄が呆《あき》れ顔で言った。

「変かの？　英ちゃん、真ちゃんのこと覚えとるか」

ツネオが英雄を見た。

「ああ覚えとるよ」

小学校の時、英雄とツネオと真吾《しんご》は、いつも三人でこの界隈《かいわい》で遊んでいた。四年前の秋、真吾は釘師《くぎし》をしていた父が新開地の中洲《なかす》で殺され、叔母に連れられてこの町を出て行った。

「真ちゃんも母ちゃんが悪かったから、あんなふうになって父ちゃんが殺されてしもうたんじゃろうか？　そうじゃろうか？」

「…………」

英雄は黙っていた。

「やっぱり、ええ嫁さんをもらわんことにゃ、しあわせになれんのじゃなかろうか」

ツネオの言ってることがすべて正しいとは思えなかったが、家族が離れ離れになっているツネオの、家族を大事にしたいという気持ちが英雄にはわかるような気がした。

カシュ、と音がした。見ると、ツネオの手がぼんやりと光っていた。ライターの灯りだった。ツネオは煙草《たばこ》をくわえていた。朱色に浮かんだツネオの顔が煙りにつつまれた。

「英ちゃんも吸うか、長いのがあるぞ」

ツネオが煙草ケースを差し出した。

「いや、俺はいいよ」

「頭がふんわりして、ええ気持ちになるぞ。このライター、この間、鉄屑《てつくず》の中から見つけたんじゃ。ジッポーいうて、進駐軍の兵隊が使うとったもんじゃと。鉄屑屋のおやじが欲しがっとる。俺、このライターの灯りを見とると、なんか安心するんじゃ」

カシュ、カシュ、と乾いた音がまた聞こえた。寂《さび》し気な目をしたツネオの顔がライターの灯りに揺れていた。

秋風が、ツネオの手の中の炎を掻《か》き消すように海の方から吹いてきた。

十月になった朝、朝食をすませた英雄が東の棟の部屋で登校の準備をしていると、

「英さん、筧さんという人が見えてるけど」

と絹子が顔を覗かせた。

「筧が？」

英雄が怪訝《けげん》そうに絹子を見た。

「ええ、家の方と一緒にお礼にと……。どこの方なの？」

「紡績工場の偉い人の息子で、先月転校して来た子だよ」

「そうなの。すぐ表へ行って」

支度をすませて部屋を出ると、小学校へ出かける東の棟の子供たちが中庭に集まって、大声でまだ出て来ない子供の名前を呼んでいた。正雄がランドセルを背負って、同じ歳恰好《としかっこう》の少年と玄関へ走って行く。

おーい、大きな車がおるぞ。正雄と出て行った少年が引き返して来て、仲間を呼んだ。中庭にいた少年たちが一斉に表に走り出した。

英雄が表に出ると、黒塗りの車の前に筧と品の良さそうな女性がひとり立っていた。

「おはよう。どうしたんだ、筧？」

英雄が訊《き》くと、筧のかたわらにいた女性が玄関から出て来た絹子の前へ進み出て、

「初めまして、私、筧家で働いております、竹内早苗《たけうちさなえ》と申します。いつも浩一郎坊ちゃまが大変お世話になっております。本来なら主人の筧真之輔《しんのすけ》がご挨拶《あいさつ》に伺わなければならないのですが、生憎《あいにく》筧は……」

女性が絹子に挨拶している間に、玄関へ出て来た少年たちのひとりが車のバンパーに乗って、ボンネットに攀《よ》じ登ろうとした。運転手があわてて車から出て来た。こらっ、英雄が叱《しか》ると、少年は舌をぺろりと出して飛び降りた。

「はい、はい。皆学校へ行く時間ですよ。早くしないと遅れますよ」

絹子が子供たちのお尻を叩《たた》いた。

「どうも初めまして、英雄の母でございます。英雄の方こそお世話になっております」

絹子が女性に挨拶を返すと、女性は絹子に包みを差し出した。

早苗、僕は行くよ。筧が言うと、車でいらして下さい、と女性があわてて言った。

車で行ったら叱られるよ、と筧は強い口調で言った。英雄と筧は古町を歩き出した。

「あの子供たちは親戚《しんせき》か何かの子？」

筧は前を走る正雄たちを見て言った。

「そんなもんだな」

英雄は笑いながら答えた。

「大勢で暮らしていると楽しいだろうね」

「筧の家はどうなんだ？」

「僕の家は父と早苗の三人だけだよ。母さんは東京で姉さんと一緒にいる。母さんは少し身体が弱いんだ」

その時だけ筧の声が少し沈んだ。

「でも、母さんは僕が神宮に出るのを楽しみにしてるんだ」

筧の顔がかすかに微笑《ほほえ》んだ。

「ジングウ？　何だよ、それ」

「知らないのか。神宮球場だよ。東京の神宮の森の中にある日本一大きな野球場だよ」

筧の声が大きくなった。

「筧はプロ野球選手になるのか？」

「違うよ。神宮球場は学生野球のメッカなんだよ。東京六大学野球だ。僕の父さんも学生時代に神宮で活躍したんだよ……」

筧は秋の朝雲を見上げて、酔いしれるように話していた。英雄は筧の足元を見た。筧は歩く度に頭が上下する。彼は踵《かかと》を地面につけないように、つま先だけで身体《からだ》を撥《は》ね上げるように歩いていた。

「筧、どうしてそんな歩き方をするんだ？」

英雄が筧の足元を見て訊いた。

「ああ、これか……。これは父さんから教わったんだ。こうしてつま先だけで歩くとバネがつくんだ。ピッチングは下半身が大事だろう。昔の武士は鉄下駄《てつげた》を履いて身体を鍛えたんだ。僕の家の先祖は武士なんだ。高木家の先祖は何をしていたの」

「さあ知らないな」

英雄は小首をかしげた。

「家系図とかないのかい」

「俺の家には、そんなものはないよ」

家系図など見たこともなかった。

「君の父さんに訊いてみるといいよ、自分の家の歴史を知ることは大事なことだよ」

英雄は筧の話を聞くのが面倒臭くなった。校門が見えて来ると、背後から英雄の名前を呼ぶ声がした。振りむくと隆が走って来た。隆は英雄に駆け寄り、顔を近づけるようにして囁《ささや》いた。

「英ちゃん、俺、今夜、男になろうと思っとるんだけど、英ちゃんもつき合わないか」

英雄は思わず隆の顔を見返した。

「金の方は俺が面倒を見るからよ」

隆がウィンクした。

「俺はいいよ」

「そう言うなよ。実は俺もひとりじゃこころ細いしよ。つき合ってくれよ。頼むよ」

隆が拝むように両手を合わせた。

「じゃ、高木君、僕は先に行くよ。それと今度の土曜、僕の誕生祝いをやるから家に遊びに来てくれよ」

筧はそう言って、校門にむかって走り出した。

「何だよ？　あいつ、変な奴《やつ》だな」

隆は小首をかしげて筧のうしろ姿を見送り、すぐにまた英雄の方を振りむき両手を合わせた。

その夜、英雄が部屋でラジオを聞いていると、戸を叩く音がした。

英ちゃん、英ちゃん、隆の声だった。

「何じゃ、こんな時間に」

戸を開けると隆が黒のセーターにジャケットを着て立っていた。

「どうしたんじゃ、その恰好は」

「だから今朝話したじゃないか。今晩、男になりに行くってよ」

隆はかなり大きめの上着のポケットに手を突っ込んで、上目遣いに英雄を見た。

「どこで借りて来た服だ？」

「安さんの一張羅《いっちょうら》よ。ちゃんとした恰好で行かんとガキ扱いされるからよ」

隆は上着の襟《えり》を指先で撫《な》でた。

「それなら大丈夫だ。頑張ってこいよ」

「そう言わんと、英ちゃん。一緒に行こうや」

隆が急に情けない顔をした。

新町にあるその店は、数カ月前まで英雄の友人の宋建将《そうけんしょう》の家で、〝上海飯店《シャンハイハンテン》〟という中華料理店だった。英雄は子供の頃、よく建将の家へ遊びに行った。今では青色のネオンが点《とも》って窓枠も洋風になり、入口のドアもピンク色に塗り替えられていた。

「あらっ、あんちゃんたち、ちょっと遊んで行ってよ」

左耳に大きな飾りをつけ、水玉のスカートを穿《は》いた女が、英雄たちに声をかけた。

隆が、江州《ごうしゅう》から借りたジャンパーに船員帽を被《かぶ》った英雄を見た。

「ビール一本で金をふんだくるんだろうが」

と隆が女に言った。

「うちは明朗会計の店よ、ビールは一本百五十円なの。安心して遊んでって」

女が近寄って来た。英雄は後ずさった。隆が英雄の腕を摑《つか》んだ。

「帰るって、俺」

英雄が隆の手を振りほどこうとすると、

「今さら逃げるなよ」

　と隆は腕を離さない。

「あらっ、腕なんか組んで仲がいいのね」

　と女が英雄たちを見た。

「若いのね。あっ、昨日新港に着いた船の船員さんでしょう。私、船乗りって好きよ。安くしとくから寄ってってって」

　と隆の腕を取った。隆は女の手を払って、

「ビール一本きり飲むだけじゃから、この金でよかろう」

　とポケットから皺《しわ》だらけの百円札を二枚出した。

「あらっ、前金でくれるの嬉《うれ》しいわ」

　女は店にむかって先に歩き出した。英雄が引き返そうとすると、隆が腕を握った手に力を込めて、逃がさんぞと、喉《のど》の奥から絞り出すような声で囁いた。英雄は溜息《ためいき》をついて女の後から店に入った。

　賑《にぎ》やかな客の声がして、歌謡曲がボリューム一杯にかかっていた。二人は店の隅のテーブル席に連れて行かれた。女がビールを一本手にしてやって来た。

「タマコって人いる？」

隆が女に言った。

「あれっ、タマちゃんがいいの」

女は素頓狂《すつとんきよう》な声を上げてから、何がおかしいのか、腹に手を当ててゲラゲラと笑い出した。女の笑い声にカウンターにいた客が隅の二人を見た。

「英さん、英さんじゃないか」

カウンターの奥から声がした。英雄はあわてて身体をかがめた。

「英さんじゃないかよ。本当かよ」

時雄の声だった。声が近づいて来る。英雄は裏の戸にむかって駆け出した。背後で隆の呼ぶ声が聞こえたが、裏戸を開けると一目散に走り出した。

土曜日の夕暮、英雄は重箱の入った風呂敷《ふろしき》包みを手に、紡績工場の正門前に立っていた。

横柄《おうへい》な態度をとっていた守衛が、筧浩一郎の家を訪ねて来たと告げた途端に訝《いぶか》しそうな顔つきになり、英雄の名前を聞いてしばらく待っているように言った。

英雄の知っている紡績工場の社宅は、もっと採石場寄りの東側の敷地内にあった。なのに筧から渡された紙には正門の守衛を訪ねて来るようにと記してあった。

「いや、どうもお待たせしました。すぐにお迎えの車がまいりますので、応接室へどうぞ」

出てきた守衛はがらりと態度を変えて、英雄に笑いかけた。

「大丈夫です。ここで待ってますから」

「そう言わずにどうぞ」

ほどなく左手から車があらわれた。

窓から浩一郎が顔を出し、手を振りながら英雄の名前を呼んだ。守衛は浩一郎に丁寧に頭を下げた。英雄は車に乗り込んだ。

「よく来てくれたね」

浩一郎が嬉しそうに英雄を見た。車が工場の奥の大きな銀杏《いちょう》並木を左に折れると、前方に洋館作りの家が見えた。外門は開いたままになっていて、先日絹子に挨拶した竹内早苗が、映画に出てくる家政婦がつけているような派手なエプロンをして立っていた。

「いらっしゃいませ」

早苗は英雄に深々と頭を下げた。

「早苗、父さんはまだ？」

「今しがたお電話がございまして、もうすぐ戻られるそうです」

「わかった。高木君、さあ早く上って。僕の部屋に行こう」

浩一郎は学校で逢《あ》っている時よりも明るく見えた。

「浩一郎坊ちゃん。お客さんに上履《うわば》きも差し上げないで……」

早苗がスリッパを手に言った。

「いいんだよ、そんなものは」

「あの、これ母に持って行くように言われたんです。お萩《はぎ》だそうです」

英雄は風呂敷包みを早苗に渡した。

「そうですか。ご丁寧に恐れ入ります」

早苗は包みを押し頂くように受け取った。

浩一郎の部屋は、英雄の部屋の三倍はありそうな広さだった。左手の窓際《まどぎわ》に机が置いてあり、右手にはソファーとテーブル、正面には黒く光った最新の蓄音機《ちくおんき》があった。

壁に三角形の旗と額縁におさめられた数点の写真がかかっていた。どの写真にも野球のユニホームを着た浩一郎が写っている。

「右の上の紫色のペナントがあるだろう。あれが小学校の時に都の大会で優勝した記念なんだ。その隣りが中学校の準優勝の時のものさ。ねえ、このカップをみてよ」

浩一郎が棚の上に飾ってあった優勝カップを英雄に差し出した。最優秀投手賞・箕浩一郎、とカップに刻まれてあった。この時はね、五試合連続で相手チームを完封したんだ。こっちのカップはね……、と説明する浩一郎の目はかがやいていた。

ドアがノックされ、早苗が洋風のお盆をかかえて部屋に入ってきた。

「お食事の前ですから、ケーキはちいさいのにしましたよ。高木さんは浩一郎坊ちゃんと同じクラスなんですか」

早苗が英雄の前に紅茶を出しながら訊いた。

「違うったら、早苗。高木君は野球部で一緒なんだよ。昨日も言ったろう」

浩一郎が唇を突き出して言った。

「そうでございましたか。高木さんはお勉強の方もよくおできになるんでしょう」

「もういいよ、早苗」

浩一郎が頬を膨《ふく》らませた。

「俺、いや僕、勉強は駄目なんです」

英雄が頭を掻《か》いた。

「そんなことございませんでしょう。高木さんは勿論《もちろん》、大学までお進みになられるんでしょう。あんな立派なお家ですから、お父様も楽しみにしてらっしゃるでしょう」

「早苗、何か火にかけてないか？」

浩一郎が鼻を鳴らすと、早苗は急に顔を上げて部屋を出て行った。

「いつもあの人はあんなふうに話すの？」

英雄が訊くと、

「早苗は華族の家にいたからね」

と浩一郎が言った。

「カゾクって？」

「侯爵《こうしゃく》や子爵のことだよ。戦争前の話だって父さんは言ってた。さあ、冷めないうちに飲んじゃおう。砂糖はいくつ入れる？」

浩一郎がピンセットのようなもので花びらの形をした白い塊《かたま》りを摘《つ》まんだ。いくつでもいいよと英雄が言うと、浩一郎は僕と同じふたつでいいかなと訊《き》いた。英雄が頷《うなず》くと、

「少し甘いかも知れないよ」

と浩一郎が言った。少し甘いかもという言い方や浩一郎の仕種《しぐさ》のひとつひとつに、英雄は身体のどこかがむず痒《がゆ》くなるような感覚をおぼえた。

浩一郎がするように、英雄は紅茶を銀色のスプーンでかき混ぜ、ちいさなフォーク

で白いケーキを切って口の中に入れた。

英雄は天井を見上げた。ちいさなシャンデリアが吊《つる》してあった。

「何かレコードをかけようか。音楽は何が好きなの」

「よくわからないな」

英雄はレコードを選んでいる浩一郎の肩越しに彼の勉強机を眺めた。窓から差し込む夕陽に反射しているものが目に止まった。それはふたつの銀製の写真立てだった。

背後で音楽が流れはじめた。一枚の写真には頰を寄せ合って笑っている浩一郎と彼に目元が似た女性が写っていた。もう一枚は金髪の少女が微笑《ほほえ》んでいる写真だった。

英雄がその写真をじっと見ていると、

「キャサリンっていう子なんだ。僕のペンパルさ」

と浩一郎が笑って言った。

「ペンパル？」

英雄は浩一郎を見上げた。

「ペンフレンドさ。文通をしてるんだよ。キャサリンはアメリカのフィラデルフィアに住んでるんだよ」

「ふぅーん、外人の友だちがいるのか……」

「うん、逢ったことはないけどね。ほら、これがキャサリンが去年のクリスマスにくれたカードだよ」

カードを開くと中の折れ目から樅《もみ》の木が立ち上がる、おしゃれなクリスマスカードだった。英雄はもうひとつの写真を見直した。

「こっちは僕の母さんだよ。去年のクリスマスに、ひさしぶりに退院させてもらった時に撮影したんだ」

その写真には浩一郎と両親と姉と思われる女性の四人が笑って写っていた。浩一郎はネクタイをしていた。

「この日はとても楽しかったんだ。母さんもすごく具合が良くてね。ほら、この間話したろう。僕が神宮球場のマウンドに立つのを見るのが母さんの夢なんだ。母さんが父さんを初めて見たのも神宮の……」

その時階下で、浩一郎、浩一郎、と呼ぶ男の声がした。

「父さんが帰ってきた。高木君、下へ降りよう」

浩一郎の顔が明るくなった。

応接室に入ると、日焼けした背の高い男が立ったままネクタイを外していた。浩一郎の父の筧真之輔であった。真之輔は浩一郎の姿を見ると、ネクタイをソファーに放り投げて駆け寄った。

「元気か、浩一郎」

真之輔は浩一郎の肩を両手で摑んで見下ろすと、頰ずりするように抱き寄せた。

「父さんも元気だった？　母さんの具合はどうだった？」

「ああ、皆元気だったぞ。どうだ、この町の野球は」

「父さん、バットとボールありがとう」

「そうか、届いたか」

真之輔は、ドアのそばに立っている英雄にまるで気づかないふうに、息子の背中に手を回して嬉しそうに叩《たた》いていた。英雄はこんな父と子がいるのかと、呆然《ぼうぜん》と二人を見ていた。

「父さん、友だちが来てるんだ」

浩一郎が英雄の方をむくと、真之輔があわてて英雄を見た。

「やあ、いらっしゃい。浩一郎の父です。よく来てくれたね。浩一郎、何君だ？　そうか高木君か……。浩一郎と友だちになってくれてありがとう。待たせてしまって申し訳なかったね。早苗、おーい早苗」

真之輔が大声で早苗を呼んだ。

「はい。ちゃんとここにおります」

早苗が奥のドアの前に立っていた。

「さあ食事にしよう。東京から戻って来たら打ち合せの連続で、私はもうお腹《なか》がぺこぺこだ」

とお腹を手でおさえた。

「僕だってそうだよ、父さん」

「そうか。今日は浩一郎の誕生日だから、早苗に美味《おい》しいものをたっぷりこしらえてくれるように言っておいたんだ」

三人はテーブルに就いた。

ふたつの燭台《しょくだい》に長い蠟燭《ろうそく》が立ててあった。フランスパンを入れた籠《かご》がテーブルの中央に運ばれた。そのパンを真之輔がナイフで切って、英雄と浩一郎の前に置いた。大きな皿が一枚それぞれの前に並べられ、その皿の上にもう一枚皿が重ねられた。英雄はこんな食事をするのは生まれて初めてのことだった。早苗がその皿にスープを注いだ。

「早苗もテーブルに就きなさい」

早苗が席に就くと、真之輔は胸元で両手を組んで目を閉じた。浩一郎と早苗も同じようにした。

「今日ここに息子浩一郎が無事に十五歳の誕生日を迎えられたこと、そして私と息子と早苗と、友人の高木君の四人が一日を無事に生きることができたこと、そして……」

英雄はクリスチャンの祈りを間近に見たのも初めてだった。真之輔の祈りの言葉に、浩一郎と早苗が耳を傾け目を閉じている。彼らの真剣な表情に英雄は姿勢を正した。最後に三人は口を揃《そろ》えて、アーメンと唱えた。

ナイフとフォークを使っての食事を、英雄は緊張して摂《と》った。

食事が終ると、皆居間へ行き、ソファーに座った。真之輔は球形の美しいグラスに酒を注ぐと、掌《たなごころ》に包むようにしてゆっくりと中の酒を回した。

誕生日のケーキが出た。早苗が蠟燭に火を点《つ》けて、部屋の灯りを消した。ハッピバースデイ、トゥー、ユー、ハッピバースデイ、ディア、コウイチロウ……真之輔と早苗が大声で歌った。それぞれの顔が蠟燭の灯りで揺れていた。浩一郎が子供のように頰を膨らませて蠟燭を吹き消した。

曙橋、葵橋《あおいばし》を左手に見て、入江沿いの道を英雄は真《ま》っ直《す》ぐ旧桟橋にむかった。海からの風が汗の吹き出す額に当たった。新桟橋が前方に見えると、英雄は右に折れて埋立ての終ったばかりの草原に出た。

背高泡立草《せいたかあわだちそう》が潮風に揺れていた。英雄は草の匂《にお》いの中をがむしゃらに走った。

——とにかく走るんだ。

前方に頭をのぞかせている砂山がマウンドに見えた。そのマウンドに、浩一郎の立っている姿が重なった。英雄は唇を嚙《か》んだ。前方の草をグローブで払いのけた。草原を抜けると、旧《ふる》い堤防跡に突き当たった。英雄はそこで足踏みをして息を整えてから、両肩を回し屈伸運動をはじめた。体操を終えると、指だけで身体《からだ》を支えて腕立伏せを開始した。一、二、三、四……十回が限度だった腕立伏せを、まず二十回までやり切ろうと思った。汗が小石まじりの埋立地の土の上に滴《したた》り落ちた。

十五、十六、十七……。身体がだんだん重く感じられてきた。指が、腕が、肩が小刻みに震え出した。英雄は歯を喰いしばった。今日の午前中に市民球場で行なわれた対抗試合で、英雄は最後までベンチに座っていた。筧が相手チームの打線を一点に抑えて、華北中学は勝利した。英雄は初めて屈辱感を味わった。試合が終ってから英雄は真っ直ぐこの埋立地にむかった。筧の肩を叩く家城《いえき》の姿を思い出し、英雄は身体を持ち上げた。腕立伏せを終えると堤防の壁にむかってボールを投げはじめた。穴のあいたコンクリートの壁は、狙《ねら》った場所を外れるととんでもない方向へボールを跳ね返した。彼は草叢《くさむら》の中のボールを探しては拾い、壁にむかって投げ続けた。

——とにかく投げるんだ。

英雄は壁に描いたストライクゾーンにむかって腕をふり下ろした。ボールがストライクゾーンを外れて、草叢の中に飛び跳ねて消えた。英雄はボールを探しながら周囲がもう薄闇《うすやみ》になっているのに気づいた。ボールがスパイクの先に触れた。英雄はボールを拾い上げて、空を見上げた。宵の空にひとつだけ星がかがやいていた。幼い時から何度も見て来た星の輝きが、今までとは違って映った。相手の打者を三振に打ち取るマウンドの上の筧の姿が浮かんだ。

——俺はあいつを負かすことができるんだろうか……。

英雄は星を見つめながら呟《つぶや》いた。いつの間にか星の数が増えていた。

——とにかくやるだけやってみよう。

英雄は唇を嚙んで街灯りにむかって走り出した。

家に戻ると絹子が、

「さっき隆君が来て、あなたを探していたわ。何だか元気がなかったわよ」

と言って、英雄の顔をちらりと見て、何か言いたげな表情をした。英雄は絹子を無視するように東の棟へ行った。

英雄が風呂から上り、東の棟の炊事場の石囲いに座って涼んでいると、白いスーツにめかし込んだ時雄が出て来て、この間は面白いところで逢いましたね、英さんもやるもんだ、と言ってにやりと笑った。英雄は時雄の話が聞こえない振りをして、頭上で葉音を立てて揺れている大柳の木を見上げた。大丈夫ですよ。男同士、遊びのことは誰にも喋《しゃべ》りはしませんから、と時雄は言って、口笛を吹きながら東の門へ消えて行った。

東の広間から、大きな金盥《かなだらい》をかかえて金魚婆《ばあ》が出て来た。宴会をしているのだろうか、広間からは手拍子が聞こえてきた。金魚婆は英雄の顔をちらりと見て、何も言わずに井戸のポンプの引き手を押しはじめた。

「あっ、俺がやるよ」

英雄がポンプの引き手を取ると、金魚婆は黙って手を離し、金盥の中の食器を洗いはじめた。金魚婆の袖《そで》をたくし上げた右手には、紫色の大きな火傷《やけど》の跡があった。

——あの婆さんはピカに遭《あ》って、大火傷《やけど》した伜《せがれ》と孫を背負って広島から四国へ船で渡った女です。伜はすぐに死んで、孫は去年、死んだそうです。ピカはまだ人を殺し続けてるんですよ。

いつか江州から聞いた金魚婆の身の上話を英雄は思い出した。

もうそれでええです、と金魚婆が低い声で言った。英雄はまた石囲いに腰を掛けた。金魚婆のうしろ姿を見ているうちに、ふたつの影を背負って歩く黒いちいさな背中が浮かんで来た。

「坊ちゃん」

金魚婆の声に英雄が顔を上げると、金魚婆はうつむいたまま食器を洗い続けながら、

「坊ちゃんは奥さん似ですのう」

とぽつりと言った。

「そうかな……」

と英雄が答えると、

「やさしいところがよう似とります。婆が知っとる方の若い頃にも似てらっしゃいます」

と金魚婆が言った。

「その人はどうしてるの?」

英雄が訊くと、

「戦争が終った時に、祖国の独立のためじゃと海を渡って行きました」

「へえー、勇気がある人だね」

英雄が感心したように言うと、

「馬鹿《ばか》なんですよ。結局死んでしもうたのですから、勇気なんぞいりません。そんなもの何の役にも立ちませんから……」

金魚婆は吐き捨てるように言い、洗い終えた金盥をかかえて立ち上ると、英雄の顔をじっと見返して頷いた。英雄は黙って金魚婆を見つめていた。金魚婆は唇を突き出したまま踵《きびす》を返し、広間へ戻って行った。

――勇気なんぞいりません。そんなもの何の役にも立ちませんから……。

英雄はちいさな金魚婆のうしろ姿を見ながら、勇気が何の役にも立たないと言う人がいるのだろうかと思った。頭上でまた柳の葉音がした。その葉音に混じって英雄を呼ぶ声がした。英雄は周囲を見回した。誰もいなかった。英雄は小首をかしげて、また柳を見上げた。英ちゃん、英ちゃん、ここじゃと囁《ささや》く声がした。見ると暗がりの中で影が動いた。目を凝らすと、隆が立っている。

「どうしたんじゃ、隆。幽霊かと思うたぞ」

「ちょっと相談があるんじゃが……」

隆がくぐもった声で言った。

「何じゃ？　そんな暗いところにおらんで出て来いよ」

英雄が言うと、隆がおずおずと出て来た。隆は周囲を窺《うかが》うように目の玉を動かした。

「英ちゃん、部屋の中で話してええかの？」

英雄の部屋に入ると、隆は壁際《かべぎわ》に突っ立ったまま黙っていた。大丈夫か、と英雄が隆のそばに近寄ると、隆は急に横に飛び跳ねて、

「わしに近寄らん方がええ。病気が伝染《うつ》るから」

と両手で英雄を制するようにした。

「病気が伝染る？」

英雄は驚いて隆の顔を見た。隆は大きく頷いてから急に顔を歪《ゆが》めて股間《こかん》を両手でおさえた。

「どうしたんじゃ？」

英雄が隆の股間に目をやると、

「わし、梅毒になったみたいじゃ」

と隆が半べそをかいた。

「梅毒？」

英雄は目を丸くして大声を上げた。隆が指を唇の前に立てて、

「人に聞かれちゃいかん。けど痛うて、痒《かゆ》うてたまらんし、膿《うみ》が止まらん。どうしよう、助けてくれ」

と身体を捩《よじ》らせて泣き出した。

英雄は隆をツネオの家に連れて行った。表から名前を呼ぶと、ツネオの母親が咳《せき》をするのが聞こえた。すぐにツネオが表へ出て来た。英雄がツネオに隆のことを耳打ちすると、ツネオは隆を電柱の灯りの下に連れて行きズボンを下ろさせた。ツネオは鼻を摘《つま》んで隆の股間を覗《のぞ》き込むと、冷たく言った。

「隆、これはもういけんの。おまえ明日には鼻がぽろっと落ちるぞ」

隆はズボンを下げたまま大声で泣き出した。英雄を振りむいてツネオがにやりと笑った。

「けどわしは治す方法を知っとる」

泣いていた隆がツネオを見た。

「本当か？　治るのか、ならわしを助けてくれ、ツネオ。何でもするから」

隆がズボンを引きずりながらツネオに抱きついた。ツネオは隆の肩を叩いて、何事かを耳打ちした。隆は何度も頷《うなず》いた。

ツネオに連れられて二人が行った家は、新開地の遊廓《ゆうかく》のあった場所の一番隅にある、ちいさな診療所だった。ツネオが表戸を叩いた。先生、先生、と言いながらツネオが戸を叩いたが返答がない。酔っ払って寝てしもうたかの、と言って診療所の裏に回ると、勝手を知ったようにツネオは、低い木塀の裏門の内にあった閂《かんぬき》を抜いて裏庭に入った。二人も後に続いた。ツネオは裏のガラス戸を叩いて、先生、先生、ともう一度呼んだ。家の中に灯《とも》りが点った。

「誰じゃ」

野太い声がした。

「辰巳開地のツネオです」

とツネオが声をかけると、ガラス戸が開いて寝間着姿の黒い影が縁側にあらわれた。

「母ちゃんの具合がおかしいのか？」

英雄はてっきり診療所の先生が男だと思っていたので、あらわれた相手が女だったのに驚いた。

「いや、そうじゃのうて。先生、わしの友だちが病気なんじゃ。こいつで……」

ツネオが隆の腕を引いて先生の前に押し出した。手拭《てぬぐ》いを頭に巻いた先生は隆を覗き込んで、

「何が病気じゃ、ぴんぴんしとるじゃないか」

と言って、

「せっかくええ気持ちで寝とったのを起こして、この馬鹿ったれが」

とガラス戸を音を立てて閉めた。

「そうじゃないんじゃ、先生」

ツネオがガラス戸を開けた。しかし中から返答はなかった。

「あんな婆さんが何をしてくれるんじゃ、ツネオ」

隆が切なそうな声で言った。

「うるさい、おまえは痛い、痛いと泣け、早う泣け」

隆が痛い、痛い、と声を上げた。もっと大きな声で、とツネオが隆の頭を殴りつけた。痛、痛い、と隆は叫んでから、本当に半べそをかいた。そのうち隆は本気で泣き出した。ガラス戸が開いた。

「それ以上騒ぐと海へ放り投げるぞ」

その一声で隆が泣き止んだ。

手荒な治療だった。隆は診察台にあおむけに寝かされると、乱暴にズボンを脱がされた。性器を引っ張られて隆は悲鳴を上げた。尻《しり》が青いくせに色気だけ一人前だの。どうじゃ、いっそちょん切ってしまうか、と脅かされ、そのまま身体をひっくり返されて、尻に大きな注射を丸太に銛《もり》を打ち込むように刺された。隆が悲鳴を上げた。

「どうじゃ、おまえたちも一本打つか?」

先生が注射器を手にしたまま英雄とツネオを振りむいて言った。二人とも黙って横に首を振った。

うろこ雲のひろがる空の下、華北中学のグラウンドでは、十日後に迫った運動会の全校生徒による合同の予行演習が行なわれていた。

行進の練習、徒競走、リレー競走、女子生徒のダンス競技、男子下級生の組体操……等が次々に終り、最後に全校生徒がグラウンドをぐるりと取囲んだ。その輪の中に男子上級生から選ばれた生徒が、東軍と西軍のふた手に分れて、五十組ずつの騎馬を組んでむかい合った。華北の騎馬戦は、戦前の旧制中学からの伝統の競技で、最後の一騎まで落し合う荒っぽい戦いで有名だった。運動会の一番の呼び物である。運動会の当日は、この騎馬戦をわざわざ見物に来る町の衆も多かった。男子生徒にとって騎馬戦の出場者に選ばれることは名誉なことだった。

英雄は二年生の時から騎馬に選ばれ、今年は東軍の副大将に指名された。しかし英雄は騎馬役になっていた。左に隆、右に柔道部の生徒が騎馬の脇《わき》を固めていた。騎乗は太郎だった。太郎はどうしても乗り役になると言って譲らなかった。

むき合った両軍の騎馬の中央に、教師の木山が白布と赤布を先に吊《つる》した竿《さお》を手にして立っていた。

東軍負けるな、西軍頑張って、西軍なんかぶっつぶしてしまえ……取り囲んだ生徒たちからしきりに声援が飛んだ。

予行演習でさえ応援が過熱しているのは、東軍が街の南側の港を中心に住む華南の生徒、西軍が北側の山手、屋敷町に住む華北の生徒に分れているからだった。普段から反目している華南と華北の感情が、騎馬への応援に露骨にあらわれていた。

何人かの人気のある男子生徒にむかって女子生徒の声援が飛ぶ。筧君、頑張って。ひときわ大きな声援が聞こえた。筧は西軍の副大将に指名されていた。

木山が空に突き上げていた竿を勢い良く振り下ろした。喚声が上った。

西軍は筧と大将のいる場所を中心に、右と左に羽をひろげるように散らばった。鶴翼《かくよく》の陣構えである。それに対して東軍は太郎と大将の前方に数騎の騎馬が押し出して三角の構えをひいた。魚鱗《ぎょりん》の陣立てだ。

まだ押すな、このままだ。先鋒《せんぽう》は左だ。うしろから大将の指示が聞こえる。先鋒、もっと大将とむき合え。東軍の大将は西軍の陣の中心にいる大将を狙って、そこから突破しようとしている。西軍の副大将の筧が大将と分れた。

その時、太郎が大声を上げて、副大将を落せ、と叫んだ。騎馬は乗り役の命令を聞く約束になっていた。太郎、大将を狙《ねら》うんだろう。隆が言った時、英雄はすでに副大将にむかって突進していた。筧の騎馬を数騎の騎馬が守るように囲んだ。

行け、突っ込め、太郎は大声を上げている。英雄は前方の騎馬に体当りした。英雄の頭上で、相手を殴りつけている太郎の拳固《げんこ》の鈍い音が立て続けに聞こえた。太郎、そんな無茶すんな、今日は予行演習じゃぞ。隆の声がする。一騎、二騎と相手の騎馬が崩れて、乗り役が地面に落ちる。上着が引き千切られている乗り役もいた。えらい勢いじゃのう、と右脇の柔道部の生徒が言った。

突っ込め。太郎が声を上げて足を揺らす。目の前に筧の顔が見えた。背後で笛の音が聞こえた気がしたが、太郎の叫び声が掻《か》き消した。筧の騎馬役は相撲部の生徒で、さすがに当たりが強かった。額と額を合わせ、英雄は相手と押し合った。頭上で拳固の音がした。太郎、よせ、それ以上殴るな、背後で隆の声がした。

その時、英雄の背中が急に軽くなった。何やってんだ、太郎。顔を上げると、太郎は筧の騎馬に飛び移り、片手で筧の首を締め上げて殴りつけている。笛の音が背後でした。

　ドサリと音がして、太郎と箕が地面に落ちた。それでも太郎は殴るのを止めない。太郎、よせったら、木山が来るぞ。隆の声が聞こえないのか、太郎はなおも箕を殴り続ける。英雄が太郎をうしろから抱き上げて二人を引き離そうとした。それでも太郎は摑《つか》んだ箕の体操着を離そうとしなかった。シャツが裂けて箕の肩が剝《む》き出しになった。

「貴様たち何をやっとるか」

　木山が真っ赤な顔で駆けて来て、隆の頭をいきなり殴りつけた。痛え、俺と違う、と隆がその場に蹲《うずく》まった。箕が鼻血を出したまましゃがみ込んでいた。

　放課後、英雄たちは木山にこってりと叱《しか》られ、夕刻まで養鶏場の掃除をさせられた。

「まったくなんで俺たちが叱られんにゃならんのだ。太郎の奴《やつ》、畜生。瘤《こぶ》になっとるわ」

　隆が頭のてっぺんを擦《こす》りながら言った。太郎は弟を小学校へ迎えに行くので先に帰してもらえた。

「英ちゃん、なぜ太郎が箕を目の仇《かたき》にしとるのか知っとるか？」

英雄が首を横に振ると、隆が顔を近づけて来て、

「太郎が惚《ほ》れとる華道部のマドンナが、筧にラブレターを書いたらしいんじゃ」と言った。ありそうなことだが、英雄はそんなことで太郎が筧を恨むのだろうかと思った。

隆と別れて家に戻ると、絹子が部屋にやって来た。

「英さん、筧君と学校で何かあったの？」

絹子が心配そうな顔で言った。

「どうして？　何もないよ」

「さっき、筧君の家のお手伝いさんから電話があったわ。筧君が学校でいじめられて怪我《けが》をして帰って来たって」

絹子の言葉を聞いて英雄は顔を曇らせた。

「絹さん、筧はいじめられてはいないよ。運動会の騎馬戦の予行演習で、ちょっと身体がぶつかっただけだよ。大袈裟《おおげさ》なことを言うお手伝いだな。それに俺たちのことは俺たちでやるから口出しするのはやめてくれよ」

「そうなの……、でも筧君は新しく入って来た生徒なんだから、いじめたりしないでね。そんなことがあったら止めて下さいよ」

「もう、いいって」

英雄は部屋の戸を音がするほど閉めた。学校でのことをいろいろ家の者に報告する筧に腹が立った。

翌朝、筧が家に迎えに来た時、英雄は鼻の横に絆創膏《ばんそうこう》を貼《は》った筧の顔を見て、

「筧、血が出てないんだったら、そんなものは取れ。たいした傷じゃないだろう」

筧は英雄を見て、

「化膿《かのう》するといけないからと早苗が……」

とちいさな声で言った。

「唾《つば》をつけとけばいいんだ。大袈裟《おおげさ》にしていたら太郎がまた叱られるぞ。太郎は昨日、おまえに謝っただろう」

「う、うん」

英雄は先に歩きはじめ、

「筧、学校であったことをいろいろ家の者に言うのは止《や》めろ。子供じゃあるまいし」

と前をむいたまま言った。返事はなかった。

「それにもう学校までの道順はわかってるんだから、ひとりで行け」

そう言って英雄は走り出した。筧の追い駆けて来る足音がしばらくついて来たが、

やがて聞こえなくなった。

その日の放課後、野球部の練習がグラウンドの工事のために自主練習になったので、英雄は部室に行きスパイクを磨いていた。

「大変です。高木先輩、筧さんが……」

一年生の部員が息を切らして部室に飛び込んで来た。

「どうしたんだ？」

「筧さんが番長グループに裏山に連れて行かれました」

見ると下級生の左の目元が殴られたのか、赤く腫《は》れていた。

「因縁でもつけられたのか。二、三発殴られたら戻って来るだろう」

「そ、それが、番長グループと一緒に藤木さんがおって、筧さんを呼んだんです」

「何、太郎が番長と……」

英雄は部室を飛び出すと、工事中のグラウンドを斜めに走り抜け、裏門へむかった。裏門を出て山径《やまみち》を駆け登りながら、以前太郎が彼の妹をいじめた大人に嚙《か》みついた時のことを思い出していた。凶暴になると太郎は見境がつかなくなる。それに太郎はポケットや鞄《かばん》の中に、ドミニカから持ち帰ったナイフを隠していることがあった。

英雄は番長グループがよく屯《たむ》ろしている一枚岩の下にある原っぱを目指した。岩が見えて来ると、人影が動いた。口笛が聞こえた。見張り役の下級生が英雄の姿を見つけて報《しら》せたのだろう。英雄は一枚岩の方へむかわず、左脇の羊歯《しだ》の崖を這《は》い登って松林の中に入った。

木蔭から覗くと、六、七人の生徒に囲まれてユニホーム姿の筧がうなだれていた。英雄は太郎の姿を探した。太郎は山末の横でしゃがんでいた。やはり手にナイフを持っていた。そのナイフで地面を刺している。英雄は松林を出た。

「太郎、おまえ何をやってんだ」

その時、太郎がやおら立ち上って、筧の胸倉を摑んでビンタを喰らわした。乾いた音がした。

「やめろ、太郎」

「何をしに来やがった」

英雄を下級生が取り囲んだ。太郎は筧を松の木に押しつけて殴っていた。

「太郎、俺だ、英雄だ。やめろと言っとるだろう」

太郎の様子がおかしかった。すぐそばで山末が笑って見ていた。英雄を取り囲んだ下級生が、黙って見てろと顎《あご》をしゃくった。

「うるさい。おまえら俺に逆らうのか」

英雄は大声で下級生を怒鳴った。頭に血が上った。

「山末、止めさせろ。でないと体育館でのおまえのことをばらすぞ。俺が黙ったままでいると思ってんのか」

山末の顔色が変わった。

「こいつがおらん方が、高木、おまえだって都合が良かろうが……」

山末が言い訳するように言った。太郎は筧を締め上げている。

「筧、やられてちゃだめだ。殴り返せ」

英雄が下級生を押しのけて二人のところへ駆け寄ると、山末たちが一斉に殴りかかって来た。相手を払いのけながら英雄は太郎をうしろから羽交締《はがいじ》めにした。太郎を抱きかかえた英雄を皆が殴りつけた。それでも英雄は太郎から手を離さなかった。太郎が英雄の手を払いのけようとする。異様な力だ。目が血走っていた。

「太郎、止めろ、止めるんだ」

山末たちは英雄を笑いながら殴り続けている。

太郎が英雄の二の腕に嚙みついた。

「太郎、俺だよ。英雄だよ。大丈夫だ」

太郎は腕から口を離して唸《うな》り声を上げ、英雄の腕を振り解こうとする。

「筧、太郎の足を摑め」

四つん這いになって泣いている筧に英雄は怒鳴った。山末たちは三人の様子を見て、笑いながら引き揚げて行った。筧が地面を這いながら太郎の右足に抱きついた。太郎が筧を蹴《け》り上げた。筧がひっくり返った。

「筧、ちゃんとせんか。もたもたするな」

筧がようやく太郎の足にしがみついた。英雄は太郎を抱いたまま背中から倒れ、地面に着く寸前に体を躱《かわ》して太郎の上に馬乗りになった。

太郎は英雄を睨《にら》みつけていた。目が充血して、口から泡を吹いている。嚙みしめた下唇から鮮血が流れ出していた。太郎が腕を解き、その手で英雄の首を絞めようとした。

「太郎、しっかりしろ。俺だ、わかるか」

太郎は首を左右に振りながら目をしばたたかせていた。首にかかった太郎の指の爪《つめ》が喉元《のどもと》に食い込んだ。英雄は抗《あらが》わなかった。

英雄はもう一度、大声で太郎の名前を呼んだ。すると首にかかった太郎の手がゆっくりと地面に落ちた。

「まあなんと、えらい派手にやったもんだなあ」

笠戸が、東の広間に大の字に寝ている二人の顔を真上から覗《のぞ》き込んで、笑いながら通り過ぎた。

「痛、た、たた」

「我慢しなされ。傷にしみるから、この薬草はよう効くんじゃ。母屋《おもや》には内緒にしときたいんでしょうが」

金魚婆《ばあ》さんが嬉《うれ》しそうに、薬を塗りつけた柿《かき》の葉を英雄の首に貼っている。

「大丈夫か、筧」

英雄は隣りに寝ている筧に言った。

筧はシャツにパンツ一丁の恰好《かっこう》で、切れた口元と目元にワセリンを山盛りに塗られて、濡《ぬ》れた手拭《てぬぐ》いを顔に当てている。

「ああ大丈夫だ。高木君こそ大丈夫なの」

「俺はなんでもない。痛い。金魚婆よ、もう少しやさしゅうやってくれよ」

「わしの名前は金魚じゃない。金供姫《キンギヨッヒ》じゃ。しかし犬にでも嚙まれたのか。この歯型はよ」

「狼《おおかみ》じゃ。ドミニカの狼が嚙みよった」

「何じゃ、それは。犬なら狂犬病の心配があるからの。もっともこれだけの喧嘩《けんか》をするところを見ると、もうとっくに病気にかかっとるのかの」

クスッと筧が笑い声を出した。

「あっ、笑うた、笑うた」

先刻から筧のしかめっ面《つら》を怖々《こわごわ》と覗いていた東の棟の子供たちが声を上げた。子供たちは、筧が笑ったのがよほど嬉しかったとみえて、板間をぴょんぴょん跳ね上った。

頭の上が揺れると傷が痛んだ。

「おい、静かにしろ」

英雄が言っても子供たちはやめない。

「ほら皆外へ行け。ほれおやつをやるから」

金魚婆が新聞紙に包んだ豚の足のかけらを子供たちにひとつひとつ渡した。子供たちは嬉しそうに、それを口に放り込むと中庭の方へ出て行った。

金魚婆が筧の手拭いを取って、傷口を見た。

「おまえもこの界隈《かいわい》の生まれかや。そうだろうな。こんなになるまで遊ぶんだからの」

「そいつは違うよ。俺なんかよりずっと血筋がいいんだ」

「嘘《うそ》つけ。この顔が血筋がいいものか」

「筧は本当に違うんだ」

「カケイ？　おかしな名前じゃの。どこの出かよ、おまえは」

「だから東京だって」

「東京の者か」

いきなり金魚婆が筧の頭を音がするほど叩《たた》いた。痛、痛い……。筧が叫び声を上げた。

「なにするんだ、金魚婆」

英雄が起き上ると、

「ふん、わしは東京の者は大嫌いじゃ。わしの祖母《ばあ》様は震災の時に東京の者が殺したんじゃ」

と言い、金魚婆は筧の顔を忌々《いまいま》しげに見つめて、広間を出て行った。

広間の中は二人っきりになった。

「高木君、今日はどうもありがとう」

「いいよ、別に。俺は太郎が心配で行っただけだから……」

「太郎君はどうしてあんなに怒ったんだろうか」

「………」

英雄は黙っていた。

「怖かったな、まるで別の人間みたいだった……」

「太郎は時々、子供の頃の病気が出るんじゃ。あいつはドミニカに移民に行って戻って来たからな。ひどいところだったらしい。バケツ一杯の飲み水を汲《く》みに半日歩いていかにゃならんかったらしいの。それであんな病気になった言うとった」

「どうしてそんなとこに行ったの？」

「そこに行くしかなかったと太郎の母さんは言うとった。寛、太郎のことは悪う思わんでくれよな」

「……うん」

「約束してくれ。それと……。おまえ、女児《おなご》がおまえに騒いでもあんまり相手にせん方がええぞ」

「相手にしてないよ」

「なら、もうちょっと嫌な顔をしとけ」

「嫌な顔？」

「そうじゃ。おまえはええ恰好をし過ぎる。もうちょっと汚なくしといた方がええ」

「そうするよ」

その時、広間の戸が開いて、上半身裸の江州と時雄が顔を覗かせた。刺青《いれずみ》のある肩口から湯気が立っていた。

「やあ、どうですか。お加減は？　派手にやったみたいですね。銭湯で笠戸から聞きました」

江州が笑って、二人を見た。

「喧嘩は勝ったんですか、負けたんですか」

時雄が嬉しそうに訊《き》いた。

「そんなんじゃないよ、あっ、彼は、今度華北中学に転校して来た筧君。東京でずっとエースだったんだ。いいボールを投げるよ」

「そうですか。英さんのライバルってとこですか。次の大会は見物に行きますよ。あんちゃんも頑張りなよ」

江州が白い歯を見せて、外へ出て行った。

「英さん、まさかやられたんじゃないでしょうね」

時雄がしつこく訊いた。英雄は笑って首を横に振った。

「ならいいんだ。高木の者が負けるはずはないものな」

時雄は満足そうに頷《うなず》いて消えて行った。時雄が出て行くと、すぐにまた戸が開いて、

「おった、おった。母ちゃん、兄ちゃんがおったぞ」

と正雄が大声で入って来た。

「正雄、黙っとれ」

英雄があわてて言った。絹子が広間の中に入って来た。

「まあ、どうしたの、その顔は」

絹子は呆《あき》れた顔で傷だらけの二人を見ていた。

筧が英雄を弁護しても、絹子は取り合わなかった。迷惑をかけて申し訳なかったと筧に詫《わ》びていた。

絹子は筧に夕食を食べて行って欲しいと言った。筧は嬉しそうに頷いて、家に電話を入れた。母屋の奥の間で英雄と筧は二人っきりで夕食を摂《と》った。

筧は箸《はし》を持つ手を止めて奥の間の神棚を見上げ、右隅にあるちいさな人形に首をかしげていた。

「どうしたんだよ、筧」

「あれ、マリア様じゃないの」

「そうだよ」

「マリア像は神棚に置くものじゃないよ」

「だって神様なんだろう」

「そうだけど……」

母屋《おもや》の神棚にはマリア様だけではなく、観音様も神社のお守りもごちゃ混ぜに置いてあった。

「いいんだよ。皆一緒で」

英雄が言った。やがて東の棟から太鼓の音が聞こえて来た。

「何かお祝いをしてるの」

「いや、いつもああなんだ。飯を食べ終えたら行ってみるか」

「うん」

二人が広間へ行くと、東の衆の宴会がはじまっていた。

「坊ちゃん、餅《もち》がちょうどふかし切れたところです」

金魚婆が大皿に盛った餅を差し出した。小豆がたっぷりかかった角餅は甘くて美味《うま》かった。

「ケーキみたいだな」

筧が餅を頬ばりながら言った。

「朝鮮の餅だよ」

「へえ、初めて食べるよ」

広間では四人の男女が踊っていた。太鼓を肩から下げた男が踊りながら小気味良いリズムを刻んでいた。その周りで子供たちが飛び跳ねている。筧はその踊りをじっと見ていた。途中、女たちが茶碗《ちゃわん》に入ったどぶろくを持って来た。筧が手を出そうとすると、英雄がやめとけと言った。怪訝《けげん》な顔をする筧に、英雄はひと口で倒れてしまうぞ、と言って笑った。

筧は物珍しそうに、茶碗の白い酒を飲む女たちを眺めていた。曲が終って、表で車のエンジン音がした。子供たちが大声を上げて一斉に表戸の方へ駆けて行った。大人たちも表にむかって挨拶《あいさつ》した。

斉次郎が源造と立っていた。

「お父やん」

正雄が飛びついて行った。

斉次郎はちらりと英雄を見た。英雄はぺこりと頭を下げた。

「誰？」

筧が英雄に囁《ささや》いた。

「親父《おやじ》だよ、俺の」

筧は、女の子を二人軽々とかかえて目の前を通る斉次郎を見上げていた。

「どうも英さん、お元気ですか」

源造が目を細めて言った。

「うん、いつ帰ってきたの」

「今朝、門司《もじ》に揚がって、こっちへはさっき着いたところです。今日はまたいい男振りですな」

源造が英雄の額の傷を見て笑った。斉次郎を子供たちが追い駆けて行った。

「どこへ行っていたの、お父さんたち」

筧が立ち去る斉次郎を見て、訊《き》いた。

「台湾だと言ってたな」

「ふうーん、ずいぶんと遠くへ行ってたんだ。じゃあ僕そろそろ帰るよ、顔の腫《は》れも引いたし……」

「そうか。表まで送るよ」

二人が立ち上ると、斉次郎が英雄を呼んで包みを渡した。

「これを絹さんに渡しておけ」

「何、これ」

「台湾の硯《すずり》だ」

「わかった。あ、彼、同級生の筧君」

「筧浩一郎です。今日はご馳走《ちそう》さまでした」

筧が丁寧な言葉遣いで斉次郎に礼を言うと、斉次郎は筧を繁々《しげしげ》と見て、

「おまえはどこの者だ？」

と訊いた。

「東京から引っ越して来ました。よろしくお願いします」

と明るい声で答えると、

「そうか……。英雄、仲良うしてやれよ」

斉次郎が英雄を見て言った。英雄は大きく頷いた。

表通りに出て、二人は入江沿いの道を歩いた。曙橋《あけぼのばし》まで行くと角満《かどまん》食堂の主人が長椅子《いす》に座っていた。

「今晩は、おじさん」

「おっ、英ちゃん。野球の方はどうだい？」

「まあまあです」

「早く高校へ行って、甲子園に応援へ行かせてくれよ、頼むぞ」

ほろ酔い加減なのか、主人は顔を赤らめて機嫌が良さそうだった。

「野球が好きな人が多いんだね」

筧が嬉しそうに言った。

「そうだな」

満潮にむかう波が岸壁に寄せて、水音を立てていた。

「高木君は、お父さんといつもあんなふうなの」

「あんなふうって?」

「他人みたいじゃないか」

「他人じゃないよ。変なこと言うなよ」

「そうかな……、高木君もそうだけど、何だか皆がお父さんの前でとても緊張してるみたいに見えたよ。大きくて怖そうな人だね。けど、たくさん人がいるんだね。本当に皆、親戚《しんせき》なの?」

英雄は真顔で質問する筧の顔を見て笑い出した。

秋が過ぎるのが妙に早い年だった。

十一月の半ばに大柳の葉が黄色から茶色に染まったかと思うと、乾いた風が二、三日瀬戸内海沿いの町々に吹き荒れて、高木の家の中庭を落葉が埋めた。

十二月に入って、わずかに残った枝に蓑虫《みのむし》が巣作りをはじめると、空は寒々しい冬の気配にみちるようになった。

日を追うごとに少なくなる柳の葉とは逆に、その月の中旬から東の棟に出入りする人の数は増えていった。

秋の初めに高木の家に滞在していた家族が出発し、静かになっていた東の棟に、また各地から人が集まって来て、彼等の家財道具が広間の脇《わき》に山と積まれていた。

窓ガラスを小石が叩くような音で英雄は目覚めた。その音と雨音が重なった。雨音を聞いていると、つい今しがたまで見ていた夢に引き戻された。英雄はまだ半分、夢の中にいる。

女の夢を見ていた。秋の初めに斉次郎への届け物を持って行った時、土佐屋で逢《あ》い、家まで送って行った女の夢である。あの夜、女の唇に触れた感触が、英雄の唇にしっかりと残っていた。目が覚めている間は、女は秋の夜の淡い面影となって脳裡《のうり》をかすめるだけなのだが、夢の中では女はまるで違っていた。英雄も自分がどうしてあんな行動をするのか訳がわからなかった。

夢はいつも、英雄が女の家に忍び込んで、塀と家屋の間の狭い隙間《すきま》から、女の部屋を覗《のぞ》いている場面からはじまる。

冷たい雨が降っていて、英雄は背中を濡《ぬ》らしながら窓越しに女を見ている。女は掘《ほり》炬燵《ごたつ》に入って、頬杖《ほおづえ》をつき、ひとりでぼんやりとしている。女の居る部屋のむこうの障子戸がわずかに開いて、そこから灯りが洩《も》れている。障子戸のむこうからくぐもった男の声がする。女はちらりと部屋を見る。やがて障子の間から黒い手が伸びて来て、畳を叩く。女は立ち上って障子戸を開ける。そこに黒い影だけになった男が横たわっている。女の着物が肩口から落ちて、美しいうしろ姿の裸身が灯りに浮かぶ。女の身《から》体《だ》が黒い影に伸《の》しかかるように崩れて行く。影が重なる。荒い息遣いと、女の艶声《つやごえ》が雨音の中にかすかに聞こえる。英雄は女の行為をもっと見たくて、摑《つか》んでいた窓枠を握りしめる。窓が桟から外れて大きな音を立てる。部屋の中の物音が止《や》む。……

もう何度も見ている夢だから、窓枠を摑む手に力を込めなければいいのだが、英雄は好奇心の方が募り、その度に窓を外し大きな音を立ててしまう。夢とは妙なものである。

しまったと、思っていると、女が障子のむこうから裸のままあらわれ、そこに英雄が潜んでいたことを知っていて、どうぞ中へお入りやす、と笑って言う。躊躇《ためら》っている英雄に女は窓から手を差し出す。英雄は女の手を握り、部屋の中に入る。

そこからがいつも曖昧《あいまい》になる。

障子のむこうには誰か男がいるのだが、女は英雄に炬燵に入るように言い、ずぶ濡れになった衣服を脱がす。全裸になった英雄を見て女は笑い出す。そうして英雄の両手を取って、少女が遊戯をするように上下に振る。英雄が女を抱きしめようとすると、女は笑いながら巧みに身体を躱《かわ》す。女が障子のむこうへ逃げ込む。英雄が追い駆けて中に入ると、そこは闇《やみ》になっており、女が全裸で横たわっている。手を伸ばせば届きそうな距離なのに、女の身体に触れることができない。英雄はもどかしくなって、自分でも訳のわからない言葉を発して、女を追い回す。……

その声で、目が覚める。女の裸体と笑い声と雨音が意識の底に残っていて、奇妙な夢だと思うが、寝る前になるとその夢をまた見たくなる。今夜こそあの女の体を抱きしめたいと思う。

十月の初めに、英雄は風呂《ふろ》帰りのあの女とすれ違ったことがあった。女は日曜日の昼間、家に遊びに来て欲しいと言った。野球の練習を体調が悪いと断わって女の家へ行くと、中から痩《や》せた男が出て来て、何の用かと訝《いぶか》しそうに問われた。英雄は家を問違えたと男に言い、立ち去った。その男の顔が、小学生の時に英雄の部屋の窓の下に隠れていた薔薇《ばら》の刺青《いれずみ》をした男に似ていたので、その日以来、女の家に近寄るのはやめていた。それでも何かの拍子に女の顔を見たくなる時があった。英雄は女のことを考えると身体が熱くなった。自分が興奮しているのもわかるし、それ以上に玄関にあらわれた男や夢の中の男に対して、怒りのようなものが湧《わ》いて来た。

また窓ガラスに小石の当たるような音がした。

英雄は起き上ってカーテンを開けた。どんより曇った空に白い粒が舞っていた。窓《まど》際《ぎわ》まで伸びた八つ手の葉の上を白い粒が落ちては滑っている。戸を開けて表へ出てみると、東の棟の人たちも広場に出て空を見上げていた。

「この時期に霰《あられ》かよ。おかしなことが起きなきゃいいがよ」

時雄はステテコと七分《しちぶ》袖《そで》に縕袍《どてら》を羽織って空を見ていたが、すぐに身体をふるわせて家の中に引っ込んだ。

英雄は部屋に戻り、身仕度をととのえると再び広場に出た。雨はいつの間にか上っていた。

広場の中央の洗い場では、数人の女たちが洗濯と炊事の支度をはじめていた。金魚婆《ばあ》の歌声がする。垣根越しに中庭で立ち働いている幸吉の姿が見えた。すぐかたわらに前掛けをした絹子がしゃがんでいる。花壇の冬支度をしているのだろう。英雄に気づいて絹子が声をかけた。英さん、ちょっと。英雄は下駄履《げたば》きで中庭へ行った。

おはよう、早く目覚めたのね、と絹子が英雄を見た。霰がうるさくて……と英雄が言うと、かたわらで幸吉が、今年の冬は寒くなりそうですよ、と蕾《つぼみ》をつけている花に藁《わら》で囲いをこしらえながら言った。

「何の花？」

英雄が藁囲いの中の花を覗いた。

「寒牡丹《かんぼたん》よ。この間、お友だちからもらってきたの」

「冬に咲く花なの」

「そうよ」

その時、台所の方からバケツをかかえた少女が一人やってきた。はじめて見る顔だった。少女が英雄の顔をちらりと見た。

「英さん、由紀子さんよ。ほら、この間いらした金本《かねもと》さんの娘さん。しばらく東の棟にいらっしゃるの」

絹子が少女を紹介した。

「おはようございます。金本由紀子です」

少女が丁寧にお辞儀をした。

「二人は同い歳《どし》なんでしょ。赤ちゃんの時に逢ってるのよ」

絹子の言葉に由紀子が少し頰を赤らめた。すみません、そこへ置いといて下さい、とバケツを持った由紀子に幸吉が言った。

「いいんです。どこへ水をやればいいんですか。私、園芸部にいたからできますから」

「そうですか、なら盛り土をした周《まわ》りの溝にゆっくり撒《ま》いて下さい」

わかりました、とてきぱきと作業をする由紀子を見て、英雄は、はきはきした感じの良い少女だと思った。同級生にしては少し小柄に思えた。

ツネオがやってきたのは昼飯時だった。

「あら、ツネオ君、いらっしゃい。お昼を食べてったら」

庭仕事をしていた絹子がツネオを見て言った。カレーの匂《にお》いが母屋《おもや》の方から流れていた。

「だと思って来たんだ。日曜の昼は、英ちゃんとこはカレーだものな。ああいい匂いじゃ」

ツネオが鼻を鳴らした。

「幸吉さん、由紀子さんも少し休んで、お昼にしましょう」

英雄たちが台所のテーブルに座っていると、由紀子が入ってきた。鼻先から頬にかけて、手で拭《ぬぐ》った跡なのか白く乾いた泥がついていた。

「お姉ちゃん、顔に泥がついとるよ」

正雄が由紀子の顔を指さして言った。絹子が手拭《てぬぐ》いを渡した。由紀子は白い歯を見せてぺこりと頭を下げた。英雄が笑っていると、ツネオがうしろから二の腕を摑んで、誰じゃあいつ、と耳元で囁《ささや》いた。知り合いの娘さんだよ。どこの知り合いじゃ？　下《くだ》松《まつ》とか言ってたな……。ふぅーん。ツネオにしては珍しく、由紀子の様子をまじまじ見ていた。ツネオが一皿目のカレーライスを平らげ、お代りに立ち上ろうとすると、あっ、やりますから、と由紀子が手を差し出した。

「いいよ、俺は大盛りだから……」

「大盛りでしょ、わかりました」

由紀子はツネオから皿を受け取ると、大盛りに御飯を盛ってたっぷりカレーをかけ、はいと明るい声で手渡した。ツネオは由紀子の仕種《しぐさ》を口を半開きにして見ていたが、

「す、すまんのう」

とあわてて口ごもりながら礼を言った。

「お水、入れましょう」

由紀子がツネオのグラスの方に手を差し出した。

ツネオは水の入ったグラスを両手で受け取り、由紀子の顔をまた見上げた。英雄は様子が少しおかしいので、大丈夫か、という顔をしてツネオを見た。ツネオは英雄と目が合うと、耳を赤くしてうつむいた。

昼飯を食べ終えると、英雄はツネオと二人で新町にある自転車屋へ行った。ツネオがスクラップの山から部品を寄せ集めた自転車が仕上っているはずだった。

「さっきの子だけど……」

ツネオが言った。

「さっきって？」

「カレーをよそってくれた子じゃ」

「ああ、あの子か、あの子がどうかしたのか、生意気だったか」

「そ、そうじゃない。ずっと英ちゃんのとこへ居るのか」

「いや、もうすぐ出て行くはずだ」

「出て行くのか……」

ツネオが醬油《しょうゆ》工場の煙突を見上げて言った。

「どうして？」

「いや、何でもない。何て名前だ」

「金本……、たしか、ユキコって言ったな」

「ユキコか、いい名前じゃの」

「そうかな、あれっ、ツネオ、おまえ……」

英雄が笑って立ち止まると、ツネオは振りむきもしないで自転車屋の方へ走り出した。

ツネオは英雄と約束した泣き子坂までの遠乗りを中止して、高木の家の海側の門に嬌声《きょうせい》を上げて戻ってきた。

英雄を自転車の後部席に乗せたまま広場まで突進すると、ヒャッホーと声を上げ、ツネオは急ブレーキをかけて停止した。英雄はツネオの背中に頭をぶつけた。

痛、痛い、という英雄の声を、

「俺の娘を攫《さら》うつもりか、貴様等」

と野太い怒声が掻《か》き消した。

「やめて、父さん、やめて。お願い、叔父さんも叔母さんもやめて下さい」

由紀子の声だった。見ると金本が二人の男に羽交締《はがいじ》めにされ、目の前にいる男と女に罵声《ばせい》を浴びせていた。その間に入って由紀子が父親の胸元で何事かを懇願していた。

「あんたは長男と次男を連れてったんだ。それで充分じゃないか。由紀子の母親は、この子だけは日本に残してくれと言ってるんだ。それを無理遣《や》り引っ張って行く権利は、あんたにはないはずだ」

目の前の痩《や》せた男が激しい口調で言った。

「うるさい。わしは由紀子の父親だ。由紀子のことはわしが決める」

金本が怒鳴り返した。

「北へ帰って本当にしあわせになれるのか。南へ帰って行った者だって何人もまた日本に戻って来てるじゃないか。この間の戦争で南も北も山という山は爆弾に吹き飛ばされて、木一本残ってないと言うじゃないか」

「そんなのは嘘《うそ》っぱちだ。自分の生まれた土地は、わしが一番よく知っている。おまえたちにわかるか」

「北の方は一度戻ったら帰っては来れないんだぞ」

「おまえたちは俺の祖国を馬鹿《ばか》にするのか」

「由紀子の祖国は、この日本じゃ」

痩せた男の隣りにいた女が言った。

「由紀子の祖国は日本なんかじゃない。こんなに俺たちを差別してきた国が、なんで娘の祖国だ」

「由紀子には半分日本人の血が流れてるんだ。それをもう一度よく考えてくれ」

「帰れ、とっとと帰ってあの裏切り者の女に言え。おまえなんか女房でもなければ由紀子の母親でもないとな、二度と俺たち親子の前に顔を出すなとな」

「父さん、もうやめて。叔父さんも叔母さんももう帰って下さい。帰って母さんに言って下さい。私は父さんと朝鮮に帰ります。母さんもしあわせになって下さいと……」

その時、金本が由紀子の頬を殴りつけた。

「あんな女を母親と呼ぶんじゃない」

咄嗟《とっさ》に、ツネオが父娘《おやこ》の間に立ちはだかっていた。

「おじさん、やめてくれ。由紀子さんはあんたの娘なんじゃろうが、何で殴るんだ」

「何だ貴様、俺の家のことにいちゃもんをつけるな」

金本がツネオを睨《にら》みつけた。

「けど、自分の娘を殴ることはないじゃないか」

「うるさい」

金本が腕を振り上げた。

その腕にしがみついた由紀子が、払いのけられて洗い場に吹っ飛んだ。

「何てことをするんだ。おまえは人でなしだ」

叔父夫婦が叫んだ。何を、もう一度言うてみろ。叔父夫婦に突進しようとした金本を、黒い影が抱きかかえた。幸吉だった。普段はおとなしい幸吉が赤い顔をして金本を制止していた。

「やめてくれ、高木の家で喧嘩《けんか》するのは」

幸吉が低い声で言った。

「離せ」

金本も大男だが、幸吉は金本よりさらにひと回り大きかった。

「離さねえ、諍《いさか》いをすんなら外でやってくれ」

幸吉は金本をかかえ込んだまま、叔父夫婦を振りむいて、

「あんたたちも出て行ってくれ。この人たちは、高木の家にいる間は俺たちと一緒な

んだ。人でなしと言うんなら、俺もあんたたちを許さねえぞ」

幸吉の目が光った。叔父夫婦は仕方ないという顔で互いを見合わせて、

「由紀子、いつでも帰ってこいよ。母ちゃんも皆待ってるからな」

と洗い場にしゃがみこんでいる由紀子に言い残して立ち去った。金本が振り上げた手を降ろした。

大丈夫か……とツネオが由紀子を覗《のぞ》き込んだ。由紀子は泣きながら、頷《うなず》いた。金本が荒い息をしながら、広間の中へ消えた。

「ひでえおやじだな」

ツネオがうしろ姿を見て言った。

「違うの、父さんが悪いんじゃないの。母さんも悪くないの。けど……」

由紀子の目から大粒の涙があふれた。

「ツネオさん、ごめんなさい。どうもありがとう」

由紀子が立ち上ろうとすると、洗い場の花崗岩《かこうがん》の上に豆粒ほどの光る玉がかすかな音を立ててこぼれ落ちた。あっ、とちいさな悲鳴を上げて、由紀子が胸元をおさえた。片手で胸元を握りしめたまま、石の上に散らばった玉を拾いはじめた。ツネオには、花崗岩にまぎれているガラス玉を哀《かな》しい目をして探している由紀子が、今しがたこぼ

した涙を拾い集めているように映った。

「ほら、ここにもひとつあるぞ」

ツネオが玉のひとつを拾い上げると、由紀子は頷いてそれを受け取った。由紀子は、拾った玉をひろげたスカートの上に大事そうに置くと、胸の中に手を入れて数珠《じゅず》のように繋《つな》がった残りの玉をそうっと取り出した。ツネオは由紀子が胸元に手を入れた瞬間、どきまぎした。

「何だよ、それ」

「母さんの……ロザリオ」

「こわれたのか」

由紀子はちいさく頷いた。

「俺によこしてみろ、元に戻してやるから」

「大丈夫、ありがとう」

「いいからよこせって」

いや、ツネオの顔を見た由紀子の目が急に険しくなった。

「なら、いい。せっかく人が親切に言ってやってるのに」

ツネオは口を尖《とが》らせたまま自転車にまたがると、英雄に声もかけずに高木の家を出て行った。

待てよ、待てったら、英雄はツネオの後を追って走り出した。曙橋の上に自転車を止めて、ツネオは沖の方を見ていた。

「どうしたんじゃ、ツネオ、急に」

「あの女、人がちょっとやさしくしてやったらいい気になりやがって」

ツネオは入江に唾《つば》を吐き捨てた。

「親父《おやじ》にぶっ飛ばされて、わけがわかんなくなったんじゃろう」

「しかしひでえ親父じゃな。あいつ、あの親父と朝鮮へ行くのか……、どうして朝鮮へ行くんじゃ？」

「生まれた国だからだろう」

「けど、ユキコは日本で生まれたんだろう。なら、日本で暮らせばいいじゃないか」

ツネオが沖合いを見ながら言った。

「親父が帰るって言うんだから、家族も皆一緒に行くんだろう」

「さっきの話じゃ、あいつのおふくろは日本に残るって言っとったぞ。俺は知っとんだ」

「何をだ？」

なんかないって……」

「鉄屑《てつくず》屋のおやじが言ってた。一度国を捨てた奴《やつ》が戻って来たって、生きていくとこ

海を見つめていたツネオの眉間《みけん》に皺《しわ》が刻まれ、まだ荒い息をしている両肩が揺れて
いた。二人が立つ曙橋の下を抜けて、海鳥たちが海面すれすれに沖合いへむかって飛
んで行く。鳥の群れは旧桟橋のあたりから昏《く》れなずむ空へ上昇すると、巣のある佐多
岬の方へ三角形の影になって消えて行った。

「鳥はええの……」

ツネオの声を紡績工場のサイレンの音が掻き消した。

翌日の夕暮れ、英雄が家に戻ると、ツネオは鉄屑屋のおやじと二人して広場の荷物
を運び出していた。

鉄屑屋のおやじが英雄を見て会釈《えしやく》した。ツネオが英雄に声をかけて近づこうとする
と、早く運べって言ってるだろう、とおやじがツネオを怒鳴った。ツネオは舌をぺろ
りと出して、英雄にむかって片目をつぶった。

広場にはこのあたりでは見かけない鞄《かばん》をかかえた男たちが数人屯《たむ》ろしていた。彼等
と新参の家族たちが何ごとか小声で話している。荷物を運び出して戻って来たツネオ

が英雄に耳打ちした。

「あいつら九州から来た金《きん》のブローカーだぜ。あの鞄の中に金をしこたま持ってんだ」

「ツネ、無駄口叩《たた》いてるな」

鉄屑屋のおやじが大声を出した。

「こっちの商いはガラクタばっかりで、おやじは機嫌が悪いんだ」

ツネオは縄でくくり上げた鍋《なべ》や釜《かま》を背負ってから、あとでな、と言い残し海側の門から出て行った。

夕食が終って、英雄が部屋で寝ころがっていると、ツネオがやって来た。

「面白いもんを見に行こうや」

ツネオが目をぎょろりとさせた。

「何をだ？」

「今、広間で純金を細工してんだ」

「本物の金をか？」

「そうさ、さっき鉄屑屋のおやじが、英ちゃんのところの使いに呼ばれたんだ」

広間の前に行くと、幸吉が立っていた。

「英さん、今は中に入れないんです」

「どうして？」

「どうしてもです。源造さんの言いつけです」

幸吉は腕組みをして英雄を見下ろした。

あっ、そう。英雄は、ツネオの腕を引っ張って海側の塀際《へいぎわ》まで行った。

「この塀伝いに行けば、広間の裏手に出るんだ。ちょっと狭いけど、そこの窓から覗《のぞ》ける」

「よし行こう」

二人は塀の上を器用に歩きながら広間の裏手へ行くと、狭いすき間に降りた。

古いガラスが半分欠けて板を継いである窓に顔をつけて、二人は中の様子を覗いた。

広間の中央に四つの人影が額をつけるようにして座っていた。その周囲を東の衆が取り囲んでいる。

「背中を見せてるのが、鉄屑屋のおやじだ。あれは押し切りで金の塊りを切っとるんじゃ」

ガラスを一枚通しているせいか、純金は英雄が想像していたほどかがやいてはいなかった。鉄屑屋のおやじの隣りにいるのは金本だった。もうひとりの男が手に秤《はかり》を持って、切った金を計っては膝元《ひざもと》に並べていた。その脇《わき》に金魚婆《ばあ》がいた。ほかの女たちは後方にじっと座っている。皆黙りこくっていた。淡々とした作業に見えるのだが、鉄屑屋のおやじは時折額の汗を手で拭《ぬぐ》った。

金本がうしろを振り返って、ひとりの女を呼んだ。女は赤ん坊を抱いて近づいた。金魚婆が赤ん坊の襟元《えりもと》を刃物のようなもので切り裂いた。それから金魚婆は金を手に取って、赤ん坊の襟元に押し込むようにした。

「何をしとるんじゃろうか」

ツネオが首をかしげた。英雄にも女たちのしていることがわからなかった。女たちは順番に金を受け取っては、自分たちの着物や子供の綿入れに隠していた。お互いの襟元を縫い合っている女たちもいた。

見ると壁際に源造と笠戸が腕組みして座っていた。時折、秤役をしている男が源造の前に金を置きに行った。源造は大きく頷いて、その金をたしかめ、笠戸が持っている袋の中に入れた。

小一時間して作業が終り、広間の表戸が開いた。女たちが広間から出て行った。英雄たちも広場に戻った。女たちの目が血走っているように見えた。

「あれ、あいつどこへ行くんじゃ、こんなに遅くに」

ツネオが門から出て行く由紀子を見つけた。

「おい、つけてみようか」

ツネオが言った。

「やめとけよ」

「どうして？」

「それより腹が空《す》かんかよ、ツネオ」

「そう言やあ、ちょっと空いたの」

「お好み焼きを食べに行くか」

「そうじゃの」

二人は駆け出して水天宮にむかった。

葵橋《あおいばし》にさしかかった時、ツネオが立ち止まった。

「どうした？」

「あいつ、由紀子じゃないか」

見ると、葵橋の欄干に身を預けるようにして由紀子が水面を見つめていた。

「ひょっとしてあいつ、飛びこもうとしているんじゃないか」

たしかに由紀子の恰好《かっこう》は身投げする直前のように、両手を合わせて拝むようにしている。

ツネオが走り出した。こら、由紀子、やめんか。英雄もあわててツネオを追い駆けた。

「やめんか、馬鹿なことをするな」

ツネオが由紀子の肩を摑《つか》んだ。

「どうしたの？」

由紀子が驚いてツネオと英雄を見た。

「どうしたって……。おまえこそそこで何をしとるんじゃ」

「お祈りをしてたの」

「お祈り？」

由紀子はこくりと頷いて、合わせた両手を開いて見せた。

「この間の数珠《じゅず》か」

「違う、これはロザリオ」

「クリスチャンが首からさげてるやつか」

英雄が言うと、由紀子が頷いた。

「クリスチャンって何じゃ、英ちゃん」

「キリスト教のことだよ。西洋人の信仰してる宗教だよ。学校で教わったろう」

「勉強のことは覚えとらん。外国の仏さんか。阿呆《あほ》らしい。神様なんか世の中にはおりはせんのじゃ」

ツネオが嘲笑《あざわら》った。

「イエス様はいるわ」

由紀子が強い口調で言って、ツネオを睨んだ。由紀子の表情を見て、

「おるもんか、どこにおるんじゃ見せてみろ」

ツネオがからかうように言った。

「信じている人のひとりひとりの心の中にいるわ」

由紀子が真剣な目をして言い返した。

「阿呆、そんなもんは作りごとじゃ」

「そんなことない。いるもの」

「嘘《うそ》をつくな」

「嘘じゃない」

由紀子の目にみるみるうちに涙がたまった。

「ほれみろ、嘘をつくから泣いてしまうじゃろう」

「嘘じゃないわ」

由紀子がしゃくり上げながら言った。

「嘘つきが泣いとる」

「ツネオ、もうやめろよ」

「嘘つきはとっとと国へ帰れ」

「ツネオ、やめろって言ってるだろう」

「なんだよ、英ちゃんはこんな他所者《よそもん》の味方をするのか」

ツネオが英雄に食ってかかった。由紀子は両手で顔を覆《おお》い、二人の前を泣きながら立ち去った。

「どうしておまえはあいつを責めるんじゃ、由紀子のことを好きと違うんか」

「阿呆ぬかせ」

ツネオは由紀子のうしろ姿をじっと見て、舌打ちすると辰巳開地の方へ歩き出した。

おい、ツネオ、お好み焼きはどうするんじゃ、と英雄が声をかけても、ツネオは首を横にふりながらさっさと橋を渡り、辰巳開地へ消えて行った。

翌朝、高木の家に集っていた家族の半分近くが去って行った。

学校から家に戻ると、玄関先に見慣れない黒塗りの車とジープが一台停っていた。そこへ時雄がふてくされたような顔をして出て来た。彼は広場の方を振り返ると唾《つば》を地面に吐き出した。

「どうしたの？　何かあったの」

英雄が言うと、

「警察が来てるんですよ。あいつら威張りくさりやがって……」

「どうして警察が来てるの？」

「金本って奴が襲われたんですよ。せっかく面倒見てやってんのに、あの男、調子に乗りやがって、駅前の大通りで、皆朝鮮へ帰ろうと演説なんかしやがったんだ。だから南の奴等に襲われたんですよ。こっちはいい迷惑だ、まったく」

時雄が忌々《いまいま》しげに言った。

「金本さんは怪我《けが》したの」

「たいしたことはないんですよ」

家に入ると、三人の刑事が源造と笠戸に何事かを訊《き》いていた。

刑事のひとりが英雄をじろりと睨《にら》んだ。

「英さん、ちょっと」

中庭から絹子が英雄を呼んだ。

「何？」

「由紀子ちゃんがいないの。英さん、近所を探してきてくれない」

絹子が心配そうな顔で言った。

「あの子が？　でも俺にはわからないよ。あの子だってこの界隈《かいわい》はよく知らないだろう」

「だから、お願い」

絹子が両手を合わせて英雄を見つめた。

英雄は絹子の顔をうらめしそうに見て溜息《ためいき》をついた。英雄は出かける前に、金本の怪我の様子を見に行った。金本は頭に包帯を巻いてはいるが、意外に元気そうだった。

最初に英雄は葵橋に行ってみた。由紀子の姿はなかった。曙橋、日の出橋から遊廓跡を回って、辰巳開地へ出ると、むこうからツネオがリヤカーを引いて来るのが見えた。

おーい、ツネオ、と呼びかけても、ツネオは知らぬ振りをした。

英雄は舌打ちをして、また葵橋に引き返した。葵橋の上から周囲を見回したが、それらしき人影はなかった。新桟橋の方まで探して、英雄はあきらめて家へ戻ることにした。

水天宮の前を過ぎようとした時、境内の奥に二人の人影が見えた。見覚えがある気がして立ち止まってたしかめると、ひとりは由紀子だった。もうひとりの中年の女は誰だかわからなかった。英雄は火見櫓《ひのみやぐら》に隠れるようにして二人を観察した。

女が由紀子の腕を何度も引っ張っていた。その度に由紀子はそれを振りほどいている。由紀子が英雄のいる火見櫓の方へ駆け出した。

「待ちなさい、由紀子。もう一度だけ母さんの話を聞いて」

由紀子を追い駆けて来た女が言った。由紀子の母親のようだった。

「いや、もういいから帰って」

「由紀子、よく考えておくれ。おまえは母さんを見捨てるの」

由紀子が立ち止まった。

「それは私と父さんが言うことでしょ」

「あんな人のことはもういいの。私はおまえのことが心配なの」

「父さんのことは心配じゃないの。北へ帰る家族の人でも、日本の女の人はたくさんいるわ」

「父さんはもう母さんを許してくれやしない」

母親が頭を横に振った。

「だからもう一度話し合ってって言ってるじゃない」

「もう何度も話したのよ。母さんの言うことを父さんは聞いてくれないの」

「母さん私に言ったじゃない、人間は話し合えばわかるって。皆嘘だったの」

「…………」

「家族って、こんなふうにバラバラになっていいの。あんなに二人でいつもお祈りしてたじゃない」

境内に男が二人、入ってきた。

「あっ、叔父さんが来たわ。ねぇ、お願いだから一緒に帰って。あなたからも由紀子に言ってきかせて下さい」

由紀子の母が叔父ともうひとりの男の腕を握って言った。

「由紀子ちゃん、叔父さんたちと一緒に帰ろう。その方がいいんだ。おまえはまだ子供だから自分のやろうとしてることがよくわからないんだ。さあ、行こう」

叔父が由紀子の手を取った。

「行かない。離してよ。痛い、離してよ」

英雄が出て行こうとすると、

「取りこんどる時にすみませんな……」

と男がまたひとりあらわれた。水天宮の裏手にある鉄屑《てつくず》屋のおやじだった。おやじは煙草《たばこ》をくわえたまま由紀子の手を摑んでいる叔父をぼんやりと見ていた。そうしてすたすたとスクラップ置場の方へ歩いて行った。

「さあ行こう、由紀子ちゃん」

叔父が由紀子の手を引いた。

「いやだ、離してよ」

「由紀子、我儘《わがまま》を言わんで」

母親が由紀子の背中を押すようにした。

「いやだったら、いや。父さんのとこへ行く」

由紀子が泣きながら言った。

「こらっ、おまえら何しとんだ、ここで」

ツネオが鳶口《とびぐち》片手に飛び込んで来て、いきなり由紀子の手を取っていた叔父の頭を柄で叩《たた》いた。乾いた音がして、叔父が頭をかかえてうずくまった。

「由紀子、とっとと行け」

この野郎、もうひとりの男がツネオにかかって行った。

叔父が走り出した由紀子を追い駆けた。英雄は大声を出して突進すると、叔父の背中を蹴倒《けたお》した。つんのめった叔父が燈籠《とうろう》にぶつかった。その隙《すき》に英雄は由紀子の手を取って新町にむかって走りだした。曙橋の袂《たもと》まで来ると二人は立ち止まって、水天宮の方を振りむいた。

「ここまで来りゃあ大丈夫だ」

「あ、ありがとう」

由紀子が肩で息をしながら言った。

「ちょうど通りかかったとこでよかったよ」

「ツネオさん、大丈夫かな？」

由紀子が不安げに水天宮の方を見た。

「大丈夫だよ。あいつはあれで喧嘩《けんか》慣れしているから」

「本当に……」

「そんなに心配なら、水天宮の裏手から様子を見に行けばいい」

由紀子が頷《うなず》いた。二人が水天宮の裏手に回ると、ツネオはもうスクラップの山のてっぺんで、先刻の鳶口を手に鉄屑を仕分けしていた。

ほらな、と英雄が由紀子を見ると、由紀子は嬉《うれ》しそうにツネオを見ていた。

傾きかけた冬の陽差しに手にした鳶口が光って、屑山の上に立つツネオがいつになく勇ましく見えた。

「あいつ、きのう、葵橋の上で君にひどいことを言ったけど、本当は君が身投げするんじゃないかと心配して助けに走ったんだ」

英雄がツネオを見上げて言った。

「そうだったの……、私、悪いことをしたわ。だったらお礼を言わなくちゃ」

由紀子が申し訳なさそうに言った。

「なら、いい方法があるよ。あいつに、君のロザリオを修理させてやれよ。それが一番喜ぶよ」

と英雄は笑って言った。

英雄は由紀子を高木の家の前まで送ると、そのまま新湊《しんみなと》劇場へ行った。

途中、女の家の前を通った。家には灯りが点《とも》っていた。英雄はそれをちらりと見て、足早に通り過ぎた。

劇場の裏手へ行くと、隆が段ボールを縄で縛っていた。

「おう、英ちゃん。一寸《ちょっと》、手伝うてくれんか。ひとりじゃ担《かつ》ぎきれんから。これからツネオのところにこれを持って行こうと思っていたんだ。これだけあれば、千円にはなるだろう。民子のところでお好み焼きを奢《おご》ってやるよ」

「よし、ご馳走《ちそう》になるか」

英雄は両手で段ボールの束を持った。二人は段ボールを担いで新町の通りを歩き出した。夏に二人で出かけた飲み屋の前に、女が煙草をくわえて立っていた。

「あらっ、お兄さん。遊んで行きなよ」

「うるさい。俺に声をかけるな」

隆が大声で怒鳴り返し、英雄の方を見て、

「あそこの女が、俺に淋病《りんびょう》を伝染《うつ》しやがったんじゃ。注射代を弁償して欲しいわ」

と忌々《いまいま》しそうに言った。

「悪いことをした報いじゃ」

英雄が笑って言うと、

「ふん、そうかの。けど、どこかの誰かさんみたいに、俺は童貞とは違うぞ。ちゃんと男になっとるからの」

と隆が顎《あご》をしゃくるようにして言って、にやつきながら英雄のほうを振りむいた。

「俺は童貞じゃない。女ぐらいちゃんと知っとる」

「ほうっ、ツネオは英ちゃんは童貞じゃろうと言うとった。俺もそう思うとったがの」

隆がからかうように言った。英雄は両手に持った段ボールを地面に放り投げた。

「おかしな話をするなら、俺はもう帰る。勝手にやれ」

「あっ、わかった、わかったって。冗談じゃゃ。英ちゃんの周りには女はたくさんおるもんな。あのおやじさんの息子じゃからの」

「隆、そりゃ、どういう意味だよ?」

英雄が隆を睨みつけた。

「怒るなって。もう美智子とはとっくにやっとるものな」

隆が英雄の顔を覗《のぞ》き込んだ。

「あいつはそんなんじゃない」

「そうか……。ならどこで男になったのかの」

隆が眉《まゆ》を曲げて、英雄を見て笑った。

「そんなことをおまえに話すか」

その時、二人の前方に着物姿の女があらわれた。女は英雄の姿を見つけると、急に顔をかがやかせて近寄って来た。

「高木の坊ちゃん。どうしてこの間は遊びに来てくれへんかったんどすか。私《うち》、ずっとお待ちしてましたんえ。いつでもおいで下さいね、約束どすえ」

　女は言って、英雄の胸元を指先で触れ、口を半開きにして二人の様子を見ていた隆をちらりと見て微笑《ほほえ》むと、ちいさく会釈《えしやく》して曙橋の方へ歩いて行った。

「ほんとかよ、英ちゃん」

　女のうしろ姿に見とれている英雄に隆が声をかけた。

　二人が葵橋を渡ろうとすると、辰巳開地の方からツネオが歩いて来た。隆が声をかけようとして、口をつぐんだ。ツネオは由紀子と一緒だった。二人はあわてて橋の袂《たもと》に隠れた。

「おい、あの女児《おなご》はツネオの彼女か？」

「あの子は由紀子と言うて、今、東の棟におる子じゃ。ツネオに頼み事があって逢《あ》っとるんじゃろう」

「そうか……。なんか怪しいの」

「静かにしろ、ツネオに聞こえるぞ。隆、ツネオにあの子のことを訊くなよ。あいつ本気で怒り出すから」

　じゃ、ツネオ君、お願いします。由紀子の声が聞こえた。おうっ、まかしとけ。三日じゃなく一日でやってやるから。ツネオの声が弾んでいた。由紀子の走り去る足音が遠去かった。立ち上ろうとする隆の肩を英雄が抑えた。ツネオの口笛が聞こえて来た。

ツネオは上機嫌で、隆の段ボールをいつもより高値で買い上げてくれた。隆がツネオを民ちゃんの店に誘ったが、ツネオは今晩中にやらなくてはならないことがあると言って誘いを断わった。

「今夜のツネオは変じゃったの」

お好み焼きを食べ終えて帰る途中、隆が葵橋の上で言った。

「そうじゃ、英ちゃん。お年玉たくさん貰《もら》えるんじゃろう。そうしたら、ほれっ、あそこに二人で行かんか」

隆が葵橋から新開地を指さした。

「何の事じゃ？」

「元遊廓じゃ、まだ女を抱かせる店があるらしい。それも別嬪《べっぴん》が揃《そろ》うとるってよ。なあ、行こうや。正月にやるのを姫初め言うのよ。知っとったか」

英雄は首を横に振って、

「おまえはそんなことばっかり覚えとるんだな」

と笑った。英雄の笑い声に釣られて、隆も笑い出した。

由紀子が英雄の部屋を訪ねて来たのは、新潟にむけて出発する前の夜だった。

「英雄君、いろいろお世話になりました。明日の朝、出発します。英雄君のお母さんからもたくさん頂き物をして有難うございました。明日の朝、出発します。英雄君、水天宮でのことと、それから他にもいろいろとお世話になって本当に有難う」

「そうか、明日、出発か。身体に気をつけてな。ツネオには逢ったのか」

由紀子はちいさく頷いた。

「それから、これをツネオ君に渡してくれますか」

由紀子は古い木箱を差し出した。英雄は木箱を受け取った。由紀子は英雄をちらりと見てから、じゃあ、と言って歩き出し、すぐに立ち止まって振りむいた。

「英雄君、やさしくしてくれて有難う。私、この家でのことをずっと忘れません」

英雄は、わかったと言って笑おうとしたが、由紀子の目が濡《ぬ》れているのに気づいて、唇を嚙《か》んで大きく頷いた。由紀子は広間の方へ歩いて行った。

由紀子の背中が闇《やみ》の中に消えると、大きな影があらわれた。首から手拭《てぬぐ》いを吊《さ》げた幸吉だった。幸吉は英雄の姿を見つけると大きな身体《からだ》を畳むようにして、今晩は、と頭を下げた。幸吉は広場の中央にある洗い場にしゃがみ、シャツをたくし上げて腕を洗いはじめた。

「幸吉さん、明日出発する人たちの準備は終ったの？」

幸吉は彼等の旅の手伝いを春先からしていた。

「はい、すっかり終りました。なんやあの人たちがおらんようになると、淋《さび》しい気がします。男はええですが、女や子供にはきつい旅になるでしょう……」

幸吉が静かに言った。

「そんなに大変な旅なの？」

英雄は洗い場の石に座って、幸吉に訊《き》いた。幸吉は油で汚れた大きな手を石鹸《せっけん》で洗いながら、出発する家族たちがいる棟をちらりと見た。

「あそこはもう雪が降っとるという話です。それもえらい寒い冬が来ると聞きました」

「でも新聞には、住む人は皆平等の社会で、天国みたいなところだと書いてあったよ」

英雄が新聞で読んだ話をした。すると幸吉は手を止めて、英雄の顔をまじまじと見た。

「英さん、わしは頭がよう回らんから難しいことはわかりませんが、その天国いう話もあの人たちの口からたしかに聞きました。けど新聞は、広島にピカが落ちた日、あの戦争は日本が勝つというとりました。これから反撃して、アメリカが降参すると……。わしはあの頃、宮島のそばに住んどりました。広島に親戚《しんせき》が何人かおりましたから、歩いて様子を見に行きました。あれが、地獄いうもんと思います。わしは、あの人たちが行くところが、ほんまに天国のようなところであってくれりゃいいと祈っとります。子供らは皆、素直でええ子ばっかりですから……」

そう言って幸吉は、頬を音がするほど叩きながら顔を洗った。手拭いで顔を拭《ふ》き終えた幸吉の目が、怒ったように光っていた。

「それじゃ、英さん。明日、早いんで失礼します」

幸吉は英雄に頭を下げて、ゆっくりと海側の棟に去って行った。英雄は闇に溶けて行くような幸吉のうしろ姿を見ていた。頭上を木枯しが音を立てて吹き抜けた。背後で大柳が枝を鳴らしていた。それが由紀子の声のように聞こえて、英雄は大柳の黒く揺れる影を見上げた。

英雄がツネオにその木箱を渡したのは、由紀子が去った二日後の夕暮れのことだった。

「ツネオ、おまえずっと学校を休んどるだろう。先生が心配しとったぞ」

「学校はもうええんじゃ」

ツネオは元気がなかった。英雄はツネオを誘って民子の店へ行った。

「いらっしゃい。ツネちゃん、どうしたの？　何だか浮かない顔してるね。しっかり食べて元気を出さんとね」

「うん……」

「待っとりなさい。美味《おい》しいお好み焼きを作ってあげるから」

ツネオは頷いて、テーブルの上に木箱を載《の》せると、

「何が入っとるのかの……」

と吐息をつきながら言った。

紐《ひも》をほどいて蓋《ふた》を開けると、中からロザリオが出てきた。

「あれ、あのロザリオじゃないか。あんなに大事にしとったものを……」

箱の中からちいさく折った小紙が出て来た。

ツネオは照れくさそうに笑いながら小紙を開いた。黙って読んでいたツネオの顔が、笑い出すのか怒り出すのか、どちらかわからないような奇妙な顔つきに変わった。

「あれ、どうかしたのツネちゃん」

お好み焼きの支度をしてきた民子が、唇を嚙んで天井を睨んでいるツネオを見て言った。

ツネオの指先がふるえている。握りしめたロザリオが掌《てのひら》の中で音を立てた。まんまるに見開いた目に涙があふれそうだった。ツネオは突然立ち上ると唸《うな》り声を上げて外へ飛び出して行った。

…………

黒ずくめの少年が木箱を片手に握って、天満宮の百二十段の石段を一気に駆け上って行く。

参拝を終って石段を降りて行く人たちが、すれ違った少年の足の速さに驚いて、うしろ姿を見上げていた。少年が飛び上るたびに黒のセーターが跳ねて、白い背中がのぞいた。真新しい靴が光っていた。少年は石段の頂上に辿《たど》り着くと、一息入れてから周囲を見回した。

「ツネオさん」

梅の木のそばに立っていた少女が手を振った。由紀子だ。

「おう、遅うなってすまんのう」

「そんなことないよ」

「ちょっと用があってな」

「平気だったの、学校休んで」

「ぜんぜん平気じゃ」

ツネオは木箱を由紀子に差し出した。

「こ、これ、やっと修理できたから……」

「どうもありがとう。見ていいかな」

「うん、同じガラス玉がなかったから、ラムネの壜《びん》を溶かしたのも入っとるけど……」

「わあ、綺麗《きれい》。前よりずっとよく見える。これ、ツネオさんがひとりでやったの」

由紀子は嬉しそうにロザリオを胸にかけてセーターの中にしまった。

二人は天満宮の広い境内を冬の陽差しに抱かれて歩いた。展望台に上ると、町が一望のもとに見渡せた。

「こうして見ると綺麗な町ね」

「そりゃ瀬戸内海じゃ一番じゃろう。あれが佐多《さた》岬、こっちが右田《うだ》岬、あの島が向島《むこうじま》、あれが駅で……」

「あっ、教会があるわ」

由紀子が嬉しそうに門前町の方を指さした。

「由紀ちゃんはクリスチャンだもの。いつか俺、悪いこと言うた」

ツネオが済まなそうに言った。

「何が？」

「神様なんかおらんというたろう。悪かったの」

ツネオが頭を下げた。

「そんなことない。私にもほんとはよくわからないし、それにあの時のこと、英雄君から聞いているし……。私の方こそごめんなさい」

由紀子の言葉にツネオが恥ずかしそうに目をしばたたかせた。

「……俺も一度、教会に行ってみたいの」

「今度、一緒に行こうよ」

「そうじゃの」

その日、二人は天満宮から裏山を登り、佐瀬《させ》川の堤を歩いた。冬の陽差しに河原の水がかがやいていた。

またたく間に半日が過ぎ日が昏《く》れた。

天神下から港桟橋行きのバスに乗った。乗客はツネオと由紀子の二人きりだった。

「由紀子ちゃん、やっぱり行くんかの？」

由紀子がうつむき加減に頷《うなず》いた。

「日本が嫌いなのか」

由紀子は首を横に振った。

「どんなとこなんかの……。由紀子ちゃんの父ちゃんの国は」

「父さんは美しいところだって言ってた。でも母さんや叔父さんは違うことを言ってた」

「嫌なとこだったら、すぐに戻ってくればええ」

由紀子は何も言わなかった。エンジン音と、車掌の鞄《かばん》の鳴る音だけが聞こえた。バスはカーブを曲がるたびに右に左に揺れた。そのたびに二人の膝《ひざ》が当たった。そこだけが二人の繋《つな》がっているところに思えた。ツネオは怒ったような顔で腕を組み足を踏ん張っていた。

「ツネオさん」

港が近づくと、由紀子がツネオを見た。

「な、なんじゃ」

「ロザリオ、直してくれてありがとう」

　由紀子は胸元を手でおさえて言った。

「あんなこと何でもない。他にこわれとるものがあったら言ってくれりゃいい」

由紀子がかすかに微笑《ほほえ》んだ。しかしその顔がすぐに曇った。

「ツネオさん」

「な、なんじゃ」

「あさって、私、新潟へ行きます」

「そ、そうか、わかった」

やがて前方に古町の醬油《しょうゆ》工場の煙突が見えた。車掌が、もうすぐ古町の停留所だと告げた。二人は黙って立ち上った。商店街を歩くと、木枯しが二人の足元を攫《さら》った。風の音だけが鳴っていた。高木の家の葉を落した大柳が見えてきた。高木の家の玄関の門燈が点《とも》っていた。

「海側の門から入っていい？」

由紀子が言った。

「そ、その方がええ」

海側の門からなら少し遠回りができる。だが、すぐに門に着いてしまった。

由紀子が立ち止まり、ツネオを見て笑った。ぎごちない微笑だった。

「今日はとても楽しかった。ほんとにありがとう」

「そりゃよかった。わしも楽しかった。じゃ気をつけて行けよ」

ツネオは片手を上げると、一目散に駆け出した。そうして十メートル程走ると、急に止まって振りむいた。由紀子が見守っていた。

「由紀ちゃん」

「何？」

「笑わんでくれよ。わしの夢は家族を持つことなんじゃ」

由紀子が大きく頷《うなず》いた。

「家族を持つことなんじゃ。遠くへ行っても忘れんでくれよ。憶《おぼ》えとってな。家族じゃからな」

由紀子は何度も頷いて、ツネオのうしろ姿を見つめていた。

……………

朝から降り続いていた雨が夕暮れから雪に変わっていた。瀬戸内海沿いの町には珍しくやわらかい大粒の雪だった。

正雄が中庭に出て空を見上げながら、

「雪じゃ、本物の雪じゃ」

と大声を上げていた。

「正雄さん風邪《かぜ》を引きますよ。奥さまに叱《しか》られますから……」

正雄を呼ぶ小夜の声が聞こえていた。

英雄は夕食を済ませると、東の棟の部屋でツネオを待っていた。二日前に絹子から、クリスマスの礼拝に行かないかと言われた。

「どうしたの？　絹さん、礼拝なんて」

「教会のバザーのお手伝いをしたの。父さんは神戸《かみ》の方へ行ってお留守だし……。母さん、学生時代にはよく行ってたの。教会って綺麗よ。英さんの絵の参考にもなると思うわ」

絹子が嬉《うれ》しそうに言った。

「ふぅーん」

返事をした後で英雄は、ツネオが一度教会へ行ってみたいと言っていたのを思い出した。今日、終業式のあとでツネオを誘った。ツネオも行きたいと言った。

「おーい、英ちゃん」

ツネオの声がした。戸が開いて、ツネオが入ってきた。

「何だ、その恰好《かっこう》は」

ツネオは毛糸の帽子を目深《まぶか》にかぶり、見てすぐ大人用とわかる大きめのコートに襟巻きをして立っていた。

「外はもうひでえ雪だぞ。こんなのは初めてだ。これひと揃《そろ》い、鉄屑《てつくず》屋のおやじに借りてきた」

夜の十時になって、英雄はツネオと二人で門前町へむかった。

「英ちゃん、クリスマスってなんだ？」

ツネオが訊いた。

「キリストの生まれた日だよ」

「あいつは、こんな寒い日に生まれたのかの」

「今夜が寒いだけだよ」

「キリストって神様なんだろう。誕生日があるってことはやっぱり親がいるのかの」

「キリストは母親だけしかいないんだ。聖母マリアだよ」

「じゃ父ちゃんは」

「いないんだ」

「おかしいじゃないか」

「信じてる人にはおかしくないんだよ」

「英ちゃんは神様が本当にいると思うか」

「わからないな」

英雄は首をかしげて言った。

「じゃ、いるかもしれないと思ってるんだ」

「そうだな。そう思う時もあるよ」

「俺はいないと思う。ずっとそう思ってきたんだ。でも……」

そう言って、ツネオは雪の舞い落ちてくる夜空を仰いだ。

「でも何？……」

英雄がツネオを見た。

「いや何でもない」

ツネオが大袈裟《おおげさ》に頭を振った。

「あれ何だ」

前方に樅《もみ》の木に豆電球が点滅しているのが見えた。

「クリスマス・ツリーだよ」

教会の周《まわ》りに外燈が点って、多勢の人が集まっていた。

「英さん」

英雄の姿を見つけて絹子が手を振った。

絹子は赤い洋服の上に白いエプロンをかけていた。

「おばさん、別の人みたいだな」

ツネオが耳元で囁《ささや》いた。英雄も今夜の母は家にいる時よりずいぶん若く華やいで見える気がした。

礼拝堂の隣りにちいさな幼稚園の講堂があった。そこに二人は案内されて、お茶をご馳走《ちそう》になった。

十二時になって皆礼拝堂へ入った。

教会の中に足を踏み入れた時、英雄は美しい光彩に目を見張った。たくさんのキャンドルの灯が、白と黄色を混ぜたやわらかな光の波となって、天井や壁に揺らめいていた。中央に十字架とイエス像があり、その背後に花びらをかたどった大きなステンドグラスが、キャンドルの灯を受けてかがやいていた。

教会の中には新しいものは何ひとつないのだけど、どんなちいさなものも人の手でいつくしまれている気がした。

「綺麗なもんじゃの」

ツネオが天井を見上げて言った。すると、パイプオルガンの音色が天井から降りてきて、教会の中を包み込んだ。手に手に蠟燭《ろうそく》の灯を持った信者たちが、並んで入って来た。ヴェールを被《かぶ》った女性たちがひときわきらめいて見えた。賛美歌がはじまった。美しい歌声だった。すぐ隣りにいる絹子も賛美歌を静かに口ずさんでいた。ツネオはポケットの中からロザリオを出し、じっと十字架を見上げている。神父のおだやかな話し声はよく響き渡って耳に届いた。静かに耳を傾ける信者たちと揺らめくキャンドルの灯が、英雄にはひどく尊厳のあるものに映った。

礼拝が終ると、集まった人たちは隣りの講堂に移り、ケーキとお茶が出された。

「キリストは甘いもんが好きなのかの」

ツネオが口の周りにケーキをつけて笑った。

子供たちが演じるキリスト生誕の芝居がはじまった。学芸会のようなものだったが、見物人たちは嬉しそうに芝居を見て、拍手を送っていた。

英雄もツネオも珍しさに、時間が経《た》つのを忘れた。

「英ちゃん、そろそろ帰ろうか」

ツネオが言った。

「そうだな」

窓の外を見ると夜が明けようとするのか、空が紫色に染まっていた。英雄は絹子に先に帰ると告げて、ツネオと表へ出た。

雪の中を二人は歩きはじめた。

「英ちゃん、キリストの顔が誰かに似とると思っとったんだが、今、わかった。キリストはてふてふに似とるな」

ツネオの言葉に英雄は、

「たしかにそうじゃな」

と頷いた。

「てふてふはキリストさんの親戚《しんせき》かもわからん」

てふてふを好きだったツネオが独り言のように呟《つぶや》いた。

「英雄、天満宮に行ってみないか」

「いいよ」

「俺、こんな雪初めてだし、町がどんなふうになっとるか見てみたいんじゃ」

二人は雪に白く輝く天満宮へ続く門前町の通りを歩いた。人影はなかった。やがて天満宮の境内に入ると、長い石段を注意深く上って、町が見渡せる展望台へ着いた。

「こりゃすげえ」

ツネオが溜息《ためいき》をついた。

瀬戸内海の海岸線から中国山地の峰々まで、すべてが雪に覆《おお》われ、目の前に白い静寂がひろがっていた。汚れているはずの港町界隈《かいわい》も、摘みたての綿の花のようにきらめいている。少しずつ闇《やみ》が溶け出していた。濃紺から紫に、雪明かりが空を照らし出している。西の海岸は降りしきる雪で、沖合いに白煙が立っているように見えた。

やがて東の水平線から雲を割るように朝陽が昇り出した。東半分は光りに満ちはじめ、西半分はまだ白い闇に沈んでいる。

陽差しが雲間から鋭い光の矢になって白煙を突き抜けて行く。光が一面の雪に反射し、朱色、黄色、青色に変化しながら揺らめいている。光彩は雪煙の紗幕《しゃまく》を通して、英雄とツネオの目の前で拡散し美しくきらめいていた。

ツネオはじっと立ったまま海の方を睨《にら》んでいた。見ると右手に由紀子のロザリオを握りしめている。

「英ちゃん、由紀子の行ったところはどっちの方角じゃろうかの」

「右田岬の方かな」

「そうか……あの海のむこうに由紀子は行ったんじゃな。寒いところなんじゃろうか」

　ツネオが右田岬の沖合いを見て言った。

「江州さんは寒いって言ってたよ」

「由紀子が行ってしもうたところもこんなに雪が降っとるんだろうか……、由紀子は病気にならんとええがの……。あいつチビじゃから」

　ツネオがぽつりと呟いた。

「英ちゃん、どうして由紀子の父ちゃんは日本を出て行ったんじゃろうか？　生まれた国じゃから帰って行くのかの……。由紀子は日本で生まれたのにな」

「…………」

　英雄は黙って海を見ていた。

　由紀子が新潟へむけて出て行った朝、英雄は五家族が出て行った後の広場へ出て、大柳を見上げていた。

「何だか淋《さび》しいもんですね。たとえ一、二カ月でも一緒に暮らしていた者がいなくなるってのは……」

　江州の声が背後で聞こえた。

「江州さん、どうしてあの人たちは、あの国へ帰って行くの？」

「あの国が祖国だからですよ」

「祖国って何なの？」

「さあ何なんでしょうね。生まれた場所はやはり特別なんですかね。燕《つばめ》だって、あんなにちいさいのに必死で海を越えて、この家の軒に帰って来ますものね。人の身体《からだ》の中にも燕と同じようなもんがあるんですかね」

「その人が生まれた場所が祖国なのかな……」

「さあ、どうなんでしょう」

英雄は自分の祖国がどこになるのだろうかと考えた。斉次郎の顔が浮かんだ。

「江州さん、僕等も、父さんが生まれた国へ帰ると言い出したら、皆帰るのかな」

「おやじさんはまだまだこの土地でやりたいことがあるとおっしゃってました。今は帰られることはありませんよ」

「そうじゃなくて、もし父さんが帰ると言ったら江州さんもついて行くの」

「そうですね。おやじさんを信じてますから……。前にも話したでしょう。俺たちはひとつの船に乗ってるようなものですと……、おやじさんのむけた舵《かじ》の方角へ、目一杯船を漕ぐしかありません」

「たとえそこがひどい土地でも？」

「…………」

江州が沈黙した。朝の木枯《こがら》しが柳の枝を鳴らしていた。

「英さん、おやじさんは生きるためにこの国へ渡って来られたんです。くたばるような土地へ、皆を連れて行きはしません。皆が生き抜くために踏ん張ってるんです。そんなことに国も何もないんじゃないでしょうか。ほらっ、いつか話したでしょう。太郎の家族だって、日本じゃ生きられないから、満州へ渡り、ドミニカまで行ったんです。他所者《よそもん》が違った目で見られるってことなんか、屁《へ》でもありません。生きるためにゃ、何だってする覚悟で皆渡って来たんですから」

「大丈夫なのかな……、由紀子たちは」

「大丈夫ですよ。金本のおやじは鋼《はがね》みたいな男ですから。それと生きるってことに大人も子供もありません。あの子だって生き抜くしかないんです」

英雄は江州の話を聞いていて、いつか斉次郎が旧桟橋の先の大岩で話してくれたことと同じことを言っている気がした。大柳の上に冬の朝焼けの雲が朱色にきらめいていた。

カシュ、と音がした。ツネオがライターに火を点《つ》けて、その灯をじっと見つめていた。

「俺、神様はやっぱりいるような気がするよ。教会でこのロザリオを握っとったら、あの十字架の人に、由紀子のことを祈ってしもうたもの……。あん時、神様はおるって、嘘《うそ》でもいいから言うてやればよかった。あいつ、一番大事にしとったもんを俺にくれたのによ……」

ツネオの肩が小刻みにふるえ出した。

「あいつ、あいつ手紙に、私も家族が一番好きじゃと書いとった。なして、あいつは家族がバラバラになっても海を渡って行かにゃならんかったんかの。俺が大人じゃったら、もっと力があったら……、由紀子を守ってやれたのに……、畜生《ちくしょう》……」

あとは嗚咽《おえつ》だけが続いた。

大きなコートの肩に朝陽が当たりはじめた。英雄はツネオのうしろ姿をずっと見つめていた。かじかんだツネオの指先でロザリオのガラス玉がきらめいていた。

その時、出航する船の汽笛が尾を引くように夜明けの空に流れて行った。

第四章　春雷

銀色にかがやく芒《すすき》の花穂が、海からの風に波打っていた。時折、突風が吹き寄せて、乱れ飛ぶ花穂が、波濤《はとう》の飛沫《ひまつ》のように宙を舞う。

潮騒《しおさい》の音はかすかに聞こえるのだが、英雄の耳には芒野を跳ねるように駆けている美智子の笑い声だけが届く。肩先まで伸びた芒の群れは美智子の美しい微笑を隠してしまう。美智子の姿がふいに消えると、英雄は心配になって揺れる花穂に目を凝らす。たしかあのあたりを走っていたからと目安をつけた場所を見つめていると、まったく逆の方角から美智子の長い髪と大きな瞳《ひとみ》があらわれる。英雄は驚いて目を見開き、美智子に笑いかける。美智子は英雄の戸惑いを楽しんでいるかのように笑い出す。まぶしい笑顔を見て、英雄は美智子にむかって走り出す。しかし美智子は仔鹿《こじか》のように芒野の中を素早く駆けて行く。

先刻から、英雄はずっと美智子の姿を追っている。二人して砂丘を駆け、背高泡立《せいたかあわだち》草《そう》の群生する草原を走り抜け、芒野にやって来た。どんなに懸命に追っても、英雄は美智子の身体《からだ》に触れることができない。やがて芒野が途絶え、目の前に広大な浜辺があらわれた。美智子は奇声を上げて、波打ち際《ぎわ》にむかって走り出す。サンダルを脱ぎ捨てて素足で駆ける美智子の身体に、潮風が当たり、白いワンピースが絡《から》みつく。傾きかけた午後の陽差しが、真っ白な砂とうねりを上げる波に反射して、美智子の身体を光の手が抱擁している。英雄の目に美智子は全裸に映る。

波打ち際を飛沫を上げながら美智子が走る。英雄はさらに速度を上げて美智子を追い駆ける。大声で美智子を呼んだ。美智子が立ち止まり、英雄の方を振りむいて手を振った。何かを叫んでいるが、声は波音に掻《か》き消されて聞き取れない。少しずつ二人の距離が近づいて行く。美智子の顔が、微笑が、瞳が、はっきりと見えて来る。耳の底からピアノの音色が聞こえて来る。美しいメロディーだ。美智子が英雄にむかって走り出す。

——やっと美智子を抱ける。

そう思った途端、差しのべた手の先の美智子が透明になり、失《う》せて行った……。

美しいメロディーを奏《かな》でていたはずのピアノの音色が、途切れ途切れに鍵盤《けんばん》を叩《たた》く音に変わっている。

英雄は夢から覚めた。脇《わき》の下から下半身にかけてひどく汗ばんでいる。もう陽はかなり昇っているのかもしれない。英雄は大きく溜息《ためいき》をついた。

今しがたまで見ていた夢の中で、自分をからかうように笑っていた美智子の顔が天井に浮かんだ。よく動く長い睫毛《まつげ》と大きな瞳、固そうな唇を思い出すと、また汗が滲《にじ》んでくるような気がして、息苦しくなった。

英雄は夢の世界を断ち切るように起き上り、窓辺に寄ってカーテンを開けた。刺すような春の陽差しが上半身に当たった。窓を開けると鳥の鳴き声が周囲に響いた。

英雄は半ズボンを穿《は》き、下駄履《げたば》きのまま東の棟《むね》の広場へ出た。人の気配がまったくなかった。下駄を脱ぎ洗い場の敷石に素足で上った。ポンプの引き手を力強く押し上げた。生温かかった足元の花崗岩《かこうがん》が冷たい水に濡《ぬ》れて、一晩中蒸されていた英雄の身体が目覚めはじめる。

「おはようございます」

東の棟の女が旅へ出るのか、柳行李《やなぎごうり》をかかえて通り過ぎようとした。

「どこかへ行くの?」

「春の祭りがはじまります前に、ひと足先に彼岸の墓参りへ、九州まで行ってまいりますんで」

「そう、気をつけて」

「はい、ありがとうございます」

英雄は、海側の門へゆっくり歩いて行く女のうしろ姿を見ながら、東の衆たちはそれぞれ里帰りしているのだとわかった。

いつの間にかピアノの音が止んでいた。

英雄はポンプの先に頭を突っ込んで水をかぶった。濡れた頭を手拭《てぬぐ》いで拭いながら母屋《おもや》の台所へ入った。誰もいない。食卓の上には蠅帳《はいちよう》がひとつ置かれ、伝言を記した小紙が添えてあった。

――昼までには帰ります。蒸《ふか》し芋《いも》がありますから、正雄にも。　絹子
母の絹子は出かけているらしい。

英雄はひとりで朝食を摂《と》り、居間に上った。弟の正雄の姿が見えない。縁側に出ると、柳の葉の匂《にお》いが風に乗って漂ってきた。縁側の隅にガラス壜《びん》がふたつ並べて置いてある。正雄の飼育している昆虫の壜である。

大柳の葉が風に鳴った。見上げると真っ青な空に黄緑色の葉が揺れている。カサッと庭の西端で物音がした。目をやると、葡萄《ぶどう》棚の陰にしゃがんでいるちいさな人影が

見えた。正雄だった。

「何をしとるんじゃ、正雄」

正雄は尻《しり》だけ突き出して夢中で何かを探している。英雄は縁側を下りて庭へ出た。正雄は地面に顔をつけるようにしていた。泥に汚れた半ズボンが去年より大きくなったように見える。

「何をしとるんじゃ」

英雄も腰を下ろし小声で訊《き》いた。

「地蜘蛛《じぐも》の巣を見つけたんじゃ」

「ほう、上手《うま》く行きそうか」

「もうちょっとじゃ」

英雄は正雄の邪魔にならないように、そっと首を伸ばして覗《のぞ》いた。レンガ塀の下の土を丁寧に掘り、地蜘蛛の巣を慎重に抜き取っている。

「捕れたぞ、ほれ、兄ちゃん。こりゃ大きいぞ、蜘蛛の仔《こ》も入っとるぞ」

正雄は泥のついた鼻先をこすりながら、細長い筒のような地蜘蛛の巣を指でつまんで見せた。

「やったの」

英雄が言うと正雄は嬉《うれ》しそうに頷《うなず》いて、巣を持ったまま縁側に戻った。そうしてガラス壜のひとつを膝《ひざ》の上に載せ、蓋《ふた》を外して中の土に指で穴をこしらえると、捕ったばかりの巣を器用におさめた。

ヘヘヘッ、前歯の欠けた口を開いて、正雄は満足そうに英雄の顔を見た。

「見てもええか」

「うん」

英雄がガラス壜を指先で叩くと、地蜘蛛が一匹ゆっくりとあらわれた。

「びっくりしてるの、こいつ」

正雄が言った。

「そりゃそうじゃろう、急に巣が壜の中に入っとるんじゃから」

「俺、蠅《はえ》を捕ってくるわ」

正雄は、捕虫網を手にして東の棟の方へ駆けて行った。

もうひとつの壜には、ひからびた林檎《りんご》の半欠《はんかけ》が入れてあり、葉っぱが敷いてあった。

その壜の中には何もいなかった。

「捕れたぞ」

正雄は捕虫網の先をつまんで戻ってきた。その網を、地蜘蛛の壜の蓋を開けてかぶせると、つまんでいた網の先をふりながら、一匹の蝿を壜の中に入れた。

蝿は狭い壜の中でせわしなく飛び回り、やがて土の上に観念したように止まった。

英雄と正雄は、じっと息を殺して壜の中の様子を眺めていた。

「兄ちゃん、地蜘蛛はすぐには蝿をつかまえはせんぞ」

「そうか？」

「うん、いつの間にか蝿はおらんようになっとる」

「地蜘蛛が蝿を喰うとるところは見てはおらんのか」

「ちょっと怖いし……」

「そりゃ、そうだな」

「兄ちゃんもそうか」

正雄が英雄の顔を見た。

「あんまりええもんでもないな。正雄、こっちの壜には何が入っとるんじゃ」

英雄が林檎の欠けらが入った壜を指さした。

「てんとう虫じゃ、けど死んでしもうた。今日また屋敷町に捕りに行くんじゃ」

「てんとう虫は胡瓜《きゅうり》を食べるんと違うかの」

「それは十星《とほし》てんとう虫じゃ。ここに入れとったんは七星《ななほし》てんとう虫じゃから」

「ほうっ、正雄は虫のことをよう知っとるの」

「本で勉強したんじゃ。今度はヤゴを飼うんじゃ。兄ちゃんに、ヤゴがトンボになるのを見せてやるぞ。引き込み線の下の沼にたくさんおるんじゃ」

正雄は自慢気に言った。

「おう見せてくれよの」

英雄が立ち上ると、

「兄ちゃん、エベレストに中国の探険隊が登ったんじゃぞ」

と正雄が英雄を見上げて言った。

「そうじゃての。よう知っとるの」

「俺、大きゅうなったら、エベレストに登るんじゃ」

「登山家になるのか、正雄は」

「いや、冒険家じゃ。南極も北極も行くんじゃ。そんで船で太平洋も横断する」

正雄が目をかがやかせた。

「そりゃ大変じゃ」

「アフリカも探険へ行く」

正雄が立ち上り、手を挙げて言った。

「行かにゃならんところがたくさんあるの」

「兄ちゃんは野球選手になるんか？」

「さあ、何になるかの」

英雄は首をかしげた。

「兄ちゃんは高木の家を継がんにゃいかんからな」

正雄が腕組みをして言った。

「どうして？」

「お父やんがそう言うとった。この間お父やんと海の学校へ行った時に言うとった。俺が冒険家になる言うたら、お父やんは俺を医者にさせるんじゃと。そんで俺、そのことをお母やんに話したら、シュバイツァー博士はアフリカに探険に行ったお医者さんなんじゃて、知っとったか？」

「ああ学校で習うたの」

英雄は大きく頷《うなず》きながら言った。

「やっぱりそうか。それで、そのシュバイツァー博士はピアノも弾く人じゃったって」

「それでピアノを習いはじめたのか」

「そうじゃ、お母やんは喜んどる。海の学校は面白かったぞ。歌をたくさん習うたし。おっ、ビクが来た。ビク、ビク」

見ると庭先に、犬のビクが舌を出しながら尾を振ってあらわれた。

「こいつ元気がないんじゃ、兄ちゃん」

正雄はビクの首を抱くようにして言った。

「ビクはもう年寄りじゃしの」

英雄はビクの頭を撫《な》でた。

「この冬は一日中床の下におった。病気じゃなかろうかの」

英雄はビクを引き寄せた。ビクは鼻を鳴らしながら擦り寄ってきた。背中の毛がひどく抜け落ちている。

「ビクよ、もうすぐ暖かくなるから頑張れよ」

ビクは目を細めて英雄を見ていた。

「ビク、俺が歌を歌うてやろう」

正雄が大声で言った。ビクは正雄に尾を振っている。

「チャンベサ、チュルギ、チュルギー、チャッペンサンヌイユ」

正雄は聞き慣れない歌を歌い出した。澄んだ正雄の声が庭に響いた。

「どこで覚えたんじゃ、そんな歌」
「お父やんと海の学校へ行った時、キン先生から教わったんじゃ」
春先、斉次郎《さいじろう》は正雄を連れて、隣り町の徳田の浜で行なわれたキャンプに行ってい
た。
「変わった歌じゃの」
「お父やんたちも皆歌うとった。この歌をお父やんの前で歌うと、お父やんは喜ぶん
じゃ。東の棟の金魚婆《きんぎょばあ》さんも知っとったぞ」
「そうか、そりゃ韓国の歌じゃ」
「そうじゃ、韓国の歌じゃ言うとった。けど姉ちゃんの前でこの間歌うたら、大声で
歌うなって言われたぞ」
英雄は笑い出した。
ビクがゆっくりと床の下に入って行った。
英雄は縁側に腰を下ろして、庭を眺めた。雑草が生えていた。幸吉が斉次郎の仕事
で神戸《かみ》へ出かけ、年明けに戻ってからも徳田の町に詰めさせられていた。絹子もこの
ところずっと不在の斉次郎に代わって、町内の寄り合いに顔を出しているようだった。
英雄は県立高校の入学試験に合格し、はじまったばかりの春休みを何をして過ごそ

うかと考えていた。先週、広島に住んでいる宋建将《そうけんしょう》から葉書が届いた。建将は教護院を出て学校へ行きはじめたと報《しら》せて来た。建将に逢《あ》いに広島へ行ってみたい気がした。

ぽちゃり、と音がして、池の鯉《こい》が跳ねた。水音で先刻の夢の中の美智子が思い出された。美智子の夢を見たのは、三月に入って二度目だった。美智子は先月、東京の高校への入学手続きで上京した。母親の経営する駅前の喫茶店も、去年一杯で店を閉めていた。やはり東京の方がいいのかもしれない。

「私、東京へ帰るの。こんなちいさな町じゃ、退屈しちゃうもの」

二月の初め、美智子は英雄の誕生祝いに、正月に上京した折買って来たという詩集を渡しにやって来て、帰京することを告げた。

「ねぇ、筧《かけい》君も東京の高校へ入学するんでしょう。英雄君も東京へ来ればいいのに……」

「別に東京の高校じゃなくってもいいよ。それに、そんなこと親父《おやじ》が許すはずがない」

英雄は笑って言った。

「でも英雄君は大学へ進学するんでしょう。それなら東京の高校の方がいいわ」

美智子は真剣な目をして言った。

「大学へ行くかどうかはわからないよ。姉さんたちは大学へは行かしてもらえないもの」

「えっ、本当に？　それって何か理由があるの」

美智子は驚いて、英雄を見返した。

「親父の考えでは、娘が大学を出ていたら困るってことだ」

「なぜ困るの？」

「結婚相手が大学を出ていなかったら、嫁に貰《もら》ってもらえないからだ」

「そんなの時代遅れよ。英雄君の家って変よ」

美智子は呆《あき》れた顔で言った。

「そんなことはないさ。ツネオだって、太郎だって、高校へは進学しないもの。そんな友だちはたくさんいるもの」

「やっぱり田舎《いなか》ね」

「そうかもしれないが、それがこの町じゃ、当たり前のことだ」

英雄が言うと、美智子は大袈裟《おおげさ》に首を横に振って、

「英雄君、野球ばかりしてちゃ駄目よ。この詩集でも読んで、センスを磨いてね」

それは美しい革表紙の詩集だった。

「私、フランスへ行ってファッションの勉強するの。これからの女性は自立しなきゃいけないから……」

大きな瞳《ひとみ》をかがやかせて夢を語っていた美智子が、英雄には羨《うらやま》しく思えた。美智子は東京へ来ればいいと言ったが、英雄は高校の入学試験でさえ、斉次郎の命令で町で一番難しい華北《かほく》高校しか受けさせてもらえなかった。

「華北高校に合格できない頭なら、高校へ行かずにすぐに家の仕事を手伝え」

英雄は斉次郎に呼ばれてそう言われた。

そのことを中学校の担任教師に伝えた。教師は驚いて絹子を学校に呼んだが、絹子は斉次郎の言葉を伝え、それが高木の家の方針だと言った。

去年の秋口から、絹子は毎日部屋に来て、受験勉強をするように英雄に言った。華北高校の試験に合格した時、絹子はひどく喜んだ。英雄は合格しなければ家で働くのも仕方がないと考えていた。

美智子がいなくなることは淋《さび》しい気がした。美智子のように、思ったことを口にする同じ年頃の女の子は周《まわ》りにいなかった。もう美智子に逢えないのだろうか。英雄は美智子への自分の感情がよくわからなかった。この一年、異性というより、隆やツネオと同じ仲間のように思っていた。それが目の前からいなくなると告げられて、美智子の夢を見るようになった。夢の中で美智子の身体《からだ》に触れたいと走り出す行動が、自分の素直な気持ちではないかと思いはじめた。

池の水面に柳の葉が一枚舞い落ちた。

英雄は大柳を見上げた。この冬、誰も柳の枝を切る者がなかったせいで、枝は母屋《おもや》の軒にまで伸びていた。春になっても柳はそのままである。

柳の姿が、正月からの高木の家のぎくしゃくした空気をあらわしていた。

英雄は、派手な格子《こうし》縞《じま》のスーツを着て、髭《ひげ》を生やして家に戻って来た斉次郎の顔を思い出していた。


今年の元旦《がんたん》、高木の家に斉次郎の姿は見えなかった。正月を大切にする高木の家には珍しいことだった。

「お父やんはどうしたんじゃ」

正月の絣《かすり》の着物を着せられた正雄が絹子に訊いた。

「お仕事で神戸《かみ》の方へ行ってらっしゃるのよ」

だから家族の正月の挨拶《あいさつ》も、東の棟の衆の挨拶も、すべて英雄が上座に座って受けた。近所の年始回りも、母と英雄と源造《げんぞう》の三人で行った。

「いやあ、もう英さんも立派な跡取りですわ」

年始回りの帰り道に、源造が嬉しそうに言った。

「今年で十六歳ですもの」

絹子が言うと、

「そうですか。ならもう立派な大人じゃ。高木の家も安泰ですな」

源造はあらためて英雄の身体を眺めて頷いた。

二月で十五歳になるのに、絹子も源造も、周囲の大人たちは英雄の年齢を数え年で呼ぶ。早く自分を大人にしたいのだろうか、と英雄は訝《いぶか》った。

この頃、源造や江州《ごうしゅう》たちだけでなく、家に訪ねて来る客たちも、英雄の身体を眺め年齢を訊《き》いた後で、決まって跡取りのことを口にした。それが英雄には煩《わずら》わしかった。

雪の多い冬だった。去年のクリスマスの夜に十五年振りという大雪が降り、その雪がようやく消えた正月の三日から数日降り続いた雪が、松が取れてもまだ軒下に残っていた。

その雪に靴が濡《ぬ》れるのを気にしながら、斉次郎は二十日振りに高木の家へ戻ってきた。笠戸《かさと》の運転する車で玄関先に着いた斉次郎を見た時、出迎えの衆は一瞬挨拶の言葉に詰った。

斉次郎が派手な格子縞の三つ揃《ぞろ》いのスーツにソフト帽をかぶり、縁無しの眼鏡を掛けて、鼻の下には髭まで生やしていたからだ。

「お、お帰りなさいませ。ながいことご苦労さまでした」

絹子の声に釣られて、皆があわてて挨拶した。

「うん、皆変わりはなかったかの」

斉次郎は仰々しく言うと、咳払《せきばら》いをひとつして車の方を振り返った。車の中に人影が見えた。女性のようだった。笠戸はその人を乗せたまま曙橋《あけぼのばし》の方に走り去った。

英雄には父の眼鏡と髭が少し滑稽《こっけい》に思えた。母に言われたのか、翌日、斉次郎は髭だけは剃《そ》り落した。

それから数日後、斉次郎が神戸から連れてきた女が新町にいると、東の衆が噂《うわさ》するのを英雄は耳にした。

「えらい派手な女じゃの。鼻が高うて、日本人離れした女児《おなご》じゃ」

「おう、わしも見たわ。新町を真っ赤な傘を差して歩いとったわ。大きなおっぱいでよ、ありゃこのあたりの女とは血筋が違うとる」

「それにしても、おやじさんもようやりなさるのう……」

水天宮《すいてんぐう》でのどんど焼きをツネオと見物に行った帰り道、葵橋《あおいばし》の上で英雄はその女に逢った。冬の曇り空なのに、派手な白と赤の水玉の日傘を差して歩く女に目が止まった。女と一緒に源造が歩いていたので、英雄は立ち止まって挨拶した。

「どうも英さん、今、お帰りですか」

「水天宮でどんど焼きがあったんだ」

「あら、斉次郎さんの息子さん？」

女が英雄を見て言った。大きな鼻をした女だった。英雄が女を見ていると、

「こんにちは、私、お父さんにお世話になってますのよ」

女は鼻にかかったような声で言った。

「こんちは」

「目元が似てるわね。それに大きな身体、高校生？」

「いや、中学です」

英雄がこたえると、

「この春から高校へ行かれます」

と源造が女に言った。

「そう、よくお父さんからあなたのお話聞いてるわ。私、緒方《おがた》マリエです。よろしく」

フランス人形のように目を見開いて英雄を見つめた。

「はあ……」

英雄は女に会釈《えしやく》した。

「じゃマリエさん、早く戻りましょうや」

源造が女をせかせるように言った。

「私、もう少し海を見ていたいわ」

女がだだを捏《こ》ねるように身を捩《よじ》らせた。

「しかし海風は身体にさわりますし……」

源造の口のきき方がどこか遠慮勝ちだった。

「あいつ外人じゃねえか」

ツネオが新町の方へ歩いて行く二人を見て言った。

「あのおっぱいの大きさは外人じゃろう」

「おまえ、そんなとこ見てたのか」

「わしは目がそこへ行くのよ」

英雄は、女を気遣いながら歩く源造のうしろ姿を見つめていた。

二月に入って節分が終ると、東の広間で、斉次郎、英雄、正雄の高木家の男三人の誕生祝いの宴が行なわれた。皆二月生まれということで、数年前から斉次郎の誕生日に、高木の家の男三人の祝いをまとめてするようになっていた。

その日は朝から、東の棟の女たちが料理の下ごしらえで忙しく立ち働いていた。数日前から、食材が運び込まれ、餅《もち》が搗《つ》かれ、漬物の壺《つぼ》が並び、東の庭に繋《つな》がれていた山羊《やぎ》や鶏《とり》が調理され、スープの鍋《なべ》や蒸し鳥の煙りが東の棟に立ち込めていた。

「どうも親父さん、お目出度《めでと》うございます」

源造が祝辞を言うと、下座に並んだ東の衆が揃って頭を下げた。英雄と正雄を両脇《りようわき》に従えて、斉次郎が上座に座って満足気に頷《うなず》いた。

「英雄さん、正雄さん、お目出度うございます」

英雄と正雄が東の衆に頭を下げる。それからは宴会となった。酒が入って宴が闌《たけなわ》になると、英雄たちは母屋へ移り赤飯を食べた。

英雄は、食事を終えると東の棟の部屋に引き揚げて、隆に借りた「キネマ旬報《じゅんぽう》」を読みはじめた。しばらくして、表で絹子の呼ぶ声がした。

「英さん、お父さんが呼んでらっしゃるわ」

英雄は雑誌を閉じて表へ出た。

「どうしたの?」

斉次郎が英雄を呼ぶことはめったになかった。

「お誕生日のお祝いを下さるみたいよ」

絹子は嬉《うれ》しそうに笑った。英雄は首をかしげた。

「早くしなさい。待ってらっしゃるから。母屋の居間にいらっしゃるはずよ」

斉次郎は大机の上に洋酒の壜《びん》を置いて、酒を飲みながら何やら書類に目を通していた。眼鏡を鼻先に引っかけて眉間《みけん》に皺《しわ》を寄せている。

英雄は、父の目が悪くなったのだと思った。斉次郎は英雄に気づくと、おう、そこに座れ、と言った。

斉次郎の前に正座すると、絹子が奥の障子戸《しょうじど》を開けて入ってきた。両手に大きな紙の包みを大事そうにかかえている。包みを机の上に置くと、

「英さん、父さんからよ」

絹子は微笑《ほほえ》んで言った。

「何? これ」

「着物よ。あなたも今年で十六歳になったんでしょう。お正月に間に合わせたかったんだけど……」

「英雄、十六歳と言えば昔の男は元服《げんぷく》も済ませて、一人前の大人の男になったんだ」

斉次郎がいつもより甲高《かんだか》い声で言った。

絹子がテーブルの上の空になった水差を持って台所へ立った。二人きりになると、斉次郎は口調を改めて話し出した。

「英雄、おまえはもう一人前の男じゃ。だから今夜、わしからひとつだけ言うておく。おまえはこの高木の家の跡取りじゃ。わしに何かあって死んでしもうたら、おまえがこの高木の家の長《おさ》となって、皆を引き連れてやって行くんじゃぞ。絹子も姉さんたちも皆女じゃ。おまえは長男じゃ。東の連中も皆おまえがやる通りについて行く」

「ついてくるかな……」

斉次郎が机を叩《たた》いて言った。酒壜が音を立てた。英雄は目をしばたたかせた。

「ついてくるに決まっとる」

「ついてくるに決まっとるわ。それがこの家の仕来《しきた》りじゃ。高木の者だけじゃない。この町のわしの仕事先の人間も皆、おまえを長として相手にする。わかるな」

英雄は返事をしなかった。

斉次郎は机の上のグラスの酒を一気に飲み干し、酒壜を手にした。

「わしが死んだら高木の家はおまえが守るんじゃ」

斉次郎の酒臭い息が英雄の鼻を突いた。

「父さんが死んだ後で、すぐに僕が死んだらどうする？」

斉次郎の手にした酒壜が宙で止まった。激しい音を立てて斉次郎は酒壜を机に置いた。

「何と言うた？　今」

斉次郎が英雄を睨《にら》みつけた。そんな父の目を見るのは初めてだった。その目を見ているうちに、英雄は頭に血が昇った。

「だから、父さんが死んだ後に、すぐに僕が死んだら高木の家はどうなるの」

斉次郎が唇を噛《か》んだ。

「おまえが……、おまえが死んだら……」

斉次郎の声が少しずつ大きくなった。

「おまえが死んだら、正雄が跡を継ぐ。そのために絹子に男を二人産むまで子供をこしらえさせたんじゃ。おまえが死んだら正雄じゃ。皆、正雄について行く」

絹子が障子戸を開けて入ってきた。

「どうなさったんですか」

「むこうへ行っていろ」

斉次郎は英雄から目を離さずに、

「わしはそうやすやすとは死なん。おまえもつまらんことを考えるな。わかったらそれを持って行け」

と言って、また酒を一気にあおった。

包みを持って母屋を出ようとすると、背後から父の怒鳴り声がした。

「いったいおまえはあいつにどんな教育をしとるんじゃ」

何かが壊れるような音がした。

翌朝、母屋へ行くと、絹子の顔が腫《は》れ上って左目の下に紫色の痣《あざ》ができていた。英雄は驚いた。

「どうしたの、その顔」

顔が歪《ゆが》んで見えるほど痛々しい痣だった。

「何でもないわ」

うつむいた絹子を見て、英雄は斉次郎が母を殴ったのだと思った。

その夜、英雄は隆《たかし》と二人で新湊《しんみなと》劇場へ行き、安さんに裏口からこっそり最終の上映を見せてもらった。

映画を見終ってから、二人は民子の店へむかった。夜空に春の星がきらめいていた。

隆は立ち止まって星空を見上げ、

「英ちゃん、恋ごころいうもんは不思議なもんじゃの」

とぽつりと言った。

「どうしたんだ？　急に」

英雄は星を見上げている隆に訊いた。

「英ちゃんは恋をしたことはないのか？　何と言うたらええか、その女児《おなご》のことが、いや女児は失礼じゃ、その人のことが昼でも夜でも、目の前にあらわれて、なんや頭がぼおっとしてしまうんじゃ」

隆の目がうつろになっていた。

「大丈夫か、隆？」

英雄は隆の顔の間近で手を振った。隆の目には別のものが映っているようだった。

「またその女を抱きたいってことか」

「そうじゃ、抱きしめたい。わしのこの手でやさしく包んでやりたいんじゃ」

隆が両手で胸を抱く仕種《しぐさ》をした。

「おまえはそっちの話ばかりじゃの。助平が」

「ちょっと、誤解をせんでくれ。俺はその人を見とるだけで、それで満足なんじゃ」

「じゃ、毎日見とればええ」

「それがのう……」

隆がせつない表情をしてうつむいた。

「隆、おまえもまだ子供じゃの」

英雄が隆の肩を叩いて歩き出すと、

「英ちゃん、俺にそんな口きけるのかよ。正月の元遊廓《ゆうかく》のことツネオにばらすぞ」

うしろから隆が低い声で言った。英雄は顔色を変えて隆を振りむき、右の拳《こぶし》で左の掌《てのひら》をドスンと叩いて、隆にむかって行った。

「冗談じゃ、冗談じゃて」

隆が笑いながら走り出した。

「待てえ、隆、もういっぺん言うてみい、おまえも同じだったろう」

英雄は隆を追い駆けた。英雄は前を走る隆の背中を見ているうちに、正月に隆と二人で出かけた元遊廓でのことを思い出した……。

正月の三カ日が終って、五日の夜、高木の家に隆が迎えに来た。

「おばさん、今晩は、英ちゃんおりますか」

洗張りの片付けをしていた絹子が顔を上げた。

「あらっ、隆君、そんな恰好《かっこう》をしてるから別の人かと思ったわ」

隆はグレーの半コートにハンチング帽子を被《かぶ》っていた。

「俺も今年はもう高校ですから……」

「隆君はちゃんと受験勉強をしてるんでしょう。英雄に勉強するように言って下さいよ」

「俺は商業高校じゃから、そんなに勉強をせんでもいいんです。英ちゃんは頭がええから心配ないっすよ」

「そう言われてて駄目だった子が多いのよ。英雄は部屋にいるわ。どこへ行くの？」

「あ、あの天、天満宮へ初詣《はつもうで》へ。あそこは学問の神様じゃから、受験が合格するようにお祈りに行こうと思うて……」

隆があわてて言った。

あらっ、それは感心ね、と絹子は洗張りを終えた着物生地をかかえて奥へ消えた。

隆が英雄の部屋の戸を叩いた。

電気も点《つ》けずに英雄は横になっていた。

「英ちゃん、何をしとるんじゃ。今夜行こうと約束しとったろう。あっ、さては怖気《おじけ》づいたか」

隆がにやりと笑った。

「怖気づくかよ。おまえが遅いんで寝てしもうた」

英雄は唸《うな》り声を上げて起き上ると、天井の電気を点けて、机の上の木箱から金を摑《つか》んだ。

英ちゃん、五千円はいるぞ、と隆が言った。わかっとる。英雄はぶっきら棒にこたえた。英雄は野球の用具に金がいるくらいで、普段はほとんど金を使うことはなかった。木箱の中には数年前に貰《もら》ったお年玉まで入っていた。

おまえガクランはいかんぞ。学生服に腕を通した英雄に隆が言った。英雄は隆の声に頷いて、学生服を脱ぎ捨て、セーターの上にジャンパーを着込んで表へ出た。

曙橋の袂《たもと》まで来て、英雄は立ち止まった。

「どうしたよ？ 怖気づいたか」

隆が英雄の顔を覗《のぞ》き込んで言った。

「馬鹿《ばか》を言え。隆、その店は本当に土佐屋の近くじゃないんだろうな」

「わかっとるって、本通りから外れた店じゃ。昼間下見もしとるから大丈夫じゃて」

英雄は唇を噛んで頷き、曙橋を渡った。二人の姿を見つけて、女の誘う声が左右から上った。普段は通り慣れた道が、別の道のように思えた。隆が早足で店の前に着くと、看板を指さした。男がひとり表へ出て来た。

「今夜は正月で客が一杯だ。待ちの客もいるから出直してくれんかの」

と済まなそうに言った。二人は顔を見合わせた。英雄は踵《きびす》を返して歩き出した。待てよ、英ちゃん、もう一軒あるから、と隆の声が背後でした。その時、二人の前にちいさな影が立ちはだかった。

「うちの店で遊んで行け」

嗄《しわが》れた声の主を見直すと、日焼けした皺だらけの顔が二人を覗き込み、その目が異様に光っていた。隆の手が英雄の腕を摑《つか》んだ。

「何、何じゃ、おまえは……」

隆があわてて口走ると、白い歯を見せて相手が笑った。首に赤いスカーフを巻いていなければ男か女かわからないような老婆《ろうば》だった。老婆は英雄たちの腕を取ると、せっかく遊びに来たのじゃから空《スカ》で帰ることはない、と言いながら、強引に遊廓の端の方へ連れて行った。老婆に引っ張られて店の中に入ると、土間になった一階のテーブルの上に飲みかけのビールと料理が置いてあった。そこに掛けて待っとれ、と老婆は長椅子《いす》の方へ顎《あご》をしゃくって奥に消えた。英雄が長椅子に座ると、隆が帰ろうと言った。すぐに老婆があらわれて隆を睨んだ。隆はあわてて英雄の隣りに座った。老婆は目の前に座ると、じっと二人を見ていた。時折、二階から女の艶声《つやごえ》が聞こえてきた。建物がガタガタと震動し、青色と桃色の光が揺らいだ。

「どこから来た」

老婆がいきなり声をだした。隣りで隆がゴクリと喉《のど》を鳴らした。

「み、み、港の方じゃ」

隆があわてて返答した。

「ここは四方、皆港じゃ。船員か？」

「せ、せ、船員じゃ」

隆がどもりながら言った。隆は先刻から、英雄の手を握ろうとする。その度に英雄が払いのけるのだが、すぐにまた握って来る。

「店の女《こ》たちは、正月からずっと客を取っとるから疲れとる。やさしゅうしてやってくれ。頼むぞ」

老婆は言って、頬杖《ほおづえ》ついて目を閉じた。

英ちゃん、やっぱり引き揚げた方が……と隆が囁《ささや》いた時、奥から階段を降りる足音が聞こえた。男が女に腕を引かれてあらわれた。女がちらりと英雄を見た。
……狭い部屋だった。建物がかしいでいるのか、床の間の柱が右に傾いているように思えた。畳を踏むと床が抜けているように揺れた。窓際《まどぎわ》に薄い蒲団《ふとん》が敷いてあった。

「船員さんなんだってね。ビールか何か飲む」

と女が先客が使った灰皿の吸殻を片づけながら訊《き》いた。英雄が首を横に振ると、

「私、喉が乾いちゃって、飲んでいいかしら」

と紫のセーターを脱ぎ、スカートを畳に落した。英雄は女から目を逸《そ》らして卓袱台《ちゃぶだい》の上の灰皿を見た。女が階下にビールを注文した。老婆がビールを運んで来て、障子戸をわずかに開け、廊下に置いて立ち去った。下着姿になった女は床柱《とこばしら》に背を凭《もた》れて、足を投げ出したままビールを喉を鳴らして飲んだ。左の肩口から首にかけて火傷《やけど》の跡だろうか、紫色の痣《あざ》があった。

「ゆっくりしてね、終るとまた客が来るから……、若い人の方がいいものね」

女は言って笑った。八重歯が見えた。

「この町の人？」

英雄が頷《うなず》くと、

「そう、私は広島よ。当たり前よね、この町が故郷《うち》なら親が驚くもんね」

と言ってまた笑い出した。

「この町、陰気で私《うち》、好かん」

「俺は好きじゃ」

英雄が言うと、女は目を丸くして英雄を見つめ、また笑い出した。

「それはそうよね、あんたにゃ故郷じゃものね。ハハハッ……」

よく笑う女だと思った。

「ビール代と合わせて、四千五百円。正月料金じゃ」

と女はスカートを畳みながら言った。英雄はポケットの中から金を出して、女に渡した。女が財布から釣りを出そうとした。釣りはいいよと英雄が言うと、女は嬉しそうに笑って、気前がいいのね、と言った。女が蒲団の上に座って英雄をじっと見つめた。

「どうしたの？」

「電気は消さないんですか？」

英雄の言葉を聞いて、女がまた笑った。恥ずかしがり屋なんじゃね。英雄は黙っていた。

「さあ、服を脱いで早くこっちに来て」

女は下着を脱いで全裸になった。左肩の痣は乳房まで続いていた。英雄はパンツ一枚になった。蒲団へ行くと、女はあおむけになって両足を開いた。それを見た途端に英雄は頭が熱くなり、先刻まで興奮していた身体が萎《な》えてしまった。……

女が腹を抱えて笑い出した。女が引っ張っても叩《たた》いても、英雄の性器は縮み上ったきりであった。女は目に涙を浮かべて笑い転げた。女が笑えば笑うほど、英雄の身体はおかしくなった。時間が来て、英雄は女に慰《なぐさ》められながらズボンを穿《は》いた。すると女がいきなり畳を這《は》うように近づいて来て、

「よし、最後にもういっぺんやってみるわ」

と英雄のズボンを下げ、性器に顔を埋めた。そうして、

「役に立たんなら喰い千切ってやる」

と言った。その言葉に英雄は驚いて、女の頭を払いのけ障子戸を開けると、ズボンを上げながら階段を降りようとした。途端に、ズボンに足が絡《から》んで階段を転げ落ちた。大きな音がして、英雄は土間に打ちつけられた。三和土《たたき》に肩を打ちつけて顔を歪めていると、階段の上から全裸の隆と女が二人、下を覗き込んでいた。英ちゃん、どうしたんじゃ。うるさい、と英雄が言うと、あの女がまた笑い出した。

桃の節句が終り、母屋《おもや》の縁側で小夜《さよ》が雛飾《ひなかざ》りを片付けている。庭の大柳の新芽がはっきりと見えるようになった。

ツネオから連絡があり、太郎とまた祝島《いわいじま》へ出かけるから一緒に行かないかと誘われていた。朝食の時、絹子に水泳パンツを出してくれるように頼んでおいた。英雄は海はまだ寒いだろうかと、祝島の磯の波を思い浮かべた。

「入っていいかしら」

表で絹子の声がした。英雄が返事をすると、絹子は弁当の入った風呂敷《ふろしき》を手に入ってきた。

「英さん、正雄も連れてってくれないかしら。あの子、この頃少しおかしいんで、話をしてやってくれない」

と心配そうに言った。

「今日は無理だよ。ツネオの借りたボロ船だから正雄は邪魔になるよ」

「そうなの……。たった一人の弟なのにね」

絹子は残念そうな顔をした。

「わかった。じゃ、正雄に言ってくれよ」

英雄の言葉に絹子の顔が明るくなった。表でツネオの声がしたので、英雄は広場へ出た。ツネオは銛《もり》を手に太郎と話をしていた。

「爆弾の時、以来じゃのう」

ツネオが、英雄の持っている風呂敷包みを受け取りながら言った。表玄関の方で車が停車する音がした。筧浩一郎《かけいこういちろう》が白いパンツを穿《は》いてあらわれた。

「おうっ、浩一郎。行けるようになったのか」

「うん、父さんが出張でいないんだ」

浩一郎は太郎の顔を見ると、ぺこりと頭を下げた。太郎も笑って手を上げた。

去年の秋、太郎は、自分が好きだった同級生の女子生徒が、浩一郎にラブレターを渡したと山末たちに告げられ、逆上して浩一郎を殴りつけた。後になって、それが山末たちに唆《そそのか》されたことだとわかり、太郎は山末と大喧嘩《おおげんか》をした。英雄は太郎から浩一郎に謝りたいと言われ、二人を仲直りさせていた。

「英さん、ちょっと……」

絹子が英雄をかたわらに呼んだ。

「どうしたの？」

「正雄が行きたくないって言ってるの」

絹子が、縁側の端でぽつんとうつむいて立っている正雄の方に目をやった。英雄は正雄に近寄ると、

「正雄、皆待っとるぞ」

と肩に手をかけた。すると正雄は英雄の手を払うように背中をむけた。こんな態度をする正雄を見るのは初めてだった。

「正雄、どうしたんだ？　何かあったのか」

英雄はしゃがんで正雄を正面から見た。正雄は唇を噛《か》んで目を伏せていた。握りしめた両手が正雄のかたくなな胸の内をうかがわせた。英雄は正雄の顎を片手でそっと持ち上げた。涙があふれそうになっていた。

「海へ行って遊ぼうや。ツネオもきとるし、魚も捕れるぞ」

正雄は何も言わずに首を横にふった。

左の頬が赤くなっていた。

「正雄、誰かと喧嘩をしたのか」

正雄は黙っていた。

「どうして皆と行かないの」

絹子が近寄ってきて言った。正雄は絹子の顔も見ないで、英雄の手を払って母屋の

中へ駆け上った。

「どうしたのかしら、何かあったのかしら」

「近所の子と喧嘩でもしたのかな」

「喧嘩？」

絹子が驚いたように言った。

「そりゃ喧嘩くらいするよ。正雄は男の子なんだから」

英雄は絹子の顔をちらりと見て、皆の待つ広場の方へ行った。

「正雄はどうしたんじゃ？」

ツネオが訊いた。

「知らん。行きとうはないそうじゃ。さあ行こう」

皆して海側の門を出ると、時雄がやって来て、

「よう、不良たちが集合してどこへ行く」

と大声で言った。

「英さん、英さん、危ないところに行っては駄目よ」

絹子が門の前で手を振って言った。

英雄たちは午後から海風が強くなったので、祝島を早目に引き揚げて、佐多《さた》岬の燈

台下のちいさな入江に船を着け、釣りをしたり栄螺《さざえ》を捕って、午後一杯遊んだ。

夕刻、曙橋の袂で皆と別れて家に戻ると、小夜が英雄の姿を見つけて大声で走ってきた。

「英さん、大変です。正雄さんが引き込み線の列車に轢《ひ》かれたかもしれないって、さっき連絡があって……」

「正雄が、引き込み線の列車に……」

「はい。今、奥さまと笠戸《かさと》さんが引き込み線の方へ行かれました」

「わかった。で、源造さんは、いや親父《おやじ》には報《しら》せたのか」

「は、はい。電話でお報せしました。すぐに現場の方へ行かれるそうです」

英雄は栄螺を包んだ風呂敷包みを小夜に渡すと、引き込み線のある紡績工場の方へむかって走り出した。曙橋を渡り、日の出橋を駆け抜け、夕闇《ゆうやみ》がひろがりはじめた水田を、英雄は紡績工場の灯《あか》り目指して走り続けた。

――どうして正雄は引き込み線のある堤まで出かけたんだろう。釣りにでも行ったんだろうか。

英雄は走りながら、正雄がなぜ危険な堤道まで出かけたのかを考えた。

『今度はヤゴを飼うんじゃ。兄ちゃんに、ヤゴがトンボになるのを見せてやるぞ。引き込み線の下の沼に……』

数日前に縁側で、正雄が自分に言った言葉がよみがえった。

――そうか、正雄はヤゴを捕りに堤道沿いにある沼に行ったに違いない。見せてくれなどと言わなければよかった。

やがて前方に鉄橋の影が浮き上ってきた。引き込み線のあるあたりに幾つもの光がうごめいているのが見えた。正雄の顔がその光に重なった。今朝方、縁側でひとりじっとうつむいていた正雄。自分を見上げた目が涙にうるんでいた。

――どうして無理にでも祝島に一緒に連れて行ってやらなかったのだろう。

やじ馬が屯《たむ》ろする道を、英雄は、どいてくれ、どけ、どいてくれ、と怒鳴りながら走った。数台の車がライトを点《つ》けたまま停車していて、大勢の人影が動いていた。その人だかりの中に、英雄は絹子の姿を見つけた。

「絹さん、正雄はどうした？」

「あっ、英さん。正雄がいないの。正雄が無事かどうかまだわからないの」

絹子が上擦《うわず》った声で説明し、英雄の手を握りしめた。絹子の指先がふるえていた。

その絹子の肩を源造がうしろから抱いて、

「大丈夫ですって、奥様。正雄さんはちゃんと戻ってこられますから」

と頷きながら言った。

「そうね。戻って来るわね。正雄は線路の上で遊ぶような子じゃないですもの」

母は自分に言いきかせるように何度も言って、英雄にむかってまた大丈夫よね、大丈夫よね、と同じ言葉をくり返した。

警察官と消防隊が来ていた。

「どうだ？　笠戸」

源造が堤の方を見上げて言った。笠戸は手にカーバイトをかかえて堤から降りてきた。

「どうなの、笠戸さん。どうだったの」

母のせっつくような言葉に笠戸は、

「まだ誰も見つかりません。沼の縁《ふち》や河岸を探していますが、風が強くてカーバイトの灯が届かなくて……」

笠戸は眉間《みけん》に皺《しわ》を寄せていた。

「親父さんはどこだ？」

源造が訊いた。

「鉄橋の上を探してらっしゃいます。江州と時雄が沼の方にいます。けど暗くて、このあたりの藪《やぶ》は草がえらく伸びてて、うまいことはかどりません」

笠戸はその場にしゃがみこむと、カーバイトの芯《しん》を取り替えはじめた。

「俺も行くよ」

英雄は堤に上ろうとした。

「英さん、英さんはここにいらして下さいまし」

背後から源造が英雄の腕を摑《つか》んだ。英雄は源造の顔を睨《にら》んだ。

「英さん、あなたはここにいてちょうだい」

母が叫んだ。

英雄は母をちらりと見てから、

「源造さん、正雄は俺の弟なんだよ。俺が探しに行くのは当たり前だろう。俺はもう子供じゃないんだ」

源造の手首を摑んで振り払った。

笠戸と並んで堤道を上り、線路沿いの砂利道を歩き出した。風が強かった。カーバイトの灯が音を立てている。風に灯が千切れそうになる。

「どうして子供が轢かれたってわかったの」

英雄は笠戸に訊いた。

「駅の操車場に入った貨物の車輪に、子供の足の一部が見つかったんです。別の車輪にも肉の欠けらがついてたそうです」

笠戸は冷静な声で言った。

「それがどうして正雄だとわかるの？」

「いや正雄坊ちゃんだとは決まっちゃいないんです。夕方からまだ家に戻って来ない子供が二人ほど、新町・古町界隈《かいわい》にいるんです。その子供たちの中に、正雄坊ちゃんの遊び友だちがいるって奥様がおっしゃって……。古町のペンキ職人の息子の姿を昼間、このあたりで見た者がいるんです。それに夕方になっても正雄坊ちゃんが戻られないんで、もしかして……」

笠戸に言われて、たしかに古町のペンキ職人の子供が、何度か家に遊びに来ていたのを英雄は見たことがあった。鉄橋に近づくと、顔にハンカチを当てて泣きながら子供の名前を呼び続けている女が二人いた。誰の目も血走っていた。

おーい、見つかったぞ。前方から男の声がした。線路沿いを照らし出していた灯りが一斉に声のした方向へむけられた。笠戸が走り出した。周囲にいた男と女たちの砂利を蹴《け》る靴音が重なった。英雄もあとに続いた。

現場へ着くと、何十個もの灯りが、線路から離れた葱畑《ねぎばたけ》の中を照らし出していた。七、八人の男が畑の隅に集まっていた。

「どけ、どけ。どかんか」

大声がして、黒い影が堤道を降りてきた。野太い声と大きな影で斉次郎だとわかった。

「いかん、今、検視中じゃ」

警察官の声がした。

「うるさい。わしの伜《せがれ》かもしれんのじゃ」

斉次郎が怒鳴り声を上げた。そのまま父の声は止《や》んだ。笠戸も英雄も十数メートル先の現場に近寄れず立ちすくんでいた。

こっちにもあったぞ、葱畑のむこうから男の声がして、合図をするように灯りが大きく輪を作って動いた。周囲にいた灯りがそこに走り寄った。

胴体だ、胴体があったぞ、と男の叫び声がそこから聞こえた。

「江州、江州」

と怒鳴り声がした。父の声だった。親父さん、とよく通る声が返ってきた。江州の声だった。笠戸が斉次郎のいる場所へ駆け寄った。英雄もすぐに後を追った。

「顔がないんじゃ、どこの子供かわからん。何を着て出たか、絹子に訊《き》いてこい」

「はい、わかりました」

江州が駆け出した。

英雄は今朝方、縁側で見た正雄の服装を思い出そうとした。たしか白いシャツに半ズボンを穿《は》いていた気がした。

「朝は、正雄は白いシャツを着とった」

英雄が大声で言った。

斉次郎が英雄の方を振り返って、

「下は何を穿いとった？」

と訊いた。

「半ズボンじゃったと思う……」

「何色のじゃ」

「よう覚えとらんが、黒か紺《こん》の濃い色じゃった」

「ベルトはしとったかや」

「そ、そりゃ覚えとらん」

「ちゃんと思い出してみんか。絹子を呼べ。絹子、絹子……」

斉次郎が大声を上げた。

そこまでは注意して見てはいなかった。その時、英雄は以前、正雄が大便をした時ベルトを糞壺《くそつぼ》に落したことがあったのを思い出して、以来ベルトを母がさせないことを思い出した。

「ベルトはしとらんはずじゃ」

英雄は斉次郎にむかって大声で言った。

背後から靴音が聞こえた。

「おやじさん、おやじさん」

江州の声だった。源造も一緒だった。江州は笠戸のそばまでくると、小声で、

「坊ちゃんは無事じゃった。今、女将《おかみ》さんが家へ戻られました」

と言って白い歯を見せた。源造が斉次郎に何事かを告げると、父は目を閉じていったん空を見上げてから顔を手で拭《ぬぐ》うと、一、二度大きく頷《うなず》いて英雄たちのいる堤にむかって歩きはじめた。

「いや、良かったです」

小声で笠戸が言った。父は堤の草に腰を下ろした。

「正雄はどこにおった？」

父の低い声がした。

「東の材木置場で寝とられたそうですわ。材木を囲んだ下で眠り込んでしもうたので、誰も見つけられんかったそうですわ」

「そうか……」

斉次郎の大きな溜息《ためいき》が聞こえた。

煙草《たばこ》をくれ、斉次郎の声に江州が煙草を差し出した。江州が点《つ》けたライターの灯に斉次郎の顔がおぼろに浮かび上った。顔の左半分にうっすらと血がついていた。子供の轢死《れきし》体《たい》を斉次郎は摑んだのだと英雄はわかった。

「英雄」

斉次郎が英雄を呼んだ。英雄が斉次郎のそばに行くと、

「なぜ、おまえがちゃんと正雄を見とらんかったんだ」

と斉次郎は静かな声で言った。

「すみません」

英雄は頭を下げた。

「まあ、いい。無事で良かった」

その時ひとりの男が堤の道を大声で、オサム、オサムと子供の名前を狂ったように

呼び続けて走ってきた。葱畑から女の悲鳴のような叫び声がした。

「引き揚げるか」

斉次郎が立ち上った。その声に皆がゆっくりと堤を上りはじめた。

線路沿いの砂利道を歩きはじめると、先刻まで緊張して見えた周囲の風景がおだやかな夜景に変わっていた。沼でそよぐ葦《あし》のざわめきと草の匂《にお》いが鼻を突いた。皆黙って歩いていた。前を歩く源造と江州の間で、斉次郎の背中がやけに大きく映った。千切れた雲の間から半月が覗《のぞ》くと、引き込み線のレールが鉛色に浮かび上った。……

高木の家へ戻ると、東の衆たちが斉次郎を出迎えた。斉次郎の不機嫌な表情に、ご苦労様でした、ご無事でよろしゅうございました、と挨拶《あいさつ》して東の衆は引き揚げた。

斉次郎は広場の洗い場で裸になって身体《からだ》を洗いはじめた。顔についた血糊《ちのり》を石鹸《せっけん》で洗っていた。

絹子が正雄を連れて斉次郎のところへ謝りにきた。

「どうも申し訳ありませんでした。私の目が届きませんで……」

絹子と小夜が深々と頭を下げた。

斉次郎は黙ったまま身体を拭うと、うつむいて立っていた正雄に、

「いいか、二度と線路のところへ行ってはいかんぞ」

と言って頭を撫《な》でた。

「ごめんなさい」

と正雄は消え入りそうな声で言ってしゃくり上げはじめた。すると斉次郎は、

「男がこんくらいのことで泣くな」

と怒ったように言った。

その夜、英雄は斉次郎に母屋《おもや》に呼ばれた。

「わしが家におらん時は、おまえが高木の家の長《おさ》だと言っているだろうが。高木の跡取りのひとりをあんな恰好《かっこう》で死なせるわけにはいかんのじゃ。いいか、今後こんなことが二度とないように、おまえが正雄のことをちゃんと見ておくんだぞ」

英雄が東の棟に引き揚げてからも、母屋の灯りは夜半まで点いていた。絹子が斉次郎に叱《しか》られているのが気配でわかった。

葱畑で見つかった轢死体《れきしたい》はペンキ職人の子供のものだった。首から上がなかなか見つからず、二日後に現場から少し離れた沼から発見された。

四人の子供たちが堤道まで釣りに出かけたのだが、貨物列車が通り過ぎてからその子供だけがいなくなったらしい。他の三人はしばらく探したが、日が暮れはじめたので、先に家に帰ったのだろうと思って、そこを立ち去った。ところが紡績工場の脇《わき》の

溜池に魚が跳ねるのを見つけて、また釣りをはじめた。親たちが心配しているところに、鉄道局からの連絡が警察に入った。

警察から連絡があった時、絹子はあわてて正雄を探した。正雄はいなかった。詳しい報《しら》せがその後入って、出かけたまま家に戻っていないのがペンキ職人の子供と正雄と聞いて、絹子は驚いた。英雄たちが祝島へ出かけた後、四人の子供が正雄を誘いにやってきて、正雄は彼等と出かけた。その中のひとりにペンキ職人の子供がいたのを絹子は覚えていた。正雄は途中まで皆と引き込み線の方へ出かけていたが、ひとりで家に戻り、材木置場で遊んでいるうちに寝込んでしまったらしい。

翌日の通夜《つや》と、翌々日の葬儀に参列した絹子は、家に戻ってくると塞《ふさ》ぎ込んだように一日母屋から出てこなかった。正雄も元気がなかった。あの日以来、外へ遊びに出ようとはしなかった。毎朝聞こえていたピアノの音もしなくなった。

五日程過ぎて、朝から古町界隈に太鼓の音が響いていた。水天宮の春祭りがはじまった。

その日の朝、英雄は野球部の後輩たちの練習を見に出かける前に、洗い場で顔を洗っていた。金盥《かなだらい》の残り水を朝顔の種を植えた垣に撒《ま》いていると、中庭越しに正雄がひとりで縁側に腰掛けているのが見えた。ガラス壜《びん》を膝《ひざ》の上に載せてうつむいている正雄の姿が痛々しく映った。

「正雄」

英雄が声をかけると正雄はちらりと英雄を見て、またうつむいた。

「どうじゃ、一緒に野球の練習を見に行かんか」

正雄はうつむいたまま首を横に振った。英雄は縁側に歩いて行った。背をむけるようにして座っている正雄の肩先がどこかかたくなに見えた。

「どうしたんじゃ、元気がないの。お父やんに叱られたんで、しょげてしもうとるのか」

正雄は首を振るだけだった。英雄は正雄の正面に腰を落とすと、ちいさな膝にそっと手を置いて顔を覗こうとした。しかし正雄はうつむいたまま伏せた目を上げようとしない。英雄は正雄の膝の上のガラス壜を見た。地蜘蛛《じぐも》が蠅《はえ》におおいかぶさっていた。

「おう、蜘蛛に朝飯を喰わしとるのか」

英雄はガラス壜を見直した。蠅にしては蜘蛛が食べようとしている虫は赤いな、と思った。英雄は目を見開いた。地蜘蛛にとらわれていたのはてんとう虫だった。英雄は正雄の顔を見た。正雄は憑《つ》かれたようにじっと、地蜘蛛の残酷な行動を見ている。

「正雄、何かあったのか」

　正雄はまた首を振った。指先がかすかに震えていた。震えは膝頭に伝わってガラス壜が小刻みに揺れた。

「よし、正雄、今日は一緒に水天宮へ行こうや。おまえの大好きな綿菓子を買うてやろう。そうじゃ金魚掬《すく》いもやろうな」

　正雄がかすかに頷いた。英雄は笑って正雄の頭を軽く叩《たた》いて立ち上った。

　英雄は後輩たちの練習を昼まで見て、グラウンドを出た。風呂敷《ふろしき》包みに野球用具を入れ、グラウンドの側道を歩きはじめた。バレー部の女子部員の甲高い声が聞こえる。英雄は立ち止まって校舎を振り返った。先月見た高校の建物に比べると中学校はすべてがちいさく見えた。こんなにちいさな校舎だったかと改めて思った。

　入学式の日には、この建物がひどく大きくて重々しく感じられた。あの日が昨日のことのように思われる。ポプラの並木越しに、体育館の屋根が陽差しに光っていた。山末や建将と並んで制裁を受けたことさえが、どこか別の世界で起こったことのような気がした。

　新校舎の建築現場の脇からリヤカーを引いた男が出て来て校庭を横切るのが見えた。

補導教師の木山だった。英雄は木山に、建将から葉書が届いたことを報せようかと思った。

――また養鶏場の掃除をさせられたらたまらんものな……。

木山が立ち止まって、首に巻いた手拭いで汗を拭い英雄の方を見た。英雄は頭を下げて、校門にむかって歩き出した。

新町が近づくに連れて、水天宮へお参りに行く人の数が増えて行った。紡績工場の方から汽笛の音が聞こえた。紡績工場へ引き込まれた線路を汽車が走っているのだろう。

事故の夜、葱畑の暗がりから聞こえた女の悲鳴が耳の奥によみがえった。

男たちが提げる電燈の灯りの中にちらりと見た肉塊を思い出した。ほんの一瞬しか目に入らなかったのだが、もしもあの肉塊が正雄だったら……と想像すると怖ろしい気がする。正雄でなくてよかったと思うが、一歩間違うと、あの肉塊は自分のものだったかもしれない。そうだとしたら死ぬということはひどく醜いことに思えた。自分の肉体も死んだ瞬間から、あんな無恰好なかたちになってしまうのだろうか……。

英雄は人混みの中を歩きながら、斉次郎は正雄が死んだら、もうひとり男の子を欲しがるのだろうかと考えた。斉次郎の言い方だと、正雄や自分の命より高木の家の方が大切に思えて来る。高木の家はそんなに大事なものなのか、英雄にはわからなかった。

家に戻ると、正雄の姿が見えなかった。絹子も出かけていた。東の棟も静かだった。小夜に正雄のことを訊くと、祭りに行ったと言う。英雄は着替えを済ませて、水天宮へむかった。

曙橋の袂《たもと》から水天宮まで、道の両脇にぎっしりと露天の店が並んでいた。

「よう、あんちゃん。金魚掬いはどうじゃ」

と声をかけられた。見るとツネオが金魚掬いの店の正面に座っていた。

「手伝ってるのか」

「金魚屋のおやじの飯の時間だ。まけてやるからやって行け」

「正雄を見なかったか」

「そういえばさっき通り過ぎた。声をかけたけど聞こえなかったみたいじゃ。見つけたら遊びに来いって言うてくれ」

英雄は正雄が遊んでいそうな場所を探したが、正雄の姿は見当たらなかった。陽が傾きかけて来て人出が増えはじめていた。

――家へ帰ったのだろうか……。

英雄は葵橋に立って入江の周辺を眺めた。春の祭りの〝船出し〟の祭壇用に設けられた台場の隅に、ちいさな影がぽつんと見えた。

正雄だ、と思った。

英雄は人混みの中を走り抜けて入江に出た。薄闇《うすやみ》のひろがりはじめた仮設台の突端で、正雄は海に打ち込まれた杭《くい》を片手で握りしめて、じっと水面を見つめていた。背後から聞こえる笑い声や露天商の掛け声も耳に入っていないようだ。淋《さび》しそうなうしろ姿はそのまま海の中に消えてしまいそうだった。

「正雄」

英雄は弟の名前を呼んだ。

正雄は英雄の声が聞こえないのか、じっと動かなかった。英雄はそっと近寄ると、黙って隣りに腰を下ろした。

「絹さんが心配してるぞ」

「………」

正雄は黙ったまま水面を見ている。

「何かあったのか」

正雄が鼻水をすすった。横顔を見ると、赤く腫《は》れていた。

「喧嘩《けんか》でもしたか」

正雄が頷いた。

「負けたのか」

正雄は首を横に振った。

「じゃいいじゃないか。おまえが家に戻らないと絹さんがまたお父やんに叱られるぞ」

「お父やんはずっと帰っておらん。兄ちゃん、なんで……」

そこまで言って正雄はしゃくり上げた。

「なんで、なんで高木の家の者は悪い奴《やつ》じゃと言われるんじゃ」

英雄は正雄の横顔を見た。

「そう言われたのか」

「うん、この町から出て行けって言うた」

英雄は顔を曇らせた。

「どうして高木の者が出て行かにゃならんのじゃ」

「高木の者は日本人じゃないから、皆出て行けって」

正雄が涙を拭いながら言った。

「誰がそんなことを言うた」

「古町の運送屋の子とそいつの兄貴じゃ、それに八百屋《やおや》のあんちゃんも俺のことを馬鹿《ば》っ垂《かた》れと言うて自転車の上から頭をこづいた。そうしたら皆が俺のことをそう言うて石を投げはじめた」

「そうか……」

「俺、俺、歌を、海の学校で教わった歌を歌うただけじゃったのに……」

正雄は声を上げて泣き出した。

「それで喧嘩をしたんか。ようやったの」

英雄は正雄の肩を引き寄せて、

「よう逃げんかったな、偉いぞ、おまえは」

とちいさな頭を撫でた。

「けど皆、俺より身体が大きいし、運送屋の子は空手道場に行っとるし……」

正雄はよほど悔しいとみえて、自分のズボンを鷲摑《わしづか》みにしていた。

「わかった、もう泣くな。泣いたら、お父やんにどやされるぞ。よし、そいつらを兄ちゃんが叱りつけたるから安心しろ」

英雄は正雄の両頰を手で包んで、頰を軽く叩いた。

家に戻った英雄は、正雄の話を絹子にだけ打ち明けた。

「そう、そんなことがあったの。ひどいことを言う人たちね」

「しょうがないよ。古町の運送屋も八百屋も、昔っからここに住んどる連中だから……。俺が店の前を通ってても、いい顔はせんもの」

「英さんにもそんなの」

絹子が目を見開いた。

「別に気にしとりはせんけどな」

「父さんや源造さんたちに言わないでよ、この話を」

絹子は広間の方をちらりと見て言った。

「母さんがその人たちにちゃんと話してきますから」

絹子は唇を噛《か》んだ。

「話してもわからんと思うけどな」

英雄が言うと、

「そんなことはありません。同じ人間なんですから、ちゃんと話せばわかります」

と絹子は強い口調で言った。

英雄が東の棟へ行こうとすると、小夜が顔を真っ赤にして、

「英さん、あの生意気な女の子が広間に来てますよ」

と怒ったように言った。

「あっ、そうそう言い忘れたわ。さっき美智子さんが英さんを訪ねて来たわ。東京へ引っ越したんですってね、美智子さん」

絹子が言った。

「美智子が来てる？」

英雄は驚いて東の広間の方を見た。

「失礼な子ですよ。入って来るなり、ただいまって私に言ったんですよ、あの子」

小夜が頰を膨《ふく》らませて言った。

「小夜、そんなふうに言わないの。いい子じゃない。美智子さんは明日、九州へ行くんですって……」

絹子が縁側にいる正雄の方へ歩いて行った。

広間へ行くと、美智子は東の棟の衆の宴の中に入って手拍子《てびょうし》を打っていた。

美智子は英雄の姿を見つけると、飛び跳ねるようにして立ち上り、英雄に抱きついて来た。

「どこへ行ってたのよ。せっかく逢《あ》いに東京から来たっていうのに……」

首に回した美智子の手と頰に当たる髪がくすぐったかった。

ようよう、お二人さん、お熱いね、さすがは大将の二代目だ、もてるね、と東の衆がひやかした。英雄はあわてて首に回した美智子の手を解き、押し返した。美智子は衆にむかって手を振っている。頰が紅潮していた。

「おまえ、酒を飲んだのか？」

英雄は呆《あき》れた顔をして美智子を見た。金魚婆《ばあ》が笑って二人を見上げていた。また手拍子がはじまり、金魚婆と女衆が二人踊りはじめた。英雄が美智子の隣りに座ると、目の前にどぶろくが入った茶碗《ちゃわん》があった。

「美智子、やめとけ。この酒を呑《の》むと立てなくなるぞ」

「大丈夫、私は酒豪なの」

「英さん、心配ないですよ。このお嬢さんはそのあたりの男よりも強そうですから」

江州が笑って言った。宴会はひさしぶりに盛り上っていた。英雄は東の衆を眺めていて、いつもならここに斉次郎と源造の姿があるのにと思った。斉次郎は徳田の町へ行ったきりだった。正雄の事件があった夜、斉次郎はたまたま戻って来ていた。しかし翌朝にはもう出て行ってしまった。

英雄は正雄のことが気になって母屋《おもや》へ戻った。

台所へ行くと、小夜が柱に凭《もた》れかかってうたた寝をしていた。居間では母も正雄も眠っているのか、部屋の灯が豆電球の灯に変わっていた。正雄の様子を見ようとそっと上ると、奥から話し声が聞こえた。見ると、半開きになった障子戸《しょうじど》の間から、寝所にいるふたつの人影がそこだけ浮き上って見えた。

「じゃ、どうしてお父やんはこの町へ来たの？」

正雄の声だった。

「父さんの生まれたところはとても貧しいところだったからよ。お米を作ってもほんの少ししか穫《と》れなかったの。だから父さんはこの町へ来たの」

絹子の静かな話し声が聞こえた。

「この町ならいいの？」

「そう、この町なら一生懸命働いたら働いた分だけお米も買えるし、それで正雄君や英さんや、私も暮らして行ってるでしょう」

「じゃ、どうして俺にここを出て行けって、あの人たちはいじわるを言うの」

「きっと正雄がうらやましいんでしょう」

絹子の笑い顔が浮かんだ。

「何がうらやましいの？」

正雄も懸命に聞き返している。

「父さんや東の棟の人が楽しそうにやってるからじゃない」

「それだけで、俺に石を投げるのか」

「石を投げたのは、その子たちが悪いと思うわ。ほら、正雄がいつか母さんに話してくれたでしょう。アフリカの動物たちの本の話」

「アフリカの動物の本の話？　そんな話したかな……」

「ほらアフリカで動物たちは、水の飲めるオアシスに集まった時は皆、喧嘩なんてしないんだって。象もキリンもサイも皆仲良しでお水を飲んでるって……」

英雄も同じ絵の載っている本を母屋で見た覚えがあった。

「うん、オアシスではね」

「この町はオアシスと同じなのよ」

「オアシスと同じなの？」

「そう、おいしい水があるから、いろんなところからいろんな人が集まってくるのよ。私たちの家だってそうでしょう。源造さんだって江州さんだって幸吉だって、金魚婆さんだって、皆いろんなところから集まって仲良くしてるじゃない。誰ひとりこの家から出て行けなんて言わないいじゃない。オアシスと同じよ」

英雄は絹子が自分にも話している気がした。

「うん……」

「今はよくわからなくても、正雄も大きくなったら、きっとわかるようになるわ」

「そうかな……」

「そうよ。それともうひとつ、人に殴られたからって殴り返しては駄目よ」

「痛くても？」

「そう、男の子なら我慢しなきゃ」

「それじゃ、痛い分だけ損じゃないか」

正雄が不満そうに言った。

「相手の人も痛いからって、また殴ってきたらどうするの？」

「また殴ればいい」

「それじゃ、最後に大怪我《おおけが》をするじゃない。石を投げた子たちは母さんがよく叱《しか》っとくから、仲良くやって行ってね」

「八百屋のあんちゃんは？」

「八百屋さんにも母さんがちゃんと言っときます」

「うん、わかった」

「じゃおやすみなさい」

絹子の立ち上る気配がした。

英雄はあわてて台所へ行こうとして、足元の卓袱台《ちゃぶだい》につまずいた。廊下で絹子に見つかった。

「あら、そこにいたの、英さん」

「う、うん」

絹子は英雄の顔をじっと見て、

「しばらくは正雄のこと、よく見ていてやってね」

と両手を胸元で合わせた。

「わかってる。あっ、そうだ、美智子に帰るように言わなくちゃ」

英雄が引き返そうとすると、

「美智子さんは今夜、泊って行くそうよ」

と絹子が言った。

「えっ、どうして？」

「今夜は家に帰っても誰もいらっしゃらないんですって。明日は九州へ行くんで早いからって……、明日は〝船出し〟で、朝からお客さんが多いから早く起きてちょうだいね」

英雄が広間に戻ると、美智子は東の衆と祭り見物に出かけていた。英雄は真《ま》っ直《す》ぐ部屋へ戻った。


翌朝、台所へ行くと、美智子が朝食を摂《と》っていた。

「おはよう、英雄君」

「ああ、おはよう」

英雄が顔を洗いに広場の方へ歩き出すと、小夜が追い駆けてきて、

「あの子、いったいどういう子なんですか。奥さまのことを、お母さんなんて呼んで、図々《ずうずう》しいったらありゃしない」

と忌々《いまいま》し気に言った。

「悪気はないんだよ。ああいう子なんだ」

「あの子、英さんのお嫁さんになろうとしてんじゃないですか」

英雄は思わず小夜の顔を見返した。

「変なことを言うなよ」

英雄が怒ったように言うと、

「そうですよね」

　と小夜は安心したように台所の方へ帰って行った。

「英さん、おはようございます」

　江州が手拭《てぬぐ》いを肩にかけて井戸端に立っていた。

「おはよう。昨夜《ゆうべ》は遅かったの？」

「でしたね。英さんの同級生の子、なかなかですね。以前逢った時より大人になってます」

「そうなのかな……、東京へ引っ越して行くんだよ」

「そりゃあ、淋《さび》しくなりますね」

「そうだね」

「あの子は酒も強いが、あんなふうに俺たちと打ちとけるのは、よほどこがいいんですよ」

　と言って、江州は胸元を指さした。

「江州さん、ちょっと話があるんだけど、いいかな」

「かまいませんよ。何でしょう？」

　英雄が母屋の方を気にすると、

「材木置場へでも行きますか」

と江州が言った。英雄は江州に、昨日の正雄のことと絹子が正雄に話していたことを話した。江州は黙って聞いていた。

「江州さん、もう何年も前になるけど、俺が喧嘩《けんか》のことを相談したことを覚えてる？」

それは英雄が小学生の時で、今の正雄と同じようにいじめられたことがあった。

「そんなことがありましたっけね」

「ほら、高木の家では犬を喰ってるって、俺が学校でいじめられてた時があったんだ」

「そうでしたっけ。で、正雄さんのことを英さんはどうしたいんですか」

江州が英雄を見て訊《たず》ねた。

「俺は正雄に石を投げた子たちには、ちゃんと正雄が投げ返して、謝らすべきだと思う」

英雄はきっぱりと言った。

「いいんじゃないですか、それで」

江州は素っ気なく言った。

「絹さんは、仕返しはいけないって正雄に言ってたよ」

「男と女の考え方は違います。このままだと相手は正雄さんにまた石を投げますよ」

「俺もそう思う」

「ただ……」

江州が口ごもった。

「ただ何？」

英雄は江州の目を覗《のぞ》き込んだ。

「正雄さんがそれでもいいのなら、何もしなくていいんじゃないですかね。相手に立ちむかって行くことが怖いんなら、それはそれで、このままでもいいと思います」

江州の言葉は冷たく聞こえた。

「正雄はまだ子供だよ」

「こういう話には大人も子供も関係はないんです。子供って言い出したら、英さんだって私から見れば子供ですよ。ここら界隈《かいわい》の連中には、どっちが強いかはっきりさせといた方がいいんです。あの運送屋も八百屋も、子供だけが高木の家のことをそんなふうに思ってるんじゃないんです。普段から子供の前で親も同じことを口にしてるから、子供がそう言ったんです。それだけのことです。ガキは他所者《よそもん》も何もわかっちゃいないはずですから……」

江州が英雄の目を見た。鋭い目つきだった。

台所へ行くと、正雄が食卓についていた。まだ左の頰が少し腫れていた。英雄は正雄の隣りで朝食を食べながら、

「正雄、今日は昼から鮒《ふな》か鯉《こい》でも釣りに行こうか」

と言った。

「うん。俺、屋敷町にある沼で、鮒がいっぱいおるところを知っとるんだ」

「そうか。じゃそこへ行こう」

朝食を終えて縁側から広間を覗くと、もう大勢の人たちが到着していた。

「ねぇ、あの人たち何をしにきてるの？」

美智子が母屋の縁側で、旅行鞄《かばん》に衣服を詰めながら訊《き》いて来た。

「今日の夕方〝船出し〟の後で、戦災で亡《な》くなった人の慰霊祭があるんだ。戦争が終る年の三月に、この町は空襲に遭《あ》って大勢の人が死んだんだ。その家族が集まってくるんだ。山の方から来た人や昔この家に居て今は遠くへ行ってる人が戻ってきて、死んだ人の供養《くよう》をするんだよ」

「じゃ皆、この家に泊って行くの」

「泊る人もそうじゃない人もいるんだろう」

「この家はいつもこんなに賑《にぎ》やかなの」

「そんなことはないよ。ただ他の家より少し大勢の人が住んでるだけさ。そう言ってる君だって泊ってるじゃないか」

「へへへッ、そうなんだけど。ほら、私はママと二人でずっと暮らしてきたから、こんなに大勢の人と一緒にいるとなんか楽しくなってくるのよ」

美智子が笑いながら言った。

「それがわずらわしい時もあるよ」

「へえー、そんなものかな。さてと支度もできたし出かけようかな」

美智子が立ち上って、スカートを叩《たた》いた。

「駅まで送って行くよ」

「いや、送らないで。だったらバスの停留所まで送ってくれる」

「わかった」

美智子が東の衆と絹子に挨拶《あいさつ》している間、英雄は玄関先に伏せているビクを撫《な》でていた。ビクは斉次郎が不在の時は、こうして一日中玄関先に居座って動こうとしない。

美智子が出て来て、二人はバス停まで並んで歩いた。

「皆いい人たちね。英雄君が羨《うらやま》しいわ。私、英雄君がどうしてやさしいのか、少しわかった気がする。あんな人たちの中で暮らしていれば人が信じられるようになるものね」

英雄は話しながら歩く美智子の横顔をちらりと見た。前に逢った時より少し大人びて見えた。顎《あご》をやや上げ気味にして歩く美智子の横顔は美しかった。夢に出て来た美智子より、今、かたわらで朝の陽差しにかがやいている美智子の方がいっそう美しいと思った。こんなふうに美智子を見るのは初めてのことだった。

「私、本当のパパに逢《あ》いに行くの……」

美智子がぽつりと言った。

「私を七歳の時まで育ててくれて死んじゃった人は、私の本当のパパじゃないの。本当のパパは、長崎にいるの。私、その人に逢って、あなたの娘はこんなに大きくなりましたよって報告したいの。それだけを言いに行くの。おかしいでしょう」

美智子は立ち止まって英雄を見た。

「俺はおかしいとは思わないよ。君を見たらきっと喜ぶよ」

英雄が言うと、

「本当にそう思う？」

と瞳《ひとみ》を見開いて訊いた。英雄は美しい瞳を見つめて大きく頷《うなず》いた。

「長崎の帰りにもう一度家へ寄ってくれないか……」

「お邪魔していいの？」

「うん。きっと皆喜ぶよ。それに……」

英雄が口ごもると、

「それに何？」

「いや、何でもない。ともかく待っているから必ず戻って来てくれ」

二人が話していると新町の方からバスが来るのが見えた。二人はバスに手を振りながら停留所にむかって走った。

家に戻ると、隆と太郎が広場に突っ立っていた。

「どうしたんじゃ、こんな早くから」

「英ちゃん、知っとったか」

隆が駆けよって来て言った。

「何を？」

「美智子が戻って来とることを。昨日の夜、ツネオが美智子を見たと言うとった。なんでも男二人と祭り見物に来ていたらしいんじゃ」

「美智子ならたった今、バスに乗って出かけたぞ」

「えっ、どこへ行ったんじゃ」

隆と太郎が外へ出ようとした。

「もう遅いって。これから長崎にいるおやじに逢いに行くと言っとった」

隆が肩を落して太郎を見た。太郎もどこか元気がない。

「どうしたんじゃ、二人ともしょげてしもうて……」

英雄が二人を見て首をかしげた。隆が決心したように唇を嚙《か》んで話し出した。

「実は俺たち二人とも美智子に惚《ほ》れとることがわかったんじゃ。それで俺と太郎のどっちを美智子が選んでもええから、告白することにしたんじゃ」

「告白？」

「そうじゃ。俺も太郎もずっと美智子が好きじゃった。それがわかった時、俺たちは約束した。どっちも抜けがけはせんと。じゃけどこのままじゃったら、二人とも頭がバラバラになってしまうから、美智子に決めてもらうことにして、東京まででも逢いに行こうと話しとったんじゃ……」

「そうなのか……」

「美智子はもう戻って来んのじゃろうか」

隆が泣きそうな顔で言った。

「いや、長崎の帰りにもう一度、ここに寄ると言うとった」

「本当か、その話?」

隆の顔が急に明るくなった。

「本当じゃ、約束したから」

よかったのう、隆は太郎と手を握り合っていた。英雄は喜ぶ二人を複雑な気持ちで見ていた。


昼食を済ますと、英雄は正雄と東の棟の海側の門から外へ出た。正雄が釣竿《つりざお》と魚籠《びく》を手に、

「兄ちゃん、屋敷町はむこうだよ」

と言った。英雄は材木置場で立ち止まった。

「正雄、屋敷町には行かないんだ。その竿も魚籠もここへ置いて行くんだ」

正雄は英雄の顔をじっと見上げた。

「俺はこれから八百屋《やおや》のあんちゃんと運送屋の兄弟のところへ行ってくる。おまえは石を投げた連中のところへ行けるか?」

正雄は眉間《みけん》に皺《しわ》を寄せてうつむいた。

「怖いか」

正雄は頷《うなず》いた。

「俺だって平気じゃない。けどこのまま俺と正雄が黙っていたら、ずっとそいつらの顔を見るたびに、俺たちは逃げてなきゃいけないぞ。それでもいいんなら、ここで待ってろ」

正雄は唇を噛んで立っている。竿を持った手が小刻みにふるえていた。英雄は正雄の手から竿と魚籠を取り上げて材木の上に置いた。

「石を投げた奴《やつ》は何人だ」

正雄は右手の指を四本立てた。

「四人か、皆おまえより強そうか」

正雄は首を横に振った。

「よし、じゃ行こう」

正雄がちいさく頷いた。英雄は早足で歩きはじめた。背後から正雄の足音がついて来た。

新町の原っぱに子供たちが遊んでいるのが見えた。

「あの中にそいつらはいるか……。何人いるんだ？」

正雄は子供たちを見て頷き、指を二本立てた。

「よし、なら行ってこい。兄ちゃんはここで待ってる。いいか二人の内の強そうな奴にむかって行け。そいつの鼻先に頭から突っ込め。わかったな」

正雄は英雄の顔を見て、一目散《や》に原っぱにむかって走り出した。

子供たちが遊ぶのを止めて、二人の子供が正雄の前に立った。たしかに正雄より大きな相手だった。他の子供たちが正雄たちから離れた。正雄はいきなり頭から相手に突進して行った。相手がもんどり打って倒れた。大きな泣き声が原っぱに響いた。泣きながら立ち上った相手が正雄に抱きついた。正雄と相手が草の中に消えた。相手の上半身が見える。手を振り上げていた。しばらくして相手が立ち上った。やられたかと見ていると、その相手が片足を挙げて傾いた。正雄の上半身が見えた。ちいさな背中が犬のように丸くなっていた。何かに似ていると思った。ビクに似ていた。ビクが身体《からだ》の倍もある欠け目の犬に牙《きば》を剝《む》いて戦っていた時に、正雄はそっくりだった。正雄が立ち上った。口を拭《ぬぐ》っている。血でも出ているのだろう。もう一人の相手が逃げ出した。英雄はそれを見て、古町の八百屋のある方角へ歩き出した。

配達から帰って来た八百屋の若衆を、英雄は古町の通りの中央で止めた。若衆は怪《け》訝《げん》そうな顔で英雄を見た。英雄は高木の名前を言い、弟を殴ったかどうかを問い質《ただ》した。それを聞いた若衆は一瞬表情を変えてから、それがどうした、とふてぶてしそうに言った。英雄は若衆につかつかと歩み寄ると、荷台を蹴《け》り上げて自転車を突き倒した。すぐに道に転んだ若衆に組みつき、馬乗りになった。

喧嘩だ、喧嘩がはじまったぞ、と古町の連中が集まって来た。八百屋のあんちゃん、負けんなよ、と声がかかった。誰だ、あの若造は、と遊び人風の男が近寄って来た。英雄は大声で、やかましい、俺は高木の、高木英雄だ。文句がある奴はこの喧嘩の後で相手になってやる、と怒鳴りつけた。

若衆の唇から血が流れていた。英雄は若衆の胸倉を摑《つか》んで、詫《わ》びを入れるか、このまま殴られたいか、と横面《よこつら》を拳固《げんこ》で殴りつけた。若衆の顔から血の気が引いていた。新町の方からトラックがクラクションを鳴らして近づいて来た。英雄はかまわずに相手を殴り続けた。

運送屋の兄弟は高校生だった。店を訪ねると父親が出て来た。英雄は父親に弟が殴られたことを説明し、葵橋の袂《たもと》の原っぱで待っているから伝えて欲しいと言った。父親は英雄に他所者が生意気な口をきくなと怒鳴った。父親は英雄に歩み寄ると胸倉を摑んで、わしが相手になってやる、と顔をひん曲げて言った。

その時、父親の腕を背後から摑んだ者がいた。振りむくと江州が立っていた。どうして江州がここに、と思った。江州は英雄に、表通りの喧嘩はもう東の棟まで届いてますよ、と笑ってから、運送屋にむかって、ガキの喧嘩はガキ同士でやらせろ。おまえは俺が相手になってやる。今すぐで都合が悪いなら、助っ人《すけと》でも何でも呼んで来い。こんなちんけな運送屋、夕方までにぶっ潰《つぶ》してやるぜ。手前、飲み屋で高木のことをいいように言ってるらしいな、と啖呵《たんか》を切った。

運送屋は店の裏手にある住居から伜《せがれ》たちを呼んで来た。江州が、喧嘩に立ち会いましょうか、と言ったが、英雄は断わった。

兄弟との喧嘩《けんか》は二人とも空手の心得があって手強《てごわ》かった。喧嘩のことを聞きつけたツネオと太郎が廃工場跡の草っ原にやって来た。相手の拳《こぶし》が顔や頭に当たる度に、瞼《まぶた》の奥から火花が見えた。自分がくたばったら、正雄が表通りを歩けないと思った。それが英雄を諦《あきら》めさせなかった。

喧嘩はどっちが勝ったのか、わからなかった。最後は三人とも草叢《くさむら》にへたり込んでいた。英雄はツネオと太郎に抱えられるようにして家に戻った。……

夕暮れ、英雄と正雄の顔を見て、絹子が声を上げた。

英雄は正雄と二人で材木置場へ行った。腫《は》れ上った正雄の顔を見て英雄が笑い出すと、正雄も左目が潰《つぶ》れそうに膨《ふく》れ上った英雄を見て笑い出した。小夜が薬箱を手に材木置場へ駆けて来た。

「薬をつけても同じだよ、小夜」

英雄が言うと、小夜は顔を歪《ゆが》めて二人を交互に見ていた。

「えらい派手になさったんですな」

源造が江州とやって来た。

「しかし、正雄坊ちゃんまでがこんな暴れん坊だったとは、源造は思いもしませんでした」

源造が目を細めて正雄を見た。

「古町じゃ、もう評判ですよ」

江州が笑いながら言った。

「どうしてあなたたちはそんな言い方しかできないんですか」

大声がして、絹子が立っていた。

「源造さん、子供たちをこういう野蛮なことに引き込むのは止めて下さい」

絹子が源造と江州を睨《にら》みつけた。源造は頭を掻《か》きながら、絹子に詫びていた。

無数の二十日鼠《はつかねずみ》が波頭の上を走っている。

その鼠を捕えるように鷗《かもめ》の群れが急降下した。水面に突っ込む寸前に羽をひろげて彼等が捕えるものは、鼠に見えた白波の下にむらがる小鰺《こあじ》である。

白波が立っている。風が強い。

船は佐多岬の突端を越えて外海に出た途端、大きく揺れはじめた。

「思うとったよりは波がありますのう」

背後から源造の声がした。

「英さん。気をつけて下さい。急にでっかい波に当たることがありますから」

英雄は船の舳先《へさき》に立って前方を見つめたまま頷《うなず》いた。

「このくらいの方が、潮に乗れて丁度ええ塩梅《あんばい》でしょう。三時前までにゃ南風浜《はえはま》に着きますわ」

操舵《そうだ》室の方から、笠戸の怒鳴り声が潮風に千切れながら聞こえてきた。

右手に祝島が四月の霞《かすみ》に青く揺らいでいる。そのむこうに瀬戸内海の小島が、空と海の境界線におぼろに並んでいる。

英雄は溜息《ためいき》をついた。深くて大きな吐息《といき》だった。先刻浴びた潮がもう乾いて、手の甲に薄っすらと塩の跡が浮かんでいる。英雄は手の甲をそっと嚙んだ。苦い味が口の中にひろがった。苦味を消すように唇を嚙んで唾《つば》を海に吐き捨てた。

潮の色が濃緑色に変わると、船は船首をやや西にむけた。すぐに向い風がシャツを膨《ふく》らませ、ぱたぱたと音を立てた。風はまだ冷たかった。

それでも英雄は腰に巻きつけたセーターを着なかった。素肌に潮風が当たる感触はひさしぶりだった。船が大きな波を砕き、飛沫《しぶき》が上った。セーターにかかった水滴を払った。セーターに触れると、朝方家を出る時に見た母の絹子の顔が浮かんだ。

「ちょっと待ってて英さん。海は沖に出ると寒いからセーターを持っていって……」

お手伝いの小夜にセーターを取りにやらせている間、絹子は英雄に何かを言いたげだった。

「夕方から天気が崩れるって言ってたから、早く帰ってきて下さいよ」

「うん、わかってる。ぶらっと行ってくるだけだから」

「帰りの汽車賃は持ってるのね」

「大丈夫だって」

「奥様、南風浜までは三時間もあれば着きますから、ご心配なく」

南風浜に一緒に出かける源造が絹子に言った。

いつもなら源造の言葉に丁寧に返事をする絹子が、源造を見ようともしない。英雄は絹子の無愛想の理由が何となくわかっていたが、そんな態度をわざと見ぬふりをした。

「南風浜に着いたら、すぐに徳田の町をぶらっと歩いてから帰るだけだよ」

英雄の言葉に、絹子は安心したように頷いた。

「何をしに行くんですか？　南風浜まで」

セーターを持ってきた小夜が訊《き》いた。

「いちいちうるさいんだよ」

英雄は苛立《いらだ》たしそうに言うと、小夜の手からセーターを取った。

母の不機嫌も面倒だったし、源造たちの必要以上に母を気遣う態度も鬱陶《うっとう》しかった。英雄はこの春先から、自分の周囲に起こるさまざまなことがひどく煩《わずら》わしく思えた。何もかもが面倒臭かった。

船が波にぶつかるたびに水飛沫が顔に当たった。外国航路の船が右手前方から近づいてくる。小島ひとつもありそうなタンカーだった。ゆっくりとすれ違う。英雄は船の横腹に記された文字を読んだ。

ＳＩＮＧＡＰＯＲＥ。

——これからシンガポールへ戻るのだろうか……。

英雄は近頃、高木の家を出てどこか遠いところで暮らしてみたい、と思うことがあった。

「こうして海から南風浜へ行くのもひさしぶりになりますな」

源造の声が背後で聞こえた。

「昔はよく皆して海水浴へ行きましたな。近頃は誰も皆忙しゅうなってしまって、あの頃のように総出で潮遊びも花見もせんようになりましたな」

英雄は黙って海を見ていた。

「春の休みはいつまでですか」

「あと五日だよ」

「高校への入学お目出《めで》度《と》うございました。華北高校は名門ですから。さすがは英さんです。源造の孫がこの春に広島の学校へ上りますわ」

「そう……」

英雄は素っ気なく言って、左手の岬の方を見上げた。源造の立ち去る気配がした。

源造があんなふうに自分に話しかけてくるわけが英雄にはわかっていた。

五日前の夜、源造の前で言い切った言葉が〝高木の家の大番頭〟と呼ばれる源造にはよほどショックだったに違いない。でもあれは自分の本当の気持ちを言ったと英雄は思っている。

——源造さん、僕は高木の家を継がないよ。

英雄がはっきりと言った時、源造は口を半開きにして英雄を見つめたまま、喉《のど》に何かを詰まらせたように胸元を叩《たた》いて、ごくりと生唾を飲み込んだ。

——僕には他にやりたいことがあるんだ。だから高木の家を継ぐつもりはないんだ。このことは父さんにはいずれ言う。

源造は何も言わずに、皺《しわ》だらけの顔に目だけを見開いて英雄を見つめていた。

船は岬を巡るようにして海岸線を進んで行った。

岬をひとつ過ぎると、ちいさな漁村があらわれた。皆漁に出はらっているのか、人気のない浜には干した網だけが淋《さび》しく風に揺れていた。

船が船首を沖へむけた。浅瀬があるのだろう。前方の海の色がそこだけ黒く映っている。

「おう、また船が来よるわ。あれはでっかいぞ」

笠戸の声に沖合いを見ると、大型船がゆっくりと進んでくるのが見えた。

英雄はぼんやりとその船を眺めながら、この春先から自分の周辺に起こった鬱陶しい出来事を思い出していた。少し前までは感じもしなかった高木の家の中の自分の立場や、父と母のぎくしゃくしたやりとり、東の衆の無神経な噂話《うわさばなし》などが、ひとつひとつ煩わしいことに思えた。

昨日の夕暮れにも嫌なことがあった。辰巳《たつみ》開地《かいち》のツネオの家へ遊びに行った帰り、海側の門から家へ入ろうとした時、

「ちょっと、君……」

と声をかけられて振りむくと、薄汚れたコートのポケットに両手を突っ込んだ男が近づいてきた。見知らぬ顔だった。

「何ですか？」

英雄が言うと、

「君、その高木の家に住んどるのか」

と尋ねられた。

「そうだけど……」

冷たい目をした男だった。

「最近は人の出入りは多いかい」

男が家の様子を訊いた。

「人の出入りって？」

英雄が訊き返すと、

「だから他所者《よそもん》が入ってきてるかってことだよ」

と男は念を押すように言った。

「おじさん、誰なの？」

「おじさんは高木さんの知り合いさ」

男が嘘《うそ》をついているのがわかった。

「なら入っていって見てみりゃいいじゃない」

英雄は材木置場越しに揺れる柳の木の方を見て言った。

「いや、いいんだ」

「おじさん、警察の人？」

男は一瞬表情を変えてから、細い目を糸のように細くして英雄をじっと睨んだ。英雄も目を逸《そ》らさなかった。男は礼も言わずに古町の方へ歩き出した。

家に戻って、時雄に男の話をすると、

「警察の者でしょう。一昨日《おととい》の夜、新町の質屋に押し込み強盗が入ったんですよ。あいつら何か事件があると、ここを見張りやがるんです」

と忌々《いまいま》しそうに言った。

「その強盗と家《うち》は関係ないだろう？」

「関係なんぞありませんよ。連中が勝手に、ここに逃げ込んでると思ってるんですよ」

「犯罪者を匿《かくま》うようなことをしたことがあるの？」

「そりゃ、昔はいろんな人間が出入りしていましたからね……」

時雄の口振りには、高木の家に犯罪者が出入りしていたと聞こえるものがあった。

五日前の夕刻も、広間の脇《わき》にある納戸《なんど》に金槌《かなづち》を取りに行った時、炊事場の脇で東の女衆と小夜が話しているのが耳に飛び込んで来た。

「小夜さん、あんた聞いたかね」

柳の鳴る音にまぎれて、東の棟の女の声が聞こえた。

「何ですか？」

「神戸からおやじさんが連れてきたあの女が、南風浜の方で子供を産んだそうじゃがね。あの女、新町で見かけた時、妙に下腹を撫《な》でてるなと思うとったら、妊娠しとったんじゃね」

斉次郎の子供が徳田で生まれたという噂は英雄も聞いていた。あの女だと思った。

一月に、冬だというのに葵橋の上で日傘を差して歩いていた女だ。

「そうなんですか……」

「そうなんよ。じゃから、その赤ん坊はおやじさんの子供いうことよ」

「本当ですか」

小夜が急に声を潜《ひそ》めて言った。二人の話し声は、広間の暗がりにいた英雄にははっきりと聞こえた。

「おやじさんもよっぽどあの女が気に入ったと見えなさるの。いったいどこがええんじゃろうか、あげな女。鼻の先から歩くみたいにしてふんぞり返っとる女が」

英雄は葵橋の上で逢《あ》った女の表情を思い浮かべた。

「私も買い物の帰りに見ましたけど、なんか人を馬鹿《ばか》にしたような目で、好きじゃありませんよ、あんな女」

玄関の方から人が入って来る気配がした。草履《ぞうり》の足音で絹子が寄り合いから戻ってきたのがわかった。

「そうかね、小夜さんも好きじゃなかったかね。私もあんな女は大嫌いじゃね。おやじさんはどこが良うてあんな女に子供まで産ませたんじゃろうね」

「それって、本当の話なんですか」

「本当に決まっとるわ。昨日も笠やんが南風浜に届け物をして帰ってきたんじゃから。小夜さん、知らんのは母屋《おもや》だけよ」

　女がまた声を潜めた。

「そうなんですか」

　小夜が驚いたように言った。

「そうよ。女将《おかみ》さんが可哀相《かわいそう》よね。女将さんの方がよほどええ人なのにね」

「比べもんになりませんよ」

「けど男と女いうもんは、外から見とるもんとはぜんぜん違うもんじゃからね」

「それって、どういう意味ですか」

「あんたまだ若いわ。わからんかね。これ、これよ」

「あっ、卑《いや》らしい」

　ヒヒヒッと卑猥《ひわい》な女の笑い声に小夜の嚙《か》み殺したような笑い声が重なった。……

　その夜、英雄は源造を訪ねた。源造は風呂《ふろ》上りだったのか、ステテコひとつで縁台に座り、煙草《たばこ》を吸っていた。

「ちょっといいかな、源造さん」

「ええ、かまわんですが」

源造は嬉《うれ》しそうな顔をして、自分が敷いていた座蒲団《ざぶとん》を叩き英雄にすすめた。

「いいんだ、源造さん。ちょっと外で話したいんだけど、いいかな」

英雄が言うと、

「はい、私も表で風に当たろうと思ってましたから」

源造と海側の門から材木置場へ行くと、風は宵《よい》の口よりは冷たくなっていた。

「歳《とし》を取ったんでしょうかね。少し無理をすると背中が重たくなりますわ」

源造は七分袖《しちぶそで》のシャツから出た黒い腕をさすりながら言った。源造の言葉を消すように柳の葉が大きな音を立てた。源造は塀越しに柳を見上げた。源造の日焼けした顔が月明りに浮かんだ。

「今日あたりが、春一番なんでしょうかね……」

源造は大柳を見上げて言った。

「源造さん、実はちょっと訊きたいことがあったんだ」

「何でしょう」

源造は、唇を凜《りん》と閉じて英雄を見上げていた。話を切り出し辛《づら》かった。

「源造さん、……僕は高木の家を継がなくちゃいけないの」

思い切って口にすると、源造は一瞬目をしばたたかせた。

「どうしてそんなことを訊かれるんですか」

「父さんがそう言ったんだ。二月の誕生祝いの夜に。けど、どうして僕が高木の家を継がなくちゃいけないのかが、よくわからないんだ」

源造は英雄の顔をまじまじと見て一度ゆっくりと頷いてから、

「英さんは高木の家の長男ですし、英さんが早く大人になって下すっておやじさんを助けてもらえたら、高木の家はもっともっと大きくなると源造は思っております」

と答えた。

「そりゃ源造さんの言うことはよくわかるよ。けど、僕は……」

「英さん、わしたち高木の者は、英さんとおやじさんが力を合せてやって下さる時をそりゃ楽しみにしとります。英さんなら、おやじさんがこしらえた高木の家をもっと大きくできると思うとります。英さんには学問がある。わしらにはそれがありません。これからの仕事は腕力だけじゃ上手《うま》く行きません。それを英さんがやってくれると皆待っております」

「僕が言いたいのはそんなことじゃないんだ。高木の家、高木の家って、皆はふた言目には口にするけど……、父さんも自分が死んだら僕が高木の家を守れって言った。けどその時、僕が死んだらって訊いたら、正雄が継ぐんだと言った。じゃ僕は高木の家を継ぐだけのために生まれてきたの？」

源造は驚いたように英雄を見た。

「上手くは言えないけど、皆には高木のこの家がそんなに大事なの？　そんな家をどうして刑事が見張ったり、近所の人がおそれるの？」

源造は手に持ったセルロイドの煙草ケースから一本の煙草を取り出し、それをつまんで火を点《つ》けると、静かに吸い込んでゆっくりと白い煙りを吐き出した。

「そんなふうにおやじさんはおっしゃいましたか……。源造は英さんが生まれた日のことをよく覚えております。そりゃ大変な騒ぎでした。男児が生まれた言うのを聞いた時のおやじさんの喜ばれようと言ったら……。今もこの目にそん時のおやじさんの嬉しそうな顔が焼きついとります。それから三日三晩、宴会が続きました。ほれ、高木の家から曙橋の角満《かどまん》食堂まで、祝いにやってこられた衆の自転車が並んだほどです。それはえらい騒ぎでございました……」

源造は懐《なつ》かしそうな目をして空を仰いだ。英雄も自分が生まれた日の騒ぎのことを東の衆から聞いてよく知っていた。

「わしたちはその時おやじさんに言われました。独り者は早う嫁をもらえと。そうして子供をつくれ、子供をつくって、わしの息子が大人になった時、皆して高木の家を盛りたててくれと……」

英雄は源造の言っていることがよくわからなかった。源造も父と同じように高木の家のことしか考えていないように思えた。

「源造さん、そうじゃないんだ。僕は、僕は高木の家を継ぐためだけに生まれてきたんじゃないだろうと訊きたかったんだ」

英雄は源造を見た。源造は探るような目で英雄を見ていた。

「源造さん、僕は高木の家を継がないよ。僕には他にやりたいことがあるんだ。だから高木の家を継ぐつもりはないんだ。このことは父さんにはいずれ言う」

英雄はそう言い切ると、目を見開いている源造の顔を一瞥《いちべつ》して、東の棟の方へ歩き出した。英さん、と背後から源造の声が追ってきた。英雄はうしろを振りむかずに部屋へ入り、音がするほど強く戸を閉じた。……

船が南風浜に近づくにつれて、左手前方の空が薄墨《うすずみ》を引いたような灰色に変わって行った。

行き交う船の数が多くなった。

「おうっ、またでっかいのが一隻《せき》来るぞ」

笠戸が操舵《そうだ》室から声を上げた。右手前方に黒い大きな船影が見えた。

「この頃は、ここらあたりの海も船の数が増えたわの」

源造の声に笠戸が、

「こうして見ると、おやじさんが新しい大きな船を欲しがられるわけがようわかりますわ。もっと大きい船でないと、あいつら相手に商売になりませんわ」

と言って近づく貨物船を睨んだ。

やがて御椀《おわん》を逆さにしたようなふたつの島が並ぶ脇を抜けて、細長くせり出した岬を廻ると、前方に濛々《もうもう》と煙りを空に吐き出す煙突群が立ち並ぶ、徳田の工場地帯があらわれた。

「おう、見えた、見えた。また煙突の数が増えとるようじゃの」

源造が徳田の湾を見て言った。

「おやじさんが首を長うして待っとられるのと違いますかの」

笠戸は舳先《へさき》を岬に沿うように左方向に変えた。煙突の立ち並ぶ徳田湾とは対照的に、美しい松林と白い砂浜が光る南風浜に船はむかった。

白い波頭が幾重にも重なって浜に寄せている。春の陽に砂浜がかがやいていた。英雄はずいぶん前にも、こうして船の上からこの浜と松林を見たことがあるような気がした。

何時《いつ》のことだったろうか……、と考えて、英雄は目を細めて南風浜を見直した。松林のむこうに中国山地へ続く山の尾根が続いている。その中程に鋭角に切り立つ青い山影が見えた。その山形が初めて見る山のようには思えなかった。

船は先刻までの外海の潮勢から解放され、定置網《ていちあみ》の目印のブイや竹竿《たけざお》に旗を付けた蛸壺《たこつぼ》の仕掛けが浮かぶ湾の中を、滑るように進みはじめた。

浜にいる人たちが米粒ほどの大きさで確認できるようになった。

「人がたくさん出とりますのう」

笠戸の声に、

「天気がいいからの」

と源造が答えた。二人の声が弾んでいるように、英雄には聞こえた。船は少しずつ浜に近づいて行く。浜にいる人影がだんだんはっきりとしてきた。あの中に斉次郎がいるのだろうか。

「源造さん」

「何でしょうか、英さん」

「生まれた赤ん坊は男なの、女なの」

英雄は目前に近づいた南風浜を見たまま訊《き》いた。

「男のお子さんですわ」

源造はどこか嬉しそうな口調で言った。

「あれ、あそこで飛び跳ねて手を振っとるのは時雄じゃないか」

操舵室の窓から笠戸が顔を出して言った。見ると桟橋の上で猿のような恰好《かっこう》で飛び上っている人影があった。

「そんな感じじゃのう」

源造が笑って言った。人影は大声でこちらにむかって何事かを叫んでいる。ほどなく、笠やん、笠やーん、と叫ぶ声が届いて、飛び跳ねる人影が時雄であることがはっきりとわかった。

トキオ、トキオー、と笠戸が大声で応えた。笠戸の声が聞こえたのか、時雄は桟橋を浜の方に走って戻った。そうして桟橋の脇に立つ二人連れのところへ近寄って、英雄たちの方を指差している。

「あれはおやじさんでしょう」

笠戸が時雄と並んだ二人連れを見て言った。英雄の目にも、時雄のそばに立つ男が父の斉次郎だとわかった。すぐ隣りに立っている女は、手にした日傘であの女だと知れた。

桟橋に船が横づけされて、最後に英雄が下船すると、女は英雄に近寄り丁寧に会釈《えしやく》してから、

「英雄さん、いらっしゃい。来て下さって嬉しいわ」

とやわらかい口調で言った。南風浜に立つ女の印象は葵橋で逢った時とずいぶん違っていた。英雄もぺこりと頭を下げた。

ぎごちなく見えたのは斉次郎の方で、英雄の姿を見ると一瞬、戸惑うような表情をした。父の腕の中には赤ん坊が抱きかかえられていた。

赤ん坊は可愛《かわい》い目をしていた。英雄が顔をのぞくと、影を追うように瞳《ひとみ》を動かした。顔の大きさと不釣合いに思えるほど丸くて大きな目が、右に左に何かを探しているように揺れていた。甘酸《あまず》っぱい乳の匂《にお》いがした。

「やあ英さん、船旅はどうでしたか？」

時雄の声に、

「うん、気持ちが良かったよ。ちょっと徳田の町に用事があったもんだから」

英雄は父に聞こえるようにわざと大声で言った。笠戸たちが船から荷物を降ろしている間、英雄は南風浜を歩いた。

天気が良いせいか、浜には大勢の人が出ていた。子供たちが波打ち際《ぎわ》で膝《ひざ》まで水に

つかって遊んでいる。沖合いを、ひっきりなしに船が往《ゆ》き交っていた。左手の空を灰色に染める工場群は英雄の町の紡績工場より何倍も大きく、徳田の町の勢いがうかがえた。

松林が風に音を立てて鳴った。振りむくと、風にたわむ松林のむこうに中国山地に連なる峰々の尾根が青く霞《かす》んでいた。その尾根の中で一番高い頂きが紫水晶のように空に突き出している。

「英さん、おやじさんがゆっくりして行きなさいということです」

源造が近寄ってきて言った。

「源造さん、あの山は何と言う名前か知っている？」

英雄が山の彼方《かなた》を指さすと、源造は目を細めて尾根を仰いだ。

「どの山ですか……」

「ほら、あのてっぺんの三角の帽子みたいな山」

「ああ、あれは御堂山《みどうさん》です」

「みどうさん……」

英雄はその名前を以前聞いた気がした。

「英さん、おやじさんが夕食を一緒にして下さいとのことです」

源造が英雄の顔を見てまた言った。

「母さんに夕方までには帰ると約束したから」

英雄はぶっきら棒に答えた。

「それは源造が連絡しておきますから」

「うん、でもやっぱり帰るよ」

「それじゃおやじさんが……。どうか源造の言うことをきいてやって下さい」

源造が困った顔をした。

「おーい、英雄」

左手の松林の方へむかう斉次郎が名前を呼んだ。英雄が斉次郎のそばに寄ると、

「英雄、抱いてやれ。おまえの弟だ」

斉次郎は笑って、抱いていた赤ん坊を英雄に手渡した。抱いた途端に赤ん坊が泣き出した。

「おう、気が強いのう。英雄にむかって泣き出したぞ」

斉次郎が言うと、

「ほんとですの、先が楽しみな児《こ》ですわ」

と源造が頷《うなず》いた。

「飯を食べて行け、この児の宮参りの祝いだ」

斉次郎が赤ん坊を抱き取りながら、低い声で英雄に言った。

皆で松林にむかっていると、老婆《ろうば》がひとり小走りに林の中から駆けてきた。老婆は赤ん坊を斉次郎の手から受け取って先に歩き出した。

着いた家は、竹垣に囲まれた小綺麗《こぎれい》な造りで、玄関には高木と印した表札がかけてあった。笠戸や時雄は勝手を知っているように家へ入って行った。

居間に上ると、青い絨緞《じゅうたん》の敷かれた洋間の隅に、ちいさな赤ん坊のベッドが置いてあった。斉次郎が腰を下ろしたソファーの背後には大きな油彩の絵がかけてある。その絵の下に洋酒の壜《びん》を並べた棚があり、酒壜の間に斉次郎と女が笑って写っている写真が飾ってあった。

「どうもいらっしゃいまし。サイダーでよろしかったですか、坊ちゃんは」

老婆がグラスの中で泡を立てているサイダーを運んで来て丁寧にお辞儀をした。

「ちょっと便所を使わして下さい」

英雄が立ち上った。

「あっ、どうぞこちらです」

老婆に案内され廊下を歩いて裏庭の方へ行こうとすると、障子戸が半開きになっている部屋が目に止まった。その部屋からハミングするような女の楽しげな歌声が聞こえた。

英雄は歌声につられて部屋を覗《のぞ》いた。着替えをしようとしていたのだろう、女が裸で立っていた。英雄はあわてて部屋の前を通り過ぎると、突き当たりにある厠《かわや》へむかった。小便をしながらも英雄の胸はどきどきしていた。素っ裸で長い髪を片手に束ねている姿は、驚くほど肉感的だった。見てはいけないものを見てしまった気持ちと、斉次郎がこの南風浜にいる理由がわかったような気がした。

厠を出て裏庭を見ると、そこは物干場になっていた。大きな父のシャツの隣りに女の赤いブラウスと襦袢《じゅばん》が並んで干してあり、その横に赤ん坊のおしめが春の風に吹かれていた。洗濯物は仲良く横一列に並んで、風が吹くたびに一様に同じ方向へ揺れていた。それが光りのぬくもりを吸い込んで、あたたかい家族の象徴に映った。

英雄は洗濯物を見ているうちに急に不安になってきた。どうして斉次郎はこんなところに別の家を構えたのだろうか。ひょっとして斉次郎は高木の家を捨てようとしているのではないのだろうか。母や姉たちと、弟の顔が浮かんだ。酔った父に殴られた痛々しい痣《あざ》の残った絹子の顔が思い出された。すると斉次郎に対して怒りがこみ上げて来た。

こんな勝手なことを斉次郎だけがやっていいわけがない。英雄は軒からぶら下った手洗い器を拳《こぶし》で殴りつけた。人の気配がして振りむくと、老婆が廊下に立っていた。

「お食事はこちらの方でいたしますので」

老婆はまた丁寧に頭を下げた。

庭の大きな桜の木が風に花びらを散らしていた。その桜が見える座敷の中央に、真っ白な仕事着を着た調理人が斉次郎のむかいに正座して魚を調理していた。斉次郎が背にして座っている床の間の脇《わき》の鴨居《かもい》に、赤ん坊の命名の紙が貼《は》ってある。泰次郎と墨文字で書いてある。泰次郎を抱いて父は嬉《うれ》しそうに笑っていた。その傍らで女は乳房が飛び出しそうなほど胸元が開いたピンクのワンピースを着て座り、調理人のこしらえた天ぷらを美味《おい》しいわ、ほんまに美味しいわ、と声を上げて食べていた。女は黙って食事を摂《と》る母とはまるで違う種類の人間に見えた。何かひとつ所作をするたびに、女は斉次郎の肩や膝《ひざ》に手を置きしなだれかかる。食事の時に姿勢を崩さない絹子に比べると、女がひどく下品に見えた。女のかたわらに時雄が座り、斉次郎と英雄の間に源造がいた。

「美味《うま》い天ぷらですのう」

時雄が言った。

「そうだろう。この板前は徳田の町で一番の腕前だ。大阪《かみ》に修業に出ていただけあって味が違う」

斉次郎の言葉に皆が頷いていた。

目の前の天ぷらは和紙にのせられ、たしかに綺麗で高価そうに見えるのだけど、英雄にはそれがうわべだけの冷たいものに見えた。

「やっぱりおやじさん、徳田の町は違いますのう。昨日の夜も繁華街をひやかして回ったんですが、えらい賑《にぎ》わいですわ」

時雄が斉次郎に酒を注ぎながら言った。

「新しい工場もどんどんできとるしな。町に活気があるわな。わしもこっちでひとつ商売をはじめようと思うとる」

斉次郎は源造の方を見て言った。

「その方がよろしいわ。男の商売はやはり大きな町でしないといけませんもの」

女が嬉しそうに言った。斉次郎が頷いていた。

「そりゃいいですの、おやじさん。そしたらわしをこっちの方へやって下さいませ」

時雄が嬉《うれ》しそうに言った。

「時雄は徳田が気に入ったか」

「そりゃもう。こっちはええ女がおりますから」

「女が、か……」

斉次郎が女の横顔をちらりと見てから大声で笑った。英雄は黙ってうつむいていた。

「英雄、どうじゃ美味《うま》いだろう」

斉次郎が声をかけた。英雄は顔を上げると、

「僕は家の天ぷらの方が美味いと思う」

とぶっきら棒に言った。

一瞬、座が静まった。

「ハハハッ、おまえは美味いものを口にしたことがないからな」

斉次郎の笑い声に時雄の笑い声が重なった。

「そうかもしれないけど、僕はここより高木の家の食べる物の方が美味しいと思う」

英雄は立ち上った。英さん、源造の声を振り切って英雄は座敷を出て行こうとした。歩き出そうとした時、座蒲団《ざぶとん》が滑って膳《ぜん》を蹴《け》り上げる恰好《かっこう》になった。

「なんだ、英雄。その態度は」

斉次郎が声を上げげた。英雄は黙って斉次郎を睨んだ。

「おまえはこの目出度《めでた》い席に文句があると言うのか」

斉次郎が声を荒らげた。

「おやじさん」

とりなすように源造が言った。

「言いたいことがあるなら言ってみろ」

斉次郎の顔が赤くなっていた。

「言いたいことはあるよ。父さんはここでこんなふうにしてて母さんに悪いと思わないの」

英雄は言って、斉次郎と女を見た。

「……子供のおまえが口出す話じゃない」

赤ん坊が泣き出した。

「僕はもう子供じゃないと言ったのは父さんでしょう」

「へらず口を叩《たた》くな。おまえは泰次郎の祝いの席で……」

斉次郎が赤ん坊を女に預けて立ち上った。

「おやじさん」

源造が斉次郎を宥《なだ》めようとした。

「英雄、おまえはわしに逆らうのか」

「父さんは間違ってるよ」

その時、斉次郎がお膳を蹴り上げて英雄にむかって行った。斉次郎を抱きかかえようとして源造が引きずられて行く。斉次郎は英雄の胸倉を摑《つか》んだ。ボタンがひとつ音を立てて飛んだ。英さん、どうか詫《わ》びて下さい。源造の必死の声がする。英雄は斉次郎の顔だけを見ていた。

「なんだ、その目は」

斉次郎が拳を振り上げたのが見えたかと思うと、左耳から頰にかけて熱い衝撃が走った。

殴られたんだ、と思う気持ちだけがした。痛くはなかった。

「僕や母さんは殴っても、あの人は殴らないんですか」

「なにを」

また頰を打たれた。胸倉を摑んだ手がゆるむと、英雄はふらふらとよろけて畳に両手を突いた。畜生、と英雄は胸の中で呟《つぶや》き、歯を喰いしばって立ち上った。

「僕は父さんの跡なんか絶対に継がないからな。高木の家がなんだって言うんだ。あんな家つぶれてしまえばいいんだ」

英雄は大声で言った。

「何を、もういっぺん言ってみろ」

源造に抱きかかえられている斉次郎が、なおもむかって行こうとした。

「英さん、そんなことを言っちゃいけません」

源造が辛《つら》そうな声を出した。

「何度でも言ってやる」

「貴様、許さんぞ」

斉次郎が腕を振り上げた。笠戸と時雄と源造が斉次郎の身体《からだ》をおさえつけていた。

三人の手をふりほどこうとした斉次郎が膳を蹴り上げた。

「あんな家つぶれてなくなればいいんだ」

英雄は大声で言うと、そのまま表へ駆け出して行った。

松林を駆け抜けると、急に口惜《くや》しさが頬の痛みとともに込み上げてきて、鼻の奥が熱くなった。突っかけたまま履《は》いていた靴が砂にもつれて、英雄はどっと砂地に転んだ。

「畜生、あんな家はつぶれてしまえばいいんだ」

英雄は砂を摑んで、何度も投げ捨てた。背後で英雄の名前を呼ぶ源造の声がした。

英雄は松林の中を山の方にむかって走り出した。

「で、あんちゃん、出航は何日《いつ》なんだ？」

クワと呼ばれるその男はコップ酒を飲みながら英雄に訊《き》いた。

英雄が首をかしげると、

「なんだよ、何も教えられてないのか。それでマドロスかよ」

男はカウンターの奥の女に空コップを振って酒を催促した。

「だからクワちゃん、この人はまだ新米《しんまい》なのよ。顔を見りゃわかるじゃない」

女は一升壜《びん》から勢い良く酒を注ぎながら言った。

二人とも英雄のことを誤解していた。もっとも、このあたりの港町で頭を坊主《ぼうず》にした若い衆は、学生でなければ見習いの船員だった。以前、民子の店にツネオといた時、警察官が来たことがあったが、その時も民子は、今はこの船乗りのあんちゃんたちだけだよ、とさりげなく言うと、警察官は何も疑わずに立ち去ったことがあった。

クワは徳田の繁華街をうろついていた英雄に声をかけてきた。英雄は南風浜の家を飛び出して徳田の町を歩いていた。どこへ行くという当てはなかったが、ただがむしゃらに英雄は町を歩き続けた。夕暮れになって、ネオンが灯《とも》りはじめた繁華街にぼんやりと突っ立っていたら、いきなり声がした。

「よう、あんちゃん。遊び場所を探してんのかい？」

見ると、ハンチング帽に革のジャンパーを着て、派手な縦縞《たてじま》のズボンを穿《は》いた男が笑って英雄を見ていた。

「いや、ぶらぶらしてるだけだ……」

「このあたりは結構気質《たち》の悪い客引きがいるから、気をつけた方がいいぜ」

男はその客引きのようにも見えたが、

「どうだい、俺も今夜は暇にしてるんだ。つき合うかい」

と笑いながら誘いかけてきた。その笑顔が東の棟の誰かに似ていた。

「今日着いたのかい、船は」

男は英雄と並んで歩きながら訊いた。

「えっ」

英雄が男を見返すと、

「見りゃわかるよ、おまえさんが船乗りってことは。ほら、潮の匂《にお》いがするもんな」

男は英雄のことを船員と間違えているようだった。その時、英雄のお腹《なか》が大きな音を立てて鳴った。

「なんだよ、腹が減ってんのか。なら安くて美味い店がこの路地の先にあるぜ。俺も丁度腹ごしらえをしようと思ってたとこだ。ついて来なよ」

そう言うと、男はさっさと路地に入って行った。男の後を追って英雄も路地に入り、連れてこられたのがこの店だった。

男は店の常連らしくて、カウンターの中の女に手刀《てがたな》を切るような挨拶《あいさつ》をすると、英雄と並んでカウンターに座った。店は賑わっていた。客は男たちばかりで、時折、男に声をかける若い衆がいた。英雄は煮込みと沢庵《たくあん》で三膳のどんぶり飯を平らげた。

「さすがに若いだけあってよく喰うな」

英雄は男が差し出したビールを一気に飲んだ。

「飲みっぷりもいいや。どうしたんだい、喧嘩《けんか》でもしてきたのか」

男が英雄の顔を見て言った。英雄は左の頬に手を当てた。斉次郎に殴られた顔が腫《は》れているのだろう。左目の下に痛みがある。

「なんでもない」

「まあいいってことよ。船乗りに喧嘩はつきものだしな。陸《おか》に揚って来た時は気も立ってるしな……」

英雄は男の勘違いをそのまま放っておいた。そう思われている方が楽な気がした。

もし船に乗れるなら、英雄はこのまま遠くへ行ってしまいたいと思った。

男は英雄の乗ってきた船のことを訊いたが、英雄は黙っていた。

「無口だな、おまえは。もっともそのくらいの方がいいって。近頃の若い連中はへらず口ばかり叩きやがるから」

途中、二度ばかり若い衆が呼びに来て、男は店を出て行った。

「あんちゃん、クワちゃんと知り合いなの」

カウンターの中から女が言った。英雄が首を横に振ると、

「そうだと思った。でも悪い人じゃないから。あの人この頃、景気がいいのよ、つき合ってあげなさい。はい、これサービス」

と言って鯨のベーコンを出してくれた。

「あの人さ、港に着く船の用聞きもやってんのよ」

「用聞き？」

「ほら、船に食料品とかお酒とかを積み込むでしょう。それ以外にいろんなものがいる時にあの人が揃《そろ》えて持って行くの。だからあんたの船にも繋《つな》ぎを取りたいんじゃないの。もし何かあったら言ってあげてよね。クワちゃん、すぐ戻ってくるから、待っててあげてよ」

女の口振りから、クワはこの店で特別扱いされているようだった。初対面の英雄に

こんなにやさしくしてくれるのだから、女がクワのことを良く思っているのがわかる気がした。

「お酒にする？」

「いや、ビールでいいです」

「そんなに丁寧な言い方しないでよ。そんな口のきき方をしてると、どこかのお坊ちゃんに見えるわよ、あんた」

英雄は自分のことを見すかされたような気がして、目をしばたたかせた。

三十分ほどしてクワは戻ってきた。何かいいことでもあったのか、含み笑いをして、

「よっしゃ、乾杯だ」

とコップをかかげて英雄の顔を見た。

「クワちゃん、何かいいことあったの」

女に訊かれて、

「当たりきしゃりきよ」

と大声を上げてジャンパーの胸をぽんと叩いた。

「よし今夜はいい塩梅《あんばい》だ」

それからも一度、クワは表へ出た。

クワは戻ってくるたびに嬉《うれ》しそうにしていた。

「まあ、あんちゃんの船のことは今夜はいいや。あんちゃんと逢《あ》ったのが今夜の俺のツキだったんだろう。よし、俺が皆ご馳走《ちそう》するぜ」

「よかったね、あんちゃん。うんとご馳走してもらうといいよ」

遠くで工場のサイレンの音がした。クワは腕時計を見て立ち上った。

「出航すっか」

と甲高い声で英雄に言った。英雄は笑って立ち上った。

「ねぇ、戻ってきてよね」

女が甘えるようにクワに言った。

「どうだかな……」

とクワは思わせぶりな言葉を残して店を出た。英雄は心配そうな顔をしている女に会釈《えしゃく》して、クワの後についた。ご馳走さまでした、と英雄が礼を言うと、クワは顔をくしゃくしゃにして、水臭い言い方はするなと笑った。

肩で風を切るようにクワは路地を歩いて行く。路地に立つ女たちがクワに声をかけて来る。ネオンの灯りに映った女たちの顔は皆華やいで見えた。クワは得意気に女たちをひやかしていた。

「ダンスは踊れんのか」

クワが振りむいて英雄に訊いた。英雄は首を横に振った。

「だろうな。ならバーへ行こう。いい女がいるんだ」

クワは一軒の店の扉を開けた。

「あらクワちゃん、いらっしゃい」

赤いドレスを着た女がクワに寄ってきて英雄の顔を見た。

「俺のダチだよ。あんちゃん、名前はなんだったっけ」

「英雄」

「ヒデさんね」

女が英雄の二の腕をやさしく摑んだ。英雄はどきりとした。後ずさりしようとすると、女が英雄の腕を引き寄せた。店は細長いカウンターにボックス席が五つばかりあり、奥にはちいさな踊り場があった。英雄たちは中央のボックス席に案内された。やわらかい革の椅子《いす》に座ると、すぐにテーブルにウィスキーの壜《びん》が置かれた。ウィスキーがなみなみ注がれたショットグラスを一気に飲み干すと、喉《のど》が燃えるように焼けて、鼻の奥につんときた。

「強いのね」

女が英雄の顔を覗《のぞ》くようにして言った。英雄は東の衆の宴会で、絹子には内緒で時雄たちと何度か酒を飲んだことがあったが、酔ったことはなかった。酔っ払うことがどんなものか知らなかった。

「こちら船員さん？」

女が英雄の膝《ひざ》に手を置いてクワに訊いた。

「ああ、そうさ」

「何日《いつ》までいるの、徳田に」

女が英雄の右手を擦《さす》っていた。英雄は女の手を離そうと、何杯も酒を飲んだ。

「こいつは新米だから何もわかっちゃいないんだ」

「そうなの」

その時カウンターの方でグラスの割れる音がして、きゃっ、と女の悲鳴がした。

「馬鹿野郎《ばかやろう》、金がないのに手前は飲んでたのか」

バーテンダーが、椅子から転げ落ち床に倒れた男に怒鳴り声を上げていた。

「何だ、人のズボンにこの野郎」

すぐそばのカウンターに腰掛けていた白いスーツの男が、倒れた男の背中を摑んで持ち上げようとした。

「やめなよ、兄ちゃん」

クワは立ち上ると低い声で言った。背中を摑まれた男は朦朧《もうろう》とした目で英雄たちを見た。

「おまえは引っこんでろ」

白いスーツの男が言った。

「そいつは俺の知り合いだ」

クワが男を睨《にら》んで言った。

「なら洗濯代をもらおうか。今夜おろしたばかりの一張羅《いっちょうら》だ」

「そうかい、わかった。済まなかったな」

クワがジャンパーの内ポケットから札を出して男に渡した。男は黙って金を受け取った。それでも男の目はクワを睨みつけていた。

酒代はいくらだ、とクワは大声で訊いて、バーテンダーに金を投げるように渡した。テーブル席にいた女がカウンターの椅子に凭《もた》れかかっている男を抱きかかえようとしたが、女の力ではどうにも手におえそうになかった。英雄は駆け寄って男を抱き上げた。ひどい酒の臭いだった。男をかかえて表へ出ようと英雄が歩き出すと、背後で、いい恰好《かっこう》をするじゃねえかよ、とスーツの男の声がした。やめなさいよ、もうかたはついたんでしょう、と女の声が言った。

乾いた音がして、女の甲高い声が続いた。英雄が振りむくと、スーツの男が割れたビール壜を片手に持ってクワに身構えていた。クワも身構えると相手をじっと見た。英雄は咄嗟《とっさ》に男に突進して行った。男がもんどり打って床に倒れた。するとすぐそばにいたもうひとりの男が声を上げて英雄に殴りかかった。警察を呼ぶわよ、あんたたち。女の怒鳴り声がした。英雄は殴りかかってきた男の胴体にしがみつくと、そのまま店の奥の壁に男をかかえたままぶつかった。どいてろ、と英雄の背中を摑《つか》んでクワがもうひとりの男を殴りつけた。男はクワに殴られ続けた。

「でっかい顔をこの辺でするんじゃねえ」

クワは踊り場にしゃがみ込んだ白いスーツの男を睨みつけて言った。白いスーツの男が、もうひとりの男の腕を引くように外へ飛び出して行った。いきがりやがって、クワが肩で息をしながら言うと、英雄を見て笑った。

「大丈夫？　あの連中気質《たち》が悪いから」

女がクワのジャンパーの汚れを払いながら言った。

「新天地のチンピラだろうが、前から気に入らなかったんだ」

クワは床に唾《つば》を吐いて言った。

「飲み直そうや、迷惑かけたな」

クワはバーテンダーに言って店を出た。店の外に先刻の酔っ払いがしゃがみ込んでいた。クワは酔っ払いの顔を覗き込み、

「これでどっかで飲みなおせや」

と酔っ払いの手に札を一枚ねじ込んだ。

歩き出したクワに英雄は、知り合いなの、と訊いた。いや、とクワは素っ気なく笑った。

英雄は前を歩くクワの背中が急に大きく見えてきた。クワを初めて見た時、東の衆の誰かに似ていると思ったが、それが江州《ごうしゅう》だと気がついた。

アーケード街に入るとクワは立ち止まり、英雄を振りむき、おい、ちょっと鮨《すし》でもつまもうや、と言って白暖簾《しろのれん》を大袈裟《おおげさ》に撥《は》ねのけて店に入った。

「好きなのを喰いな」

英雄は鮨屋に入るのは初めてだった。透き通ったガラスケースに魚の切り身や貝が並んでいた。

い、とろだ、とクワが言った。

こちらさんは、同じもので？　と訊《き》く職人の声に、英雄は頷《うなず》いた。目の前に切り身

を握った鮨がふたつ出た。箸《はし》でつまもうとすると、

「鮨はそんなに行儀良く食べるもんじゃねえんだ。こうして手で口に放り込めばいいんだよ」

とクワは、鮨を指でつまむと醬油《しょうゆ》につけて口に放り込んだ。英雄はクワのする通りにした。美味《うま》かった。とろはマグロのことだと食べながら思った。

たまに斉次郎が宴会の土産で持ち帰る鮨が翌朝の食事に出るが、その鮨とはずいぶん味が違っていた。

もうひとつを口にしてお茶を飲んでいると、英雄はなんだか自分が一人前の大人になったような気がした。

「おまえ、船を降りる気はないか？」

クワが言った。英雄は本当のことを話そうと思った。

「だめか？　おまえが相棒なら俺はもっと儲《もう》け仕事ができそうな気がするんだが」

「実は俺……」

英雄が言いかけると、

「まあ、考えといてくれよ。俺はおまえが気に入ったから。おい、顔を洗ってきなよ」

クワが英雄の顔を見て言った。英雄は洗面所に行った。鏡の中の顔は左半分が膨れ上っていた。唇が少し切れている。斉次郎に殴られた傷か、先刻のバーで男に殴られた傷かはわからなかったが、英雄は鏡の中の自分の顔がなんとなく気に入った。ここでこのままクワと生きて行ってもいいような気がした。むしろクワのような男と生きて行く方が、高木の家を継いで生きるより自分には向いているかもしれないと思った。クワは鮨屋を出てから急に早足で歩き出した。英雄もあわててクワの後を追い駆けた。

「ちょっと俺の家へ寄るからよ」

と繁華街を通り過ぎ、狭い路地を抜けてクワはどんどん歩いて行った。トタン屋根の家がひしめき合っている一角のさらに奥まったところにある一軒の家の前で立ち止まると、肩で息をしながらクワは、待っててくれ、と英雄に言った。

英雄は頷いて、どぶ板の上に立って待った。潮と泥水の混ざった臭《にお》いがどこからともなく漂ってきた。辰巳開地に似ていると思った瞬間、なんだ手前ら、と家の中からクワの怒鳴り声がして、物が毀《こわ》れる音と壁に何かが打ちつけられるような鈍い音が続いた。すぐに家の裏手の方へ、どたどたと走り出す足音がした。待て、待ちやがれ、呻《うめ》くような声がした。英雄はその声を聞いて家の中に飛び込んだ。中は真っ暗で何も見えなかった。

「ち、ちきしょう」

暗闇《くらやみ》の中でクワの声がした。

「クワさん、大丈夫か？　どうしたんだ」

「あ、あいつらを追い駆けてくれ」

クワが絞り出すような声で言った。

闇に目が慣れて、英雄は開いたまま揺れている裏木戸へ走った。しかし、その先も真っ暗な闇で、遠くからかすかに波の音だけが聞こえていた。

英雄は目を凝《こ》らして周囲を見た。すると家の裏手は狭い入江になっており、かすかにむこう岸が見えた。水を跳ね上げながらむこう岸に這《は》い上ろうとしている人影が見えた。英雄はクワの家に引き返して、相手がむこう岸へ逃げ去ったことをクワに告げた。

「ちきしょう。やられた」

床を叩《たた》いて口惜《くや》しがるクワの声が聞こえた。蠟燭《ろうそく》を点《つ》けると、クワが腕から血を流していた。

「大丈夫？」

「なんでもない。悪いが隣りの家で電気のタマを借りてきてくれないか」

「わかった」

電球を借りて家に戻ると、クワは水屋のすべての抽《ひ》き出《だ》しを引っ張り出して何かを探していた。

「どうしたんだよ。何か盗まれたのか？」

英雄が訊いてもクワは返事をしなかった。荒い息をしながら、水屋の中の瀬戸物を払いのけている。

「何なんだよ」

クワは卓袱台《ちゃぶだい》の上の蠟燭を摑むと、男たちの逃げた裏木戸のあたりを這《は》いずり出した。

「何だよ、何を探してるんだ」

「う、うるさい」

蠟燭が消えた。闇の中からクワの荒い息遣いだけが聞こえた。

「電球を取り付けてくれ」

クワはカシュッと音を立ててライターの火を点けた。幽霊のようなクワの顔が浮かび上った。先刻までとはまるで違う目の色をしていた。電気を点けると、部屋の中は家探しをされたように衣服や小間物が散らばっていた。

「泥棒が入ったのか」

クワは壁に凭《もた》れかかって両足を伸ばしたまま首をうなだれていた。傷口を摑んだ二の腕から血が流れ落ちていた。英雄は洗い場から盥《たらい》に水を汲《く》んできて傷口を洗ってやり、手拭《てぬぐ》いで腕を縛った。

「知ってる連中なの」

クワは息を吐き出すように頷いてから、目を閉じて、

「あいつら、ここを、狙《ねら》って、やがったに、違いねえ」

と喘《あえ》ぎながら言った。

「苦しいの？　他に怪我《けが》をしてるんじゃないのか」

クワが首を横にふった。

「あんちゃん、最初に寄った飯屋に行って、あの女を呼んで来てくれねぇか」

「わかった。すぐに行ってくる」

英雄は表へ飛び出して繁華街のある方角へ走った。店はなかなか見つからなかった。ようやく見覚えのある路地を見つけて店に辿《たど》り着いた。

「どうしたの、ひとり？　クワちゃんは？」

女は酒に酔っているのか、赤い顔をして英雄を見た。

「クワさんが怪我をしてるんだ」

「えっ、また喧嘩《けんか》したの」

「そうじゃない。家に戻ったら誰か待ち伏せていて争いになったんだ」

「で、怪我の具合は」

「腕を少しやられてるけど、それよりひどく苦しそうなんだ」

「わかったわ。店を閉めてすぐに行くから、先に戻ってて」

英雄はクワの家へ引き返した。

家の戸を開けて、英雄は目を見開いた。

「頼むよ、クワさん、おふくろを放してやってくれ」

土間にステテコ一枚の男が肩をふるわせながら立っていた。そのむこうにクワが老《ろう》婆《ば》をうしろから抱きかかえ、手に出刃庖丁《でばぼうちょう》を握って男を睨みつけていた。その刃先が老婆の首にむけられている。老婆は目を剝《む》いたままふるえていた。

「やめろ」

英雄が叫んだ。

「早く出せ。出さないとぶっ殺すぞ」

クワが男に怒鳴った。

「だから俺の家にゃ、そんなもんはないんだ。あんちゃん、あんちゃんからもクワちゃんに言ってやってくれ」

男は泣きながら拝むようにして英雄の手を摑んだ。

「何がないって言うんだよ」

「麻薬《ヤク》だよ。そんなもの俺が持ってっこないんだ」

「早く出せ、この野郎」

クワの手が動いた拍子に庖丁の刃が老婆の肩口に当たった。ヒイーッ、と老婆が悲鳴を上げた。クワの口から涎《よだれ》がこぼれていた。目だけが異様に光っている。

「あの人はすぐにここへ来るそうだ」

英雄はクワに女のことを言った。

「手前は誰だ？」

「俺だよ。さっきまで一緒だったじゃないか」

「うるせえ。いいから早く粉を出せ、でないとババアを刺し殺すぞ」

「やめてくれ、クワさん、お願いだからやめてくれ。おふくろを放してくれ」

老婆の息子が泣きながら呻き声を上げた。

家の外がざわめいていた。

どいて、どきなって、見世物じゃないんだ。大声を上げて、女が入ってきた。

「何をしてんのよ、あんた」

「うるせえ、早く粉を出しやがれ」

「やっぱり、そうだったのか、二度と手を出さないと言ってたくせに、このろくでなしが」

女は土足のまま部屋にずかずかと上り込むと、クワに飛びついて庖丁をもぎ取ろうとした。クワが女を払いのけた。英雄はクワに突進し、胴体に抱きついた。女が素早く庖丁を取って土間に投げた。男が老婆を抱きかかえて這うように外へ出た。

「何をしやがる」

「おかしいと私は思ってたんだ」

女は狂ったようにクワを叩き出した。

「やめろ、やめなって」

英雄が手をゆるめると、クワはいきなり起き上って女を突き飛ばした。女は毬《まり》のように土間に転り落ちた。畜生、と女は叫んで庖丁を拾い上げてクワにむかって行った。よせ、英雄が怒鳴った。女は卓袱台に足をひっかけて前につんのめりながらクワの足元に倒れ込んだ。ヒイッとクワが声を上げてあとずさった。クワの足の甲にいったん刺さった庖丁が英雄の足元に飛んできた。英雄は庖丁を手にして、

「馬鹿《ばか》なことをすんなよ」

と大声を出した。

二人は四つん這いになったまま息を荒らげて英雄を見上げた。

「あんたの船も粉を運んでただろうが」

女が英雄を睨《にら》みつけた。

「俺は、船員なんかじゃない」

「嘘《うそ》をお言い」

「嘘じゃない、俺は……」

その時クワが怯《おび》えたような声で、

「蜂《はち》だ、蜂が来やがった、蜂だ、この野郎」

と顔の周りを両手で振り払いはじめた。

「痛え、痛え、蜂だ、蜂だ」

クワは壁際《かべぎわ》を逃げるように部屋の中を這いずり出した。

「この麻薬《ヤク》中毒が、蜂なんかいるかよ」

女がクワに毒づいた。それでもクワは、部屋の隅の蒲団《ふとん》の間に隠れるようにして何度も手で空を掻《か》いている。

「た、助けてくれ」

泣きそうな顔をしたクワを、

「そんなにおまえは麻薬をやってやがったのか、畜生」

と女が殴りつけた。女はクワの髪の毛を鷲摑《わしづか》みにして、頭を壁に打ちつけた。そのたびに家が揺れ、天井の裸電球が右へ左へと揺れた。二人の影が部屋の壁に幽霊のように動く。女は泣きながらクワの頭を壁に打ち続けていた。クワは歯を喰いしばり目の玉をまんまるにして泡を口から吹いている。女の動きが鈍くなると、小便の臭いが漂ってきた。英雄は自分が汗だらけになっているのに気づいて庖丁を手にしたまま顔の汗を拭った。

英雄は土間に下りて庖丁を竈《かまど》のむこうへ放り投げ、水甕《みずがめ》の杓《ひしゃく》を取ると、水を一気に飲んだ。

背後で女のすすり泣きが聞こえる。すすり泣く声に潮騒《しおさい》のざわめきが重なった。

蛇が、蛇が、蛇が……、クワがまた怯えたような声を出しはじめた。蛇なんかおりゃあせんて、女が泣きながら言った。蛇が、蛇が……、おりゃあせんて……、女の嗚《お》咽《えつ》が続いた。

英雄は土間から二人を見た。女に抱かれクワは身体《からだ》を震わせていた。クワの手が摑んだ女のセーターがめくれて、白い女の背中が電球の明りに照らし出されている。英雄は哀《かな》しくなった。その時、クワが女を払いのけて這いずりながら英雄の足にしがみついた。

「蛇が、蛇が、うじゃうじゃおるんじゃ」

クワの指が太腿《ふともも》にくい込んだ。クワは英雄の身体に攀《よ》じ登ろうとする。英雄はクワの目を見た。クワの目は虚《うつろ》で、焦点が合っていなかった。クワの目を見ているうちに怒りが込み上げてきた。彼はクワの目を睨みつけた。

「蛇がよ、蛇が」

英雄は声を聞くと、拳《こぶし》を握りしめ、畜生、と大声を上げ、クワの顔を殴りつけた。

クワは崩れるように床に倒れた。

「何をするんだ、うちの人に」

女がクワに抱きついて叫んだ。英雄は女の顔を睨みつけた。女は牙《きば》を剝《む》いた獣のように、

「他所者《よそもん》が上りこんできやがって何をしやがるんだ。出て行け」

と怒鳴った。英雄は女をじっと睨んだままそこに立ちつくしていた。出ていきやがれ、もう一度、女が叫んだ。女は鼻から血を出したクワの顔を撫《な》でていた。路地に出ると人垣が揺れた。英雄は屯《たむ》ろしていた衆に目もくれずに路地を走り出した。どぶ板を蹴《け》り上げるたびに渇いた音が英雄を追い駆けた。入りくんだ路地を一気に抜けると、風が左手から吹きつけてきた。英雄は立ち止まって風の来る方角を見た。夜空に濛々《もうもう》と昇る煙りの群れが見え、かすかに海の匂《にお》いがした。英雄は煙りが空を覆《おお》う方角へむかって走り出した。

「俺はどこへ行くんだ。どこへ行けばいいんだ」

走りながら呟《つぶや》いた。

土を蹴る音だけが耳に聞こえた。怒りが込み上げてくる。走るのを止めると、訳がわからなくなりそうな気がして走り続けた。止まることが不安だった。

堤防沿いの道を走り抜けると、風が埋立地特有の饐《す》えた臭いに変わった。腕を振り続け、水溜《みずたま》りを飛び越え、草をかき分け、砂利道を風が来る方へむかって走った。

「何が相棒になれだ……、何が高木の家だ……」

英雄は叫び続けていた。橋を渡り、長い堀沿いの道を通り過ぎ、砂浜へ出た。英雄はなおも走り続けた。砂浜がつきると目の前に岩だらけの磯がひろがった。

岩場を歩いた。自分の行手を止めるものがあらわれない限り彼は進むつもりだった。大きな岩が行手に立ちはだかった。岩を攀《よ》じ登った。岩の上に這い上ると、広い床のようになっていた。岩床の先は切り立ったまま海へ落ちている。英雄は四つん這いのまま黒い海をのぞいた。波が激しい音を立てて寄せていた。このまま海へ飛び込んで、どこへでもいいから泳いで行けばいいのだと思った。

その時、白波が英雄の顔にむかって上昇してきた。冷たい潮水が一瞬の内に上半身を濡《ぬ》らした。岩の上をさらう波にあやうく海へ引き込まれそうになって、英雄は思わず岩肌を握りしめた。

潮水を浴びた顔を拭い目を開くと、黒い水平線の上に星がひとつ瞬《またた》いているのが見えた。目を凝らしていると次から次にその周辺の星が見えて来た。星はそれぞれ互いの光を響き合わせているように思えた。星と星を数珠《じゆず》のように繫《つな》いで、英雄は天上を仰いだ。満天の星の煌《きらめ》きが自分に降り注いでいる気がした。

——どうして星はいつもこんなに綺麗《きれい》なんだ？　高木の家のことも、南風浜のことも、クソ女のこともまるで関係がないふうに輝いてやがる。皆ちっぽけなことだと笑ってるのか……。

英雄は岩の上に立って周囲を見回した。山の方角の夜空に、かすかに峰々の稜線《りようせん》が浮かんでいた。昼間、船から見た時にも気にかかっていた山だった。そのかたちが妙に懐《なつ》かしく思えた。英雄は山にむかって歩き出した。

……水音で目を覚ました。

水音のむこうから誰かの声を聞いたような気がしたが、周囲に人の気配はなかった。夜が明けていた。濃灰色の空が見えた。雨雲が低く垂れこめてゆっくりと流れている。英雄は藁山《わらやま》に凭《もた》れて寝ていた。

「ここはどこだろう……いつの間に眠ってしまったのだろう」

英雄は空を見ながら考えた。今しがたまで月を眺めていたような気もする。月を見ながら眠ってしまったのだろうか。昨夜、星を見つめて山径《やまみち》を登っていた。夢だったのか。

「目が覚められましたかの」

かすかな声がした。周囲を見回したが、冷たい風が流れているだけだった。年老いた女の声だったな……、と思った途端に、

――英坊ちゃん、サキ婆《ばあ》はいつでも英坊ちゃんを見とりますぞ。

はっきりと声が聞こえた。その声の主は五年前に高木の家を去り海峡を越えて行っ

たサキ婆の声だった。

「サキ婆！」

英雄は声を上げた。

「ようやっと、目が覚められましたか」

声に振りむくと、英雄の寝ていた藁山の背後から老婆がひとり英雄を見下ろしていた。菜の花を手に老婆はやさしく笑っていた。英雄は軽く会釈《えしやく》した。老婆はにっこりと頷《うなず》いた。

「さっきも出がけに声をかけましたが、よう休んでらっしゃいましたから……。風邪を引かれませんでしたか」

「あっ、はい」

「若いんですのう」

英雄は衣服についた藁を落しながら立ち上った。老婆はもう山の方へ歩き出していた。英雄はもう一度周囲を見回した。たしかにサキ婆の声を聞いた気がした。あれは幻聴だったのだろうか。英雄は背後の空を見た。中国山地の尾根に鋭い三角形をした頂きが目に止まった。

——そうだ、あの山に昔サキ婆と登ったことがあったんだ。

英雄は、昨日、海からあの山を眺めた時に感じた妙な懐かしさの理由《わけ》がわかった気がした。

たしかあの頃、英雄は何かに怯《おび》えていた。あの山へ登ったことでその恐怖から解放された記憶があった。あの山中で感じた大きなやさしさのようなものに、もう一度触れてみたい気がした。

「すみません。すみません」

英雄は山径を老婆のほうに駆け出した。

「何ですかの」

「あの、あそこに見える山に行くにはどうしたらいいんでしょうか」

「どれでございますか」

老婆が目を細めて山を見上げた。英雄は三角形の頂きを指さした。

「ほら、あの真ん中に突き出した三角の山です」

「御堂山ですか。あそこに行くなら、ほれ、あの停留所から御堂神社行きのバスが出ております」

老婆が指し示した方角にちいさなバスの停留所が見えた。

「どうもありがとう」

英雄は老婆に礼を言って、停留所にむかって歩き出した。

「気をつけて行きなされ。ひと雨来そうですしの」

英雄は老婆に頷きながら手をふった。

御堂神社行きのバスが来て、英雄は乗り込んだ。バスの乗客は少なかった。最後部のシートに座ると、やがてうとうとと眠りはじめた。バスが停留所で止まるたびに目を覚ますのだが、眠りは少しずつ深くなってゆく。目が覚めるたびに窓の外の風景は緑が増していた。その緑を見つめ、目を閉じると、サキ婆と二人して樵《きこり》の老人と過ごした日々が浮かんで来た。まだ幼かった自分がサキ婆に手を引かれて山径を登っている。皺《しわ》だらけで固いサキ婆の手の感触が思い出された。見回すと一面、緑の山々が連なり、ひんやりとした風がかたわらに立つサキ婆の白い髪を揺らしていた。月明りの下で、サキ婆と樵の老人が楽しそうに踊っていた……。

「終点です。お疲れさまでした。終点、御堂神社です」

車掌《しゃしょう》の声に目を覚ますと、杉木立ちに囲まれた広場にバスは停車していた。他の客はすでに降りてしまい、車掌が英雄を覗《のぞ》き込むように見ていた。英雄は立ち上ってバスを降りた。

車から出ると、外の風は夢の中と同じようにひんやりとしていた。先に降りた男が二人、大きな段ボール箱を砂利を敷き詰めた道端に積み置いて、煙草《たばこ》を吸っている。

英雄は男たちに歩み寄った。

「すみません。御堂山の頂上へ登るにはどの道を行ったらいいんでしょうか」

「この神社の境内を抜けて、南門からは一本道じゃて」

眼鏡をかけた痩《や》せた男が言った。

「ありがとう」

「その恰好《かっこう》で行くのか」

男がセーター一枚を腰に巻きつけただけの英雄を見た。

「はい」

「ひと雨来るし、そんな恰好じゃ頂上まで持ち切らんぞ」

男が言った。

「はあ……」

「七合目に山小屋があるから、そこまでにしといた方がよかろう。わし等もそこまで行くつもりだから」

「そうじゃ、一緒に行く方がええ」

もうひとりの白髪《しらが》頭の男がぶっきら棒に言った。

「はい」

眼鏡の男が段ボールの中から雨合羽《あまがっぱ》を一着取り出して英雄に貸してくれた。男たちが言っていた通り、山径を歩き出すとすぐに雨が落ちて来た。

「思うとったより早いの。一気に登ってしまおう」

そう言ったきり男たちは黙々と山径を登って行った。背中に担《かつ》いだ段ボールが彼等の身体を丸くさせていた。雨足が強くなると空気が急に冷たくなった。男たちは雨垂れを鼻先に垂らしたまま歩いている。

小一時間も歩くと前方に山小屋が見えた。冷たい濃灰色の山景の中に、小屋の煙突からそれだけが白い一条の煙りが立ち昇っている。あの煙りの立つ場所までたどり着けば、感覚を失ないかけている唇や耳も元に戻る気がした。

「どおれ、もう一息だ」

眼鏡の男が言った。

「こんな天気の日に頂上まで何をしに行きなさる」

小屋の老人は英雄の湯飲みに薬缶《やかん》の茶を注ぎながら言った。

「人に逢いに行こうと思って……」

「ほう、こんな山に誰か知り合いでもいなさるのか？」

老人が英雄を見た。

「はい、樵小屋に住んでいる老人です」

「樵小屋？」

「五年前に御堂山へ行ったことがあるんです。その時、何日か泊めてもらって、その老人と猟に一緒に出かけました」

英雄がサキ婆に連れられて御堂山へ行ったことを話すと、

「それはナラ尾の沢に住む伝蔵さんのことだろう」

と老人は言った。

「名前は覚えていないんです」

「伝蔵さんなら、今の時期は御堂にはおらんぞ」

「どこへ行けば逢えますか」

「おそらく青煙《あおけむり》の小屋じゃろう」

「青煙？」

「ほれ、あの山よ」

老人はガラス窓の曇りを指で消して、尾根の端にある頂きを指さした。

「いくらあんたが若いと言うても、これから行ったら夜になるぞ」

「青煙までか、そりゃ大変だ」

衣服をストーブで乾かしていた眼鏡の男が言った。

「どうでも行きたかったら、わしたちは今日ナラ尾の小屋まで行くから一緒に連れてってやるが……」

「なら、そうしてもらった方がええ」

山小屋の老人が言った。

「しかし、それから先は行けんぞ」

白髪頭の男が言った。

「お願いします」

「天気さえ良ければ、そう大変な径でもないんだがな……」

老人が窓の外の空を見上げて言った。二人の男がそろそろ行くかと言って、外へ出た。

「あの人たちは何をしに山へ行ってるんですか」

英雄は小声で老人に訊《き》いた。

「営林署の人たちじゃ」

山小屋を出て歩きはじめると、男たちが言ったように沢づたいの山径は足元も滑《すべ》り易《やす》く、その上ひどい横殴りの風が吹きつけて来た。まだ日暮れには早い時刻なのに、ナラ尾の小屋に着いた時には、空は薄闇《うすやみ》に覆《おお》われていた。

英雄は男たちと古い朽ちかけた小屋に入った。小屋の中は湿った匂いが立ちこめていた。二人は高窓を開け、掃出し窓を開いて風を入れた。冷たい外気が流れ込み、思わず英雄は身震いをした。

「何か手伝いましょうか」

英雄は眼鏡の男に言った。

「いや、何もない。いずれにしても今夜は泊るしかないだろう。明日は天気も良うなる。合羽を脱いでかけといてくれ」

ほどなくストーブの薪《まき》が音を立てて燃えはじめた。男たちが夕飯の支度をはじめた。汁と飯だけの食事だったが、ひどく美味《うま》かった。食事が終ると、男たちは寝る準備をはじめた。

「ほれ、これを使え」

眼鏡の男が英雄に寝袋を放った。

「いいです、僕。寝かせてもらえるだけで」

英雄が言うと、

「いいから使いなさい。その方が楽だ」

白髪の男が言って、背をむけて眠りはじめた。眼鏡の男はランプの灯りの下で本を読んでいる。

英雄は寝袋に入り、天井を見つめていた。ランプが消え、闇がひろがった。かすかな寝息が聞こえてきた。沢を走る風の音が耳の奥に響いた。

——どうして自分はこんな山の奥まで来たのだろう。何をしにここまで来たのだろうか。

英雄は闇を見つめながら考えた。

目を吊《つ》り上げてむかってきた斉次郎の顔が闇に浮かんだ。斉次郎の目には自分に対する憎しみが見えた。殴られた痛みよりも、南風浜《はえはま》であの女と楽しそうに笑っていた斉次郎に、無性に腹が立った。

新しい高木の家をあそこに建てるつもりなのだろうか。それならそれでいいと思った。自分はそんな家には住まない。

峰を吹き抜ける風音を聞きながら英雄は眠りについた。……

目覚めた時、男たちの姿は小屋の中になかった。表で物音がした。英雄は飛び起きて寝袋を片づけると表へ出た。昨日の天候が嘘《うそ》のように、真っ青な空がひろがっていた。

「おはようございます」

「眠れたか」

雨合羽を干しながら眼鏡の男が言った。

「はい。昨日はお世話になりました」

「下の沢へ水を汲《く》みに行く。手伝ってくれ」

眼鏡の男が鍋《なべ》を片手に言った。白髪頭の男は小屋の脇《わき》で薪を割っていた。

英雄は渡されたバケツを手に、眼鏡の男のあとから沢を降りて行った。やがて細流《せせらぎ》の音が耳に届くと、岩間を走る細い水流が木々の間から見えた。男は岩から岩に足をひろげ、細流に跨《また》がるようにして両手で水を掬《すく》った。男は手の中の水を喉《のど》を鳴らして飲んだ。

「飲んでみろ、美味いぞ」

英雄は男のしたように水を掬って飲んでみた。冷たい山の水が喉を通ると背中に冷気が抜けた。水がこんなに美味《おい》しいものと初めて知った。

「ほれ、あれが青煙だ」

男は木々の間からのぞいた青空に煙るように頂きを見せている峰を指さした。

男は少し先にある岩に上って、

「ここへ上ってみろ、もっとよく見えるぞ」

と英雄を手招いた。

岩の上に立つと、ぐるりと周囲の山々が展望できた。

「ほら、あそこの山肌に芝生が植わったようなところがあるじゃろう」

男の指さした方角に、そこだけ淡い山吹《やまぶき》色に覆われた沢が見えた。

「あれは小屋にいる男とわしの二人で植えた杉林だ。まだあんたの背丈にも届かん」

「何本あるんですか」

「六千本だ」

「六千本……」

英雄は驚いて、男の顔を見返した。

「この春から夏にかけて、五千本にする」

男は峰を見上げて言った。

「伐《き》るんですか」

「そうじゃない。弱い木を抜いて行く」

「弱い木？」

「強い木だけを残す。それが山林の木と言うものだ。十年前は八千本あった。十五年前あの沢から千本の木を伐り出して、一万本の苗を植えた。あの木が立派な杉になる時はわしらはもうこの世にはおらん。ほれ、左手の沢に林が見えるだろう。あの林の木を五十年前に植えた男がおる。それでもまだ伐り出せん」

眼鏡の奥に光る目が澄んで映った。

「ずっとこの仕事をしてるんですか」

「勿論《もちろん》だ。他には何もできん」

男は笑った。英雄は男の横顔を見た。

「のんびりした仕事に見えるだろう。杉の木もひどくのんびりしているように思うだろう。けどそうじゃない。杉の木も必死で伸びようとしとる。それが春になってこの手でさわってみるとよくわかる。木が伸びた分だけ連中も必死で生きとるのがわかる。生きとるものは皆そういうものだ」

男は言って、鍋に細流の水を汲んだ。日焼けした顔と逞《たくま》しい太い腕がまぶしく思えた。

朝食がすむと、英雄は男たちに礼を言って、青煙を目指して歩きはじめた。

背中を押すように吹いてくる風が心地良かった。昨日は聞こえなかった鳥の囀《さえず》りが木々の間から響いた。額から汗が滴《したた》るのがわかった。陽は東の上方に回りはじめている。英雄は歩きながらセーターを脱いだ。

「昼までには青煙に着いて、逢《あ》えなきゃすぐにナラ尾に引き返して山を降りた方がいい。今時分の山の天気はすぐにかわるからの」

眼鏡の男の言葉を思い出した。

別れ際《ぎわ》に呼び止めるようにして、白髪頭の男がぽつりと言った。

「晴れとっても遠くから太鼓の音のようなものを聞いたり、地響きがしたら、地面に伏せていろ。動くんじゃねえぞ」

「わかりました。太鼓の音ですね」

と英雄が返事をすると、眼鏡の男が笑って頷《うなず》いた。

伝蔵老人に逢えなければ男の言ったようにしようと英雄は思った。しばらく歩いて行くと前方に人影が見えた。身の丈の倍はある木を背に担いだ男がゆっくりと歩いてきた。

「すみません。伝蔵さんの小屋へ行きたいのですが、この径《みち》を真《ま》っ直《す》ぐでいいのですか」

男は英雄の顔をじっと見てから、

「真っ直ぐ行けば、ほどなく径が岐《わか》れるから、それを右の方へ降りなさるといい。けどあの人は今あそこにおるのかな……」

と言った。

「ありがとう」

英雄は歩調を早めて歩き出した。岐路を右に折れて急な勾配《こうばい》の径を降りて行くと細流《せせらぎ》の音が聞こえた。あぶら蟬《ぜみ》の鳴くような音だった。水音が少しずつ大きくなった頃、木々の間から小屋の屋根が見えた。英雄は駆け出した。小屋に着くと、英雄は戸を叩《たた》いた。返事はなかった。人の気配がしなかった。それでも英雄は小屋の周囲にむかって、伝蔵の名前を呼んだ。声が木霊《こだま》して、尾を引くように木々の中を巡った。

——やっぱりいなかった。

英雄は来た径を引き返した。ナラ尾の小屋まで出て、そこから山を降りるつもりだった。

歩き出しはじめて英雄は、山を降りて自分はどこへ行くのか、と自問した。

——あの家へ帰るのか。

そう思うと足取りが重くなった。昨日一日、英雄は家のことも父のことも忘れて、ただひたすらに歩いていた。英雄は青煙とナラ尾の沢の途中で立ち止まった。

——これからどこへ行ったらいいんだ。

英雄は山径に立ち止まって周囲を見回した。視界の開けた左手に、そこだけが草地のような沢が見えた。眼鏡の男が今朝方、英雄に話した杉林だった。英雄は杉林にむかって走り出した。

ナラ尾の南斜面に出て、そこからは径のない雑木林を駆け上った。風が朝方より強くなっていた。木々の葉の鳴る音が尾を引くように長く響いている。英雄は杉林へたどり着くことだけを考えてひたすら沢を登った。背後で何か物音を聞いた気がした。枯葉や小枝を踏む足音に、その音はすぐに掻《か》き消された。

水滴が頬に当たった。空を見上げると、先刻までひろがっていた青空は薄い雲に覆われ、ナラ尾の頂きから黒い雨雲がひろがりはじめていた。あと数十メートル登れば杉林にたどり着くことができる。英雄は降りはじめた雨に打たれながら懸命に急勾配の雑木林を登った。

雑木林を抜け切ると、そこに一面の杉林がひろがっていた。吹きはじめた雨風に杉の木々は柳の枝のように揺れていた。英雄の背より丈の低い木が風に翻弄《ほんろう》されながら大地にしがみついている。大粒の雨がちいさな葉を打つたびに、細い幹が枝をふるわせながら雨水を跳ねのけた。

その時、かすかに閃光《せんこう》が走った。わずかに山が揺れた気がした。杉の木立ちを見つめた。風は杉の林を渦を巻くように吹き荒れている。いつの間にか暗くなった空の下で、一本一本の木は雨と風に立ちむかうように反《そ》っては返り、うなだれては起き上っていた。今度はたしかに太鼓の音が聞こえた。二度、三度鳴って、地面が少し揺れた。白髪頭の言っていた太鼓の音とは雷のことだとわかった。英雄は空を見上げた。青空が消えていた。

――地面に伏せろ。動くんじゃねえ。

男の言葉を思い出した。その瞬間、周囲が白く光り、杉の木々が黄金色にかがやいた。

――鋼《はがね》みたいな木たちだ。

と思った時、凄《すさ》まじい音とともに地響きが起こった。英雄の身体《からだ》が地の底から突き上げられるように宙に浮いて、そのまま地面に叩きつけられた。英雄は頭を左右に振った。耳なりがした。両手で土を摑んで起き上ろうとした。するとまた目の前が真っ白に光り、すぐ背後で大音響がして地面が盛り上った。山が崩れるのか……、英雄は両手で土を搔《か》いた。杉木立ちの根を鷲摑《わしづか》みにした。起き上ろうとすると、

「伏せろ。伏せるんだ」

遠くから声がした。

「そこへ伏せてるんだ。伏せろ」

声を掻き消すように、今度は光と音が同時に襲った。うつぶせた胸を大地が押し上げた。目を閉じて顔を土の中に埋めた。訳もなく身体がふるえ出した。激しい震えが全身に伝わって、嚙《か》みしめているはずの奥歯が音を立てた。沢を流れ出した雨水が頰に当たり耳を抜けた。

——来るなら、来てみろ。

英雄は目を閉じたまま、胸の中で呟《つぶや》いた。

口の中に土の匂《にお》いがひろがった。耳なりが止《や》まなかった。

「おーい、大丈夫か、おい」

肩を揺さぶる人の手ざわりと、遠くで男の呼ぶ声が聞こえた。英雄は自分の身体があおむけにされるのを感じて意識を失った。……

……視界の中に、自分を見下ろしている二人の影がおぼろに揺れた。影のむこうに青空がひろがっていた。今朝方別れた男たちだった。英雄は二人の顔を交互に見て、大きく瞬《まばた》きをした。

男の声がひどく遠くから聞こえた。英雄は起き上ろうとしたが、身体が痺《しび》れて動けなかった。

「運のいい奴《やつ》だ」

「しばらくそうしてるがいい」

英雄は男の声に頷いた。そうしてゆっくりと横をむき、握りしめたままの杉の木を見つめた。幹から枝へと目で追うと、杉の木は人の身体のように手を伸ばし指先に緑の葉をひろげていた。握りしめた杉は温かかった。自分と同じぬくもりをしている気がした。

――生きてるんだ、こいつも。

英雄はそう呟いて、杉の幹を揺らした。すると枝先の葉から、雨垂れが一粒英雄の頬に落ちて零《こぼ》れた。

英雄は握りしめていた手をそっとほどいて、ゆっくりと上半身を起こした。周囲を見回すと、男たちは杉林の中で倒れた木々の世話をしていた。二人のむこうの雑木林の中に真半分に割れた杉の幹が宙に浮いて揺れていた。その雑木林の上方に、青煙の頂きが悠然と聳《そび》えている。

トンネルを列車が抜けると、左手に紡績工場の煙突が見えた。煙りは暮れ行く陽に染まって朱色に燃えていた。

佐多岬の燈台の光が海を照らしながら帯のように沖へ流れて行くのが見えた。町には少しずつ灯《あか》りが点《とも》りはじめていた。英雄はずいぶんとひさしぶりに町の灯を見るような気がした。汽笛が短く鳴った。線路の音が変わって列車が鉄橋を渡って行く。右の窓を見ると中国山地の峰々が夕陽に染まっていた。

――あの家へ帰ってどうするんだ？

英雄は胸の中で呟いた。このまま列車に乗っていたい気がした。真吾もこの列車に乗って町を出て行った。建将のいる広島にもこの線路は続いているはずだ。

建将の顔が浮かんだ。原っぱの野球で自分を勇気づけてくれた声、体育館での絞り上げるような声、廃工場での哀《かな》しい声……、その時初めて英雄は建将が、何事からも逃げずに戦っていたことに気づいた。英雄は車窓を見つめた。

――泣きごとを言ったら、建将に笑われる。

英雄は膝《ひざ》に置いた右手をそっとひろげた。掌《てのひら》の真ん中に紫色の痣《あざ》がひとつ浮いているのが見えた。左手の指先でその痣を押すと、かすかな痛みがあった。左手の袖口《そでぐち》に何かがきらりと光った。見ると袖のボタンに白い糸のようなものがついていた。何だろうと、英雄はそれを指でつまんで天井の灯りに晒《さら》した。それは杉の根だった。英雄はこんな糸屑《いとくず》のような根がいつか聳《そび》える大木に成長するのかと思うと、自分がひどくちいさなものに思えて来た。ナラ尾の沢を去る時に振りむいた光景が浮かんだ。男たちは雨上りの杉林で黙々と若木の世話をしていた。――伸びた分だけ連中も必死で生きとるのがわかる。生きとるものは皆そういうものだ。

男の声がよみがえった。

英雄は汽車を降りると新町行きのバスに乗った。車掌が英雄を足元からじっと見上げた。英雄は後部座席に腰を下ろして、自分の衣服を見た。ズボンも靴も泥だらけだった。乾いた泥を手で払いのけた。シャツの胸に赤いシミがあった。英雄はそれを隠すために腰に巻いていたセーターを着た。

古町の停留所で降りると、醤油《しょうゆ》工場の角を右に折れて坂道を下りはじめた。前方に揺れる影が見えた。大柳の木だった。木影がひどく重そうに映った。

――大柳の無駄な枝は、春の休みの間に、俺が伐ってしまえばいい。

英雄は胸の中で呟いた。

その時、家の門燈が点《つ》いた。揺らめく灯りの下にぽつんと立っている人影が見えた。

英雄はその人影にむかって歩調を早めた。

バスがいくつもの峠を越えて、中国山地の最西端の山径を下りはじめると、前方に連なる松林が見えて来た。

「おう、海じゃ、海が見えたぞ」

ツネオが大声を上げた。

皆が一斉に左手の窓に顔を寄せた。見ると、前方の松林が途切れるあたりから群青《ぐんじよう》色《いろ》にかがやく日本海がひろがっている。バスが少しずつ山径を下ると、切り立った断《だん》崖《がい》があらわれた。打ち寄せる響灘《ひびきなだ》の白波が春の陽差しにきらめいている。

「へェ、これが日本海なんだ。綺麗《きれい》な海なんだね。私、もっと鉛色で寂しそうな海を想像してたわ」

美智子が海を見つめて言った。

「そりゃ、響灘は対馬《つしま》海流の跳っ返りじゃもの、勢いが違うよ」

隆が言った。

「へェ、隆君って、案外と学があるんだね」

美智子が隆の顔を覗《のぞ》くように言うと、隆は頬を赤くして頷《うなず》いた。

「何を照れとんだ、この」

美智子の隣りに腰掛けたツネオが、隆の頭を叩いた。太郎は先刻からピーナッツの皮を剥《む》いて、美智子の膝の上にひろげたハンカチに置いている。

「まあ親切なことじゃの」

ほとんどのピーナッツを、ツネオは脇から手を出して自分の口に放り投げている。

英雄はツネオたちの前の席に座って、響灘の海流を見つめていた。

美智子から明日戻って来るという報《しら》せがあった午後、英雄は皆にそのことを告げた。

「卒業旅行にでも出かけるかの？」

とツネオが言い出した。

「ほとんど学校へ行っとらんかったおまえが言うせりふか」

隆がからかって言うと、

「ほうっ、わしは隆と太郎のことを思って、美智子との旅を考えてやったんじゃが。そういう言い方をするなら、わしは美智子と二人でどこかへ行くぞ」

とツネオが素っ気なく言った。

「あっ、そうか。わかった、俺が悪かった。けど、どうしておまえが美智子と二人でどこかへ行くんじゃ？」

隆と太郎が顔を見合わせてから、ツネオの方を同時に見直した。

「ツ、ツネオ、おまえもまさか……」

目を丸くしている隆にツネオは、

「わしが美智子に惚《ほ》れとったらおかしいか？」

と言って顎《あご》をしゃくり上げ、

「なあ、英ちゃん。英ちゃんも美智子に惚れとるもんなあ……」

と英雄を見た。

「俺、俺は……」

英雄は真っ赤な顔をして、首を横に振った。

「わしは美智子から聞いたぞ。英ちゃんと美智子は華羽山《はなわやま》の上でキスをしとる」

ツネオが言うと、隆と太郎が眉《まゆ》を釣り上げて英雄に詰め寄った。

「違、違う。あれは美智子がいきなり……」

英雄が後ずさると、三人は英雄を追い詰めて、旅の間は美智子に近寄らないことを約束させた。……

次は波原《なみら》温泉、と車掌が告げた。

「おう、着いたぞ。降りるぞ、英ちゃん。そんなむずかしい顔しとらんで、荷物を持たにゃ」

英雄は四人の荷物をかかえて立ち上った。バスを降りると、潮風が五人の身体を包むように吹いて来た。

「気持ちいい。皆して私のためにこんな綺麗《きれい》な場所に連れてきてくれて、嬉《うれ》しいわ」

美智子が背伸びして言った。

「おーい、まず宿を決めるぞ」

先頭を切って坂道を下りていくツネオが振り返って言った。

美智子が坂道を走り出し、ツネオに追いつくと訊《き》いた。

「温泉宿に泊るの？」

「そんな金があるか、漁師の小屋を探すんじゃ」

「へぇ、漁師小屋か、ロマンチックだね」

美智子はスキップをしながら坂道を下りて行く。

「英ちゃん、もたもたしてちゃだめだぞ」

英雄は皆の荷物を背負って、身体を傾けながら下りてくる。背中で鍋《なべ》や飯盒《はんごう》がぶつかって賑《にぎ》やかな音を立てている。

「どうして英雄君だけがあんなに荷物を持たされてるの」

美智子が、皆から遅れて歩いて来る英雄を見て訊いた。

「いいから、いいから」

隆が美智子の背中を押した。その手を太郎が素早く払いのけた。

「あら、大きな池があるわ」

坂道の途中に、青空を映して池がひろがっていた。その水辺に淡紅色の花の群れが風に揺れている。

「ねぇ、あの花を摘《つ》んできていい？」

美智子が言うと、

「わしが摘んでくる」

と太郎は叫んで、池にむかって走り出した。転がるように水辺にたどり着いた太郎が、膝まで水につかって花を摘みはじめた。皆呆《あき》れて太郎を見つめていた。太郎が花を手に駆け上ってくると、美智子が、

「太郎君って、やさしいのね」

と太郎に抱きついた。太郎は顔を皺《しわ》くちゃにして目を閉じていた。

「これ何て花かしら」

美智子が花に顔を寄せながら訊いた。

「春女苑《はるじょおん》の花だよ」

英雄が言った。

「ハルジョオン？」

美智子が小首をかしげた。

「春女苑と姫女苑《ひめじょおん》があって、どちらも女児《おなご》の花じゃ。外国から来て、日本で根づいて花を咲かせとる……」

英雄が説明すると、

「へぇー、女性の花か……。英雄君、花に詳しいのね」

と美智子が感心して言った。

「昔、家にいたサキ婆《ばあ》さんという人が教えてくれたんだ」

「そうなの、綺麗な花だね。ありがとう、太郎君」

美智子は花を鼻先につけてから大事そうに胸元に寄せた。

波原温泉は二軒の温泉宿があるだけで、それも食事を出すような宿ではなく、湯治《とうじ》にやってきた客が炊事のすべてをする、昔ながらの湯治場の温泉宿だった。海のすぐそばまで源泉があり、汐湯治と湯治ができるので、リュウマチを患《わずら》った老人たちが昔から訪れていた。浜には数戸の傾きかけた漁師小屋があり、宿賃のない者はそこに寝泊りする。

「この小屋がよかろうな」

ツネオが小屋の前で建物を吟味《ぎんみ》するように言った。

「ツネオ君って、こういうことだと優秀なんだね」

ツネオが小屋の戸を片足で軽く蹴《け》った。戸が音を立てて開いた。

「どういう言い方じゃ。俺は前にここの温泉にばあちゃんを連れてきたんじゃ。さあ、火をおこして飯の準備をするぞ。あっ、いかん。味噌《みそ》を忘れとる。おーい、誰か宿まで行って味噌を分けてもろうてこんかよ」

ツネオが大声で言った。

「英ちゃん、味噌だと」

隆が英雄の顔を見た。英雄は溜息《ためいき》をついて皆の顔を見回し、拾っていた焚《た》き木を隆に渡した。

「私も一緒に行こう」

美智子が言うと、隆と太郎が、

「俺が行く」

と同時に言った。英雄はひとりで宿にむかって歩き出した。美智子が追い駆けると、隆と太郎も走り出した。

「皆行ってどうするんじゃ。隆、太郎、おまえたちは残って、薪《まき》を集めて来い」

ツネオに怒鳴られ、二人はしぶしぶ引き返してきた。

しばらくして、英雄と美智子が楽しそうに話しながら戻ってくると、

「英ちゃん、ジャガイモを剝《む》いてくれよ」

と隆が、新聞紙に包んだジャガイモを投げよこした。

「お味噌を買ったら、ほらこれをもらっちゃった」

美智子がハンカチをひろげて見せた。

「ひしの実じゃないか。ひとつよこしてみろ」

ツネオはひしの実を器用に歯で割って、中から黄色い種を出して口に入れた。

「美味《おい》しい？」

美智子がツネオの顔を覗き込んだ。ツネオは目を細めて頷《うなず》いた。太郎がひしの実をひとつ取って種を出し、美智子に渡した。美智子はそれを口にして、

「ほんとだ、美味しい」

と唇を突き出して頷いた。

夕食を食べ終ると皆で浜辺へ出た。

昨日あたりが満月であったのだろうか、春の十六夜《いざよい》の月が皓々《こうこう》と光を放っていた。

美智子が足元の小石を拾って海へ投げた。ちいさな波紋がひろがり、寄せる波が月影をかき消した。

「ずっとこうして皆と一緒にいることができたらいいのにね」

美智子がぽつりと訊《き》いた。

「やっぱり東京へ戻ってしまうのか」

隆が沈んだ声で言った。

美智子は海を見つめたままちいさく頷いた。

「ず、ずっと、ずっと、こ、この町にいればいい。じ、じつは俺……」

太郎が唸《うな》るように言いながら、隆をちらと見た。

「俺、俺は……」

すぐに隆も喉《のど》に物が詰まったような顔をして、美智子に何かを言おうとした。

「おい、皆で露天風呂《ぶろ》にでも入るかの？」

ツネオが振りむいて言った。

「えっ、露天風呂があるの？　私、露天風呂、大好き。入る。ねぇ、皆で入ろうよ。どこにあるの？」

美智子が、ツネオの指さした岩場にむかって大声を上げて走り出した。

美智子は岩場の隅で服を脱ぐと、裸のまま皆に手を振り、水音を立てて露天風呂に飛び込んだ。英雄と隆と太郎は、美智子の裸を見て、目を丸くして唾《つば》をごくりと飲み込んだ。ツネオは露天風呂のある岩場へ近寄ると、

「何をしとるんじゃ。女児《おなご》の方が度胸があるのう。もたもたしとると、わしが……」

と言い残し、さっさと裸になって岩場に消えて行った。皆、あわてて服を脱ぎツネオを追い駆けた。

そこは大きな岩で囲まれた露天風呂だった。美智子は湯の中で楽しそうに泳いでいた。ツネオは顔だけ出して浮かんでいる。隆と太郎も水音を立てて泳ぎはじめた。英雄も生ぬるい湯を頭にかぶって泳ぎ出した。やがて五人は並んで、沖合いに浮かぶ月を眺めた。

「美智子、なんで東京へ行くんじゃ？」

隆が月を見ながら訊いた。

「私は東京でファッションの勉強をするの。ファッションの勉強は東京じゃないと駄

目なのよ」

「ファックション？ 何じゃ？ その嚔《くしゃみ》みたいなのは」

ツネオが小首をかしげ、美智子を見た。

「ファックションじゃなくて、ファッションよ。洋服を作る人のこと、私はファッション・デザイナーになるの。そうしてパリへ勉強に行くの」

美智子が月を見上げて言った。ツネオが隆に、パリって何じゃと訊いた。パリはフランスじゃ、と隆が小声で答えた。

「ねぇ、隆君は何の仕事をするの？」

美智子が隆に訊いた。

「わしはいつか東京へ行く。東京へ行って映画会社へ入って、映画監督になるんじゃ」

隆も空を見上げて言った。

「へぇー、素敵じゃない。隆君が映画監督になったら、私のデザインした服を女優さんに着させてよ」

「わかった。そりゃそれで考えとこう」

隆が湯の中で偉そうに頷いた。

「太郎君は何の仕事をするの？」

美智子が太郎を見た。太郎は少し恥ずかしそうに、

「俺、俺は、ダムを造る仕事がしたいと思う」

と声を張り上げて言った。

「ダム？　ダムって、あの山奥にあるダムのことかよ」

ツネオが太郎を見て訊いた。

「う、うん、俺のおったドミニカは水がないところじゃったから、そ、それで苦労して、父ちゃんも祖母《ばあ》ちゃんも死んでしもうた。じゃからダムを造って、水路を引いて、農園をやる人に水を、水を送る仕事をやりたいんじゃ」

太郎の声が岩場に響いた。

「太郎君、君って偉いよ。素敵、素敵、素晴らしい」

美智子が立ち上って手を叩《たた》いた。

四人とも驚いて、美智子を見上げた。

ツネオが股間《こかん》を抑えて立ち上った。

「美智子、おまえはええ女児じゃ。わ、わしらは皆、おまえに惚れとるんじゃ。そうじゃのう、皆。隆、太郎、英ちゃん、わしらは全員、美智子に惚れとるんじゃのう」

ツネオが湯の中の三人の顔を見て言った。三人は大きく頷いた。水音を立てて隆が立ち上った。

「俺、俺、美智子さんに逢《お》うた時から、好きじゃった……」

もっと大きな水音がして太郎が飛び上った。

「俺は隆より何倍も好きじゃから。毎晩、毎晩おまえの夢を見とったし、俺はおまえのためなら何でもするから……」

「いや、こいつより俺の方が何百倍も惚れとるから……」

隆が大声で言った。

「俺も美智子が大好きじゃ」

英雄はさらに大きな声で言って、立ち上った。

美智子は目を見開いて、四人の顔を順番に見つめた。

「美智子よ、どうじゃろうか。俺たちは皆おまえに惚れとるのがわかったじゃろう。別れの挨拶《あいさつ》に皆にキスをしてくれんじゃろうか」

ツネオが静かに言った。三人が大きく頷いて美智子を見返した。

「あ、ありがとう。私、こんな嬉《うれ》しい夜は生まれて初めてよ」

美智子は四人の顔をゆっくりと見回して言った。

「どうして、皆、こんなに素敵なの」

美智子は両手で顔を覆《おお》って泣き出した。

「美智子、美智子さん……」

ツネオが美智子の顔を覗《のぞ》き込んで、真剣な声で言った。

「何？」

美智子は顔を拭《ぬぐ》いながらツネオを見た。

「泣くのは後にして、別れのキスをしてもろうてもええんじゃろうか」

美智子はツネオの生真面目《きまじめ》な顔を見て、

「いいよ」

と頷いた。

太郎が真っ先に股間をおさえて美智子に歩み寄った。英雄と隆とツネオは息を止めて二人を見つめていた。太郎を迎える美智子は月光の下で女神のように映った。太郎は美智子から離れると、ヒャッホーと叫び声を上げて、湯の中に倒れ込んだ。

隆がおずおずと美智子の前に進み出た。美智子は両手を開いて隆を招いた。隆は母親に抱かれる赤ん坊のように美智子にキスをされていた。

「俺もかまわんかの」

ツネオが股間をおさえたまま近寄って行った。美智子が笑って手招いた。ツネオは美智子にキスをしてもらうと、

「済まんことで」

と片手で頭を掻《か》きながら戻ってきた。

英雄は美智子を正面から見た。女の裸身がこんなに美しいことを初めて知った。美智子とキスをしていた太郎も隆もツネオも、裸身は無垢《むく》な子供のように見えた。美智子に顔を近づけると甘酸《あまず》っぱい匂《にお》いがした。美智子の唇は華羽山の岩の上で触れた唇と違って、やわらかい感触がした。

「大好きよ」

唇を離した時、美智子が囁《ささや》いた。英雄は美智子を見返した。

四人は裸のまま美智子の前に並んで最敬礼した。

「皆ありがとう。私、こんなにしあわせなこと、今までなかったわ。私、絶対に……」

そこまで言って、美智子はまた両手で顔を覆った。

「おまえは、ええ女児《おなご》じゃのう」

ツネオが言った。ツネオの言葉に英雄たちも大きく頷いた。

春の月明りが、五人の若者を照らし出していた。

英雄は潮が流れる沖合いを見ていた。

かすかに汐音《しおね》が聞こえる。月はもう海の上になく、背後から海岸を照らしていた。

英雄は夜半、目覚めて小屋を出た。空には無数の星がかがやいていた。じっと岩の上に座っていると、春の星座がゆっくりと周《めぐ》っているのが肌で感じとれた。

「英雄君」

声に振りむくと、かすかに笑みを浮かべて美智子が立っていた。美智子は英雄の隣りに腰を下ろすと、黙って沖合いを眺めた。ずっと以前に、英雄はこうして夜の海を誰かと見たことがある気がしたが、それが誰と一緒だったのか思い出せなかった。

「私、自分が間違ってた気がする」

美智子がぽつりと言った。

「何が……」

英雄は美智子を見た。美智子は沖合いに目をやったまま言葉を続けた。

「私、自分ひとりで生きて行かなきゃいけないって、ずっと思い込んでたの。けど、今日、皆と一緒にいて……。そうじゃない。あの町へ住んで、私、皆とめぐり逢って……」

　そこまで言って美智子は声を詰まらせた。小刻みにふるえる手を握りしめて美智子は、

「私、私、ずっと忘れない。この実を皆だと思って」

　開いた美智子の手の中にひしの実があった。

「いろんな町にママと住んだけど、英雄君たちの町が一番良かった。私、絶対、皆のことは忘れないから……」

　英雄は美智子の手からひしの実を取って、自分の手のひらに載《の》せた。握りしめると、棘《とげ》が刺しかすかに痛みを感じた。その痛みが、ナラ尾で杉の木を摑《つか》んだ時の感触に似ていた。

　ひしの実の話を誰かから聞いたことがあった。

「水際《みずぎわ》のひしの実は、茎から離れて、水に流れて、辿《たど》り着いた水辺に根をおろすんだ。ひしの実に棘があるのは誰かを刺したりしようってことじゃないんだ。ひしの実の棘は自分が生きて行ける土に辿り着いた時、その土地にしがみつくためにあるんだって……」

　英雄は棘を指の先で撫《な》でながら言った。

「じゃ、私と同じだ」

美智子がかすかに笑って英雄を見た。

「俺だって、そうだよ」

「ねえ、英雄君」

「何だ？」

「きっと東京へ来てね。私、待ってる」

「東京か……。一度行ってみたいのう」

「私、待ってるから」

英雄は美智子の顔を見直した。

美智子の目から涙が溢《あふ》れそうになっていた。

「ずっと、ずっと待ってるから」

英雄は美智子の目元を指先で拭《ぬぐ》って頷いた。

「俺、自分の先のことはようわからん。けど……、おまえにきっと逢いに行く」

英雄は美智子にひしの実を返して、白い手を握りしめた。熱い手だと思った。

満潮に達した波が一斉に岩場に押し寄せて、鼓《つづみ》のような乾いた音が周囲に響いた。

その時、潮路を吹き抜ける春の風が、二人の耳の底に何ごとかを告げるように通り過ぎていった。

美智子は初めて耳にした海峡の風音に思わず立ち上り、

「英雄君、今、何か聞こえた？」

と周囲を見回して、ちいさく呟《つぶや》いた。英雄も立ち上り、沖合いを睨《にら》んで大きく頷いた。

先刻より汐音は高くなっていた。風音と汐音は二人の耳の底で共鳴し、やわらかな囁きにも、鋭い叫び声にも聞こえる。二人の身体を内から突き上げるように海潮音《かいちようおん》が鳴り続けている。美智子は英雄に寄り添い、手を握ろうとした。かすかにふるえる美智子の指先を、英雄は漆黒の海を見つめたまま握り返した。

海峡を流れる強靭《きようじん》な力が、水辺に佇《たたず》むちいさなふたつの実を一瞬、祝福するかのように抱擁し、怒濤《どとう》を上げて疾走して行った。

男の背中

大友康平（ハウンドドッグ）

コンサートツアーにいくとき僕は伊集院さんの本を持っていく。最初に読んだのは『乳房』だったろうか。読みやすくていっぺんにはまり、すごくファンになって、すべての作品を読んだ。伊集院さんの作品は僕の旅の友だ。

伊集院さんに初めてお目にかかってからどのくらい経《た》つだろう。十二月の六本木だった。KUZUIエンタープライズという映画配給会社の社長の葛井さんとうちのプロダクションの会長が、映画の脚本の仕事で伊集院さんと会うという。ほんとうですか、ぜひ会いたいと言って、六本木の小料理屋でお会いすることができた。

伊集院さんはすごく格好よかった。そして言葉に無駄がなかった。野球の話になった。

「大友君、野球というのは希望があるんだよね。プレーヤーにも希望があるんだけれども、控え選手にも、観客席で見ていても、野球には希望を感じるんだよ。だから、野球が好きなんだよ」その言葉が忘れられなかった。

そのあとスポーツ選手を集めて「Do it」というスポーツの応援ソングをつくったと

きに、「週刊文春」に連載していた『二日酔い主義』で僕の歌を文章にしてくれた。それがすごくうれしかった。一九九七年に初めてオリジナルで「HEAVEN」というソロアルバムをつくった時には、伊集院さんはツアーのパンフレットに文章を寄せてくれた。それもすごくうれしかった。

「大人の男」という言葉がこれほどふさわしい人もいない。けれど意外な面も持っている。たとえば無類のギャンブル好きで、時間もお金も忘れてのめりこんでしまい、ふと目をさますと公園で寝ていた、なんてこともあるという。一つのことにそんなに熱中できるのは、子供の心を持っているからだ。大人の格好良さ、少年の純粋さ、そして少しだけだらしないところ。伊集院さんにはそんな多面性がある。だからこそ、僕は伊集院さんに惚《ほ》れるというか、憧《あこが》れるというか、そんな気持ちを抱かずにはいられないのだ。

文章というのは不思議だ。文章には書く人の人間性が投影される。僕は作詞をするけれど、詩は一つのセンテンスの中に修飾語をいくつも入れて、いろいろな意味を持たせるようにする。そのために非常にオブラートに包まれた表現もできるし、解釈のされ方もさまざまだと思う。ところが、文章というのは、自分の心情を一貫して綴《つづ》り、考え方をまとめていく。だから文章にはその人自身が現れてしまう。

詩も文章も自分をさらけ出すものではあるけれど、文章のほうが無防備だ。文章をきちんと書く人は、自分をさらけだす強さを持っていると思う。そして伊集院さんの文章には一貫して伊集院さんという「男」の像が投影されている。

少年時代の伊集院さんが、英雄という主人公と重なるように登場するのが、この『春雷』だ。舞台となった山口県防府《ほうふ》の自然の豊かさがまず素晴らしい。海があって、山があって、港町がある。僕も少年時代にこの町で暮らしていたかったな、と思わせる。作詞家の阿木燿子《ようこ》さんが、十四歳のときの伊集院少年に会ってみたくなると言っていた気持ちがよくわかる。今の伊集院さんは、こんな少年時代を経て出来上がってきたのだ。

英雄をとりまく人々も個性に溢《あふ》れている。お父さんの斉次郎《さいじろう》は度量のある男で、キャバレーを作ったり、東京から楽団を呼んだりしている。お母さんの絹子は深い愛情で英雄を包み込む。男の子にとって、それは至上の愛といってもいいかもしれない。弟の正雄はひ弱だけれども、英雄に「一番強そうなやつをぶん殴ってこい」と言われて立ち向かっていく。僕はひとりっ子なので、英雄兄ちゃんみたいな人がいたらよかったなあと憧れてしまう。

東京から転校してきた、綺麗《きれい》でハイカラで学力もある美智子さんはあまりにもでき過ぎかな。僕はツネオ君の恋のほうに断然共感する。

そして高木家にずっと住み込みで働いている江州《ごうしゅう》。彼の男気というか、高木のおやじのために体を張って生きるという姿勢の格好よさ。江州を始めとして高木家に住み込んでいる男たちと英雄とのふれあい、彼らの背中を見て英雄が自然と大人になっていく、そのシーンはたまらない。

『海峡』三部作は大きな意味で愛情のドラマだ。父の背中を見つつ、母の愛情に育《はぐく》まれ、弟を守り、年上の男たちに励まされて、英雄は成長する。全篇に流れる家族愛、兄弟愛、友情、恋愛――。ここには、いまでは失われつつある、人間の生の躍動感が溢れている。

三部作の中で『春雷』は「旅立ち」の物語だ。ここから自分探しの旅が始まる。

『海峡』で英雄が母屋《おもや》を出て離れで暮らすようになる場面がある。あの瞬間が最初の旅立ちだった。十四歳となった英雄には自我が芽生えはじめる。それまでは絶対服従だった父に対しても新しい感情が生れてくる。斉次郎が外に子供を作り、絹子はそれにじっと耐える。その狭間《はざま》で、英雄の父に対する尊敬、母に対する愛情が、ある種バランスを失う。その瞬間こそ、男の子が父親に対して、自分も男であるという存在証明を見せる瞬間なのだ。そして『岬へ』に向けて、自分自身が形成されてゆく。

旅立ちとは「出会いと別れ」だ。そして、男が生きていくということは出会いと別れの繰り返しだ。それには精神的な部分も現実的な部分もあるけれど、英雄は早くから現実の壁というものを知っていたと思う。その壁をどうやって乗り越えたのか、自分でぶち壊していったのか。伊集院さんご本人はその壁をぶち壊していった人だと思うので、どうやってぶち壊したのかを見てみたい気がする。

けれどそれは、伊集院さんの二十代から三十代、すなわち『岬へ』の次あたりのことになるのだろう。『春雷』の英雄は一生懸命「壁って大きいなあ、どうやって越えていこうか」という思いをめぐらせている。自分探しの本当の旅に出発したのが『岬へ』だと思う。

『春雷』の背景に大きく横たわっているのが、ルーツたる半島だ。半島から海を渡って日本へ来る人。『海峡』に、密航してくる人を救うシーンがあった。四人の子供を連れた女性の子供の一人が海に流される、泣き崩れる母親を、英雄の父が「四人の一人だろう。三人は助かっとるんだ」と叱咤《しった》する。あれは、強さというか、せつない強さだ。そういうのを感じる。

伊集院さんの作品にはこの「せつない強さ」がよく書かれる。『三年坂』などには、人間の、頑張るんだけど力及ばない部分をさらに書いている。限界があってもそれを背負って生きていくのが男だ、負ける喧嘩《けんか》でもしなくちゃいけないのが男だ、そしてたとえだめ男でも、毅然《きぜん》とした生き方があるんだ、ということを書いていく。

伊集院さんのいう「だめ男」は、自分の欠点がわかる男だ。馬鹿《ばか》は自分の弱さとか欠点を知らないが、「だめ男」は自分の弱さ、欠点がわかるからこそ、初めて守りもできる。周りから見ると、いい意味でだらしない男といえるかもしれないけれど、それでも男としての毅然とした生き方、あり方くらいわかっているんだぜ、というのがうかがえる。

どうしようもない男の、そういうだらしない部分とか、せつない部分というのを男の背中というふうにあえて一行でくらせてもらうなら、伊集院さんは男の背中を書かせたら世界一だ。トルーマン・カポーティーに勝るとも劣らない。そのうえ、強さ、やさしさみたいなものさえ感じさせる。

僕は今四十六歳で、本当の大人からすればまだ若造かもしれないけれど、これでも一応酸《す》いも甘いも少しはわかる年齢に近いかな。そういう男が読むには伊集院さんの文章とストーリーは一層味わい深い。ときには、まだまだ僕の青春は続くだろうという勇気を与えてくれるし、その一方で、男って限界もあるよなっていう事実も突きつけてくる。

でも僕は、若い人たちにこそ読んでほしい。こういう格好いい大人がいることを知ってほしい。文章を書かせれば男を泣かせるけれど、酒とギャンブルにはだらしなくて、でも、みんなが憧れる人なんだ。伊集院さんの文章を読んで「おれもこんな男になりたい」っていう人が一人でもふえて欲しい。……なんて伊集院さんに話したらきっと、「よせよ、大友君。おれ、照れるよ。恥ずかしいよ。そんな男じゃないよ」と言われてしまうんだろうな。

（平成十四年六月、ミュージシャン）

解説

北上次郎

伊集院静は短編がうまい。どの短編を繙《ひもと》いてもいいが、まず「ナイス・キャッチ」（『受け月』収録）を見る。この短編で語られるのは、元社会人野球の選手で今は母校の高校野球部の監督をしている父と、他県の高校の野球部に入った息子の齟齬《そご》だが、問題はこの話をどこへ着地させるかだ。短編の場合はその着地に冴《さ》えと切れがなければならない。そこで伊集院静は、家族三人で出かける温泉場でのシーンを用意する。しかも、ラストは昔話だ。父親が息子に裸でバッティングを教える「現在の和解」を暗示する場面はあるものの、ラストは上野の動物園で、ゴリラにリンゴを投げた昔話である。「リンゴを投げたのか、俺が」と、父親はそのことを覚えていない。すると息子が言う。「そうだよ。マウンテンゴリラが父さんのリンゴを片手で受けたんだよ。周りの人たちが、ナイス・キャッチって叫んだんだ」。それを受けて妻も言う。「そう、ナイス・キャッチってね」。この短編はここですとんと幕を閉じている。うまいなあと思う。この父と息子が、温泉旅行で本当に和解できたのかどうか、直接的なことは何も語られていないが、彼らを繋《つな》ぐ何かを鮮やかに描いている。

この短編集には、私の好きな「菓子の家」というダメ男小説も収録されていて、直木賞を受賞した作品集だけに粒揃《つぶぞろ》いだが、もちろんこれら以外にも秀作はたくさんある。吉川英治文学新人賞を受賞した絶品『乳房』は特に忘れがたい。これらの短編に共通するのは、過剰な部分をぎりぎりに削《そ》ぎ落としていることだ。たとえば「切子皿」で正一の父がなぜ息子の名前を知っていたのか、物語の中ではついに語られない。だからこそ逆に、妻子を捨てた男のさまざまなドラマが、その感情の風景が鮮やかに浮かんでくる。

もう一つ、伊集院静の短編を語るときに避けて通れないのは、共通のモチーフが時に頻出《ひんしゅつ》することだ。たとえば、弟が海で死ぬ話は「トンネル」で語られ、「くらげ」でも語られる。あるいは「オルゴール」のヒロイン木葉子《きよこ》の次の台詞《せりふ》を見られたい。「あのくらい大きな木が私の実家の近くの公園にあるんです。私の父が、私が子供の頃そこへ散歩に連れて行ってくれて、木を見上げて話してくれたんです。人間の耳ではなかなか聞こえない音色だけど、木の枝も葉も皆何かをささやいているんだって、その音色が聞こえる人になるんだよって……。それで木に葉で、木葉子って付けてくれたんです」。ここに、善一が生家の樫《かし》の木の根元に座って子供時代を回想する「菓子の家」のラストシーンを重ねてもいいし、『機関車先生』に出てくる樫の木を並べてもいい。つまり、人を叱咤《しった》し、慰め、励ますものとして、伊集院静の小説では常に、木があることに留意したい。

そして、重要なのはこれらのモチーフが『海峡』三部作にすべて集結していることだろう。私たちは第一部『海峡』に次のような描写があったことをすでに知っている。

「西は、母屋《おもや》の裏手の縁側からひろがるひょうたん形の池のある中庭になっていた。北の母屋の屋根が立派な石州瓦《がわら》であるのに対して、東の棟は台風が来るたびに古トタンを屋根に重ね合わせた乱暴なつくりであった。屋根の姿はそのまま北と東の家の違いをあらわしていた。同じ敷地の中にこれほど歴然とした違いがあるのに、この家には奇妙なやすらぎがあった。それは広場と母屋の境にそびえる、夏の盛りならば高さ二十メートルになろうかという一本の大柳の木のせいであった。東の棟の者が普段出入りする海側の東門からかなり離れても、この柳は見ることができたし、風の強い日は母屋へも東の棟へも柳の葉の鳴る音が聞えてきた。近所の人や子供たちはこの柳を〝お化け柳〟と呼び、高木の者たちは〝おやじの木〟と呼んで、朝夕、この柳の木をなんとはなしに見上げて暮らしていた」

伊集院静の短編群で繰り返して語られてきた「木」への信仰というべきものが、ここにも象徴的に登場しているのである。ここに小説誌デビュー作の「皐月《さつき》」で語られた正作の履歴を並べると、『海峡』三部作が作者の集大成であることが見えてくる。正作が船を買いたいと言いだすときの「船はもう困ります。二度と海へ出ない約束を私はして戴《いただ》きました。私はもう二度と船を待ちに桟橋《さんばし》に行くのはいやでございます。船は困ります」という妻の晴の返事や、鉄工所を経営していた正作が鉄の買い出しのために中古の船を買い入れ、最初は自分の工場だけのために出航していたが、港をまわるうちに仕事が結構あって発展していくこと。船ごと買い上げた雇われ船長や船員たちの人柄も気にいっていたが、半年後に石炭を積んだまま鳴門《なると》の渦に沈んだこと。あるいは、不動産屋から映画館と社交ダンス場の出物を紹介され、それを購入したこと。「皐月」で語られるそういう短い挿話が、すべて『海峡』三部作にふたたび背景となっていることを考えると、この『海峡』三部作が、作者がこれまで書いてきた短編群の集大成である側面が見えてくる。

本書『春雷』は、その自伝的大河小説の第二部だが、短編に冴えを見せる伊集院静らしい作品となっている。というのは、全四部構成になっているものの、第一章は宋建将《そうけんしょう》の巻、第二章はてふてふの巻、第三章は金本由紀子の巻、と連作ふうに進行していくからである。もちろん、各章は独立しているわけではなく、藤木太郎、北条《ほうじょう》美智子、筧《かけい》浩一郎などの新たな登場人物がそれらの章をまたぐように次々に出てきて、巧妙に長編として成り立っているが、その構成から明らかなように、短編作家伊集院静の美質が全開の書といっていい。第一部『海峡』でも江州《ごうしゅう》が太鼓を叩《たた》き、女衆が踊るシーンが官能的で光っていたが、こういう細部がいいのも伊集院静の特徴で、ここでも例外ではない。

ここで語られるのは、英雄の中学時代で、映画館の看板描きの手伝いをしている隆、屑鉄《くずてつ》を集めてスクラップ屋に売り捌《さば》いているツネオ、ドミニカ移民の子太郎、ちょっとませた美智子などとの交流が綴《つづ》られる。つまり、第一部『海峡』が少年小説だったとすれば、この第二部『春雷』は中学生小説である。

「英ちゃん、実は面白い話があるんじゃがの」「ほれっ、上海飯店《シャンハイハンテン》が酒場になったじゃろう。あそこにやらせる女がおるそうじゃ」と隆は誘ってくるし、「わしによ、ええ嫁さんが来るじゃろうか」「やっぱり、ええ嫁さんをもらわんことにゃ、しあわせになれんのじゃなかろうか」とツネオは心配するし、東京の中学の野球部でエースだった筧浩一郎が転校してきてライバルは出現するし、英雄の中学の日々もなかなか忙しい。

宋建将をめぐる挿話も印象深いが、やはり本書の白眉《はくび》は、てふてふの登場だろう。隆、ツネオ、太郎の四人でスイカ泥棒に行ったときに知り合う放浪詩人だ。「我輩は、てふてふである」と本人が言うので、ついた呼び名が「てふてふ」。四人はこの放浪詩人と何となく仲良くなる。何の役にも立たない人物だが、ずっといてくれればいいなと彼らは考えている。だから、てふてふの住むバラック小屋をみんなで作ったりする。

私たちが幼いころ、何の仕事をしているのか昼間からぶらぶらしているおじさんが近所にいて、学校の先生や親とはまったく違う大人の顔が妙に新鮮だったことを思い出すが、てふてふもまた、少年たちを新しい世界に案内する旅人なのである。この旅人は

「わからんことだらけで、ただひとつわかっていることがある。それは、死だ。死だけがわかっているのが人間だ」などと言ったりするが、そこに教育的指導というニュアンスのないことが少年たちをまたひきつけるのである。

もちろん、少年時代はただ牧歌的に過ぎていくのではない。寛浩一郎の家を知って、わが家は変わっているのかもしれないと初めて気がつくし、由紀子一家が北に帰ることで揉《も》める場面を目撃するし、高木家の跡取りとして期待されることの重圧とも英雄はそろそろ直面しなければならない。そういう現実の中に出ていく日々はもうそれほど遠くない。その不安とおそれの中に英雄はいる。おそらく現実の中に出ていけば、隆やツネオや太郎たちとも別れ別れになっていくだろう。真吾と会えなくなったように、宋建将と会えなくなったように、いまの友情と交流はいまだけのものだ。だからこそ、彼らと一緒に行った露天風呂《ぶろ》で、みんなが美智子に愛の告白をするラストシーンが光り輝く。『海峡』三部作はまだ終わらない。最後に待っているのは、その現実篇である。

（平成十四年六月、文芸評論家）

この作品は平成十一年十月新潮社より刊行された。

伊集院静著

海峡

—海峡 幼年篇—

かけがえのない人との別れ。切なさを噛みしめて少年は海を見つめた——。瀬戸内の小さな港町で過ごした少年時代を描く自伝的長編。

宮本輝著

流転の海

理不尽で我儘で好色な男の周辺に生起する幾多の波瀾。父と子の関係を軸に戦後生活の有為転変を力強く描く、著者畢生の大作。

宮本輝著

地の星

流転の海第二部

人間の縁の不思議、父祖の地のもたらす血の騒ぎ……。事業の志半ばで、郷里・南宇和に引きこもった松坂熊吾の雌伏の三年を描く。

宮本輝著

血脈の火

流転の海第三部

老母の失踪、洞爺丸台風の一撃……大阪へ戻った松坂熊吾一家を、復興期の日本の荒波が翻弄する。壮大な人間ドラマ第三部。

重松清著

舞姫通信

教えてほしいんです。私たちは、生きてなくちゃいけないんですか？ 僕はその問いに答えられなかった——。教師と生徒と死の物語。

重松清著

見張り塔からずっと

3組の夫婦、3つの苦悩の果てに光は射すのか？ 現代という街で、道に迷った私たち。新・山本周五郎賞受賞作家の家族小説集。

村上春樹著

神の子どもたちはみな踊る

一九九五年一月、地震はすべてを壊滅させた。そして二月、人々の内なる廃墟が静かに共振する――。深い闇の中に光を放つ六つの物語。

松村映三
村上春樹 著

辺境・近境 写真篇

春樹さんが抱いた虎の子も、無人島で水をかぶったライカの写真も、みんな写ってます！ 同行した松村映三が撮った旅の写真帖。

村上春樹著

辺境・近境

自動小銃で脅かされたメキシコ、無人島トホホ潜入記、うどん三昧の讃岐紀行、震災で失われた故郷・神戸……。涙と笑いの7つの旅。

村上春樹著

ねじまき鳥クロニクル
第1部～第3部

'84年の世田谷の路地裏から'38年の満州蒙古国境、駅前のクリーニング店から意識の井戸の底まで、探索の年代記は開始される。

村上春樹著

雨天炎天
―ギリシャ・トルコ辺境紀行―

ギリシャ正教の聖地アトスをひたすら歩くギリシャ編。一転、四駆を駆ってトルコ一周の旅へ――。タフでワイルドな冒険旅行！

村上春樹著

世界の終りとハードボイルド・ワンダーランド
谷崎潤一郎賞受賞（上・下）

老博士が〈私〉の意識の核に組み込んだ、ある思考回路。そこに隠された秘密を巡って同時進行する、幻想世界と冒険活劇の二つの物語。

沢木耕太郎著
檀
愛人との暮しを綴って逝った「火宅の人」檀一雄。その夫人への一年余に及ぶ取材が紡ぎ出す「作家の妻」30年の愛の痛みと真実。

沢木耕太郎著
彼らの流儀
男が砂漠に見たものは。大晦日の夜、女が迷ったのは……。彼と彼女たちの「生」全体を映し出す、一瞬の輝きを感知した33の物語。

沢木耕太郎著
チェーン・スモーキング
古書店で、公衆電話で、深夜のタクシーで――同時代人の息遣いを伝えるエピソードの連鎖が、極上の短篇小説を思わせるエッセイ15篇。

沢木耕太郎著
深夜特急1
―香港・マカオ―
デリーからロンドンまで、乗合いバスで行こう――。26歳の〈私〉の、ユーラシア放浪が今始まった。いざ、遠路二万キロの彼方へ！

沢木耕太郎著
バーボン・ストリート
講談社エッセイ賞受賞
ニュージャーナリズムの旗手が、バーボングラスを傾けながら贈るスポーツ、贅沢、賭け事、映画などについての珠玉のエッセイ15編。

沢木耕太郎著
一瞬の夏（上・下）
非運の天才ボクサーの再起に自らの人生を賭けた男たちのドラマを〝私ノンフィクション〟の手法で描く第一回新田次郎文学賞受賞作。

塩野七生著

人びとのかたち

銀幕は人生の奥深さを多様に映し出す万華鏡。数多の現実、事実と真実を映画に教えられた。だから語ろう、私の愛する映画たちのことを。

塩野七生著

イタリアからの手紙

ここ、イタリアの風光は飽くまで美しく、その歴史はとりわけ奥深く、人間は複雑微妙だ。――人生の豊かな味わいに誘う24のエセー。

塩野七生著

イタリア遺聞

生身の人間が作り出した地中海世界の歴史。そこにまつわるエピソードを、著者一流のエスプリを交えて読み解いた好エッセイ。

塩野七生著

サイレント・マイノリティ

「声なき少数派」の代表として、皮相で浅薄な価値観に捉われることなく、「多数派」の安直な〝正義〟を排し、その真髄と美学を綴る。

塩野七生著

マキアヴェッリ語録

浅薄な倫理や道徳を排し、現実の社会のみを直視した中世イタリアの思想家・マキアヴェッリ。その真髄を一冊にまとめた箴言集。

塩野七生著

レパントの海戦

一五七一年、無敵トルコは西欧連合艦隊の前に、ついに破れた。文明の交代期に生きた男たちを壮大に描いた三部作、ここに完結！

田辺聖子著

ここだけの女の話

期待や望みを裏切って転がっていく恋のままならなさ。そんな恋に翻弄される男と女の哀歓。大阪ことばの情趣も色濃い恋愛小説10篇。

田辺聖子著

三十すぎのぼたん雪

説の達人ならではの、心に沁みる優品9篇。恋のたのしさやときめきの裏側にある、ものさびしさ、やるせなさ、もどかしさ。恋愛小

田辺聖子著

孤独な夜のココア

心の奥にそっとしまわれた甘苦い恋の記憶を、柔らかに描いた12篇。時を超えて読み継がれる、恋のエッセンスが詰まった珠玉の作品集。

三浦しをん著

きみはポラリス

すべての恋愛は、普通じゃない——誰かを強く大切に思うとき放たれる、宇宙にただひとつの特別な光。最強の恋愛小説短編集。

山田太一著

異人たちとの夏

山本周五郎賞受賞

あの夏、たしかに私は出逢ったのだ。懐かしい父母との団欒、心安らぐ愛の暮らしに——。感動と戦慄の都会派ファンタジー長編。

白石一文著

心に龍をちりばめて

かつて「お前のためなら死んでやる」という謎の言葉を残した幼馴染との再会。恋より底深く、運命の相手の存在を確かに感じる傑作。

吉村昭著
アメリカ彦蔵

破船漂流のはてに渡米、帰国後日米外交の先駆となり、日本初の新聞を創刊した男――アメリカ彦蔵の生涯と激動の幕末期を描く。

吉村昭著
わたしの流儀

作家冥利に尽きる貴重な体験、日常の小さな発見、ユーモアに富んだ日々の暮し、そしてあの小説の執筆秘話を綴る芳醇な随筆集。

吉村昭著
プリズンの満月

東京裁判がもたらした異様な空間……巣鴨プリズン。そこに生きた戦犯と刑務官たちの懊悩。綿密な取材が光る吉村文学の新境地。

吉村昭著
天狗争乱
大佛次郎賞受賞

幕末日本を震撼させた「天狗党の乱」。水戸尊攘派の挙兵から中山道中の行軍、そして越前での非情な末路までを克明に描いた雄編。

吉村昭著
冷い夏、熱い夏
毎日芸術賞受賞

肺癌に侵され激痛との格闘のすえに逝った弟。強い信念のもとに癌であることを隠し通し、ゆるぎない眼で死をみつめた感動の長編小説。

吉村昭著
仮釈放

浮気をした妻と相手の母親を殺して無期刑に処せられた男が、16年後に仮釈放された。彼は与えられた自由を享受することができるか？

カポーティ
村上春樹訳

ティファニーで朝食を

気まぐれで可憐なヒロイン、ホリーが再び世界を魅了する。カポーティ永遠の名作がみずみずしい新訳を得て新世紀に踏み出す。

カポーティ
河野一郎訳

遠い声 遠い部屋

傷つきやすい豊かな感受性をもった少年が、自我を見い出すまでの精神的成長の途上でたどる、さまざまな心の葛藤を描いた処女長編。

カポーティ
佐々田雅子訳

冷　血

カンザスの片田舎で起きた一家四人惨殺事件。事件発生から犯人の処刑までを綿密に再現した衝撃のノンフィクション・ノヴェル！

カポーティ
大澤　薫訳

草の竪琴

幼な児のような老嬢ドリーの家出をめぐる、ファンタスティックでユーモラスな事件の渦中で成長してゆく少年コリンの内面を描く。

カポーティ
川本三郎訳

夜の樹

旅行中に不気味な夫婦と出会った女子大生。人間の孤独や不安を鮮かに捉えた表題作など、お洒落で哀しいショート・ストーリー9編。

カポーティ
川本三郎訳

叶えられた祈り

ハイソサエティの退廃的な生活にあこがれるニヒルな青年。セレブたちが激怒し、自ら最高傑作と称しながらも未完に終わった遺作。

サン＝テグジュペリ
堀口大學訳
夜間飛行

絶えざる死の危険に満ちた夜間の郵便飛行。全力を賭して業務遂行に努力する人々を通じて、生命の尊厳と勇敢な行動を描いた異色作。

サン＝テグジュペリ
堀口大學訳
人間の土地

不時着したサハラ砂漠の真只中で、三日間の渇きと疲労に打ち克って奇蹟的な生還を遂げたサン＝テグジュペリの勇気の源泉とは……。

サガン
朝吹登水子訳
ブラームスはお好き

美貌の夫と安楽な生活を捨て、人生に何かを求めようとした三十九歳のポール。孤独から逃れようとする男女の複雑な心模様を描く。

サガン
河野万里子訳
悲しみよ こんにちは

父とその愛人とのヴァカンス。新たな恋の予感。だが、17歳のセシルは悲劇への扉を開いてしまう——。少女小説の聖典、新訳成る。

ナボコフ
若島正訳
ロリータ

中年男の少女への倒錯した恋を描く誤解多き問題作にして世界文学の最高傑作が、滑稽でありながら哀切な新訳で登場。詳細な注釈付。

R・バック
五木寛之訳
かもめのジョナサン

飛ぶ歓びと、愛と自由の真の意味を知るために、輝く蒼穹の果てまで飛んでゆくかもめのジョナサン。夢と幻想のあふれる現代の寓話。

J・アーヴィング
筒井正明訳
ガープの世界
全米図書賞受賞（上・下）
巧みなストーリーテリングで、暴力と死に満ちた世界をコミカルに描く、現代アメリカ文学の旗手J・アーヴィングの自伝的長編。

J・アーヴィング
中野圭二訳
ホテル・ニューハンプシャー
（上・下）
家族で経営するホテルという夢に憑かれた男と五人の家族をめぐる、美しくも悲しい愛のおとぎ話――現代アメリカ文学の金字塔。

サリンジャー
野崎孝訳
フラニーとゾーイー
グラース家の兄ゾーイーと、妹のフラニーの心の動きを通して、しゃれた会話の中に、若者の繊細な感覚、青春の懊悩と焦燥を捉える。

P・オースター
柴田元幸訳
ムーン・パレス
日本翻訳大賞受賞
世界との絆を失った僕は、人生から転落しはじめた……。奇想天外な物語が躍動し、月のイメージが深い余韻を残す絶品の青春小説。

G・グリーン
田中西二郎訳
情事の終り
夫のある女と情事を重ねる中年の作家ベンドリクス。絶妙な手法と構成を駆使して愛のパラドクスを描き、信仰の本質に迫る代表作。

I・マキューアン
小山太一訳
贖罪（上・下）
全米批評家協会賞・W・H・スミス賞受賞
少女の目撃した事件が恋人たちを引き裂いた。そして、60年後に明かされる茫然の真実――。世界文学の新たな古典となった、傑作長篇。

新潮文庫最新刊

川上弘美著
どこから行っても遠い町
二人の男が同居する魚屋のビル。屋上には、かたつむり型の小屋――。小さな町の人々の日々に、愛すべき人生を映し出す傑作小説。

重松清著
卒業ホームラン
―自選短編集・男子編―
努力家なのにいつも補欠の智。監督でもある父は息子を卒業試合に出すべきか迷う。著者自身が選ぶ、少年を描いた六つの傑作短編。

重松清著
まゆみのマーチ
―自選短編集・女子編―
ある出来事をきっかけに登校できなくなったまゆみ。そのとき母は――。著者自らが選ぶ、少女の心を繊細に切り取る六つの傑作短編。

佐伯泰英著
帰還
古着屋総兵衛影始末 第十一巻
薩摩との死闘を経て、勇躍江戸帰還を果たした総兵衛は、いよいよ宿敵柳沢吉保との決戦に向かう――。感涙滂沱、破邪顕正の完結編。

髙村薫著
照柿（上・下）
運命の女と溶鉱炉のごとき炎熱が、合田と旧友を同時に狂わせてゆく。照柿、それは断末魔の悲鳴の色。人間の原罪を抉る衝撃の長篇。

玉岡かおる著
銀のみち一条（上・下）
近代化前夜の生野銀山で、三人の女が愛した一人の坑夫。恋に泣き夢破れてもなお、導かれる再生への道――感動と涙の大河ロマン。

春《しゅん》 雷《らい》 [海峡 少年篇]

新潮文庫 い－59－2

平成十四年八月一日発行
平成二十三年八月二十日三刷

著者 伊《い》集《じゅう》院《いん》静《しずか》

発行者 佐藤隆信

発行所 株式会社 新潮社

郵便番号 一六二―八七一一
東京都新宿区矢来町七一
電話 編集部(〇三)三二六六―五四四〇
読者係(〇三)三二六六―五一一一
http://www.shinchosha.co.jp

価格はカバーに表示してあります。

乱丁・落丁本は、ご面倒ですが小社読者係宛ご送付ください。送料小社負担にてお取替えいたします。

印刷・大日本印刷株式会社 製本・株式会社大進堂

ISBN978-4-10-119632-9 C0193